神冠的诅咒

朕本多情 著

贵州出版集团
贵州人民出版社

图书在版编目（CIP）数据

神冠的诅咒 / 朕本多情著. —贵阳：贵州人民出版社，2018.6
ISBN 978-7-221-11934-6

Ⅰ.①神… Ⅱ.①朕… Ⅲ.①长篇小说-中国-当代 Ⅳ.①I247.5

中国版本图书馆CIP数据核字（2018）第083990号

神冠的诅咒

朕本多情 / 著

出 版 人	苏　桦
总 策 划	陈继光
责任编辑	陈继光
特约编辑	Echo
封面设计	源之设计
版式设计	陈　晨
出版发行	贵州人民出版社（贵阳市观山湖区会展东路SOHO办公区A座）
印　　刷	长沙鸿发印务实业有限公司（长沙市黄花工业园3号）
版　　次	2018年7月第1版
印　　次	2018年7月第1次
印　　张	19.5
字　　数	300千字
开　　本	710mm×1000mm　1/16
书　　号	ISBN 978-7-221-11934-6
定　　价	38.00元

版权所有　盗版必究。举报电话：0851-86828640
本书如有印装问题，请与出版社联系调换。联系电话：0851-86828640

楔子	1
一　凶险归途	4
二　密室机关	12
三　古玩店	20
四　初露端倪	26
五　袄神之咒	32
六　神秘的石头	39
七　袄神之死	46
八　尸身的秘符	53
九　符号的破译	60
十　移花接木	67
十一　大唐秘密	76
十二　古楼迷踪	83
十三　神秘地宫	90
十四　石匣之困	97
十五　神秘的大人物	105
十六　聚散离合	112

十七	大漠之险	118
十八	诅咒的力量	126
十九	澳门瘟神	133
二十	流落街头	141
二十一	别墅空城	149
二十二	白头鬼墓	155
二十三	神秘力量	162
二十四	印度古井	168
二十五	井下玄机	175
二十六	蛇舞魔窟	181
二十七	毒发身亡	187
二十八	与蛇同舞	194
二十九	继续谋杀	200
三十	隐情	207
三十一	恐怖雨夜	215
三十二	绝色倾城	222
三十三	妖魔鬼怪	229
三十四	大漠险象	237
三十五	神秘部队	243
三十六	各有奇遇	251
三十七	鱼皮人	259
三十八	铭文的秘密	266
三十九	生存之道	274
四十	奉陪到底	281
四十一	真实杀手	289
四十二	神冠的秘密	297

尾声　　　　　　　　　　305

楔子

山西，太原，中华厨艺绝技大赛。

四座精美绝伦，水下盲雕的豆腐作品缓缓浮出水面，散发着朦胧的水汽，在灯光的闪映下如同精美的象牙雕塑。豆腐雕刻历来是中华厨艺绝技大赛的决赛项目，而这一次的雕刻题目则有些令人匪夷所思——神仙。

掌声四起，杀进决赛的四名选手依次端着完成的作品走上擂台。擂台之上杀气腾腾，三大评委端坐如山。

香港满汉楼的传人——曹水烟。

伊朗美食家——伊儿汗。

大明宫廷御厨后裔——康承艺。

曹水烟故意咳嗽一声，对着话筒款款说道："中华食雕历史悠久，战国时期《管子》一书曾记载过在蛋壳上进行微雕，宋代也有记载，雕瓜成花谓之花瓜，可见食雕技艺源远流长，希望各位善于捉刀的大师，你们能够将中华美食文化发扬光大。"

第一位厨师托着作品，走到三位美食家的面前，轻轻一放，说："八仙铁拐李！"

曹水烟却严肃地说："把你的左手食指举起来！"

厨师的额头上渗出细密的汗珠，慢慢举起左手食指，在灯光的聚焦下，左手食指晕红一片，慢慢地渗出一滴血迹。

曹水烟说："基本功修炼不到位，刀锋划破左手食指，身为一个优秀的厨师，雕出精美的作品固然重要，但是客人的健康同样重要，你的血污染了这块豆腐，还能食用吗，出局！"

第二个厨师脸上带着谦虚的微笑，他的作品是一座笑弥勒，左手念珠右手布袋，仿佛大肚能容天下之事，浑身泛着珠玉般的光环，尤其是巨大的肚腹，不见一丝刀痕，可谓妙矣。

曹水烟连看也没看，说："你也出局！"

厨师伸出十个手指说："我的手指没有被刀锋划破。"

"你的手指的确没有划破，但是你雕的豆腐太糟了。"曹水烟伸出一双竹筷在大肚佛身上一戳，弥勒佛祖的雕像立刻坍塌，变成一团面目全非的豆腐渣，"你的雕功虽然到位，可是左手欠缺对轻柔力度的掌握，豆腐拿在你的手上，快要被你给揉碎了，出局。"

第三名厨师用一盏碧绿色托盘，盛着一尊白玉般的龙女，脸庞秀美，裙带飘扬，最有趣的是，龙女的手中托着一只巨大的贝壳。

曹水烟还没开口，伊儿汗操着一口流利的汉语说道："中国的饮食文化对美的追求是一种境界，慈禧太后六十大寿之时，所有盛用美食的杯盘碟碗极为讲究，用刻有"万寿无疆"字样和吉祥喜庆图案的各种釉彩瓷器，达到二万九千余件，可见古人用膳并非仅仅是一门吃的艺术，还包含了对美的审视，此件作品出手不俗，龙女献宝别具匠心，蕴含深意，很好。"说完伸出一双筷子，在龙女手托的贝壳上一剥，里面赫然是四个字——福禄寿喜！

原来豆腐龙女的秘密隐藏在贝壳里面，这个名堂叫老蚌含珠。

最后一个上台的是张思翰，他把作品摆到桌案前，一只小黄盘上端立着一尊观音造像，右手托着一只玉净瓶，观音体态丰肥，饱满壮硕，生动妩媚。

曹水烟端起一只水杯子，将一缕清水缓缓注进观音手上的玉净瓶，水并没有溢出瓶子，而是从观音的脚边溢出，盘子里顿时水波荡漾。伊儿汗喃喃说道："观音如凌波微步，玉瓶之内暗藏玄机，好刀法！"

三大评委忽然紧盯住张思翰手中的刀锋。一把古刀，二指多长，手柄如笔，短刃斜长，刀锋湛蓝，寒气逼人！

康承艺一直保持着沉默，此刻突然说道："最难得的是观音的造型，体态稍短，而头部偏大，螺发高耸，体态丰腴，这是大唐盛世的流行造像，在厨艺之中兼并了历史风范，难得一见。"

三大评委都给予了张思翰高度评价，但是比赛却一定要分个输赢胜负。

蓦地，康承艺说出四个字："张思翰胜！"

满场皆惊，众人迷惑不解！

康承艺说："饮食的最高境界是什么？是对美的享受，伊儿汗先生刚才说过，慈禧大寿所用杯盘极为讲究，可见盛装美食的器具已经包含在饮食文化的范畴之中。"

伊儿汗眼光发亮，低头看了看张思翰的盘子，那是一只黄釉菊瓣盘，他垂涎地说："难道这只是雍正官窑的黄釉菊瓣盘？"

康承艺说："这不是官窑。"

"不是官窑，难道是民窑，民窑哪会有如此精美的工艺？"伊儿汗反问。

康承艺笑了一下，说："你没发现吗？"

"发现什么？"伊儿汗不解地问。

康承艺伸出筷子，轻轻向黄釉瓷盘一啄，竹筷毫无声息地刺进瓷盘，所有人大吃一惊，以为康承艺的手指练过神奇的功夫，不过，恍惚之间众皆大悟，不是康承艺的筷子有多神妙，而是盘子，盘子根本不是瓷的，而是雕出来的，盘子才是张思翰的功夫所在，黄釉菊瓣盘，其实是用南瓜雕刻出的艺术品，连两大评委都被他瞒过，张思翰没有理由不赢！

一 凶险归途

四月的山西春寒料峭，张思翰带着满身的疲倦，怀里揣着那枚中华厨艺绝技大赛的纯金金牌，连夜从太原赶回古城介休。他的心情很激动，也很镇定，师傅的训导时刻牢记在心——为人必须低调，所以在记者包围之前，他悄悄地走掉。虽然如此，他感觉身后仿佛有一条影子，与他若即若离。

其实，赛场距离车站并不远，所以张思翰没打车，而是独自提着行李沿着这条长街走得飞快。没有路灯的长街，漆黑而寂静，城市的灯火与星光彼此交相闪烁。蓦地，张思翰的心忽然紧缩，身后亮起一道极亮的光柱，强光刺眼，什么都看不清，但是耳边传来发动机清晰的咆哮声，一头黑色怪物朝着张思翰凶狠地撞了过来。

身体潜能瞬间爆发，张思翰用最快的速度向路边冲去，接着纵身一跃，跳进一个暗绿色的塑料桶。

"砰！"

塑料桶被撞裂，几只塑料桶相互撞击，翻滚而出。但是柔韧的塑料缓冲了撞击的力量，张思翰狼狈地从破碎的垃圾桶里爬出来，看见一辆棱角分明的指南者疾驰而过。

张思翰想报警，那个开指南者的家伙肯定是酒驾。不过为时已晚，他没看清楚车牌，或者那辆车根本就没有牌照。他正在惊疑，忽然身后传来轮胎急速摩擦地面的尖锐声音。

张思翰猛一回头，指南者犹如幽灵一样，再次出现在长街的另一端，强烈的远光灯几乎令人头晕目眩！

发动机起起落落，犹如一头喘息而愤怒的公牛，这家伙绝不是酒驾，而蓦地，康承艺说出四个字："张思翰胜！"

满场皆惊，众人迷惑不解！

康承艺说："饮食的最高境界是什么？是对美的享受，伊儿汗先生刚才说过，慈禧大寿所用杯盘极为讲究，可见盛装美食的器具已经包含在饮食文化的范畴之中。"

伊儿汗眼光发亮，低头看了看张思翰的盘子，那是一只黄釉菊瓣盘，他垂涎地说："难道这只是雍正官窑的黄釉菊瓣盘？"

康承艺说："这不是官窑。"

"不是官窑，难道是民窑，民窑哪会有如此精美的工艺？"伊儿汗反问。

康承艺笑了一下，说："你没发现吗？"

"发现什么？"伊儿汗不解地问。

康承艺伸出筷子，轻轻向黄釉瓷盘一啄，竹筷毫无声息地刺进瓷盘，所有人大吃一惊，以为康承艺的手指练过神奇的功夫，不过，恍惚之间众皆大悟，不是康承艺的筷子有多神妙，而是盘子，盘子根本不是瓷的，而是雕出来的，盘子才是张思翰的功夫所在，黄釉菊瓣盘，其实是用南瓜雕刻出的艺术品，连两大评委都被他瞒过，张思翰没有理由不赢！

一　凶险归途

　　四月的山西春寒料峭，张思翰带着满身的疲倦，怀里揣着那枚中华厨艺绝技大赛的纯金金牌，连夜从太原赶回古城介休。他的心情很激动，也很镇定，师傅的训导时刻牢记在心——为人必须低调，所以在记者包围之前，他悄悄地走掉。虽然如此，他感觉身后仿佛有一条影子，与他若即若离。

　　其实，赛场距离车站并不远，所以张思翰没打车，而是独自提着行李沿着这条长街走得飞快。没有路灯的长街，漆黑而寂静，城市的灯火与星光彼此交相闪烁。蓦地，张思翰的心忽然紧缩，身后亮起一道极亮的光柱，强光刺眼，什么都看不清，但是耳边传来发动机清晰的咆哮声，一头黑色怪物朝着张思翰凶狠地撞了过来。

　　身体潜能瞬间爆发，张思翰用最快的速度向路边冲去，接着纵身一跃，跳进一个暗绿色的塑料桶。

　　"砰！"

　　塑料桶被撞裂，几只塑料桶相互撞击，翻滚而出。但是柔韧的塑料缓冲了撞击的力量，张思翰狼狈地从破碎的垃圾桶里爬出来，看见一辆棱角分明的指南者疾驰而过。

　　张思翰想报警，那个开指南者的家伙肯定是酒驾。不过为时已晚，他没看清楚车牌，或者那辆车根本就没有牌照。他正在惊疑，忽然身后传来轮胎急速摩擦地面的尖锐声音。

　　张思翰猛一回头，指南者犹如幽灵一样，再次出现在长街的另一端，强烈的远光灯几乎令人头晕目眩！

　　发动机起起落落，犹如一头喘息而愤怒的公牛，这家伙绝不是酒驾，而是蓄意挑衅。张思翰感觉不妙，他把行李一抛，撒腿就跑，百米冲刺一样，沿着长街跑向一座大桥，桥上有一辆正在巡逻的警车。

张思翰拦住警车，向警察说明情况，警察带着张思翰迅速赶到事发地点，长街漆黑一片，没有破损的痕迹，一排垃圾桶摆放有序，地上连一点碎片都没找到。张思翰的行李被丢在醒目的位置上，什么都没丢，但是行李中的物品绝对被翻动过。警察并没有对张思翰的历险故事在意，安慰他一下，将他送到车站旁边的一个小浴池，因为他满身沾满了垃圾的臭味，不清洗一下，根本上不了车。

浴池里热气蒸腾，张思翰站在淋浴下，回想如同细细的水线流过身体，不过十分钟，究竟是什么力量改变了那条阴暗的长街，完全没有破绽，怎么可能，好像他一离开厨艺赛场，就有一种奇怪的力量开始旋转，只是他并不知道，危机才刚刚开始，他还没有接触到那股力量真正的黑暗面。

擦干身体，张思翰走回到更衣室，打开衣服箱，一团凌乱，他很清楚地记得，他脱衣服的习惯是裤子压在衣服上，但是现在一团糟，显然有人动过他的衣物，不过箱子上的暗锁没坏，他环视四周，几名浴客躺在沙发上休息，有的打瞌睡，有的抽烟，没有一个人的视线投向这里。

张思翰叫来一个服务生，询问是否有人动过他的衣服箱，年轻的服务生面带笑容地解释说："对不起先生，除了你手中的钥匙，还有服务总台的钥匙，没人能打开衣服箱的电子锁。"

张思翰果断地意识到，自己的推测没错，有人在他这里寻找什么东西。他穿好新买的衣裳，这些衣裳是他特意叫服务生按照尺码去夜场购买的，被垃圾弄脏的旧衣服已经扔掉，他偶尔也会有种迷信的思想，换身新衣，扫扫晦气。

张思翰满面春风地走出浴池，来到吧台前，他微笑着对服务台的姑娘说："我委托保管的东西呢。"

服务台的姑娘看着他有些吃惊，半小时前那个浑身臭气熏天的家伙，现在成了一个风度翩翩，衣着名牌的富少。她笑着将一个皮夹还给张思翰，张思翰打开鹿皮皮夹，里面有两样东西：一枚金牌，一把古老的刻刀。

小姑娘笑着说："你是做什么的，这样神秘，托我保管东西的时候都是秘密的。"

张思翰嘘了一声，低声问："有没有人来前台打听，我是不是在这里保管了东西？"

"没错，是有一个人来问过，他说是你的朋友，但是我没告诉他。"那姑娘媚眼如丝地瞧着张思翰，"你不是说了吗，不让我告诉任何人，尤其是你的朋友，你要给他一个惊喜。"

张思翰问："我朋友呢？"

"喏，就在那儿。"小姑娘用手一指，忽然咦了一声，因为她指的方向是一张空沙发，沙发上放着一张旧报纸，显然沙发上的人刚刚离开。

张思翰透过玻璃窗向门前看，一个慌张的身影正钻进一辆指南者。等他追到外面的时候，指南者好似幽灵一般，消失得无影无踪了。

张思翰很郁闷，本来可以抢先一步，从黑暗里把那个家伙逼得无处遁形，但是偏偏迟了一点，他只好带着一股压抑的情绪走进车站。

过了检票口，张思翰抓起安检带上的行李，走进候车大厅，旅客很多，他的目光在这些旅客的面孔上扫过，把曾在浴室见过的脸孔都深深地记忆一遍，过目不忘并非难事，如果有一张面孔似曾相识，他就会确定，那是一个跟踪者，但是旅客中没有跟踪者的模样，他放松下来，等了十几分钟，列车进站，他背起行李走进车厢，用同样的对号入座式的目光搜寻，在车厢里搜查一遍，没有可疑点，他把行李包塞到货架上，和衣而卧，想起了另一些事情。

张思翰是一年前拜神刀米为师的，神刀米年逾古稀，无论是篆刻、石刻、微雕、竹刻，样样精绝，数十年前，他的名号已冠绝大江南北。

张思翰是神刀米的关门弟子，张思翰的爷爷张敬宗救过神刀米的命，而且指点过他的雕刻技艺。对张敬宗的大恩，神刀米刻骨铭心，所以他见到张思翰的时候，眉开眼笑，收张思翰做关门入室的弟子，将毕生绝技倾囊相授。

张思翰学得认真，神刀米传得仔细，张思翰最先接触的是一枚小小的印章，小方寸大天地，这是神刀米说的，他告诉张思翰，印章是古人诚信的代表，兵符印信，皇帝御宝，往来书信，无一不印。所以要先从刻印学起，学习技艺的同时，修养自己的德行。

张思翰学习的第一课是印床，形状有点像一只刨子，说白了就是刻印的车床，能够将印石印章固定在上面，方便篆刻或者打磨，非常实用。神刀米送给张思翰一个印床，是乾隆时期的印床精品，紫檀木架，四角嵌玉，银丝花边，被神刀米视为传家之宝。

古老而精致的印床唤起张思翰对艺术的渴望，为了在印床上一试身手，他光练习磨石一项，就坚持了两个多月，指尖磨起一层厚茧，不过他的手指已经练得强劲有力，为捉刀刻字打下了坚实的基础。

所谓磨石，是在桌上铺上一层粗砂纸，然后用拇食二指，紧紧抓住印石的下半部，在砂纸上左三圈，右三圈地摩擦，先用粗砂纸打磨，再用细砂纸研磨，把用来篆刻字迹的玉石平面，打磨得异常平整光滑。

不过，张思翰得意的是，他有书法基础，书画是他的家学，包括甲骨文、铭文、小篆，历代名人字帖，欧阳询、褚遂良、颜真卿、怀素、柳公权、米芾、宋徽宗，各路书法到了张思翰眼前，便如数家珍。

三个月后，张思翰上手印床，第一次下刀的情形历历在目，手指划破，热血直流，小师妹米莉细心地帮他包扎伤口，她的目光像月亮一样照耀在伤口上，伤口便奇迹般地愈合了，这当然是张思翰意乱情迷的幻觉，因为他和米莉已经坠入了情网。

米莉是神刀米唯一的亲人，是个漂亮得有点不食人间烟火的女孩，大眼睛，白皮肤，弯弯的俏眉，性感的小嘴，不仅人长得美，性情也温柔可爱，烧得一手好菜，在张思翰感叹米家的生活清苦之余，米莉是他最大的安慰。

张思翰收回思绪，月光宛如变幻无穷的思念在车窗外动荡，一道黑影掠过，挟着一股冷风扑面吹来。车轮摩擦铁轨的有规律的咔嚓声，还有身体随着车厢轻微地晃动，加快了人的睡意。

冷风一吹，张思翰起身穿过狭窄的走廊，去了一趟洗手间，回来的时候，他发现放在行李架上的旅行包被人动过了，对床的新疆人正在打鼾，应该不是他动的手脚。摆放的时候，他特别将旅行包轻微磨损过的一角放在第三个栏杆之后，但是现在已经摆在第一个栏杆后，而且角度也有了偏差。

金牌！

张思翰下意识地摸了摸那面纯金金牌，依然平安地放在内衣口袋里。他铺好床铺，躺在上面思绪万千，他的直觉从来没错，他是在离开比赛会场的时候给人盯上的，他搭乘的是动车组，在站台买票的时候，有个黑影就站在身后，他很后悔，没有看清楚那个人的相貌，现在，想要偷金牌的人一定隐藏在车厢里，车门已被锁住，车厢已经成了一个被封闭的密室。

黑暗中潜伏着一双老鼠的眼睛，贼光四射，那个想偷金牌的人可能是上铺的那个家伙，或许是对床？张思翰有了饥饿的感觉，这不是真的饥饿，而是对抓住这个惯偷的渴望！

一小时，两小时，直到星光逐渐在深蓝色的夜空中隐退，而车窗外的天色逐渐发白。

张思翰一直在等这个人出手，但是一切都很平常，疲倦中的张思翰朦胧地想起米莉，还有在厨房里的快乐日子。学艺半年之后，神刀米忽然让他扎起围裙走进厨房，每天削鸭梨，土豆皮，剥洋葱皮什么的，篆刻与厨房可是不着边际的玩意儿，神刀米语重心长地告诉他，外师造化，内得中源，艺术的造诣与境界其实有千丝万缕的联系，甚至是相辅相成的，不要小看厨房里的雕功，那是练习以柔克刚的劲道。神刀米的心得与众不同，将雕刻这门技艺分成视相、触形、听劲三大境界。

视相——考察眼力，视是视线，相是形状。例如一块未经雕琢的材料，放在你眼前的时候，你第一眼便要看出材料内在的潜质与形象，在未动刀前，胸中已有了出刀的步骤和意念，做到意在刀先！

触形——修炼运刀的劲道，全靠手指的敏感度，在黑暗中走刀，不用眼睛，以手指来判断形状。神刀米让张思翰进厨房锻炼，正是要他修炼运刀的劲道，下刀狠重不难，难的是又重又柔，又稳又准。

听劲——本是太极拳的推手术语，不知何时被借来比喻雕刻的最高境界。听劲有双重意义：一是耳听，眼观；二是心灵的感知。张思翰见过神刀米雕刻竹筒，室内燃起一盏油灯，香熏中燃起袅袅香脂，异香缭绕沁人心脾，神刀米端坐于书案之后，双目垂闭，一手持刀，一手持筒，耳畔奏响抑扬古乐，手指一动，刀锋在竹筒上笔走龙蛇，似乎神游天外物我两忘，唯听刀锋之下嚓嚓作响。半小时之后，一件精美绝伦的十八罗汉笔筒让张思翰羡慕不已，那简直是一种艺术的巅峰！

这次参加厨艺大赛，完全是神刀米的授意，临行前神刀米曾对张思翰说：

"触形的修炼是听劲的入门法则,如果你拿不到中华厨艺绝技上的雕刻金牌,就不要回来见我。"

张思翰于是辞别师傅,来参加比赛,但是他总觉得哪里有些不对,哪里不对呢?

——这里!

张思翰猛然睁开眼睛,因为有一只手伸进他的胸口,张思翰忽地坐起,想抓住那只手,但是那只手缩得极快,黑影在他眼前一晃,顺着狭窄的过道向车厢外跑去,卧铺中熟睡的旅客被脚步声惊醒,睡眼蒙眬地张望,好似还没从旅程的疲惫中缓解过来。

金牌还在口袋,张思翰简单地整理了一下思绪,盯着那道黑影打开车厢的门,闪了一下消失不见。开始他并没有着急,但是他的手无意地摸了另一只口袋,汗水立刻渗满了前额,那把刻刀不翼而飞!

在张思翰的印象里,那个小偷已经无路可退。张思翰极快地跑到车尾,小心地拧开车厢的门,另一节车厢的门已经关闭,车厢的连接处有一间水房,还有一个洗手间,隐约可见后面那节车厢的乘务室里亮着灯光,一个乘务员用帽子盖住脸孔,正在打瞌睡。

水房里空无一人,随着车轮传来的轻微的咔嚓声。张思翰把目光瞄准了洗手间,他拧了拧把手,门从里面被锁住了,张思翰兴奋起来,他的第一反应是那个人就藏在里面,他用手拍了拍门说:"出来!"

没人回应。

张思翰猛烈地敲门,大声叫道:"开门,开门,你跑不掉的。"

敲门声惊动了乘务员,一个身材结实的小伙子走过来,问:"你好,乘客,请问,你有什么事情?"

张思翰简明扼要地说:"有人偷了我的东西,跑到车尾,藏在里面不肯出来。"

年轻的乘务员意识到发生了什么事情,立刻打电话联系乘警,然后敲了敲车窗玻璃,那个打瞌睡的乘务员醒来,他身材矮小,满脸疤癞,两个人站在洗手间门前,加上张思翰,一共是三个人。三个男人似乎有了某种底气,年轻的乘务员掏出一串钥匙,毅然打开洗手间的门,然后他的脸孔有一种被瞬间击碎的感觉。

张思翰向里面看了一眼，里面什么都没有，空空荡荡。

年轻的乘务员用诧异的神色看着张思翰："这是怎么回事？"

张思翰说："我怎么知道，你敲门的时候，不是也看到了吗，门从里面被插死了。"

另一个乘务员笑了一下，向不知所以的乘客挥了挥手，意思没有什么，虚惊一场。

张思翰感觉自己好像被嘲弄了一下，这怎么可能，两个乘警走了进来，开始询问张思翰，张思翰只好如实陈述。警察证实了两个乘务员的话，同样也是一头雾水，满脸狐疑。那些被惊扰的乘客，正在窃窃私语，说是车厢里有鬼魂作祟。

列车已经到站，张思翰带着落寞的心情下车，打了一辆车，随便转了几圈，确定后面没人跟踪，这才驱车回家。

这是一座有百年历史的深宅大院。标准的四合院布局，颜色陈旧的琉璃瓦门楼，朱漆剥落的大门，铜锈斑斑的铺首，他抓起门环轻轻地叩了两下，里面有人轻声问："谁？"

米莉的声音很好听，一点也没有山西人口音，是标准的普通话，还有一点江南水乡的韵味。

张思翰调皮地学着山西人的口音说："额（我），张大厨子。"

张大厨子是米莉对他的专称，在厨房里与土豆地瓜芋头打交道的时候，米莉爱叫他张大厨子，说他是标准的宅男。院子里哎呀一声，米莉带着欢喜的目光开了院门，张思翰低声说："额回来了，你有没有想额？"

"想你个大头鬼。"米莉说，"快进来，爷爷正盼着你回来呢。"

米莉留着一头乌黑的头发，大大的眼睛，娇小的鼻子，完全一副小鸟依人的模样。她穿着一件厚厚的羽绒服，像是在月光的倾泻下静静盛开的荷花，连院子里飘浮的微尘都成了她娴静温柔的点缀。

张思翰走进院子没看见师傅，正房里还亮着灯光，他有点奇怪，神刀米每天起得很早，在院子里练习太极拳。

"师傅，我回来了。"张思翰说。

无人应声。

张思翰又说了一遍，还是没有动静。他和米莉推门而入，只见神刀米侧着脑袋趴在宽大的书案上，歪斜的脸色映在灯下苍白无血，呼吸已经停止，身下流着一大泊鲜血，他的表情里还带着一种惊讶的微笑，张思翰从没见过师傅有这种表情。

米莉吓坏了，脸色苍白，身子不停地颤抖，张思翰不想让米莉看见尸体的神情，一把紧抱住她，把她推向门外，米莉却身子一软，晕了过去。

五分钟后，警笛响彻了这条小街，而米莉已经哭成了一个泪人。

密室机关

警察迅速赶到案发现场，封锁整座宅院。张思翰和米莉被警察带到一辆警车上进行询问。米莉还没从巨大的悲痛中清醒过来，面对警察的提问有些反应迟钝，而张思翰除了可以确认师傅被谋杀以外，提供不了任何有价值的线索。

过了一会儿，走来一个身材高瘦的年轻警察，目光锋利，嘴角单薄，鼻子挺直，表情严峻，他打开车门与张思翰的目光一对，张思翰立刻有种异常难受的感觉，此人目光犀利，犹如剑锋，顾盼之间似在对他的内心进行窥视，总之，这是一双老练的，有如警犬般会咬人的眼睛。

他说："我是麻六九，这个案子由我负责。"介绍完毕，他再不与张思翰和米莉进行目光上的交汇，接过询问笔录，一目十行地扫了一下，然后问道："你叫张思翰，是神刀米的徒弟？"

张思翰点了点头："是。"

麻六九的目光盯在米莉的脸上："你叫米莉，神刀米的孙女？"

米莉嗯了一声。

麻六九柔声说："还想再看看你爷爷吗？我想你还是不看为好。"

米莉的泪水涌到眼眶，她的身体颤抖得厉害。

麻六九有些温情脉脉地说："我劝你现在不要看，等案件结束再看，好吗？"

麻六九不像是一个严肃的警察，而像一个令人备感亲切的兄长，看来他经历过无数案件，是个经验丰富的警察。

张思翰抓住米莉的手，用力握了一下，米莉只好点了点头。

"那好。"麻六九说。他一挥手,盛放着神刀米尸体的担架被送进一辆警车,呼啸而去。

沉默了片刻,麻六九开始提出一连串的问题,关于米老爷子生前有无债务问题,有无邻里纠纷,有无新仇旧恨,昨夜有什么异常的动静?米莉一一摇头否认,麻六九的眉头频频皱起,感觉整个案子毫无线索。这边的询问还没有结束,而宅院里的警察仿佛有些骚动,麻六九心中纳闷儿,他的部下都是训练有素的警察,怎么今天有点异样。忽然,一个小警察快步走来低声说:"探长,有新情况。"

麻六九下了车,走进宅院,问:"有什么发现?"

小警察悄声说:"后面发现了一间密室。"

密室!

麻六九双眼一亮,仿佛平时以一种混沌的状态生活,是为了养精蓄锐,只待这样的大案要案,他才会从昏睡中醒来,变成一只狮子,确切地说,应该是狮子和犬的混合怪兽,如神犬般灵敏,如狮子般威猛!

麻六九走进后院,这里是厨房与储物间。左边第一间屋檐下站着五个神色严肃的警察。那是一间仓房,门前的空地上摆放着一些杂物,显然是刚刚清理出来的。麻六九钻进仓房,尘灰挂满四壁,一股发霉的味道扑面而来,但是他的嗅觉敏锐地捕捉到了另一种味道——血腥!

所谓密室其实就是一间地窖。西南墙角有一对掀开的石板,石板下裸露出一个乌黑洞口。麻六九戴上手套,抚摩着两三尺长的青石板,上面雕刻着浅浮雕,花纹是联珠纹,中间是一轮弯弯的月亮,像一只两头翘角的小船一样停泊在忍冬草的花边上,而月亮的弧弯里装载着一轮红日。

麻六九打开一只手电,向下面照了照,小地窖有三四米深,空间不是很大,麻六九并不紧张,他很熟悉尸体的气味,那是一种只有死人才能散发的独特气味,他顺着一架铁梯爬到下面,看见一具新鲜的尸体,死了不过几个小时,是一具年轻的男性尸体,仰面朝天地躺在地窖里,前胸后心插着几支铁箭,尸体下面流淌着一片鲜红色的血迹,墙角边缘散落着几支射空的黝黑铁箭。

麻六九望着墙壁上的箭孔,倒吸一口冷气,墙壁里面有机关,恐怕这具尸体是触动了墙壁上的机关,才被乱箭射死,如此狭小的空间,是什么人设下如此歹毒的机关？

麻六九召唤小警察下来拍照，小警察听说有机关，都小心翼翼的，闪光灯咔咔闪耀之下，麻六九竟然又有了惊人发现！

尸体周围的血迹已经凝固，从尸体里并没有渗出多少血迹，地窖里十分阴冷，尸体已经冻得发硬，但是血迹边缘有些奇怪，尸体右脚下居然出现一个九十度直角，热血流淌到这里仿佛被阻止，这个呈直角的缝隙充分说明冻土层下藏着东西。

麻六九一阵兴奋，亲自拿铁锹进行挖掘，几锹下去，溅出一道火星，又是一块石板，揭开石板是一个乌黑的洞口。

一个小警察说："下面还有一个洞？"

麻六九说："没错，建造这个地窖的人很有心计。"

小警察正要下去。麻六九冷冷地说："你想死吗，下面可能有致命机关。"

麻六九叫小警察去找一条狗放进洞里面试探，发觉没什么危险，这才下到第二层密室。密室里的物品很简单，几块石板，正中一座石台，上面摆着一具尸骨，尸骨散发着陈旧的颜色，皮肉早已经腐烂干净，只留下沧桑的岁月痕迹。麻六九仔细检查了一下尸骨的表面，保存得很好，但是在肋骨和颈椎上发现几条浅浅的痕迹，那是锋利器物造成的伤害，比如砍刀、匕首，按照以往的经验，他判断，虽然尸骨的年代会很古老，但是脖子和肋骨曾遭受过致命的伤害。

拍照完毕，尸骨被装进塑料袋里，石板也被清理出去，但是麻六九仍不死心，他觉得这里应该还有秘密。狡兔三窟，如果密室的下面还有密室，那么这间密室里会不会还有玄机？答案很快在摆放尸骨的石台上找到，石台是用石头修葺的，坚固而沉重，麻六九伸手在石台的边缘下摸索，然后摸到一个突起的小疙瘩，他尝试着一按，石台悄无声息地移动，石台下露出一个石槽，但是更像一座长方形的石棺，里面放着一些破碎的骨头，绝不是完整的骨头，只有胫骨、盆骨、脊骨，等等。

麻六九正在观察这些骨头的摆放方式，突然发生了一点意外，手电熄灭了，他正想换一只手电，身后的一个小警察突然叫道："看，那些骨头，闪闪发光！"

麻六九倏地转身，石棺里的骨头闪闪发光，好像爬行着闪闪蠕动的尸虫。细密的汗水渗满了额头，麻六九仿佛被一种神秘的气息笼罩，觉得透不过气来，他盯着尸骨上的闪光说："快开灯。"小警察倏地打开手电，当光芒照耀尸骨，那些闪光的尸虫立刻消失不见，小警察的脸色苍白，他从没见过如此怪异的事，颤抖地说："那些虫子不见了。"

麻六九说："冷静，那些根本不是虫子。"

"不是虫子？"

"没错，是一些字迹，骨头上篆刻的小字。"麻六九用手套抹了一下脸上的汗水，刚才他的确吓了一跳，但是冷静之后，终于发现那些小虫竟然是难以分辨的字迹。

尸骨上的字迹只有米粒大小，弯曲模糊，似乎只有在显微镜下才能看清楚，如蚂蚁一般爬在骨头的缝隙里，可以肯定的是，这些文字绝不是方块汉字，更像一些书写圆润的字母，在电光的照射下，宛如爬行的尸虫一般。

"这些是什么字母？为什么要刻在骨头上？"小警察问。

麻六九说："这需要法医给我们一个合理的解释。"检查完最后的密室，他爬出地窖，看见九块青色的石板，每块石板都雕刻着不同的图案，最后一块石板只在边缘刻了一圈卷纹花草，内容则一片空白，雕刻的图案应该没有完成。

麻六九站到石板前面，问身边的小警察："你们说，这几块石板是做什么用的？"

"艺术品吧。"一个拍照的警察说。

"如果是艺术品，为什么不摆在正房，要放在这里？"麻六九陷入一片沉思，缓步向正房而来，搜查科的警察们忙碌着搜查每个角落，试图找到杀人凶器。

麻六九耳边响起法医的话，法医简单地检查过神刀米背后的伤口，他对麻六九说："是很专业的杀人手法，甚至是职业杀手，出手狠辣，从伤口的角度与薄厚来看，完全是一刀致命，从背后出其不意，一刀致命，从这一点上看，很可能是双方相识，不然不会这样近距离得手，你们注意一下案发现场，凶器可以判定是几寸长的小刀，菜刀一类的凶器则很难留下这样微妙的伤口。"

麻六九目光一扫，心里已有了目标，他径直来到书案前，端起一个竹雕笔筒，里面装着七八把冷森森的刻刀。他把刻刀一把一把从笔筒中抽出来，每只都在阳光下凝视，然后把笔筒放在桌案上，原位摆好一丝不差，抽出一把刻刀递给身边的小警察说："送去检验，如果我所料不差的话，这把刀就是凶器！"

小警察接刀的时候，有点怀疑，问："探长，你怎么判断它是凶器？"

麻六九说："仔细看看刀尖上面有什么？"

小警察把刀锋对着阳光查看，一点湛蓝光芒从刀锋上折射进眼中，令人不寒而栗。

血迹！

虽然被清洗过，但是还留有一点微黑的斑点。

麻六九说："细节决定成败，勘查现场要注意细节，而且要心细如发，为什么不把凶器锁定在刻刀上，虽然这是工具刀，但是锋利无比，同样可以杀人！"

小警察拍拍脑袋，有种恍然大悟的感觉，麻六九说："不仅如此，这把刀与众不同的地方在于杀人之后，凶手巧妙地把凶器隐藏在刻刀之中，我敢说凶手是个异常镇定的家伙，这把刀上已经没有指纹，连神刀米的指纹都没有，正因为如此，才更可以确定，这就是凶器，因为刻刀的手柄磨得油光发亮，说明这把刀经常使用，但是经常使用的刻刀怎么会没有指纹呢？"

小警察说："因为凶手杀过人之后，一定擦掉了上面的指纹。"

"完全正确。"

小警察提了一个问题："可是为什么凶手没有把它丢掉呢？"

麻六九很干脆地回答："因为这把刀肯定有与众不同的地方。"说完，他把凶器装进一个透明塑料袋，然后揣进大衣口袋，离开现场急匆匆向面包车走去，他心里还揣着一些疑问，必须再询问一次，让案情明朗起来。掀开车门，麻六九搓着手，坐在副驾驶的座位上，向张思翰露出同情的微笑。一股寒风倏地钻进车厢，米莉忍不住打了一个冷战，虽然车里吹着暖风，但是悲伤仿佛已将她娇小的身躯冻结。

张思翰问:"警官,有什么发现?"

麻六九说:"发现?重大的发现。"

张思翰欣喜地问:"真的?"

麻六九说:"是的,但是你们首先要回答一些问题,如实地回答。"

张思翰说:"您说。"

麻六九说:"经过调查,初步可以判断,这不是突发性的案件,凶手是有预谋地作案,请问米莉女士,这几天有什么让你觉得看似正常,实际上非常反常的事情发生,慢慢想,不要急,就是米老爷子的日常活动,有什么不对的地方也可以提出来,越详细越对破案有利。"

米莉说:"前几天的确发生了一件怪事,我的心境很糟,太紧张了,竟然把这么重要的事情给忘了,都怪我粗心大意。"

麻六九说:"不,米莉,你很镇定,详细地说来听听。"他示意小警察赶快记录,不要漏掉任何一个细节。

张思翰追问:"家里究竟发生了什么事?"

米莉回想了一下,认真地说:"七天前的一个晚上,来了一个奇怪的访客,他身穿黑衣,戴墨镜,提着一个大箱子,箱子里装满了石头,他让爷爷按照原来的样子重新雕刻一块,但是自从爷爷接了这单生意之后,吃不好睡不香,常常一个人半夜起来在院子里反复地叹息,好像有什么事情在瞒着我。"

麻六九说:"很好,你见过那个怪人吗?"

米莉摇了摇头:"以前从没见过,他的身材不是很高,脸瞧不清楚,身材很壮实。"

张思翰奇怪地说:"这就奇怪了,师傅年纪大了,他已经雕不动这种大型的石刻,怎么会接这单生意?"

米莉顿时睁大眼睛,说:"我也觉得奇怪,也问过爷爷,但是他什么都不说。"

"还有呢?"麻六九问,"有没有更具体一点的线索。"

米莉睁大眼睛,摇头说道:"没了,今天就是交货的日子。"

麻六九说:"什么,今天交货,那箱子呢?"

"我不知道,我没见过。"

麻六九询问搜查科的警察，但是谁也没有见过那只箱子的踪迹，麻六九终于找到一条有价值的线索，一箱子石头，一个身材壮实的黑衣人，一把凶器，最后他把凶器从口袋里拿出来问米莉："你见过这把刀没有？"

米莉和张思翰都是一愣，一把古刀，二指多长，手柄如笔，短刃斜长，刀锋湛蓝，寒气逼人！

正是那把在列车上被盗的刻刀！

张思翰的大脑嗡嗡作响，米莉的脸色已经有些苍白，嘴巴几欲张开，但是张思翰从容地握住米莉的手说："这是师傅的刀。"

麻六九不甘心地追问："有什么人用过它吗？这是杀害米老爷子的凶器。"

"好像没有。"张思翰坚决地说，心跳在加速，但是米莉的脸骤然失去了血色，她结结巴巴地说："是，是，是你。"

张思翰的头脑很冷静，虽然他不是凶手，但是一定会被警察列为头号嫌疑人，一种本能支配着他的动作，用力一推车门，身体像箭一般从车厢里蹿了出去。麻六九被一连串的变化惊呆了，当他明白过来米莉意思的时候，张思翰已经在十米开外。麻六九推开车门，用最大的嗓音，向所有的警察吼道："抓住他！"

这时候，张思翰跑出了二十多米，他朝着一截矮墙跑去，用百米冲刺的速度，他知道如果警察从后面包抄过来，很可能会开枪，所以只有翻过这截矮墙，钻进对面的批发市场，才有机会逃生。到了矮墙，他翻身越过，十几名警察叫嚷着从后面追赶过来，前面是一条车水马龙的大街，早晨上班的车辆川流不息，张思翰没有犹豫，一头扎进车海，结果一辆银灰色小轿车差点儿把他的双腿撞断，张思翰像肉球一样翻滚出去，他的脸轻微地擦伤，手掌被地面磨出一道血槽。幸运的是司机及时刹车，但是后面的司机措手不及，五辆小车追尾，造成交通堵塞，那个司机对张思翰谩骂一句，正要下车追赶，却被另一个司机揪住不放，场面混乱不堪，交警吹着哨子跑过来控制局面。

张思翰极快地钻进市场，里面很热闹，水果批发、服装批发、五金批发等，张思翰脱下大衣，擦了擦脸，抹干手上的血迹，迅速走到一个小摊前，没有讨价还价，掏出钱包，买了一件夹克，一顶帽子，一副墨镜，之后离开小摊向安全通道走去，顺便将脱下的衣服丢进垃圾桶。

门前已经有警察把守，一个警察正用对讲机通话："嫌疑犯穿黑色大衣，身高一米七八左右，相貌英俊，皮肤略黑。"

张思翰大胆地迎着警察走去，一颗心紧张得要跳出心脏，现在的他，身穿一件棕色条纹短夹克，戴墨镜和灰色前进帽，那个警察看了他一眼，正想上前盘查，忽听身后砰的一声，一条黑色身影从市场里冲出，并且一路狂奔，警察立刻围追上去，借此，张思翰迅速走开，钻进一辆出租车里面。

出租车缓缓行驶在人流繁华的大街，张思翰压低视线，侧目望去，奔跑的黑影已经被包围上来的警察按倒在地。司机收回目光说："这家伙是个惯犯，经常在这一带小偷小摸。"

张思翰暗自庆幸，这个人穿着一件类似张思翰那样的黑色大衣。

古玩店

半小时以后，张思翰来到一条僻静小巷，这里是介休城东，他让先前乘坐的出租车停到城北，然后走进一家商场换了身衣服，接连换了两辆出租车，最后才在距离这条街两千米的地方下车，一路潜行走进小巷。巷尾有一间古玩店，门脸破旧，牌匾歪斜，黑字金匾上题着三个字——聚雅斋。

张思翰轻轻地敲门，三长一短，开始没人应，但是张思翰没有放弃，继续敲。五分钟后，里面有人问："是谁？"

"我是鬼眼七的朋友。"

大门张开一道拇指宽的缝隙，露出一双贼眉鼠眼，一个身穿着黑红格羊毛衫的胖子出现在张思翰面前，脸色如同出土的豆芽一般苍白，感觉整日在屋子里养尊处优，丝毫不像个走南闯北的角色。

张思翰走进院子，热情地和胖子打招呼："你好，我叫张思翰，鬼眼七的朋友。"

"我是史春。"

两人握了握手，史春并没有预想中的那样热情，他把张思翰领进店内，屋子里的设施比较简单，两间屋，外间做生意，里间住人，过道上里里外外堆得乱七八糟，玻璃柜台和木制多宝格上摆设着各种钱币，文房四宝，真的假的全是古玩。

史春问："你还没有吃早饭吧？"

张思翰简明地说："我遇到一些麻烦，需要你的帮助。"

"你需要什么样的帮助？"

"我想在这里待上一段时间。"

史春显出一副凝重的脸色："明白，你一定是遇到了大麻烦，而且是鬼眼七最好的朋友，否则他不会让你来找我，鬼眼七救过我的命，我欠他一条命，所以你尽可以放心地藏在这里，没有人会发现你。"

张思翰坐到一张木桌的后面，没过多久，史春端上来两碗泡面，张思翰问史春："你天天吃泡面？"

史春把一碗泡面放在张思翰面前，咧嘴一笑，他的脸圆圆胖胖的，浮现出一丝生意人的精明神色，或许是在古玩行混得久了，必须培养出这张表面诚恳，暗藏油滑的面孔，"不吃这个吃什么，自从我进了班房，我老婆就人间蒸发，据说这个骚货跟一个大款跑了，至今也没个下落。"

屋子里灯光很暗，光芒如蜡一般涂抹在史春的脸上，他的表情显得因为思念而无比痛苦。张思翰开始同情史春，一个没有家的男人，他的生活的确是非常混乱，但也增添了几分男子汉的味道，他问史春："你做古玩生意，多少年了？"

"没几年，大牢里出来以后感觉世界变化太快，我没文凭，没力气，没技术，只能重操旧业，原来因为盗卖文物被判了十年，现在学乖了，再不干那非法勾当，我只作假，这你是知道的，行有行规，在古玩上制假，警察不会抓你，买家吃亏上当全凭眼力，不过我还是很感谢鬼眼七，如果没有他的帮助，我没法挨到出狱的那段日子。"

"你是怎么认识老七的？"张思翰很感兴趣，他说，"鬼眼七从来没给我讲过在监狱里的那段日子，一定很有趣。"

史春说："有趣个鬼，里面就是一个小社会，你要是没有靠山，就会被整得很惨，他们管新来的家伙叫鸡蛋，还有各种外号，如果你是一个强奸犯，那会生不如死，他们不叫你睡觉，有各种残忍的手段，算了，不说也罢。"说完，嘴角的肌肉抽搐了两下，仿佛心有余悸。忽然他的眼神一变，警惕地问："你和七爷认识多久了？"

张思翰说："我们认识的时间不长，一年多吧。"

"一年？"史春的目光有些诧异，"你们只认识了一年，就能成为最好的朋友？"

张思翰说："有一种友谊叫肝胆相照。"

"肝胆相照？"史春揭开自己面前那碗泡面，叹息一声说道，"我也想和七爷成为肝胆相照的朋友，只可惜没那个福分。"他坐在张思翰的对面，开始大口大口地吞咽泡面，那种专注的神情，像是一个艺术家。

张思翰没动泡面，他环顾了一下四周的环境问："你这里没有灯下黑，都是隋唐货嘛。"

所谓的"灯下黑"是古玩界的反语，是指明清古玩，是黑暗的反义词，这是鬼眼七教他的，鬼眼七在古玩界算是个秦琼般的人物，黑白两道都有一手交情，没人敢不给七爷面子。

史春解释说："明清那一路货，我从不染指，我们这里地小物薄，你做哪一路就专做哪一路，没有竞争，大家才相安无事，这样才会有饭吃。"看样子，他还是个知足常乐派。

张思翰用脚尖踢了踢桌子下面的一个佛头石雕，问："史春，这个佛头，你从哪儿弄的？"

史春说："一个朋友寄放在这里的，我只管代卖。"

张思翰说："这个佛头是石头的吗？"

史春笑呵呵说："是吧，先把石头直接处理好，用喷沙的那种除锈机对着石头喷，唐宋元明清，要哪个朝代就有哪个朝代，喷出风化效果以后，请高手雕琢出形状，注意不要雕得太完美，专门要缺胳膊断腿的那种，再用硫酸做些表面的腐蚀伪装，更能以假乱真，卖给老外，给国家创收外汇。"

张思翰好奇地问："你这个朋友叫什么名字？"

史春瞪大眼睛说："保密是行里的规矩，七爷没跟你讲过吗。"

张思翰笑了笑："抱歉。"

史春转眼间把一碗泡面吞得干干净净，用手摸着肚皮，还有点意犹未尽。

张思翰俯下身，双手端起那尊佛头，郑重地说："我猜，来买这样佛头的人一定是位常客，而且当晚上送到，翌日一早，一定会有人把它买走，绝不会隔夜。"

史春捧着肥大的肚子，惊讶地问："你怎么知道？"

张思翰抚摸着佛头，爱惜地说："因为这个佛头与众不同，它根本不是石头。"

"不是石头？"史春一脸迷茫地说，"七爷是这方面的专家，你一定也是位高手，你说说看。"

张思翰说："这是一种泥塑的佛头，用手指轻轻触摸，有种特别的感觉，是历史的沧桑感，它是用一种细泥做的，用一种石光粉，蛋清，糯米汁加在一起，搅拌均匀后用火烧成的，然后阴干，成形之后，既可防水又坚硬如石，再说这佛像头部，肉髻高耸而波纹浅刻，鼻高但不见孔，是典型的南北朝早期风格，如果我看得不差，这是一件真品。"

史春的脸色变了，脸色苍白，狰狞可怕，一脸无辜地说："你的意思是，我一直在被人利用，一直被当成傻瓜，他利用我来走私古玩，以真充假在店里贩卖，接头之人会来店里买走真品，如果事情败露就往我身上栽赃，我蹲过大狱，有案底，根本洗脱不清，是这样吗？"

张思翰点了点头，有点后悔自己的多嘴，但是他又不能不说，他想在史春这里多留些日子，史春或许因此而感激他，还能帮他打探一下案情的进展，顺便联络一下米莉，告诉她，发生在自己身上的很多不可思议的事，最主要的，是要告诉她，他被人陷害了！

片刻之后，史春的脸色缓和下来，拱手说道："多谢张先生指教，但是送佛送到西，请张先生传我一个脱身的妙法。"

张思翰想了想说："谁叫我是鬼眼七的朋友呢，他不是瞒天过海吗，我们就来个以假乱真，黑吃黑，你看如何？"他正想在史春耳边低语几句，门外面响起一阵急促的拍门声。

史春问："谁？"

有人低声叫道："你个屎壳郎，大白天的关个卵门。"

史春微一迟疑，对张思翰说："奇怪，怎么买家没来，卖主反倒来了，真是奇怪。"

张思翰问："他是谁？"

史春说："委托我卖佛头的主。"

张思翰立刻摆了摆手，闪身钻进里面的小屋，他不想被外人看见，给史春增添意外的麻烦。

史春走出门外，将来人迎进屋。张思翰只听见那个声音说："史春，叫了这么半天，却没有动静，是不是你金屋藏娇啊。"

"没，没人。"

来人说："不对，明明是有人，还是一个妞。"

史春还在掩饰："不是人，是只猫。"

"猫，喵喵叫春的猫吧，你老婆跑了，你是不甘寂寞吧，哈哈，让我看看这只猫长得漂亮不漂亮。"说完，这人就朝着里面的屋子闯。

屋门被推开一丝缝隙，一个斜长的影子投射进来，张思翰与来人四目相对，不禁一愣，这人身材矮小，长着一张老鼠脸，乌黑的脸上布满大小不一的疤癞，只有眼珠雪亮。

张思翰绝对见过这张脸孔，而且是刚刚不久前，在张思翰乘坐的列车上，在另一节车厢里，那个用帽子把脸孔遮住的乘务员！

一瞬间，张思翰的胸口仿佛被电流击穿一样，不等这人转身，他像老虎一样扑了上去，不过，他还是迟了一步，这人的动作非常迅速，抬腿蹿到门口，张思翰发出低沉有力的呐喊："截住他！"

史春没犹豫，完全是机械性的动作，闪身挡在这人面前，这人伸手一推，然后猛撞，全身的力量都集中在肩膀上，史春被砰的一声撞倒在地，但是张思翰已经追到这人身后，双手抓住他的衣襟，这人挣扎了一下，回手给张思翰一记重拳，张思翰的右眼立刻水肿起来，火辣辣地痛，他松开手指，脚下使了个腿绊，这人踉跄着翻倒在地。张思翰第二次扑上去，双手卡住他的脖子，这人把手伸向口袋。

刀光一闪！

张思翰的手背挨了一刀，鲜血迸流，但是他顾不了许多，用身体把这人死死压住，低声说："朋友，你跑不了啦。"说完，用凛冽的目光和这人对视，对手的眼神散乱慌张，企图掩盖什么，但是张思翰知道，旅途中那一系列匪夷所思的事件，必然和这个人有关，他用尽全身的力量和这人缠在一起，默默地较劲。这时候，史春爬起来，心中凝聚着往日的愤慨，抄起一根木棍，朝着这人的脑袋上敲了一下。

匕首当啷一声坠地，这人晕死过去。史春捡起匕首，对张思翰说："放心，他死不了，我下手很有分寸，先把他捆起来，他的名字叫穆歌。"

张思翰说:"他是你朋友?"

史春嗯了一声,不无讽刺地说:"以前是,现在不是,有个他这样的朋友,我很荣幸啊。"说完,找来一根细绳,拢住穆歌的肩膀,把穆歌结实地捆了起来。穆歌缓缓苏醒,睁眼之后,还想挣扎,张嘴要喊,立刻被史春塞了一只女人的丝袜,只好发出呜呜的声音,眼神也变得衰弱,充满了乞求的意味。

史春说:"说吧,为什么要利用我走私佛头,想让我背黑锅吗?"

穆歌摇晃了一下脑袋。

史春笑道:"不说实话是不是,等我在你身上戳几个洞,你就会不打自招了,还是乖乖地说吧。"

张思翰以为史春在开玩笑,史春看见张思翰的手背还在滴血:"你得去冲洗一下伤口,然后包扎起来,里屋第三个抽屉里面有创可贴。"

张思翰起身来到厨房,厨房里杂乱无章,好像很久无人打理,四壁挂满尘灰与蛛网,只有一把菜刀闪闪发光。他拧开水龙头,在冰冷的水流下清洗伤口,鲜血很快被止住,张思翰赶快回屋去找创可贴,急着包好伤口然后去审问穆歌。

屋子很小,混乱不堪,没有几个抽屉,袜子内裤、剪刀螺丝,蜡烛玩具什么都有,唯独在第三个抽屉里没找到创可贴,翻到最后一个抽屉的时候,还是没有。但是张思翰的目光忽然定格,他看到了一沓照片,照片上是个赤身裸体的女子,年轻而且漂亮,脸色苍白地躺在床上,样子非常诱惑,所有的照片都是同一个女子,睁着眼睛空洞洞地凝视一切,或者闭上眼睛仿佛婴儿一般在熟睡。

张思翰立刻毛骨悚然,因为那个女子的眼睛很大,瞳孔更大,瞳孔放大到死亡的症状!

身后忽然有了些动静,张思翰霍然转身。

砰!张思翰的头上一震,受到了一记重击。

史春手持木棍,满脸杀气,五官扭曲,凶残的本相暴露无遗,喃喃地说:"既然你都看见了,那也怪不得我。"

张思翰颓然地倒了下去。

初露端倪

张思翰醒来的时候头痛如裂，身体被一根麻绳捆得结结实实，睁开眼睛，一道带着金风的寒光砸向面门，吓得他双眼一闭。

砰！

史春一镐砸在张思翰身旁的地砖上，一连串飞溅的火星弹在张思翰的脸颊火辣辣的痛。史春在手心淬了一口唾沫，奋力把尖镐从地上拔起，接连砰砰几镐，挖出脸盆那么大一块面积。

史春赤裸着肥腻的上身，下身只穿一条短裤，昏黄的灯光洒落在满身的汗珠上，好似一滴滴色拉油珠，史春的肚脐眼下有一个彩色文身，那是一个颇为古怪的头像，金色的胡须，大大的鼻孔，圆圆的耳朵，双眉狰狞绞结，两只眼睛又大又圆向外凸起，大嘴里探出一条长长的血红色舌头，如同一个表情狰狞的吊死鬼。

这绝对不是吊死鬼，甚至不是鬼，而是神！

张思翰说："史春，你这个神的文身很漂亮，有历史性和艺术性，在哪儿文的？"

史春嘿嘿一笑："张思翰，你就要死了，还有心思说风凉话，不过你放心好了，你死以后，我保证你不会孤单，你可以和我老婆做伴，做一对快活的死鬼。"

张思翰不想激怒史春，只想平复他激动的情绪，因此淡淡地说："史春，你老婆是你杀的吧？"

史春闷哼一声，说："张思翰，你不应该看那些照片，那是我给死去的老婆的礼物，她的艺术照片，我老婆很白，很性感是不是？"

"是。"张思翰说,"简直是一个尤物。"

"你们两个变态,快点放开我!"一个尖细的声音从张思翰身后传来,他嘴里的填塞物已经被史春掏了出来,可以愉快地讲话了。

张思翰回头一看,穆歌躺在一旁,捆得像个粽子似的,不停地扭动。他笑着说:"穆歌,你还认识我吗?"

穆歌将脸一扭,沉默不语。

史春却丝毫没有发现这两人有着某种联系,他也不问张思翰和这家伙是否有什么过节,只阴森森地说:"我老婆虽然好看,但是好看的女人其实是魔鬼,我盗卖文物的钱几乎都被她挥霍得一干二净,她却在我入狱的时候勾搭小白脸,本来我不想杀她,可是没有办法,她要挟我,我只好把她给肢解了!"

张思翰说:"你都进了监狱,她怎么要挟你?"

史春冷冷地说:"那是我被放出来以后,她要我给她一大笔钱,她想和小白脸远走高飞,她以为我不知道,这个毫无廉耻的婊子,我只好把她埋藏在厨房的地砖下面,让她永远守在我的身边!"

张思翰侧目向两边看,浑身好似有蚂蚁在爬,那是种恐怖的感觉,感觉史春的老婆正在泥土里蠢蠢欲动!

史春擦了擦头上的汗水,抓起镐头猛刨了十几下,飞扬的沙土落了张思翰一头一脸,然后屁股一沉,大汗淋漓地坐在张思翰的身旁。

张思翰趁机说:"史春,你知道这个文身的来历吗?"

史春说:"知道个屁,道上混的都文这个。"

张思翰问:"可是你为什么不画龙刺虎,而是非要弄这个图案,总有点原因吧?"

史春说:"这你去问穆歌。"

张思翰转脸看着穆歌,虽然他俩都被五花大绑着,但是张思翰依然幽默地说:"朋友,这不是中国的神,是外国的神,而且是一种神的化身,叫什么来着,我有点记不清了。"

"不愧为考古学博士。"穆歌苍白的脸上泛起桃花般的红艳,他的目光神圣而执着地说,"这是胜利之神韦雷特拉格纳的文身,胜利之神战无不胜,我让他文这个图案，是有一种替天行道的正义感，灭除人间的邪思，淫欲，贪婪，罪恶！"

张思翰的脸色一变："你们是祆教信徒？"

穆歌没说话，史春笑了一下，浑身散发着神圣的光环，他并不回答张思翰的话，而是目光发直地说："我们都是神圣的祆教后裔，有着高贵血统的粟特贵统，只是时代没落了，英雄已经不在。"

张思翰看着他的眼神，估计他的精神有点问题，立刻说道："既然你是英雄的胜利之神，应该信守诺言，你杀了我，如何向鬼眼七交代！"

史春说："他根本不会知道，或者等我杀了他，把你们的尸体埋在一起，这总对得起你了，嘿嘿。"

张思翰郁闷了，运气不会总是吉星高照，史春是个精神异常的杀手，他的手段必然十分残忍，想到这里，张思翰浑身都出了一身冷汗！

史春从厨房里取出一把菜刀，寒光闪闪的拆骨刀，刀锋恰如一丝白线，史春唯恐刀不锋利，笑呵呵地说："杀我老婆的就是这把刀，我还用它来分解她的尸体，只是很久不曾用过，不知道是否够快。"

张思翰没什么话讲，只对史春说："你要真够朋友，给个痛快！"

史春举刀砍向张思翰的脖子，忽然又缩了回去，又开始刨坑，他现在要刨一个更大的坑，能够装得下张思翰和穆歌两个人。刨了一会儿，史春累得气喘如牛，他端来一个大水杯，咕嘟咕嘟地大口喝水，喝完水，抹抹脸上的汗水，继续埋头工作，一副任劳任怨的样子。死亡的气息弥漫在这个狭小的空间。

穆歌用力挣了挣身上的绳索，满脸荡漾出苦笑。

张思翰说："别挣扎了，史春肯定会杀你灭口，还是来谈谈我们的问题，你知道我是考古博士，你一定调查过我，说吧，为什么害死我师傅神刀米？为什么要陷害我？你们究竟有什么阴谋？"

穆歌的脸孔瞬间变了颜色，镇定地说："不可能，我并没有杀害神刀米。"

张思翰说："说实话吧，我们都快死了。"

穆歌说："我什么都不知道。"然后用哭腔叫道："老史，我们两个可是兄弟，没仇没恨，你放我走，我保证不泄露你的秘密。"

史春也用介休方言回了两个字:"寒森!"

寒森就是恶心。

张思翰笑着说:"史春,把坑挖得漂亮一点!"

史春丢下镐头,笑着说:"你倒是提醒了我,我有点累了,等我去吃点东西,然后再回来收拾你们。"他走出厨房去弄泡面。

这时候,张思翰觉得机会来了,他和穆歌是并排躺着,一股臭味在空气里弥漫,穆歌说:"什么味,这么臭?"

张思翰说:"他老婆的臭味。"

穆歌黑着脸说:"你吓唬我,他老婆不是早被他杀了。"

张思翰说:"你看看左边。"

穆歌一扭头,立刻转过脸来,胸口急剧地起伏着,在他的左边,被史春挖出的大坑里露出半截腐烂的胳膊,爬满蛆虫散发着恶臭。穆歌泪水汪汪地说:"我不想死,你有没有好主意,我们一起逃吧。"

"没有。"张思翰说。

穆歌的眼神中却有了一丝光明,他低声在张思翰耳边说道:"在我的腰里还有一把小刀,是我平时防身用的,史春不知道,但是我现在被捆住了,拿不出来,你帮我把匕首拿出来,割断绳索,我们两个一起跑。"说完,他在地上翻转磨蹭起来。

张思翰无动于衷地说:"让我相信你?除非你能证明,我师傅神刀米的死与你无关。"

穆歌说:"你个笨蛋,难道你想死在这儿,我们也正在追查凶手,我们不想让他死,因为他还没有完成最后的任务。"

"什么任务?"

"复原神坛。"

"神坛?"

"简单说就是一堆打碎的石头,复杂点说,是一座石头祭坛,我们想请神刀米恢复原样,但是神刀米死了,连那箱子石头也不见了,一定是凶手取走了箱子!"

张思翰说:"你是那个拜访米家的黑衣人?"

"那不是我，是另一个人。"

张思翰问："你说的神坛是不是共分三层，每一层盛开单层莲瓣，最下面的是五瓣，上面两层都是三瓣，三瓣莲花里燃烧着熊熊火焰，状似飘逸的云角，而火焰之上另有玄机，有弯月托日的画像，弯月如弦，明日如镜，甚是诡异。"

穆歌嗯了一声："没错。"

张思翰问："那辆指南者，还有浴室，列车上的事，怎么解释？"

穆歌说："指南者，浴室，不过是在吓唬你，我并没有真的想伤害你，我们只想搜查你的行李。"

"为什么拿走师傅送我的刻刀？"

穆歌说："什么刻刀，我没拿你的刀，我只想检验一下，你对神刀米的事情知道多少。"

张思翰说："怪不得打开列车洗手间的门，什么都没有发现，原来是你在弄鬼，将门反锁，然后逃到另一节车厢，都是你搞的鬼呀，我还以为真出了怪异的事。"

"既然你都知道了，快点吧，别再问了，我说得已经够多，妈的，他要回来了。"

张思翰说："好。"

穆歌和张思翰的捆绑方式完全不同，穆歌的双手是绑在前面的，张思翰的双手被绑在后面，他们两个必须协调一下，才能达到背靠背的方式，门外传来史春大口吞咽泡面的声音，他们两个在和死神赛跑，每一秒都不能浪费！

穆歌翻了一下身，张思翰向另一侧摆动了一下身体，然后跟着穆歌同一方向滚动，但是穆歌的脸朝着厨房门，而张思翰却要背对着他，用双手在穆歌的后腰一阵摸索，穆歌的身材短，张思翰一时摸不到位置，两个人谁也不吭声，像虫子似的在地上蠕动。

忽然，张思翰摸到一把锋利的匕首，而这个时候，穆歌发出一声报警的尖叫！

张思翰不用回头也知道，肯定是被史春发现了，他立刻停止动作，手心沁满了汗水。

史春吃完泡面后一点也没顾上休息，他跑进厨房一闻见这股臭味，脸色唰的白了，浑身好似虚脱，急忙跑了出去，外面传来哇哇的呕吐声。

穆歌说："史春没看见，快点，最后的机会。"

张思翰的手一点也没闲着，抽出刀子，用刀锋去割穆歌身上的绳索。

"挖得差不多了，再加把劲，就可以把你们两个都埋进去！"史春冷冷地说，他重新走了回来，一进厨房，立刻发现张思翰和穆歌两个人有些异常，他大吼一声，扑了上来。

张思翰听见史春的吼声，毫不犹豫地给了穆歌一刀，穆歌被捅了一下，绳索同时被刀锋割断。没等史春扑来，穆歌双臂一振绳索尽落，他就地一滚，向史春反扑，史春吓得一跳，双脚才一落地，立刻被穆歌抓住，然后猛地一掀。

史春站立不稳，仰面朝天一头摔了下去。

扑！

史春一头栽进自己挖的土坑里面，抽搐了两下再也没能爬起来，脑袋下面流出一股新鲜殷红的血液。土坑里放着那把镐头，镐尖刺穿了史春的太阳穴！

袄神之咒

穆歌脸色惨白，双手按住背上的伤口，虽然那一刀刺得不深，但是痛楚难忍，他问："张思翰，我是不是杀人了？"

张思翰很镇定，用匕首割断身上的绳子，以恐吓的口吻说："那还用问，过失杀人也要判无期。"

穆歌说："我不想坐牢，你帮我证明，我是正当防卫。"

张思翰站起来说道："我劝你不要去自首，因为盗卖文物也是重罪，二罪归一，罚得更重！"

"什么意思？"穆歌的身体在恐惧中冷却下来。

张思翰说："没什么意思，那个南北朝时期的佛头应该是你的，你通过史春的古玩店盗卖文物。"

穆歌说："张思翰，真有你的，这是威胁吗？"

张思翰说："不是，但是我们现在要尽快离开这里，以免被人发现。"

古玩店门前是一条僻静小巷，外面没有人监视，他们匆忙出了古玩店，阳光普照，清风吹来，午后的古城涤荡着一种悠闲而惬意的姿态，时间已经是第二天的下午了。

两人穿过长街，穆歌的步伐很大，几乎是一溜小跑，向一条小巷中飞奔，他想摆脱张思翰，可是还没出巷口，前面人影一晃，张思翰站在巷口处，向他挥手："穆歌，你走路怎么一扭一扭的？"

"还不是你割断绳索的时候，用刀子刺伤了我。"穆歌郁闷地说，"张思翰，我们两个最好分开走。"

张思翰说："那怎么行，你受伤了，我得照顾你。"

"我没工夫跟你磨嘴皮子,你真是阴魂不散,说吧,你跟着我做什么?"

张思翰笑说:"我没地方去,不跟你,跟谁。"

穆歌说:"你是不是想害死我。"

张思翰说:"别废话了,我们快走,警察很快就要到了。"

话音未落,警笛声响起。

穆歌说:"警察怎么会知道的?"

张思翰说:"是我报的警。"

"张思翰,你是不是疯了?"

张思翰说:"我没疯,你要是还不快走,我们都会被抓住,到时候我就指证你谋杀了史春。"

穆歌的脸色一白:"血口喷人。"

"情杀!"张思翰肯定地说,"我就对警察说,如果我对警察这样说,穆歌跟史春的老婆是相好,史春杀了他老婆,而后发现那个相好是你,而且你还瞒着他走私佛头,两个人于是大打出手,火拼的结果是穆歌杀死了史春,你说警察会相信吗?"

穆歌脸部的肌肉抖了两下,咬了咬牙说:"你没有证据。"

张思翰说:"杀人动机完全具备,而人证是我,物证是那把匕首,匕首上沾满了你的指纹。"

"不也有你的?"

张思翰说:"我忘了告诉你,我是隔着衣服拿的,没有留下指纹,而且,我又回到店里一趟,用匕首给了史春几下,顺便把匕首留在史春的尸体上。"

"你想陷害我?"穆歌的脸色更加惨白。

张思翰像个高僧似的,淡定地说:"彼此彼此,我现在想找个地方躲避一时,你还是把车开过来吧。"

"你,你怎么知道我有车?"穆歌惊讶地问。

张思翰说:"很简单,那么大一个佛头,你不可能自己抱着来吧。"

穆歌长出了一口气说:"张思翰,你还真难缠。"

张思翰说:"你以为我会轻易放过你吗。"

他们来到一处停车场,穆歌的座驾是一辆崭新的广本。张思翰带着胜利者的姿态上车,脸上露出灿烂的笑容。

荒郊的景色点缀着早春的绿意,大约半小时以后,广本拐进一个小山坳,停在一座大院前面。院子里的面积大概有足球场大小,黑色的大铁门,一座两层高的小楼,素白瓷砖红瓦盖顶,院角扎了一圈篱笆,虽然谈不上阔绰气派,倒也幽寂清雅。

张思翰问:"这是你家?"

穆歌说:"这里应有尽有,就是没有家的味道,我们这种人根本没家。"他的语气中透着几许无奈,几许凄凉。

把车开进院子,张思翰跟着穆歌走进屋内,顿时愣住,雪白的墙壁上挂着一幅墨迹,字体狂草笔走龙蛇,不过这难不倒张思翰,他立刻辨认出,这是一首诗——板筑安城日,神祠与此兴,一州祈景作,万类仰休徽,苹藻来无乏,精灵若有凭,更有雩祭处,朝夕酒如绳。

环视厅堂布置,愕然惊叹,大隐于市,莫过于此。大厅靠窗的位置,摆着一张翘头长案,案上一只小巧可爱的豇豆红苹果樽,另有笔墨纸砚,最引人注目的是一本古书,颜色有些发黄。张思翰走到书案前,朝封面上扫了一眼——《九宫大成南北词宫谱》。墙的一面是高大的书架,对面则是一排红木多宝格,摆放有四样精美的乐器,他说:"穆歌,想不到你还是个附庸风雅的家伙。"

穆歌说:"我是个古乐器收藏家,你没想到吧!"

"古乐器收藏家?"张思翰用目光一扫,倒是吓了一跳,除了豇豆红苹果樽外,窗边立着一架巨大的门德尔松钢琴,看样子是德国进口货,价值不菲。

穆歌说:"到了这里,你可以随意,冰箱里有吃有喝,不过你不准动我的乐器,碰坏了,你赔不起。"

"没问题。"张思翰说完,却伸手拿起一件乐器,放在手上观赏,这件乐器像一架竖琴,凤头、弓身、脚柱、肋木、二十二根古琴弦,漆面有些干裂,仿如蛇腹之纹。

"不要乱碰我的收藏!"穆歌有点愤怒,他有种收藏家的顽固性格,极不喜欢让人碰触他的收藏,那些宝贝可是他用来独自欣赏的。

张思翰说:"看看有什么关系,这不过是一柄箜篌,《通典》记载,竖箜篌,胡乐也，汉灵帝好之，体曲而长，二十二弦，竖抱于怀中，而两手齐奏，俗谓——擘箜篌。"

穆歌一愣，叹息着说："张思翰，我倒是小瞧你了，我这张箜篌是从日本一个寺庙里弄回来的，你看看，它是不是明代的？"

张思翰微笑着说："你想考我，这难不倒我，这张箜篌的断纹很美，古人用漆器做琴，却不喜欢它光滑如镜，而是要断纹如旧，体现它古老沧桑的感觉，从弓背上装饰的花草图样，综合漆面断纹，还有形制来看，根本不是明代的。"

"哦？"穆歌的眉头一皱。

张思翰说："这是唐代的，虽然我对古乐器不是很在行。"

"在行，在行，一说就中，你是高手。"穆歌立时对张思翰另眼相看，把他当成是一位知音了，不过张思翰觉得玩音乐的人好像走两个极端，要么边幅不修，长发飘飘，要么溜光水滑，偶像翩翩，而面前这个穆歌，虽然名字带着韵律的味道，但是相貌却丑陋猥琐，这样的人也玩音乐？

穆歌从张思翰的手里接过箜篌，小心翼翼地放回多宝格内，又顺手取出一件乐器，问："你认识这个吗？"

这件乐器由十三根长短不一的细竹管组成，缠绕着三根刨开的竹条，上面绘有漆彩纹饰。张思翰说："这是排箫，但是年代没有箜篌古老，最多不过明中期的东西，这种排箫都是成对出现，你的这根，不知道是雌还是雄？"

穆歌说："有你的，怪不得你能对史春点破我佛头的秘密。"

张思翰说："在你的多宝格里，年代最久的是箜篌，然后是曲项琵琶，大约是南宋的，单这两件乐器已经价值不菲，记得一把名叫大圣遗音的古琴，在2003年拍卖出了八百多万元的价格，你的这两件东西加在一起，总价值应该过千万，我说得不差吧。"

"不差。"穆歌笑了，他的笑容非常甜蜜。

张思翰细眯着两只眼睛说："其实我对音乐也很有兴趣，在美国上小学的时候被送去学琴，老师对我十分赞赏。"他饶有兴趣地坐在钢琴前面，双手十指张开，在琴键上一按，发出铮的一声，韵味悠扬。

穆歌盯着张思翰的手指，尖俏的指尖是富有艺术细胞的外在表现，可是张思翰接下来的弹奏简直是折磨，他在琴键上一顿乱按，发出的音阶乱七八糟，简直是在强暴人的耳朵。

穆歌说："你不是说老师称赞你吗，你怎么什么都不会弹？"

张思翰说："老师说，我本想辞了这份工作另谋高就，可是一直没下定决心，好孩子，是你让我下定决心，因为我从来没见过像你这么笨的学生！"

穆歌一笑，他知道张思翰这条大鱼已经咬饵了。

翌日。天刚蒙蒙亮，一辆红色小跑停在警局门前。一个和米莉年纪相仿的女孩走下车来，细细的眉毛，苗条而健美的身材，一副暴龙太阳镜架在精巧的鼻梁上，穿着一件蓝色牛仔裤，匡威运动鞋，戴着一顶耐克鸭舌帽，从背后看去，好似一个瘦弱男孩的背影。

女孩说："你好，麻队。"

麻六九穿着一身笔挺的警服，既潇洒又干练，疑问："研究古文字的何徽阳教授来了吗？"

"我就是。"何徽阳一笑，露出一对雪白的小虎牙。

麻六九一愣，即刻微笑着说："欢迎，欢迎，快请进吧。"

麻六九把何徽阳请进办公室，先是倒茶待客，寒暄几句，然后言归正传，他从抽屉里取出一些高清晰画片，递给何徽阳，客气地说："何教授，这些照片可能是破案的关键，我们想请你看看，这些画像和文字代表什么意思，是否隐含着一些有价值的线索？"

那些是米家地窖里的石板画像的拓片复印件，何徽阳拿起一张仔细观看，凝眉细思。麻六九在一旁察言观色，问："你知道这些图案的意思吗？"

何徽阳说："除了博物馆，我从没在民间见过这么神奇的图案。"她顺手抽出一张照片，指着弯月托日的图案给麻六九看，她说："这是祆教的一种标志，古老的宗教。"

"仙教？"麻六九认真地问。

何徽阳说："祈祷的祈字去掉一个斤字，再加上天，不是神仙的仙。"

麻六九说："我知道祆神楼。"

何徽阳说："没错，就是那个祆字，我学的专业是古文字与图像学，祆教是很古老的宗教，比基督教还要古老，起源于伊朗，原来叫作琐罗亚斯德教，后来从丝绸之路传入中国，名字改称祆教，以后的流派还有称拜火教，火祆教，后被伊斯兰教取代，宋代以后，这个宗教在华夏大地上基本销声匿迹了。"

麻六九说："他们崇拜太阳和月亮？"

何徽阳说："不错，祆教信徒崇拜阿胡拉·马兹达，他是创造世界的大神，祆教是二元论世界观，认为原始宇宙一无所有，只有光明和黑暗，阿胡拉·马兹达存在于光明之中，而黑暗之中隐藏着魔神安格拉，在没有战争之前，安格拉并不知道阿胡拉的存在，而阿胡拉却知道即将创造的世界要遭受安格拉的毁灭，安格拉是所有罪恶的制造者，祆教的创世神话和其他宗教的创世神话都不相同，有善恶二位造物主，分别创造美好与丑恶，任何一种物质的创造，都是先有意识，后有物质，不过有些神话故事也有一定的实际研究价值，根据古老的经文记载，阿胡拉创造的第一个物质世界是天穹，所用材料是最硬的石头，晚期经文改说是金属，这很可能说明新石器时代以后，这种古老的宗教就已经具有了雏形。"

这些宗教话题令人头痛，麻六九说："教授，别用专业的解释，你直接告诉我，那些石板画像的意思就行了。"

何徽阳有点扫兴，她很想在麻六九面前炫耀一下，只好说："那些画是石屏风，虽然尺寸小了些，但是大概是为了墓葬所用。"

"墓葬用的？"麻六九问，"具体说说。"

何徽阳说："简单说，是祆教信徒死了以后，他的骨灰要用这些刻着图案的石头围起来，像屏风一样。"

麻六九说："明白了，石板就是棺材板，那上面的图案有什么特别的意义吗？"

何徽阳说："当然有意义，现今出土的祆教的石屏风、石棺、石床都是隋唐时代的，石屏风上面刻有祆教的崇拜仪式，吉祥图案，边缘的联珠纹也非常典型，饮宴图也很常见，一方面表示主人的身份隆重，一方面寄托着亲人希望死者的灵魂升入善的天国，享受永恒的快乐，但你这几张图很有意思，好像是写实的风格，值得好好研究一下。"

麻六九指着一张白纸上的字母，问："这些古老的文字，你能破译吗？"

何徽阳说："是阿维斯陀语，记录祆教经典《阿维斯陀》的语言，是流传下来的古老的文字,还好我能翻译一点。"忽然,她的脸色雪白,但是依然保持着镇定。

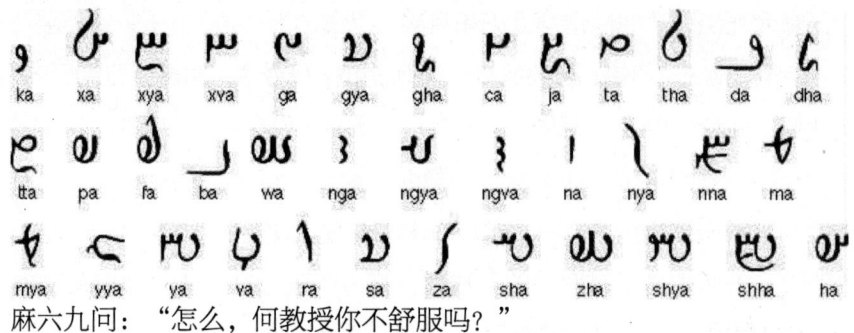

麻六九问:"怎么,何教授你不舒服吗?"

"这些文字难道是从尸骨上找到的?"

"没错,究竟是什么意思?"

何徽阳皱着眉说:"我还不能确切翻译这些文字的意思,这是一个恶毒的诅咒——凡得此宝者,不生虚妄之心,不生贪婪之念,否则,父子相仇,夫妻相残,兄弟相恶,朋友相恨,穷凶极恶,断子绝孙!"

麻六九想,这是谁下的诅咒,确是够恶毒的。

这时候,有人来敲门,麻六九说声请进,米莉推门而入,与何徽阳四目相对,两人一愣,强抑的悲痛忽然化成泪水,从米莉的瞳孔里夺眶而出。

神秘的石头

翌日黄昏。门外响起喇叭声,大铁门缓缓开启,清冷的大院一下子热闹起来。一辆宝马730开了进来,后面跟着一辆奥迪Q7,Q7的后面还有一辆以三叉戟为车标的玛莎拉蒂COUPE。

名车汇聚,张思翰的心中却笼罩着一层阴影,隐隐预感到在穆歌的背后有一股强大而黑暗的力量支撑着。

宝马730上走下一个身材瘦弱的人,他的脸隐藏在一张墨绿色的面具里,披着一件镶嵌着红边火焰的黑色斗篷,只露出一双温柔的目光。

奥迪Q7里走下一个身材高大的人,同样戴面具,黑斗篷,只是他的面具上刻着一个四臂女神像。

玛莎拉蒂走下的人也是同样装扮,戴面具裹披风,好像是来参加一场化装舞会,处处充满了危险的意趣!

张思翰瞄了一眼车牌,这些车子不是套牌车,就是假牌照,车主在刻意隐瞒自己的身份,最后下来的是一条狗,它朝着张思翰吼了两声,立刻引起了张思翰的兴趣,狗通人性,它知道张思翰是一个陌生人,不过却很喜欢这个陌生人的味道。

穆歌一招手:"光明。"

张思翰心想,原来这只狗的名字叫光明,它是只白耳朵的牧羊犬,欢快地朝着穆歌跑去,它的眼神说明它是一只温驯可爱的狗狗。虽然狗的名字叫光明,但是不祥之感依旧如潮水袭来,这些人大概都是袄教信徒,但是彼此之间的眼神交流却很冷淡,带着一些不愉快的气息,袄教崇尚光明与火,黑暗是不祥的颜色,按照袄教教义——魔鬼安格拉就隐藏在黑暗中,那么这些披着黑斗篷的祆教徒，究竟是人，还是鬼！

但是，张思翰的推理完全错了，这些黑衣人不但是神，而且是祆教中的大神。穆歌对张思翰说："张思翰，你不要小瞧他们，他们是祆教中的三大护法。"

张思翰说："祆教护法？这个古老的宗教当真还存在于世吗？他们好像不喜欢我。"

穆歌说："喜不喜欢没关系，最重要的是让他们认为你有用，如果你没用，他们会把你变成一具冷冰冰的尸体！"

张思翰问："他们身穿黑色，都很时尚。"

"不是时尚，祆教信徒只有参加葬礼时才穿黑色。"戴墨绿色面具的黑衣人冷淡地说，他来到张思翰面前停下脚步。第二个与第三个黑衣人同样如此，目光如剑地盯着张思翰，令人不寒而栗。

第二个黑衣人突然说话了，他戴着四臂女神的面具，用严厉的声音说："穆歌，你在搞什么鬼，这个小子太年轻了，根本无法完成那项神圣的事业！"

穆歌说："他是神刀米的嫡传，神刀米死了，只有他才可以复原那些石头，没有第二人选。"

"娜娜，你是不是嫉妒人家年轻有为呢，我倒是很欣赏他，考古学博士，雕刻绝技大赛的头名状元，绝不是浪得虚名，我对他很有信心。"从玛莎拉蒂下来的黑衣人声如银铃，竟是个年轻的女子。

娜娜蓦地回头，以剑锋般的目光看着她："阿梅雷特，你什么意思，告诉你，我的地位在组织里是无可动摇的！"

张思翰盯着阿梅雷特脸上的面具，竟然是一张紫色向日葵，而她看向张思翰的目光竟然如水波一样，荡漾出无限妩媚的爱意。

"好男不跟女斗！"从奥迪车里走下来的人说，"真搞不明白，你是个大男人，为什么叫娜娜，还喜欢和一个女人斗嘴。"

娜娜回身说："得悉，你给我住口，要不是你派去的人都是废物，神圣的任务早已经完成！"

张思翰把三个人的名字琢磨了一遍，得悉、娜娜、阿梅雷特，这些名字应该不是真名，而是祆教神祇的化名。

根据祆教史料记载,娜娜女神是一位古老的神明,是乞求万物丰饶、风调雨顺的大神,常骑着一头狮子,手持权杖出场。

阿梅雷特是祆教女神,是植物的保护神,是长寿不死之意。

得悉则是星辰雨水之神,据说在祆祠中,供奉的主要是得悉神,而不是祆教的最高神——阿胡拉·马兹达。

得悉嘿嘿一笑:"娜娜,不要生气,神圣任务很快就要完成了,瞧瞧我给你们带来了什么?"他走到车的后备厢,掀开车盖,提出一个沉甸甸的木箱。

张思翰十分惊讶,这难道是米莉说的,那口神秘的箱子?得悉仿佛读懂了张思翰目光中的含义,柔声说道:"张思翰先生,别用仇恨的目光看着我,我没有杀你师傅,同样的箱子一共有四个。"

四个同样的木箱?

箱子里装满了古老的石块?

这些古老的石块是一个打碎的神坛,或者说是一个石头雕琢的祭坛,而要把那些粉碎的石块重新组合在一起,需要非凡的技巧!

张思翰的心情稍稍平定下来,那条名字叫光明的狗,好像熟悉了他的气味,跑到他的脚边又嗅又舔,张思翰用手摸摸它的脑袋,好似一对多年未见的朋友。

娜娜道:"考古学的博士?让我们见识一下,你这个小白脸博士是不是浪得虚名!"他一个箭步蹿到张思翰面前:"你看看我身上,有什么值钱的东西?"

"这个。"张思翰一指娜娜披风上的一枚金色纽扣,纽扣有拇指大小,颜色古老,边缘残破,"直径20毫米,厚度2.5毫米,贵霜王朝沙摩陀罗时期,大约在公元370年,上刻四臂女神像,这不是纽扣,而是一枚古董金币。"

穆歌呵呵一笑:"娜娜,你被大博士一眼看穿啦。"

"我这枚金纽扣相当张扬,能被他猜中不算他的本事,张思翰,你还知道些什么?"娜娜有点不服气地说。

张思翰说:"还有你的披风。"

娜娜粗犷地大笑:"我的披风?张思翰,这你可说错了,这件披风是我新做的,并不是一件古董。"

张思翰说："我没说这是件古董，我是说这件披风的边缘修饰，非常有个性，四片棕榈叶构成网状花格，边缘绣联珠纹，联珠纹内有鸟纹或者生命树纹，这种图案在吐鲁番唐墓中有所发现，它还有一个外来名字，叫拜占庭丝锦。"

阿梅雷特咯咯一笑，对娜娜说："你服了吗？"

谁都以为娜娜是一个狂人，可是他的态度却来了个一百八十度的大转弯，非常恭敬地说："张博士是高手，是有真本事的人，值得我娜娜的尊敬。"

张思翰觉得他有几分好笑，一个大男人，偏偏取了一个女性神祇的名字，性格也是令人难以琢磨。

穆歌说道："大家安静一下，得悉，把你的东西交给张思翰，没他的帮助，我们完成不了对神坛的修复。"

众人走进大厅，得悉把木箱轻轻地放在桌上，做了一个请的手势。张思翰心情沉重地走到木箱前，这些石头对他来说具有非凡的意义，对这些神秘人物来说更加重要，因此他格外小心，轻轻打开木箱，把里面的碎石一块一块地摆在桌案上，然后说："可以关灯吗？"

灯光灭了，窗外升起一轮半月，月光温柔地洒在张思翰的额头，他将双眼闭合，排出一口浊重的呼吸，放松心境，让全身达到一种极端自由的状态，恢复手指的极度灵敏，清晰地想起师傅对他的教诲——听劲，倾听的不是声音，而是感觉，心灵可以包容万物，要的就是那种感觉，如果你达到了这种境界，你的手就是刀，是锋利得可以消磨万物的岁月，是一只看透沧桑的眼睛。

坚硬如水，物我归一，这是一种心灵的境界。

世界静止了，万籁无声，张思翰的手开始在黑暗中组合这些古老的石头，就像一个小孩子在玩搭积木，他玩得很用心、专心、开心，感觉身边空无一物。但是其他人紧张得要命，一直在流汗，发觉时间过得好慢。

灯光重新亮起，那些石头依然散乱地堆积在桌案上，仿佛丝毫没动。

"不会吧。"穆歌苦着脸说，"张思翰，你在黑暗里摆弄这些石头，将近四十五分钟，结果——你究竟行不行，你在玩我吗？"

张思翰擦了一下脸上的汗水："我的确不行，我还没有达到师傅的境界，我弄不了。"

阿梅雷特对张思翰说："帅哥，我对你有绝对的信心，神坛的秘密已被你破解，胜利之火将被点燃，阿胡拉神冠会重现人间！"

"你的意思是？"娜娜的身体轻轻颤抖。

得悉说："没错，张思翰已经破解了石头上的秘密，他骗得了你们，却瞒不过我的眼睛。"

四个人，八只眼，宛如利剑似的盯着张思翰。

张思翰淡淡一笑，直起身体，闲庭信步地走到窗前，平淡地说："被你们看穿了，的确，神坛的秘密我已经知道，其实，你们不是想叫我师傅恢复神坛，而是想知道神坛上篆刻的字迹。"

阿梅雷特说："聪明，说吧，你有什么条件？"

张思翰说："想知道石头上的字，至少要帮我解释一些事情。"

娜娜说："我们怎么相信你？"

张思翰走回桌案前，摊开一张白纸，用毛笔蘸满墨汁，先画了一个祭坛的大致模样，祭坛共分三层，每一层都是单层莲瓣，最下面的是五瓣，上面两层都是三瓣莲花，仿佛燃烧着的熊熊火焰。然后在祭坛下龙飞凤舞地写了八个大字——龙虎风云，不世之基。

穆歌几人的目光忽然变得痴迷起来，因为这八个字，应该符合神坛铭文的内容，为此他们对张思翰深信不疑。

张思翰说："能配上这八个字的，一定是个历史大人物，我想知道什么是阿胡拉神冠？"

穆歌、得悉、娜娜、阿梅雷特，相互对视一眼，彼此点了点头。穆歌郑重地说："这个大人物，曾经是掀起过安史之乱的大燕皇帝安禄山，他在登基之前，胡人从遥远的西域带来一尊黄金神冠，造型奇特，镶嵌七星珠宝，名为阿胡拉神冠，传说安禄山戴上阿胡拉神冠会与天神合体，成为人神一体的大燕皇帝，他将是祆教大神阿胡拉·马兹达在人间的化身。"

张思翰说："安禄山原是胡人，母亲改嫁给突厥人，但是不论突厥还是胡人，他们的那个时代都信奉祆教，那是古波斯的一种古老宗教，是粟特人从丝绸之路传入中原的，胡人也是粟特人的一支，所以我画的这个图案是祆教的拜火祭坛，我没说错吧？"

得悉说:"果然是家学渊源的博学之士。"

张思翰的脸色渐渐如铁一般硬朗,一字一字地说:"哪里,比起老谋深算的穆歌,我还差着一大截,事情既然到了如此地步,你也无须隐瞒,我师傅是怎么死的,请说出来吧?"

穆歌说:"关于你师傅的死因,我真的不知道。"

张思翰忽然说:"史春呢,你为什么要杀他?"

"那只是一次意外。"

张思翰说:"好像不是。"

穆歌的眼睛一眯,目光犹如两把尖刀直刺张思翰的心窝:"那你怎么认为?"

张思翰一字一字地说:"我认为史春死于谋杀!"

穆歌笑道:"张思翰,这是你的妄想。"

张思翰说:"不是妄想,我有证据,就是那个佛头,我参观过你的收藏,你收藏的基本都是古董乐器,和佛像基本没有什么关系,你叫史春把一个真佛头故意摆在我面前,引起我的注意,这样做是为你的出场做个合理的铺垫,你最大的破绽是进入古玩店以后,你被史春绑了起来,故意在后腰留下匕首,而且捆绑的方式也是经过精心计算的,将我的双手绑在身后,而你的双手绑在前面,当我去摸你后腰的匕首时,脸是朝着厨房里面,根本看不见你和藏在厨房门前的史春交换眼色,对吧?"

穆歌说:"请继续。"

张思翰叹了一口气:"这个时候,史春还以为是在演戏,其实死神已经降临,你想借这个机会除掉史春,他有人命在身,而且再没有什么利用价值。"

穆歌嘿嘿一笑:"不错,我掌握了他杀老婆的证据,他不得不听我的摆布。"

张思翰说:"接下来,一场表演就开始了,你伪装成自卫的样子,借机除掉了史春,史春显然死得窝囊。"

穆歌说:"就算你说的都是真实的,有证据吗?"

"有。"张思翰说,"我曾经告诉过你,我用刀子去捅史春的尸体,其实我并没有那么残忍,我是去检查捆绑你的绳子,因为你害怕我割不断你身上的绳索，或者你害怕史春会真的杀了你，所以捆绑你的绳子应该是一个活结，那条绳子就是证据。"

穆歌哈哈笑道："这样说来，精心布置的骗局轻易给你识破了。"

"精彩。"娜娜拍着手说，"出身耶鲁大学，拥有敏锐的眼神，灵活的手指，历史的嗅觉，你真是一个不可多得的人才！"

张思翰说："你们调查过我。"

"我们早就开始调查神刀米身边的人。"穆歌说，"但是很抱歉，神刀米不是我们杀的，我们也很想知道他是怎么死的，凶器上有你的指纹，我们曾怀疑你就是凶手！"

张思翰说："那把刀是师傅送给我的，我用它夺得雕刻大赛的冠军，上面能没有我的指纹吗，傻子都明白，这是陷害！"

祆神之死

如果世界只剩下时间，隐藏的寂寞将无处可逃。

滞留在这个封闭的小世界里面，已经三天三夜，连续对着一幅没头没尾的字迹发呆，冥思，或者空想，任谁都有发疯的感觉，但是张思翰没疯，他挂念着可爱的小师妹米莉，他的胸中隐藏着愤怒，还有仇恨，还有没有证明的清白。

客厅里灯光朦胧，已接近子夜时分，但是众人似乎全无倦意。白纸黑字悬挂在墙壁上，那是由张思翰亲手书写的魏碑体大字，上面写着——□龙虎风云，□□伏首，文□飘香，□不世之基，□□□偷□，□安神意，震□慈瑞，克长安洛阳于指掌。

这是张思翰从碎石上摸出来的字迹，有些字迹被故意铲掉了，经过张思翰的整理之后，字迹显得顺序井然，秘密呼之欲出，却又让人煞费苦心，难窥门径。

众人蜷缩在沙发上，或者斜倚在木椅上。穆歌说："从字面的意思上看，这就是一篇铭文，没什么特别。"

阿梅雷特说："如果没有特别之处，为什么要铲掉那些字，而且这是自安史之乱后，一直留存在祆教中的秘密。"

张思翰说："铭文上刻有天下大业，龙虎风云，克长安洛阳于指掌等字样，指的肯定是安史之乱。"

"如果不能还原空白处的字迹，就算找到神坛余下的部分，也是白费工夫，我以为会有藏宝图之类的呢，盯了它三天，我眼睛发花，心力交瘁，实在是琢磨不透啊。"娜娜说，他对这些石头好像兴趣大减。

张思翰从沙发上站起,伸了一下懒腰,他不想听这些无聊的猜测,他在书架上随手翻看一些书籍,打发时间。

得悉淡淡地说:"张思翰,关于那些空白字的线索,以神刀米的境界,能不能破译出来?"

张思翰换了一本书,动情地说:"什么意思,你在怀疑我,如果我师傅还活着,他肯定能破解这些空白字的秘密,很不幸,他已将秘密带走了。"

"原来是空欢喜一场,穆歌,你召集我们前来,就是为了给我们展示你的失败?"娜娜不高兴地说,"你知道我们的每一分钟有多宝贵吗,我们因此会少赚多少钱。"

得悉忽然说道:"娜娜,你少安毋躁,瞧你那点德行,你应该感谢穆先生,要是没有他的召集,恐怕你连裤子都得输掉,澳门赌场的水很深,我劝你回头是岸,上个月你又输了不少吧,不会输红了眼,把你的家当拿出来做抵押吧?"

娜娜双眼通红,吼道:"得悉,你暗中调查我的行踪?"

得悉说:"我只不过提醒你一下,如果寻找到阿胡拉神冠,你在赌场欠下的那些无底洞,就可以填平了吧。"

张思翰看着娜娜发红的目光,这家伙是个标准的赌徒,一副输红了眼的标准目光,已经暴露无遗了。

娜娜哼了一声,干了杯里的红酒,他说:"既然什么线索都找不到,我去睡了,明天就离开。"说完,他独自上楼去了。

阿梅雷特向张思翰抛了一个媚眼,轻声说:"帅哥,晚安。"她穿着一身黑色丝质吊带睡袍,迈开两条雪白修长的腿,走路一扭一扭的,风情万种。好几次,张思翰想伸手揭开她的面具,看看阿梅雷特的脸,但是他都忍住了,因为阿梅雷特这朵花,浑身长满了致命的毒刺!

张思翰休息的房间在二层,穆歌为他单独准备了一间客房。半夜时分,他的梦境里出现一座宏伟的神殿,莲花神坛上燃烧着经年不熄的圣火,两只巨大的鹰身人头的怪物从空中扑下,抓住他的身体,将他投进熊熊燃烧的大火,他被火焰吞噬着,大汗淋漓地惊醒。这时候,他才感觉自己的身体像火焰一样发烫,因为被子里有一个光溜溜的女人。

这个女人的身体冰冷冷的，滑腻如水，白如羊脂，柔软得就像一条蛇，缠绕着他的身体，轻轻地挑逗着张思翰全身的每一根神经，呢喃地问："张大博士，我的身体美不美？"

张思翰的神经像一张弓一样，立刻绷得紧紧的，好久没有碰过女人的身体，尤其是如此性感妩媚的尤物，他看着阿梅雷特脸上的面具，心里更是产生了一种征服的欲望，他克制住胸膛里澎湃的情欲，问道："阿梅雷特，原来是你？"

"傻瓜，听不出我的声音了吗，只要你和我好，就让你看看我的庐山真面目。"女人的眼波在月光下，恰如一汪春水。

张思翰说："这算是一场交易吗？"

"是交易，但也不是，我真有点喜欢你，你以为娜娜会喜欢你吗？也是，他是个玻璃，不排除喜欢你的可能。"阿梅雷特吃吃地笑着。

张思翰说："如果不是交易，那你总有所图吧？"

阿梅雷特紧贴上来："我知道你喜欢成熟的女人，肯定不是米莉那种小少女，是不是？"她用手指轻划着张思翰胸前结实的肌肉，仿佛一把快刀，割开坚硬的果壳，释放火热的情欲。

张思翰说："那好。"伸手要去揭她的面具。

手才伸出一半，却被阿梅雷特用柔软的手指缠绕住，她说："你和我好了以后，我才让你看。"

面具下面肯定是一张风情万种的脸蛋，张思翰的心在燃烧，脸在发热，他很镇定地问："条件？"

阿梅雷特简捷地说："我们马上离开这里，然后一起去寻找阿胡拉神冠，我知道你肯定有线索，是不是？"

张思翰简直没法拒绝，翻身把阿梅雷特压在身下，问："你怎么知道我有线索？"

阿梅雷特说："连我这样蠢的女人，都能想到一点线索，我不相信你会破译不出那些字谜。"

"说说你的线索。"张思翰说。

阿梅雷特说："那些空白的字迹肯定是一种暗示。"

张思翰说:"还有呢?"

"没了。"

张思翰差点儿笑出来:"这算什么线索,你可以走了。"

阿梅雷特惊讶地问:"你难道对我一点兴趣都没有,你也是个玻璃?"

"不是。"张思翰低声说,"但是做那种事情,最好不要有观众。"

窗前倾泻着一缕明亮的月光,月光中浮现出一道狭窄的阴影,阴影里隐藏着一双猥亵的目光。阿梅雷特一跃而起,虽然她一丝不挂,但丝毫没有羞涩之感,动作快如闪电地拉开房门。

门外站着一个人,瘦长的身形宛如一个幽灵。

阿梅雷特眼神如刀,怒道:"得悉,你居然监视我?"

得悉嘿嘿一笑:"穆歌叫我盯住你这只母猫,他说你喜欢发情,而且很危险,一定会用身体拉拢这位帅哥博士,而且他成人之美,他知道我有偷窥癖,所以让我来瞧瞧,如果不碍事的话,请接着表演。"

"变态!"阿梅雷特生气极了,但她可不想在得悉面前展示着充满性感的身体,抓起睡衣,像猫一样地走出张思翰的房间。

得悉笑眯眯地叮嘱说:"张大博士,关好自己的房门,如果被美女骚扰,算你的幸运,如果被大男人骚扰,可就不太妙了。"说完,倏地一闪,在门前不见。张思翰重新把门关好,躺在床上细细思量,这几个身份神秘的人物虽然来历不明,但是貌合神离,说不定可以利用一下,找出杀害师傅的真凶。

想着想着,有些困倦,门悄无声息地开了,一条黑影钻了进来,一只手伸进被子,来摸张思翰的身体,这绝不是柔嫩的女人香手,而是一只粗糙大手。

张思翰笑了。他说:"娜娜,你真是一个玻璃。"

娜娜也笑了,缩回手去,有点娘娘腔地说:"张思翰,其实我原来挺喜欢女人,后来才喜欢男人,尤其是像你这般细皮嫩肉的小白脸。"

张思翰说:"线索没在我身上,你乱摸什么。"

娜娜穿着一身黑色披风,轻松地说:"这样说来,你还是知道一些线索?"

张思翰说:"线索不在我这儿,而是在你那儿。"

"你怎么知道?"

张思翰说:"很简单,你现在来找我,又穿成这个样子,明显是要开溜,你是一个不会轻易放弃的人，除非你有线索。"

娜娜从面具后射出两道精明的目光，低声说："张思翰，你跟我走吧。"

张思翰说："你叫我跟你走，一定是有足够的理由。"

娜娜说："我有石头的另一部分，这样的理由还不足够吗？"

张思翰问："现在就走？"

"没错，把他们撇得远远的，但是我们想要离开，必须得解决外面的一点小问题！"

张思翰跟着娜娜来到窗口，抬头看了看天空，月色孤单空无一物，远处的丛林里有一点红色的火光在滚动，如同阴森的鬼火一般！

娜娜说："你看到了吧？"

张思翰问："是什么？"

"森莫夫！"娜娜说，"琐罗亚斯德经文中记载的一种神兽，骆驼头，有翼，龙蛇尾，或者是人头鸟神，执掌催云化雨，但是还有一类森莫夫最为可怕，似狼非狼，似犬非犬，祆教中的一个流派曾经训练过这种怪兽吃人。"

张思翰说："我知道有一种天葬，把尸体扔进一个院子，让狗把尸体吃干净，对吧。"

"没错，森莫夫只听主人的命令，连活人也不会放过，如果你敢走进树林一步，就会被撕成碎片！"

张思翰说："所以，你们才没有人敢轻易走出这里，你叫我一起跑，是不是想在必要的时候，让我去喂那些恐怖的森莫夫。"

娜娜用怪怪的腔调说："怎么会，我们是合作伙伴，我早已经想好了对付这些森莫夫的办法。"

"什么办法？"

"你应该听说过，佛祖割肉喂鹰的故事。"

张思翰立刻板起脸孔："少来，你想用我的肉去喂森莫夫，亏你想得出来。"

娜娜说："是另一个人的肉。"

张思翰的胃忽然紧缩，有种呕吐的感觉，他觉得娜娜这个人猥琐至极，阴险至极，卑鄙至极，恶心至极。

娜娜滔滔不绝地说着："我已经瞄好了一个目标，就等下手，你来帮我怎么样?"

这是谋杀!

张思翰说:"容我考虑一下。"

"要快,迟则生变。"娜娜关切地说,"我只能给你一小时,如果天一亮,我们都走不了,好好考虑一下,我去去就来。"说完,还在张思翰的手臂上拧了一下,一扭一扭地走出房间。

张思翰浑身直起鸡皮疙瘩,但是他转念一想,蓦地想到娜娜可能是去行凶,于是冲出房间,把房门拍得震天响,大声叫道:"琢磨出线索啦,大家都出来,你们听我说。"他想用这个来破坏娜娜的阴谋。

穆歌穿着一身睡衣,走出自己的房间,问:"什么事大惊小怪?"

得悉、阿梅雷特也相继走出房间,用怀疑的目光看着他。张思翰故意说:"那些空白字迹我想到了一些线索,娜娜呢?"

得悉说:"我去叫醒他,这家伙总有失眠的习惯,总要依靠药物睡眠,所以很难叫醒。"

大家来到娜娜的房门前,敲门半天,无人回应,张思翰以为娜娜藏在屋子里羞于启齿,索性叫穆歌拿出钥匙,将反锁的房门打开。

门被推开的一瞬,张思翰的心猛地跳了几下,他的目光直接盯在娜娜的尸体上。

二层的一扇窗口前面站着祆神娜娜,面具已经被揭掉了,露出一张突兀的脸孔,眼睛如同青蛙一般又圆又大,一丝一丝殷红的血迹从头顶渗落下来,他的两只手扶着玻璃窗,嘴巴大张,好像要发出痛苦的呐喊,但是没有声音,窗外的月光映着他鬼怪一般的神色,无比恐怖!

娜娜的背心插着一把刀,刀尖穿透心脏,早已气绝身亡,头上的血迹,则是凶手留下的另一处伤痕。张思翰和得悉把娜娜放倒在地毯上,深红色的地毯上散落着一些血迹。

张思翰望了望众人的目光,冷漠、镇定、狡黠,他知道不可能报警,在这个被封闭的地方,同情心都被封闭在狭窄的心胸里面。

张思翰摸了摸尸体的温度,检查一下娜娜头上的伤口,大约一寸,应该是重物击打所致。窗边的地面上有一些破碎的瓷片,按照其原来的形状看,像是一只瓷盘。张思翰拾起两块破碎的瓷片问穆歌："我没见过这些瓷片，它是这间屋子里的东西吗？"

穆歌说："不是。"

张思翰说："这只盘子是凶器之一。"

穆歌冷冷地说："娜娜的体温还没有冷却，他是刚被杀死的，能一声不响地杀死他的人，就在我们中间。"

得悉哼了一声说："这个鬼隐藏得很深。"

张思翰把那些碎片小心地收集起来，然后问："你们之中，有谁喜欢收集古玩，尤其是瓷器？"

穆歌说："我收藏古乐器。"

得悉说："也不是我，我的收藏一向很时尚，不喜欢出土的玩意儿，跑车是我的最爱。"

阿梅雷特说："我根本没有收藏的嗜好，我喜欢疯狂消费。"

这个打碎的盘子是谁带来的？众人的目光一同射向娜娜的尸体，阿梅雷特说："我知道他收藏一些瓷器，都是大家伙，没见过他还喜欢这些盘子。"

"大家伙是什么？"张思翰问。

"纳骨瓮。"得悉说，"这个玻璃喜欢收藏古怪的东西，古代粟特人盛行骨瓮葬，将祆教信徒的骨骸封闭在特制的瓷器中，他说，这是粟特人受了中国棺葬的影响，他收集了很多这种陶瓷器，大的有一米多长，小的有几十厘米，筒形、方形、圆形、建筑形，刻有星徽、铭文，最高级的是金瓮，是突厥王子的，上面刻着开光样式的祆神，非常漂亮。"

穆歌说："娜娜之死恐怕没那么简单，是有计划和目的的谋杀！"

娜娜的尸体被安排到一个单独的房间，凶杀现场被穆歌封锁起来。张思翰终于看清了娜娜的脸，一张黑色脸孔，卷发高鼻，肤如白雪，竟然是在列车上，睡在张思翰对床的新疆人！

八　尸身的秘符

　　张思翰注意到了，别墅二层的布局十分特异，有种令人迷惑的感觉，走廊是环形设计，中部一个圆形大厅，大厅是独立建筑，东南西北各有四扇紧闭的桃形雕花木门，对应着环形走廊里的是八个房间。

　　穆歌打开大厅，让众人进去休息。大厅里布置得像一间圆形会议室，四壁亮起旖旎的灯光，中间摆着一张圆桌，那是一件古董。

　　阿梅雷特喜欢奢侈品，她说这张圆桌是清初的紫檀，得悉说不是，有点嘲笑她的眼力。

　　张思翰保持沉默，圆桌后面耸立着高大的酒橱，陈列着不少好酒。阿梅雷特和得悉正在争吵。

　　得悉说："如果这张桌子真是紫檀木，我愿意输给你两百万元。"

　　张思翰的神情渐渐凝固，这家伙张嘴闭嘴动辄百万，神情与脸色简直没有一点变化，这种泰然自若的神情，莫非是一种故意的掩饰，难道他就是凶手？

　　阿梅雷特有点不服气，她问张思翰："达令，我能不能赢？"

　　张思翰说："不能。"

　　"为什么？"阿梅雷特瞪着眼睛问。

　　张思翰叫她倒了一杯白酒，然后用一把小刀，在桌子底下刮了一些木屑，把木屑倒在酒里，酒杯里立刻云山雾罩。

　　阿梅雷特说："这个反应我懂，把紫檀木屑放进酒杯，如果是真紫檀，就会有反应，既然是真品，你怎么不让我和他赌？"

　　张思翰说："你用刀子，在相同的地方，再刮一些木屑看看。"

　　再试，却没有了反应，张思翰说："作假的人比猴都精，他们将紫檀粉末用一种很特别的手法，粘到家具表面，很简单的手法。"

得悉半开玩笑地说："张思翰，你应该去当打假博士。"

张思翰严肃地说："我更适合当侦探，我检查过凶案现场的门窗，都是密封的，看起来似乎毫无破绽，是一桩密室杀人。"

穆歌凝固着眉头，疑问道："密室杀人？鬼才相信，那不过是一种障眼法，我们之中肯定有一个凶手。"

张思翰说："因此，我们聚集在这里，查找真凶！"

阿梅雷特笑着说："凶手肯定不是我。"

得悉说："那可不一定。"

大家分别坐在沙发上，神色凝重，呼吸变得浊重起来。张思翰说："根据现场的发现，我基本可以推断犯罪的经过。"

得悉说："真的假的？"

张思翰说："首先要注意被打碎的盘子，那是遗留在现场的重要物证，我检查过那些碎片，是真正的元青花大盘，如果不是你们的收藏，就只有一个解释，这件青花盘的主人是娜娜。"

穆歌说："你的意思是说——"

张思翰说："我估算了一下，青花大盘的价值在三百万元以上，听说娜娜最近有些手紧，是这样吧，得悉先生？"

得悉嗯了一声："娜娜的确在澳门输了很多。"

张思翰说："这就可以解释，娜娜为什么会带着青花盘子，因为他想将盘子卖掉，以解燃眉之急，大家是否同意我这样说呢？"

没人回应，默许。

张思翰接着说："事情的发生我想应该是这样，娜娜之前曾经来过我的房间，他游说我，要带我逃走，但是他知道外面守卫着一些可怕的森莫夫，他想找一个替死鬼，于是溜回自己的房间，想必是借着卖青花盘的名义，将凶手约到自己的房间里面，娜娜想对凶手下手，但是他没想到，凶手也正有此意，凶手可以找一个借口，说青花盘上有瑕疵，然后趁娜娜不备，在背后一刀致命。"

阿梅雷特说："你的推测，倒也合理，但是你说的这个凶手是谁？"

张思翰说:"这个人既要了解娜娜很缺钱,还要对古玩有一定的鉴赏能力。"

"他怀疑的那个人就是我。"得悉冷冷一笑。

张思翰说:"没错,得悉先生,你确实很可疑。"

"那头上的伤口怎么解释?"得悉问,"假如是我杀了娜娜,一刀毙命之后,再用瓷盘砸破他的脑袋,似乎多此一举。"

张思翰说:"我们没法排除偶然性,或许你们两个发生了纠缠,你先用瓷盘将娜娜砸晕,然后再一刀致命。"

得悉哈哈大笑:"要是这样说,最该怀疑的人是你,张思翰,你是最后一个接触娜娜的人,你杀了他之后贼喊捉贼,难道没有这个可能吗?"

张思翰说:"我没有作案动机。"

得悉说:"你没动机,那我的动机又是什么?"

张思翰狠狠一拍自己的脑袋,从沙发上猛地挺身而起,大声说:"我怎么这样蠢,我知道了,娜娜为什么会死,因为凶手不想娜娜吐露一个秘密,凶手必须灭口。"

"什么秘密?"穆歌问。

"石头的秘密。"张思翰说,"娜娜对我说过,他找到了一部分石头,叫我跟他走,我想这是凶手最不希望的,所以他才对娜娜下手。"

得悉问:"他可曾告诉你石头放在哪儿了?"

"还没有。"张思翰遗憾地说。

穆歌说:"警告各位,真相没有水落石出之前,我们都不能单独行动,不能给凶手可乘之机,我们要相互监督,包括我在内,大家相互监督,都没意见吧?"

"没意见。"得悉问,"娜娜的尸体怎么处置?"

穆歌说:"死者为大,我们按照祆教的古老仪式安葬他。"

经过对尸体的一番处理,张思翰等人,跟着穆歌出了二层客厅,顺着一条走廊,向地下室走来。穆歌推开地下室的一扇铁门,泛出一股寒气,阿梅雷特忍不住打了个冷战,张思翰脱下自己的衣裳,披在她的肩头,阿梅雷特感激地说:"真有绅士风度。"

这是一间没有窗户的房间，面积不大，布置得富丽堂皇，四面灯光亮起，照映着墙壁上一幅巨大的壁画，张思翰见过这种壁画，在西安北郊发现的北周安伽墓中，就有这样的构图，是祆教祭祀图。

原来，这是一间用来祭祀的密室，一个精致的火坛，角落里摆放着各种祭祀用的器具，在一张石板上放好娜娜的尸体。在尸体上盖好一张毛毯，图案是一只大鸟，脖子上系着双飘带，足踏棕榈叶，这是古代粟特含绶鸟的织锦，盖在尸身上具有特别的意义，显示死者生前具有特别的荣耀。

穆歌轻轻揭下毯子，一具赤裸裸的身体展现在众人眼前，伤口处已经被缝合，娜娜的脸色略有几分狰狞。虽然是一具男性尸体，但是张思翰却表现出浓厚的兴趣，他伸手去触摸娜娜的身体。

得悉立刻用一种威胁的口吻说："你最好不要动，灵魂已经离开，邪恶正在他的肉体上肆虐，只有掮尸者才能接触邪恶的肉体。"

张思翰回想起来，袄教中确实有这样一类人，他们被称作掮尸者，行为古怪，常常独来独往，非常神秘。

得悉认真地问："圣液准备好了没有？"

穆歌从门后提出一个大桶说："现成的圣液，以备不时之需。张思翰，拜托了。"

张思翰说："让我来清洗尸体吗，乐意效劳。"他拧开大桶盖子，一股浓烈的腥臊气味直冲鼻孔，所谓的圣液其实是公牛的尿液，袄教信徒死亡后，一定要用圣液清洗死者的身体，这就是张思翰要干的事。清洗好娜娜的身体，再给他穿上正道之衫——用白色棉布裁成九块后，缝制而成的有袖及膝长袍。

袄教的葬礼非常精致而烦琐。人死之后所系的腰带称为圣带，必须要由白色羊毛编制，不多不少一百四十四股，中空恰如管状。袄教信徒的圣带，人的一生共有两条，少年十五岁成年礼时，佩此圣带，围腰三匝，这有特别的意义，代表着善思、善言、善行三善之礼，是袄教的标志之一。

祭坛是镀金的，名贵而讲究，口径有脸盆大小，祭坛里放着几根檀香木。穆歌将祭坛点燃，散发出袅袅的香雾。他拿出一本发黄的小册子，那是袄教经典《阿维斯陀》。照着上面念诵经文《阿维斯陀》，他不是每段都念，而是挑着念，先念了一段《阿维斯陀》中的耶什特，就是祭祀书，是大祭司向袄神供献祭品时所唱的赞歌——

"强大的密特拉，乘着他轻盈的镶嵌万宝的金车，离开光明的圣山，四匹白色骏马拉着此车飞驰而来。"然后又转到另一页，念道，"以善思善言善行取悦于神主，向阿胡拉·马兹达顶礼膜拜焚香祈祷，为使者开辟前进之路！"

张思翰听了个一知半解，等念完一段经文之后，今天的祈祷算是过去，穆歌在尸体旁点了一盏青铜神灯，安排大家休息。

张思翰终于对穆歌这个名字的含义有点眉目了，在袄教中，袄教的最底层僧侣称为穆护，以上是叶尔勃，穆贝德，大叶尔勃，大穆贝德，逐级增高，不过穆歌是什么意思，他不得而知，或许这个名字是穆歌自己起的，没有什么含义。

穆歌安排张思翰和阿梅雷特一同看守尸体。因为翌日天明，还要举行名字叫Geh-sarna的仪式，实际上这种仪式主要是在尸体前诵经，诵经者是穆歌。所以他和得悉需要回房休息。

祭祀密室里寂静无声，阿梅雷特依偎过来，张思翰没有拒绝她，而是用手拢住她柔软的双肩，轻声说："我知道你想做什么。"

阿梅雷特说："做什么？"

张思翰说："你想逃走，但是外面戒备森严，逃走是愚蠢的打算，所以我们还是做点别的吧？"说完，他的手开始轻轻地抚摸阿梅雷特的身体。

这是阿梅雷特最喜欢的触摸方式，她嘤的一声钻进他的怀抱，眼神羞涩得像一个小少女。张思翰说："现在不是撒娇的时候。"

阿梅雷特的眼中闪耀出激烈的火花："你是想速战速决。"伸手来扯张思翰的裤子。

张思翰吃惊地说："看来你没明白我的意思。"他拉起阿梅雷特，站到尸体旁边，阿梅雷特的眼神仿佛被冻结了，哧哧笑道："不会吧，一个堂堂考古博士，连做那个也要当着尸体的面，口味果然是与众不同。"

张思翰说："不要开玩笑，我在清洗尸体的时候，发现了一些线索。"

他这样一说，阿梅雷特目不转睛地盯着尸体，生怕漏掉每一个细节。张思翰将尸体翻转过来，娜娜的左臀上文着日月形的徽记，在徽记中有一片浓密的黑色，仿佛黄豆大小的胎记。

张思翰指着胎记说："秘密藏在这里。"

阿梅雷特说："胎记有什么可奇怪的？"

张思翰摇头说道："你仔细看，那里根本不是胎记。"

阿梅雷特凝神细看，张思翰将随身携带的一个精致小巧的放大镜，递给阿梅雷特。经过放大，秘密终于显露出来，那根本不是胎记，而是由极细密的符号排列起来的图形，虽然看得不是很清楚。

她惊叹地说："张思翰，你是怎么发现的？"

张思翰说："别忘了，我师傅神刀米是雕刻大师，天下奇才，只要与雕刻有关的，他老人家无一不精，尤其是微刻，方寸之间毛发之上，全能刻字琢句，可谓神妙，话说这些符号，好像是一些密码，或者数字。"

　　阿梅雷特却出人意料地说："是阿维斯陀语，记录袄教经典《阿维斯陀》的古老语言，这些语言究竟是什么人说的，学术界尚无定论。"

九　符号的破译

祭祀密室里的气氛令人窒息，没想到阿梅雷特居然认识那些古老而奇怪的阿维斯陀文字。穆歌和得悉可能随时会醒，要在他们醒来之前，破解这些符号的意义，并且暂时保守住这个秘密。

阿梅雷特急得满头大汗，珍珠般的汗水顺着白皙的脖子流淌，闪闪动人。她把所有的字母重新梳理一遍，却没有找到一条有效的解读法门，敲开这些符号的秘密。她对张思翰说："这些阿维斯陀字母的排列很奇怪，我研究过阿维斯陀字母，虽然有些字母本身的含义非常晦涩难懂，但是翻译起来并不困难，可是现在你看，根本没法连读，比如这个字母，我从来没有见过。"阿梅雷特毕竟是一个女人，即使是虚假的妩媚，也总会流露出一丝小鸟依人的软弱。

张思翰用放大镜观看那些字母，问："问题出在哪里？"

阿梅雷特说："不通顺，就算一两个阿维斯陀文字无法翻译，但是可以根据上下文的意思来编排推测，不过这些字母好像无法翻译，根本构不成通顺的语句，甚至文字间多了一个'i'的造型。"

"那你知道这个i的意思吗？"

阿梅雷特说："不知道，阿维斯陀文字并不复杂，是种组合类的文字，有时候我在研究它们的时候，借助过印度的犍陀罗语，因为犍陀罗语和阿维斯陀文字相互翻译过一些佛教经典，但是这个字母不是阿维斯陀文字，也不是犍陀罗语，所有的字母都连不成一个完整的句子。"

张思翰关切地问："一点头绪都没有吗？"

阿梅雷特摇头说："娜娜真是个神人，他写的阿维斯陀文字，估计连最厉害的文字学家也无法翻译。"

张思翰问："有没有可能是一种密码，或者说是打乱顺序的文字？"

阿梅雷特仔细地审视了一下那些文字，说："如果文字是错乱的顺序，应该有一个规律，而这个规律在文字中没有暗示。"

张思翰将放大镜对准字母横看竖看，泄气地说："你把那些文字念给我听听，或许我能帮助你破译出来呢。"

阿梅雷特说："抱歉，阿维斯陀文字是一种死语言，据说它的读音是后人研究出来的，但不一定正确，当年这种语言都是祆教祭司口口相传，究竟怎么念，只有天知道。"

张思翰说："这么说，你读不出来？"

阿梅雷特说："也不是，比如这个形状与9相似的文字，有的读克字音，有的读卡字音，阿维斯陀文字的用法是很灵活的，当年粟特人从丝绸之路经过西域三十六国，从事丝绸和珠宝买卖，每个国家的语言都有点不同，所以他们的语言是相当灵活的，变化多种多样，想从读音上突破太难了。"

张思翰忽然说："我仿佛明白点了。"

阿梅雷特眼前一亮，说："真的吗，张思翰，我就知道，你总会给我惊喜。"

张思翰却对美女的夸奖不以为然，他叫阿梅雷特附耳过来，在她的耳边说了一串字母，阿梅雷特的眼光渐渐发亮，如同一只发情的母猫，居然真对张思翰有了几分钦佩，几分爱慕的感觉。她用女性温柔的目光看着张思翰说："你真是一个奇才，怎么想到的？"

张思翰说："是你的话激发了我的灵感，其实娜娜很聪明，他把一些拼音拆开，然后加在阿维斯陀文字中，故意用来迷惑我们，真正有用的不是那些阿维斯陀文字，而是夹杂在这些文字中的拼音。"

张思翰轻声把那串字母联读出来："aomiaozaiyuxiezi。" 然后他轻缓地把字母的意思翻译出来："奥妙在于蝎子！"他反复念了两遍，不解其意。

"蝎子？"阿梅雷特说，"张思翰，娜娜又出了一个难题，蝎子是什么意思？"

张思翰说："如果我没猜错，奥妙在于蝎子，蝎子其实是谐音的意思，是娜娜的玩笑，是指阿维斯陀文字的谐音，你把这些文字读出来，用谐音整理一下，应该就是答案。"

阿梅雷特得到了张思翰的指点，将那些文字整理一遍，颤抖着用谐音一字一字大声解读出来："濠镜中的熔岩，凝固于举案齐眉之地，指引我们寻找踏上阿胡拉神头上的光明！"

濠镜中的熔岩，凝固于举案齐眉之地，指引我们寻找踏上阿胡拉神头上的光明——这是娜娜留下的密码，或者说是一种隐语。

阿梅雷特说："张思翰，镜子里怎么会有熔岩，这怎么解释？"

张思翰叹息一声："想不到娜娜还真有意思，层层设防，很怕秘密被人破解。"

阿梅雷特咯咯一笑："没让你立刻破解，等参加完 Geh-sarna 仪式，我们一同想办法逃走，我会一直陪着你，我能帮助你，得到你想要的一切。"

这真是绝妙的诱惑，但是对张思翰来说，要阿梅雷特保持冷静才是头等大事，一个喜欢沉溺情欲的女人，一旦情绪失控，将会是无穷无尽的麻烦。张思翰握住她的手，安慰她说："那不是一件轻易的事，外面的树林里有埋伏。"

阿梅雷特问："娜娜告诉你的？"

张思翰说："直觉，这个组织的严密与庞大超乎我的想象。"

阿梅雷特对他说道："我可以告诉你一个秘密，你师傅神刀米并非是一个普通人物，他原来是祆教的大叶尔勃，级别仅次于大穆贝德。"

张思翰道："阿梅雷特，泄露组织的秘密对你来说很危险。"

阿梅雷特轻哼了一声："这也算是秘密？除了阿胡拉神冠，所有的秘密都不值一提。"

张思翰反问："阿胡拉神冠？安史之乱中，安禄山用来登基的金冠，史料对此绝无记载，会不会只是一种传说？"

阿梅雷特说："阿胡拉神冠确实存在，这是祆教古老相传的秘密，安禄山叛乱之前，已在祆教信徒中产生巨大影响，他要缔造自己人神一体的神话，号召所有的祆教信徒拥护他的统治，因此千方百计地找到阿胡拉神冠，传说这个金冠是从古波斯流传而来的，当年琐罗亚斯德在神庙中被杀害，神冠流失于波斯民间，安禄山得到神冠以后，嫌这个神冠异常沉重，却不怎么佩戴，因为安禄山身体肥胖，行动不便，戴着沉重的神冠很不习惯，于是命能工巧匠铸造一座石头神坛，把神冠放在神坛上供奉，直到他被安庆绪杀害，神冠落入安庆绪手上，后来安庆绪又被史思明所杀，神冠下落不明，至今杳无音信。"

张思翰说："难怪有的历史学家，对安禄山的谋反，归结于信奉祆教的力量，看来所言不虚。"

阿梅雷特说："当然，安禄山和史思明在军中被称为圣人，宗教有异常强大的号召力，也是人类灵魂的栖息地，没了宗教，人类会陷入黑暗。"

张思翰说："宗教的力量的确可怕，虽然曾经作为古代君王的政治工具，不过宗教是引导人类向善的，祆教崇拜光明，热爱生活，告诫信徒以善的准则生活，不会像你们这般纵情声色，滥杀无辜吧！"

阿梅雷特说道："琐罗亚斯德说过，真理的对面是谎言，光明的对面是黑暗，阿胡拉神创造的世界是二元对立的，人有选择善良与邪恶的权力，并且恶魔安格拉不会让人类乐享太平，他会使用各种花招，诱惑和污染人类的心灵，我们作为祆教之神的使者，要整肃世界，净化人类的灵魂，创造一个真正的至善天堂。"

张思翰感觉阿梅雷特说话的时候，像一个纯洁的圣女，一点都不像是喜欢物质与金钱的女人，他说："我感觉你们都像疯子。"

阿梅雷特说："世界上很多有名气的人物都是疯子。"

麻六九没有想到，米莉和何徽阳是大学里最要好的死党，如此一来，事情就好办多了，可以在安慰米莉的同时，获取更多的线索。

何徽阳对画像石复印件进行了反复研究，发现画像石的内容竟是一些古老的祆教故事。

当麻六九问起神刀米是否祆教信徒的时候，米莉给予了充分的否定，因为从这些浅浮雕的刀法上看，的确是神刀米的作品，但是她绝对是第一次见到此类作品。虽然米莉不知情，但是麻六九相信，种种迹象表明，米老爷子是一个不折不扣的祆教信徒。

一共发现了九块可疑石板，只有最后一块没有画像，可能是神刀米故意不刻上去的，或者是没来得及刻。何徽阳告诉麻六九，她认为石板上的画像是一种隐语，不懂祆教历史的人，根本无法破译。

第一张画像是唐朝传奇里有关祆教的记载，是年轻书生柳毅，路遇龙女成仙的故事，整个画面饱满流畅，最值得注意的是画面下方那些羊，羊身人面，它们不是羊，而被叫作雨工，是一种司雨之神，这种羊的造型在敦煌初唐322号窟的佛龛上出现过，是畏兽托羊的形象，绵羊和山羊在突厥时代，已经成为祆教守护圣火的圣物。

第二张画像是琐罗亚斯德就义的故事。

何徽阳说："我对你讲过，琐罗亚斯德就是琐罗亚斯德教的创始人，诞生于公元前五百多年的一个古波斯骑士家族，二十岁隐居，在七十七岁时的一场战争中，于神庙中被杀害，祆教传入中原以前是波斯的琐罗亚斯德教，它们有一个时间先后与传承的关系。"

麻六九指着其中一张画像说："这张画像有些古怪，你看这个满脸大胡子的老头，头上戴着个王冠，但是到画面中间，他已经被绑在宫殿了，再到最下面，王冠没了，脑袋上顶着一个圆圈，这是怎么回事？"

何徽阳有些好笑，只好解释："什么圆圈，那是头光，表示琐罗亚斯德已经成神。"

麻六九的脑筋转得飞快："成神，那不是挂了？"

何徽阳点了点头："差不多是这个意思。"

麻六九说："我懂了，我们的老祖宗经常这样干的，当一个喜欢的人物在战争中挂了，为了让后世敬仰，通常都会把他说成是神仙下凡，又回归天上，关羽就是一个代表啊。"

第三张画像上说的应该是丝绸之路。画面的背景是山路与骆驼队，人物与中原人物截然不同，剪发齐项，紧衣皮靴，另一背景是洞窟林立的景象，一些骑着高头骏马的长发之人出现了，他们的头发从中间分开，手持弓箭长矛，大城门上刻有"玉门"二字，长发人与短发人在帐篷里面欢饮，帐篷顶部有弦月含日的图案。

何徽阳指着帐篷对麻六九说："这些人物深目高鼻，肯定不是中原人氏，他们是一队商人，也是祆教信徒，画上有'玉门'二字，肯定是古长城的玉门关，玉门关又叫阳关，是汉代重要的军事关隘和丝路交通要道，虽然这幅画说的不是汉代，但是这条商队走过的应该是丝绸之路，在明代海运繁荣以前，丝绸之路是中原与西域的重要通道，从服装上看，商人是粟特人，而长发人是突厥人，历史上他们有过密切交往，也有过纷争，这幅图上画着突厥护送粟特商人安全抵达玉门关，说明祆教融合了世俗的争斗，宗教信仰也相互渗透，历史上的民族非常有趣。"

麻六九提醒她说："重要的是有什么线索，不是这些画。"

何徽阳说："别忙，这些画里隐藏着一个很有意思的故事，你得接着往下看。"

麻六九皱着眉头看第四幅画像。画像上有一位身材魁伟，腰大十围的将军，端坐在一张大椅上，仿佛在接见运送货品的商队，突厥与粟特商人拜伏在此人的脚下，又似在隐秘交谈，远处兵甲林立，气势巍然。

麻六九疑问："这人看样子是一位将军，不知道是什么人物？"

何徽阳说："他官服上系着紫佩金鱼，唐朝六品以下无佩饰，五品以上是佩银鱼袋，三品以上才是紫佩金鱼，可见这个人的官衔不低。"

麻六九说："是条大鱼。"

何徽阳说："你再往下看，会发现更有趣的线索。"

第五张画像的构图有点恐怖，最醒目的是那个肥胖的将军，躺在一张宽大的龙床上，酣然入睡，桌案上摆着一顶王冠，床前站着三个人，一个文官，一个武将，还有一个手持大刀的侍者，奋力向床上酣睡的将军砍去，刀光剑影，一派肃杀。

第六张画像则是一个丰腴的美人，迎着波涛滚滚的海岸，站在船头，身后是烟雨朦胧的山川。

第七张画像上则是一座高楼，百姓正在祭祀一尊祆神，祆神的头上赫然安放着那只王冠。

第八张画像则是一场大火，熊熊的火焰吞没了那座高楼，但是祆神头上的王冠，已经渺然无踪。

麻六九看完这几幅画像，不禁脱口而出："王冠，从第二张画像开始，所有的画像都和王冠有关。"

何徽阳说："没错，问题就在这里，这些画像隐藏着一个故事，简单地分析一下，从琐罗亚斯德头上丢失的王冠，到最后一张画像，我们可以将王冠当成一条线索，丢失的王冠通过丝绸之路运送到了中原，之后被这个大官得到，接着这个大官被谋杀，王冠遗失到了民间，曾在这尊神像的头上出现过，再后来神像被毁，王冠再次失踪。"

麻六九赞同地说："很有道理，可是这跟神刀米有什么关联？"

何徽阳摇摇头，也是一脸的茫然，两个人的兴致逐渐冷却。忽然，一个小警察敲门而入，他送来一份法医的解剖报告，资料上详细记录着，在神刀米家的密室里发现的三具尸体的情况。

第一具尸体的身份业已查明，印度人古兰德，从事艺术品交易，其实是古玩走私商，平时的行踪都在北京、河南、苏州一代，从未来过山西。但是麻六九最吃惊的还是第二具和第三具尸骨。

报告上竟然写着这样一句话，身份不详，死亡年月不详，建议请考古专家进行尸骨分析，此两具尸骨已经超越了法医鉴定的范畴！

十　移花接木

灰白的天空透出一丝明亮的色彩，曙光如蛛网般飘浮在夜色里，山风从远处吹拂而来，带着凛冽的四月轻寒，游荡在密林里的野兽目光，如同灰烬里的火星一点点熄灭，忽然又死而复燃！

众人起得很早，今天是娜娜死亡的第三天，要举行犬视仪式。

犬是祆教的圣物，牧羊犬的地位最高，而且眼中有斑的牧羊犬比眼中无斑的牧羊犬更高级。葬礼的第三天，亲属好友与死者道别，只能在远处祝福，不能接近尸体，只有圣犬可以凝视死者的面孔，因为圣犬能看到隐藏在尸体里的邪神，圣犬的凝视具有驱除邪魔的神力。而这个仪式，需要光明，光明是一条纯种的苏格兰牧羊犬。

阿梅雷特装出愤怒的情绪说："举行犬视仪式之后，你们要将娜娜的尸体放进寂静之塔吗，我反对这样做，凶手还没抓到，急着处理尸体，完全是一种错误。"其实，这是她在掩盖内心的惊喜，她巴不得将尸体迅速处理掉，自己和张思翰独享尸体字母的秘密。

穆歌哼了一声，说："寂静之塔建造在一个非常神秘的地方，将娜娜葬在那里，应该没有人反对，那里是风景美丽的祆神之地，这对娜娜来说，是一种最高礼遇！"

张思翰说："阿梅雷特，什么是寂静之塔？"

阿梅雷特说："寂静之塔其实就是一口井，是一种古老的殡葬方式，在地面砌一圈石墙，石墙上开两道铁门，中间挖一口浅井，浅井下有管道，铺满药用炭和石灰，尸体躺在石板上被放进寂静之塔里，任飞禽啄食尸体，然后由捐尸者把遗骸收集起来，放在井底任其风化成粉末，或者任由雨水冲走。"

得悉一笑，说："在印度，要用秃鹰啄食尸肉呢！"

张思翰的脑海中灵光一闪——

秃鹰啄食尸肉！

濠镜中的熔岩，凝固于举案齐眉之地，指引我们寻找踏上阿胡拉神头上的光明！

这两句好似具有某些联系，但究竟是什么联系，他还没有想到，真是郁闷啊。张思翰顺嘴说道："穆歌，举行完犬视之后，把娜娜的遗体运到寂静之塔吗？"

穆歌说："是，不过我们得先让森莫夫吃掉娜娜的肉身才行，那些森莫夫都是经过训练的野兽，喜欢吃肉，无论是什么肉，它们只需要片刻，就能啃个精光！"

光明被穆歌牵了过来，穆歌开始念祈祷经文，张思翰感觉这个所谓的仪式搞得不伦不类。因为那条名字叫光明的牧羊犬并不老实，冲着尸体乱叫，好像有点失控，直到穆歌用皮带把它拴起来，它才老实了一点。马马虎虎的仪式结束之后，光明被穆歌牵到楼上大厅去了，剩下的仪式，是要张思翰和得悉把尸体背到院外的密林中去。

得悉板着脸孔说："我不去，按照祆教的教规，亲属好友不能接近尸体。"

穆歌说："非常情况，将就一下，凡事不能教条主义，破例一次总可以的。"

得悉没法推辞，两个人抬起尸体出了院子，向密林中走去。穆歌看着他们的背影，露出一个不经意的微笑。

走出大约一百米，得悉问张思翰："你的百米速度怎么样？"

张思翰说："马马虎虎。"

得悉没再说话，密林里树影婆娑，一块石板加上尸体，两人抬着多少有点吃力，缓慢地穿走在密林，前面有一块三四十平方米的空地，红沙铺地，杂草不生。两人抬着尸体来到沙场上，刚把尸体放下，得悉就说："快跑。"撒腿冲出密林。

张思翰紧紧跟在得悉身后，密林里响起怪兽的低吼，几只毛茸茸的黄眼珠的怪物，张开刀刃的牙齿，从树影深处冲出来，像是要把他们两个撕成碎片，但是追到树林的边缘，这几只怪兽就缩回头去，隐身在密林中。

两个人逃回宅院，汗水湿透了衣裳，像是捡回一条性命。得悉揪住穆歌的衣领，大发雷霆："你的手下是怎么训练那些藏獒的，它们不是要吃死尸，是要吞食活人，我们两个差点儿没命！"

原来穆歌说的森莫夫是藏獒，而不是什么怪物！

穆歌嘿嘿一笑："放心好了，那些藏獒都是训练有素的，不可能伤害你们，那是故意吓一吓你们，看看你们有多大胆量。"

张思翰对穆歌说："藏獒是世界上最凶猛的动物，你训练它们来处理尸体没什么，但用藏獒来吓唬我们，你这玩笑开得有点大！"

"呵呵。"穆歌说，"抱歉，真是想和你们开个玩笑。"

张思翰擦擦头上的汗水，穆歌这是在暗示自己，不要想着逃跑，树林里有潜伏者在指挥藏獒。密林中传来藏獒的低吼，仿佛它们正咀嚼着娜娜血肉模糊的尸身。正当大家的心稍稍安稳的时候，楼上忽然传来阿梅雷特的尖叫。众人慌忙跑上楼去，赶到二层一看，阿梅雷特并没有发生危险，她指着一扇门，眼神里透着寒冷的惊愕！

大家都愣住了，因为阿梅雷特所指的那扇门，竟然是娜娜死亡的凶案现场！

穆歌低沉地问："怎么回事？"

阿梅雷特说："里面有动静。"

穆歌一笑："有什么大惊小怪，光明锁在里面。"他拿出钥匙打开门，但是眼前的一幕令人惊骇，光明直挺挺地躺在那里，七窍流血，显然是身中剧毒而亡！

连一只狗都不放过，是谁这样恶毒，死亡的阴影笼罩在每一个人的心头！

得悉问："阿梅雷特，你是怎么发现的尸体？"

阿梅雷特说："穆歌叫我上楼取一件东西，我上楼之后，却听见了一阵很奇怪的声音！"

"你听到的是什么声音？"张思翰追问。

"就像是鬼魂的声音。"阿梅雷特的身体轻轻地颤抖着。

得悉说："光明是娜娜的爱犬，难道是娜娜的鬼魂作祟？"

张思翰说："荒唐！哪有什么鬼？"

穆歌郑重地说："我们相信灵魂的存在，每个活着的人都是由肉体、灵魂，还有一种叫 Fravashi（灵体神）组成，Fravashi 还有另一种意思——人体的潜能。"

张思翰却反驳说："子不语怪力乱神，我认为这个世界上任何灵异的东西，都会有种合理的解释。"

阿梅雷特委屈地说："如果娜娜的灵魂真有那种力量，为什么不去找凶手报仇，而要恐吓我们这些无辜的人。"

张思翰说："不是恐吓，而是灭口，光明是娜娜的爱犬，在举行祭祀的时候，我已经注意到光明的反常行为，光明的存在是对凶手潜在的威胁，所以凶手才会对一条狗下手。"

得悉说："穆歌，你是最后将光明带进这个房间的，你的嫌疑最大。"

穆歌不以为然地说："但最后发现尸体的是阿梅雷特，她很容易接近光明，假如她——是凶手的话！"

"不是我，绝对不是我。"阿梅雷特紧张地解释，"你们想陷害我，没那么容易。"

得悉理直气壮地说："总不至于是我害了那条狗，当时我可是和张思翰在处理狗主人的尸体呢！"

张思翰问阿梅雷特："你真的听见鬼魂哭泣了？"

"没错，呜——呜——呜，就是这种要命的声音。"阿梅雷特紧夹双腿，表情有些极不自然，"好像是从墙壁中渗透出来，让人全身发麻，浑身都不自在。"

得悉脸带坏笑地说："我看你得换条内裤。"

阿梅雷特说："滚蛋！"

张思翰微笑着走向窗前，说："你听到的绝不是鬼魂的哭泣，而是这个东西。"弯腰拾起一个椭圆形的石头，交到阿梅雷特手中。

阿梅雷特发现上面有几个不规则的小孔，她问张思翰："这上面有小孔，有点像一件乐器。"

张思翰说："这叫埙，是一种古乐器，多为陶制，最古老的埙是距今七千年前，在河姆渡遗址发现的一个无音孔埙，而这个埙是仿制的，上面有两个音孔，大概是按照太原郊区发现的古埙模型仿制的，如果是真东西，至少有五千年的历史。"

穆歌说："张思翰，连这你也知道？"

张思翰说："埙是古玩的一种，我对这一类东西知道个大概，随口说说罢了。"他把埙从阿梅雷特的手中拿回来，鼓起两腮吹了起来，呜——呜——鬼声四起，但是已经没那么可怕，倒是有点顽皮的音调了。

阿梅雷特见张思翰只言片语就解开了谜团，气得用一双小拳头在张思翰的背上捶了那么几下，娇声说："既然知道谜底，就不要吓唬我，装神弄鬼。"她的神态一点也不像责备，简直是在打情骂俏。

张思翰把埙放下："装神弄鬼的是凶手，不是我，我想这个房间里面原来是没有埙的。"

穆歌说："没错，这个埙是我的收藏，应该放在楼下的多宝格里面，虽然它很小，但是我记得很清楚。"

张思翰说："小偷应该是凶手，他趁人不备把埙偷走，然后带上楼，目的是想恐吓阿梅雷特，让她发现尸体。"

"那又是谁偷了埙呢？"阿梅雷特问。

张思翰摇摇头："这可不好说，大家都在大厅里待过，谁都有机会下手，但是让我感兴趣的还是这个房间，门已经上锁，埙是怎么丢在窗子下面的，光明的死再一次证明，这是一次密室杀人。"

得悉说："张思翰，你的推理似乎又回到原地了，除了发现一个破埙，什么结果都没有。"

张思翰说："我想，我有了一点结果，无论是娜娜被杀，还是光明之死，都和这个房间有关，我想这个房间一定隐藏着某种秘密。"

穆歌问："你什么意思？"

张思翰走到窗前，举起双手摆了一个姿态："娜娜死的时候，就像我现在保持的姿态，如果是毫无防备的暗杀，凶手为何不把尸体放在床上？"

没人吭声，全在静静地倾听。

张思翰又指着窗上的锁，说："窗锁很好，根本没有从窗口逃走的可能。"

阿梅雷特从他的语气里琢磨出一丝疑问，她说："那只是一扇很普通的木窗，没有什么问题。"

张思翰说:"原来我以为窗子没问题,但是在窗下发现这个埙,我认为这扇窗子有很大的问题。"他在窗框上按了一按,窗子的四框纹丝不动。

得悉说:"张思翰,别白费力气,窗子没什么问题,我检查过的。"

张思翰冷静地说:"真是这样的吗?"他伸手打开窗锁,然后用力在窗框边缘推按,令人无比惊异的是,整座方形窗框居然像一扇旋转门,以中部为轴,旋转了三百六十度,重新回归原位,然后咔嗒一声,窗子自动上锁,而在窗框旋转的过程中,足够一个大人的身躯钻来钻去。

张思翰说:"你们没想到这窗子是个机关吧,奥妙就在于窗锁,关闭窗锁等于锁住了机关。"他再用手一推,窗子却纹丝不动,他打开窗锁,再次推转窗框:"你们明白了吗,凶手就是这样来去自如的。"

阿梅雷特的震惊无法形容,问:"你怎么知道这窗子有问题?"

张思翰说:"这个房间的格调,你们不觉得奇怪吗,这是小别墅里唯一一间木窗,窗框的两个边缘是半圆形的设计,这样在开合时才能更严密,精密雕刻的花纹是为了掩饰窗口边缘的缝隙,这个机关之窗不是后来改造的,是建造这间别墅时装上去的,是谁建的别墅,谁就知道这个机关之窗。"

穆歌的目光突然如刀锋般盯在得悉的脸上。

张思翰说:"得悉,那个人就是你,对不对?客厅里悬挂着一首诗,板筑安城日,神祠与此兴,一州祈景祚,万类仰休徵,苹藻来无乏,精灵若有凭,更有雩祭处,朝夕酒如绳。这是描写祆教祭司得悉神的场面,正好说明,这个别墅与你有关。"

得悉说:"张思翰,你总是想诬陷我。"

张思翰说:"那天晚上,当阿梅雷特离开我的房间以后,你也正要离去,忽然发现娜娜潜入我的房间,于是你依然在门外偷听,当你得知娜娜拥有石头的秘密之后,你用欺骗的手段进入娜娜的房间,可能是用交易古玩之类的事当成借口,然后杀死娜娜,布置好现场,通过机关之窗逃离现场,留下一桩令人费解的密室悬案。"

得悉淡淡地说:"那光明之死呢,杀死光明的时候,我一直和你在一起,我不可能分身,而且还有件事你不知道,这里的确是我出资建造的,作为我们秘密集会的地点,但是当初负责设计与建筑的,却不是我。"

张思翰一愣，极快地问："是谁？"

得悉冷冷地说："娜娜，他可是设计师。"

张思翰说："那我的思路完全错了，我本以为你是凶手，但你不是，我们落进了一个相互猜忌的圈套。"

话音未落，砰，玻璃碎了，一道迷烟随着刺眼的阳光飞了进来，嗤的一声弥漫起来，异味扑鼻。

迷烟！

阿梅雷特扑通一声，应声而倒，穆歌和得悉也晕了过去，张思翰屏住呼吸，箭步冲到房外。到了外面，一条巨大的黑影迎面扑来，藏獒展开巨大的爪子，一下子把张思翰扑倒在地，死亡的感觉扑面而来，不过张思翰没死，藏獒只把张思翰扑倒在地，立刻一动不动。

树林里响起一声尖锐的口哨，有人影一晃，瞬息不见。

张思翰说："我知道你是谁。"

密林里有人用低沉的声音问："我是谁？"

张思翰说："你是娜娜！"

"混账！"黑影说，"娜娜已经被藏獒吃了个干净。"

张思翰说："移花接木的把戏谁都会，我问过穆歌，他没见过娜娜的真面目，你们的脸孔深藏在面具之下，永远不为人知，随便弄个尸体，穆歌根本没法分清楚，死的那个只是你的替身，而你，才是真正的娜娜！"

密林中的黑影嘿嘿一笑："张思翰，你怎么知道娜娜没死？"

张思翰躺在冰冷的泥土上，双肩被训练有素的藏獒死死地按住，另几头藏獒正围着他咆哮。他说："因为那只埙，我以为得悉是凶手，但是我错了，机关之窗只有你知道，不过，一个人绝不会杀死自己，我觉得凶手另有其人，既然会吹埙，以鬼声恐吓阿梅雷特，那个人绝不会在我们当中，因为，他的动作没有那么快，凶手除了对古玩有深厚的了解，还要有充足的作案条件，现场的那几个根本不行，所以我把目光投向外面，外面那个能指挥藏獒的家伙，他才有充分的理由和时间作案，但是我又想了想，娜娜能训练光明，那外面那个指挥藏獒的家伙又是谁，或许他们是同一个人，但是发现这个秘密的不是我，而是光明，它是一条好狗，它发现尸体并不是它的主人，于是反常地狂叫，我说得没错吧？"

"没错，我才是真正的娜娜，我以为能瞒过你，可惜啊，可惜了光明这条好狗。"密林中叹息一声，走出一个黑影，他披着一袭黑披风，戴着娜娜女神的面具，右手握着一支乌黑的手枪。他说："张思翰，我已经死了，你居然还能怀疑到我的头上，不简单。"

张思翰说："你很阴险，想找个替身，把自己隐藏起来，你的目的绝不会是想让我们相互猜疑，说吧，你真正的目的是什么？"

娜娜沉默了一下。

张思翰说："最重要的一点，你的替身在我乘坐的列车上出现过，是他拿走了我的刻刀，然后嫁祸给我，是不是？"

娜娜冷冷地说:"张思翰，我想，你的推论没错，但是事情超出了我的预计，我并不知道刻刀的事情，而且事情的发展也出了偏差，现在还不能告诉你。"说完，他走到张思翰面前，嘴里打了呼哨，几只藏獒灰溜溜地闪到一旁，娜娜用枪一指张思翰："等迷烟散了，你去把他们都捆起来，注意，不要耍花招，我不想杀你，别用自己的命开玩笑！"

张思翰很听话，按照娜娜的指点，用准备好的绳子把穆歌、得悉、阿梅雷特捆得结结实实，塞进娜娜开来的一辆半新不旧的面包车里。

张思翰开车，迅速离开小别墅，拐上一条国道。娜娜坐在张思翰的后面，冷森森的枪口顶在张思翰的腰眼上，车窗上贴着黑膜，没人能看清楚车里的情形，一切都做得很隐秘。

张思翰一边开车，一边问："如果我没有猜错，机关之窗是监视穆歌的吧？"

娜娜说："不全是，必要的时候，我另有用处。"

张思翰又问："用吹埙发出的鬼声吸引阿梅雷特，是让她尽快地发现光明的尸体吗？"

娜娜说："光明是条好狗，它很熟悉我的气味，我不得不除掉它，否则它会让我露出破绽。"

张思翰说："光明的确是条好狗，因为它的嗅觉灵敏，它知道死的那个根本不是自己的主人。"

"没错。"娜娜说,"现在停车!"

面包车开进一个僻静小巷,张思翰踩住刹车,头上重重挨了一下,眼前一黑,昏迷过去。

十一　大唐秘密

　　麻六九非常恼火，接连发生了两起命案，而且都与张思翰有关！

　　昨日接到报案，一家古玩店主被杀，死者名叫史春，在案发现场，找到了张思翰的指纹，还找到史春老婆的尸体，尸体高度腐烂，已经死去很长时间。

　　难道是情杀？但是他立刻推翻了自己的结论，因为史春的老婆死了好几年了，而张思翰来到这座城市，不过一年多一点，怎么可能！麻六九心里暗叫，乖乖，张思翰这家伙还真是恶魔附体，走到哪儿杀到哪儿呀。

　　麻六九没把这事告诉米莉，独自沉浸在推理的乐趣里，张思翰是个考古学博士，他和史春极有可能相识，潜逃到史春那里以后，却发现了史春的秘密，按照这种情形推理下去，就是史春杀人不成，反被人杀，而张思翰负罪潜逃，这种情况可能八九不离十！

　　关于那两具尸骨，麻六九委托何徽阳联系省城的考古专家，请他们帮忙进行断代鉴定。经过连续几天的忙碌，麻六九的心中埋下一个挥之不去的倩影，难道这就是所谓的一见钟情，以至于有了这种想法之后，麻六九见到何徽阳的时候，不像一个干练的警察，而像一个羞涩的大男孩。本来嘛，麻六九对自己说，男大当婚，女大当嫁，自己都三十好几了还没老婆，姻缘这东西，说来就来，无影无踪啊。

　　运送尸骨的专车准备好了，何徽阳亲自押车，那是一辆面包车，将两个尸骨用塑料箱装好，米莉陪着何徽阳一起走，因为在何徽阳的劝说下，米莉想到省城去散散心。麻六九当司机，还有两名警察随行，所以这一趟行程充满了神秘和芬芳的味道。

　　在加油站，给面包车加满油，麻六九幸福地把车开进国道，两旁的风景有些单调，麻六九想表现出一些幽默活泼的气氛，但是他的心头沉甸甸的，左想右想，全是血淋淋的凶案。

何徽阳说："麻队，我细心地研究过那位将军的画像，能满足唐代、将军、袄教、身材肥胖、被人谋杀甚至当过皇帝，这些所有条件的，只有一个人。"

麻六九说："什么人？"

何徽阳说："安禄山，他是胡人，唐朝正是袄教信徒在中原最活跃的时期，安禄山官至节度使，甚至发动安史之乱，自立为大燕皇帝，攻进长安后做了两年的瞎眼皇帝，后被其子安庆绪谋杀，画像上的故事必然是安禄山。"

麻六九说："后面的画像呢？"

何慧阳说："后面的画像则更有趣，那个供养袄神的古楼，你是不是有几分眼熟。"

麻六九说："是啊，好像在哪儿见过。"

米莉说："是袄神楼。"

麻六九啊了一声，恍然大悟，的确，介休城拥有这样一座古楼，自己怎么会忘记呢。

何徽阳爽朗地一笑："我也是经过玉米的提醒，才想起来是怎么一回事。""玉米"是何徽阳对米莉的爱称。

麻六九说："袄神楼和这件案子有什么牵扯？"

何徽阳说："我想你还没弄明白，那些画像所要表达的意思，安禄山并不是主角，因为他只在第四、第五两张画像上出现过，我想，贯穿那些画像的主角是——"

麻六九说："那顶王冠。"

何徽阳说："没错，是阿胡拉神冠。"

麻六九问："什么冠？"

何徽阳说："传说中的阿胡拉神冠，我尝试着翻译骨头上篆刻的那些古老的阿维斯陀文字，那是记载关于阿胡拉神冠的传说。"

麻六九说："记载上都说了些什么？"

何徽阳说："记载上说，得到阿胡拉神冠，将会获得永恒的生命和权力，但是神冠被法力最强大的十三位袄教大祭司进行了诅咒，无论谁得到它，都将生不如死，因为——"

麻六九说："因为凡得此宝者，不生虚妄之心，不生贪婪之念，否则，父子相仇，夫妻相残，兄弟相恶，朋友相恨，穷凶极恶，断子绝孙！"

何徽阳说："没错，就是这个诅咒。"

麻六九笑道："没想到古人这么迷信。"

何徽阳却说："但是记载上说，这个诅咒已经应验了一次。"

"真的假的？"

何徽阳说："我也不知道，但是安禄山死于安庆绪之手，安庆绪又死于史思明之手，史思明又死于史朝义之手，这是历史的巧合，还是诅咒的力量，就没法探查了。"

麻六九想来点幽默的气氛，于是说："都是神冠惹的祸。"

话音未落，前方五百米处发生了意外。一辆小车和一辆中巴撞到了一起，虽然只是轻擦了一下，但是小车已经横在路边，死死地堵住了去路。麻六九减速，换挡，踩刹车，他的驾驶技术很娴熟，把车子像云朵一样轻轻停下，没有一点颠簸和震动。

前面秩序混乱，小车上跳下来几个人，口口声声要中巴赔偿，还有个女的，破马张飞的样子很嚣张。麻六九摸出口袋里的警官证，准备下车制止这场纠纷。他打开车门，走到前面进行劝解，但是这些人的情绪很激动，不好控制，几个人甚至骂骂咧咧地动起了手。

情况变得异常糟糕，两个男的已经大打出手，麻六九正想说话，突然被一个男人抱住了胳膊，他的心往下一沉，那两条胳膊像铁条一样，禁锢住他的身体，一名男子突然回身，向麻六九抬手一晃，一道雾气喷在麻六九脸上，麻六九双眼一翻，软绵绵地倒了下去。

何徽阳在车里看得不是很清楚，现场太混乱，麻六九倒下去的时候，她对另外两个警察说："快去看看，麻队怎么了，是不是受伤了？"

两个警察二话没说，跳下车去，仿佛羊入虎口，立刻着了对方的道，被迷雾一喷，双双昏迷在地，不省人事了。

何徽阳说："玉米，情况不妙。"但是她的觉悟为时已晚，车门被隐藏在后面的两名大汉拽开，几名大汉蹿到车上，冷森森的刀锋架在她们的脖子上。

有人说："只要你们听话，我们保证不会伤害你们。"

国道上的混乱已经停止，两辆车迅速开走，没有留下一点痕迹，麻六九和两个警察被丢到国道下面的山坡上。

何徽阳镇定地说："你们是什么人，你们想要的是这两具尸骨吧？"

"没错。"有人说，"何教授，我们老大想见见你。"

何徽阳说："你不够资格和我说话，你们的头儿是谁，叫你们的头儿出来，我要和他讲话。"

没有回答，大汉用黑布口袋罩在何徽阳和米莉的头上，那人说："两位美丽的女士，很快，你就会见到我们的老大。"

车子在国道上消失得无影无踪，麻六九也缓缓苏醒，他摸了摸发胀的脑袋，意识到，这绝对是一场精心策划的阴谋！

黄昏。张思翰醒来的时候，穆歌、得悉、阿梅雷特早已纷纷苏醒，三个人的嘴巴上都贴着封条，说不出话来，瞪大眼睛，似要冒火。娜娜将一只高倍望远镜，递给张思翰。张思翰接过望远镜，放在眼前瞭望，一座并不算宏伟的建筑出现在灰暗的暮色里。

袄神楼。三重檐，歇山顶，正面呈凸字形，灰色的柱础，朱红的围栏，绿色的琉璃，飞龙斗拱，流光溢彩。古老的文化默默地流淌在岁月里，森严肃穆的历史在这一刻凝固，仿佛这里是时间的中转站，站在这里，张思翰头一次觉得有各种故事悄悄地发生，又悄悄地湮灭，自己不过是沧海一粟，多么精彩的故事都会被时间吞没，遗留下来的只有耐人寻味的传说。

娜娜问："它是不是很美？"

张思翰说："很美，很壮观，古人记载，规制壮丽，气象峥嵘，称一方巨观。"

娜娜说："那你知道袄神楼的来历吗？"

张思翰说："袄神楼与晋南的飞云楼、秋风楼并称三晋三大名楼，最早是由北宋政治家文彦博修建的，庆历七年十一月，1047年，贝州王则起义，文彦博宣抚河北，平定王则起义，为了纪念这次胜利，他在此地修建了袄神楼，不过宋代的袄神楼早已不在，大清顺治十六年四月初八，毁于一场大火，我们现在所看到的，是第二年重建的模样，在历史上它有过几次修建，明朝嘉靖，大清康熙、乾隆都有过修建，1984年的时候还经历过一场大修。"

娜娜说:"说的没错,但是你们从来不曾真正了解过袄神楼的历史,它现在是世界上唯一的袄教建筑,它隐藏了一个极为重要的秘密。"

张思翰说:"文彦博也是袄教信徒?"

娜娜说:"他当然不是袄教信徒,但是他在平定贝州王则起义的时候,借助了袄教的力量,你知道那场起义吗?"

张思翰说:"我看过《平妖传》,里面记载着文彦博曾遇多目神,文招讨将各犯枭首传送京师,修整玄女娘娘行宫,并塑多目神像供养在内,是不是这个故事?"

娜娜说:"不错,在袄教三大神中,关于多目神的来历,曾有学者考证是袄教三大神之一的维施帕卡神(Weshparkar),其实我个人以为,文彦博不会弄个外国神仙放在其中,但维施帕卡神不一样,后来在佛教兴起的时候,被佛教利用,变成佛教的大自在天神,玄女娘娘行宫是道教,佛道不会混为一谈,所以这里说的多目神,最有可能的,还是二郎神,他是道教出身,而且二郎神的来源也是袄教,史上有记载,古人祭祀二郎神的方法和袄神一致,所以还是二郎神的可能性居多。"

娜娜说:"张思翰,依你看,袄神楼像不像是一座藏宝楼?"

张思翰说:"不可能吧?如果阿胡拉神冠藏在这里,除非它有特别的意义。"

"没有什么不可能。"娜娜说,"知道大盈宝库吗?"

张思翰说:"大盈宝库是唐明皇的私人藏宝库,据说那里面奇珍异宝无数,是皇帝宫廷享乐及赏赐之用的物品仓库,在唐明皇逃离长安时被焚烧一空。"

娜娜冷冷一笑,说:"但是那些稀世珍宝早被唐明皇转移一空,所剩寥寥无几,那些宝藏去往何处,只有两个人知道得最清楚。"

张思翰脱口而出:"唐明皇和杨玉环。"

娜娜又问:"你身为考古学大博士,想必对历史了如指掌,安史之乱的转折点你知道吗?"

张思翰说:"转折点有很多,比如潼关之战,唐明皇派兵马副元帅,河西陇右节度使哥舒翰镇守潼关,而安禄山派猛将崔乾佑进攻,潼关在洛阳与长安之间,此时洛阳已经失守,崔乾佑派兵引诱哥舒翰出兵,大败官军,趁机占领了潼关直逼长安,这是一个重要的转折点,因为潼关地势险要,一夫当关万夫莫开,是长安的门户,拿下潼关,安禄山的大兵就可以长驱直入了。"

娜娜说:"错了,潼关不过是一场临时的战役胜利,马嵬坡才是整个战略的转折点,太子李亨北上,唐明皇南下,安禄山的部队停滞不前,除了贪图享乐,还有一个重要原因,就是寻找杨玉环的下落,安禄山攻下长安以后,发现大盈宝库被搬运一空,他立刻派遣了一支轻骑小分队,前往唐明皇逃逸的方向进行追击,他的目的是鱼与熊掌兼得,宝藏与美人都要。"

张思翰说:"安禄山不是一个贪财的人,但是一个贪图享乐的家伙,司马光在《资治通鉴》中写过,安禄山攻下洛阳时大宴群臣,曾命乐工、乐器、舞衣、驱舞马、犀、象等皆诣洛阳,还有种说法,是爱江山更爱美人,安禄山为了抢夺杨玉环而发动叛乱,唐人姚汝能写的《安禄山事迹》,说安禄山结识杨玉环姐妹后由是心动,后来听说马嵬坡兵变,杨玉环在马嵬驿自尽,不觉数叹。"

娜娜嘿嘿一笑:"你对历史还是很精通嘛,美人祸水。"说着,他的目光有意无意地望向阿梅雷特,阿梅雷特以为要遭到娜娜的毒手,吓得惊恐万分。

张思翰说:"娜娜,你别吓她,有什么朝我来。"

娜娜说:"张思翰,想要英雄救美,是要付出代价的。"

"什么代价?"

娜娜说:"找到祆神楼隐藏的秘密。"

张思翰说:"你的意思是,阿胡拉神冠就藏在这里,这里有一个至今未被发现的地宫?"

娜娜说:"不错,大盈宝库也极有可能隐藏在这里。"

张思翰说:"这个传闻,你又是从哪儿听到的?"

娜娜说:"我只能告诉你,其实在马嵬坡,杨玉环并没有死,她被唐明皇帝秘密地安置起来,你想想,她会被藏在哪儿?"

张思翰说:"杨玉环曾经出过家做过女道士,法号太真,如果她没有死,最大的藏身之地就是道观。"

娜娜说:"没错,当时马嵬坡附近有个道观,名字叫渔阳观,李白曾写过一首缠绵的诗《闺情》,里面有两句——恨君流沙去,弃妾渔阳间。这里的渔阳有两种意思,一种是指渔阳铁骑,安禄山的骑兵部队;另一种意思是渔阳观:当时安禄山的小分队行动神速,并没有太费劲,就在渔阳道观里找到了杨玉环。"

张思翰说:"这只是一种传说,没有真实的历史记载。"

娜娜说:"那你就当它是一个传说好了,安禄山得到杨玉环以后,杨玉环想用大盈宝库的秘密换取自由,因为那些珍宝可以当成军饷,招兵买马扩充军备,安禄山以大局为重,答应了杨玉环的条件,派人秘密护送她去了扶桑,安史之乱后,唐明皇曾派人来接她回去,可是她坚决不回,一个是因为太子李亨绝不会容忍她的存在,更重要的是她将大盈宝库的秘密泄露给安禄山,她已经没有任何政治资本了。"

张思翰笑了一下:"既然你对那段历史如数家珍,那我想知道,安禄山和杨玉环是不是有一腿?"

娜娜诧异地说:"你还对这个感兴趣,鬼才知道。"

张思翰问:"那你怎么知道,阿胡拉神冠藏在这里?"

娜娜露出一个诡异的表情,一字一字地说:"这个,你不需要知道。"

十二　古楼迷踪

子夜时分。古城星火闪烁。

祆神楼威风凛凛地沉睡在黑暗夜色中，几名不速之客的到来，好似要惊扰祆神楼沉睡百年的幽雅风范。

张思翰背着一个大旅行包在前面打头阵，娜娜殿后，他把手枪藏在腋下，保险开着，加装在冷森森的消音器里，随时可以射出致命的子弹。中间是穆歌、得悉、阿梅雷特。三个人嘴上的封条已经揭去，但是上身和双手被绳索紧紧捆住，跟在张思翰后面，像一串又冷又硬的冰糖葫芦。

娜娜随口拈来一首小诗："仙人指路引太极，翻云覆雨望朝夕，元神已随潞公去，九曲晓月照玄机。"

穆歌冷哼一声，说："没想到，你还有心情念诗。"

张思翰说："娜娜告诉我，这是一首密码诗，留传了千年的谜题，自从祆神楼建好，这首诗随同它一起秘密地流传下来，只是很多人只知其楼，不知其诗，更不了解其中的玄秘。"

张思翰慧心一笑："这是古人常玩的文字游戏，祆神楼的奥秘就在诗中。"

一行人来到祆神楼前，娜娜站在太极藻井下停下脚步，慎重地说："仙人指路引太极，这句话似乎暗示太极藻井藏有某种秘密，我多次想破解藻井上的太极图秘密，但是每一次都无功而返，它看起来很普通，没什么特别。"

张思翰却说："我见过很多设计复杂的机关，有一种连环式的机关设计，机关并不单一独立，要逐一开启机关的奥秘。"

娜娜说："我知道你是这方面的专家，所以才把这个秘密告诉你，怎么样，琢磨了一个晚上，你是否有所发现呢，别叫我失望，张思翰。"

张思翰说:"那我叫你做好的准备呢,登山绳索之类的探险工具。"

娜娜说:"在你身后的旅行包里,绳索,防水手电筒,应有尽有。"

"很好,跟我来。"张思翰信心十足地说。

几个人快步来到楼前,拾阶而上,登到顶层,张思翰注视着飞檐下一左一右,斗拱上的两个牛头雕像,下面一层的斗拱上却是两个骆驼头雕像,以前来玩的时候,张思翰曾经注意过这两组雕像,也做过比较——牛头双角很短,眼睛与鼻孔大得夸张,造型像地府里的牛头马面,而骆驼头的造型却是大鼻孔小眼睛,两者唯一的相似处是表情严厉而狰狞,有点亦神亦鬼的特性。

张思翰靠近栏杆,以栏杆为屏障,身体如弓,向上仰视线,然后对娜娜说:"不行,我一个人做不来。"

娜娜说:"你究竟想要干什么,我可没有那么多的耐心。"

张思翰做出一副大无畏的表情,指着穆歌三人说:"我需要他们的帮助,没有他们,我一个人做不来,如果不行,随你的便好了。"

"好吧。"娜娜用枪口指着穆歌、得悉、阿梅雷特,"你们三个别耍花招,动作要迅速。"

张思翰走过去,解开三个人的绳索,低声在阿梅雷特耳边说了几句,阿梅雷特对他笑了一下。

娜娜紧张地问:"张思翰,你对她说了什么?"

张思翰说:"你马上就会知道。"

得悉用野狼似的目光盯着娜娜,好像要在他脸上撕下一大块肉来,意味深长地说:"娜娜,你隐藏得真好。"

穆歌没说话,他正在恢复麻木的身体,看着阿梅雷特扭扭纤细的腰肢,走到栏杆前面,将身体弯起,模仿着张思翰的动作。张思翰把手电筒递到她的手中,很怕她摔下去,紧抓着她的一只手臂,轻身问:"看到没有?"

一道电光直射在层叠如云的斗拱之上,照来照去,娜娜紧张地倾听着阿梅雷特的回答,"上面好像什么都没有。"

阿梅雷特的回答令人失望,同时,她一个翻身,从栏杆外面旋了进来。

咔喇!

阴云四合,天空射出一道白色闪电,随后一个炸雷,震得人心发颤,狂风大作，飞沙扑来，豆大的雨点倾泻下来，击打着苍老的屋檐，发出啪啪落落的响奏。

娜娜脸色苍白地站在勾栏前，望着无数飞溅的水滴，四周弥漫起一片白蒙蒙的大雾，这是一场始料未及的大雨。

穆歌低声说："好雨。"

得悉阴沉着脸，若有所思。

阿梅雷特则红着脸孔，心里甜丝丝的，因为张思翰刚才对她说的最后两句话，竟是："如果有机会，你就逃走，不要犹豫。"

雨下得更急，整座介休古城浸润在一片雨雾里。娜娜的耐心有限，他用枪指着张思翰，如果张思翰再不来点实际行动，他就先杀一条命！

张思翰说："娜娜，我要亲自上去看。"

"你要看什么？"娜娜问，"仙人指路引太极，翻云覆雨望朝夕，元神已随潞公去，九曲晓月照玄机，你是不是已经勘破了玄机？"

张思翰说："翻云覆雨望朝夕，这一句其实是隐语，翻云覆雨是神的职责，暗指祆教的一位大神，我认为是指云汉，云汉是中国古代对祆教胜利之神的称呼，名字叫作韦雷特拉格纳，我说的对吗？"

得悉说："没错，《阿维斯陀》的赞颂经《耶什特》里，列举了胜利之神韦雷特拉格纳的十种化身，有风、牛、马、骆驼、羊、武士，等等。"

张思翰说："斗拱上的骆驼头和牛头，造型别致，那是胜利之神的化身，我认为这一点很可疑，必须亲自上去看看。"说着，他从旅行包里掏出一捆结实而坚韧的登山绳，用力一抛，绳子从一道大梁和几条檩子上绕过，接着，他把绳子的一头系到自己的腰上。

阿梅雷特说："思翰，你小心些。"

张思翰做了一个顽皮的鬼脸，把绳子的一端交给穆歌。

娜娜嘿嘿一笑："美人，放心好了，你的大博士不会有事的。"他用枪一指穆歌，穆歌一使眼色，得悉、阿梅雷特，紧紧地抓住绳索，心中怦怦直撞。

娜娜走到楼前，嘴里低沉地喊了一声。穆歌三人用力拽起绳索，把张思翰吊上去，风雨依旧猛烈，张思翰被大雨的势头包裹，雨水如白练顺着飞檐流下，张思翰的衣服瞬间湿透，他荡出戏台吊在半空，抹去脸上的雨水，伸手去摸那个牛头。

娜娜紧张地问："有什么玄机？"

张思翰摸了摸牛头，失望地说："放我下去，这个牛头没有发现。"

绳子坠下张思翰的身体，如此这般，又去探察左边的牛头。按照张思翰的构想，两只牛头的造型有点怪异，如果存在机关，一定是藏在鼻孔里，就在他伸手摸到牛鼻孔的时候，鼻孔忽然张开，里面弹出的铁片宛如蛇牙一般夹住他的手指，耳边响起一声极细微的声音——咯！

张思翰喊了一声："不好。"

天空闪过一道霹雳，一股消逝的力量猛然将绳子绷得更紧，穆歌三人被力量拽动，措手不及，脚下站立不稳，手里的绳子一松，差点儿把张思翰给丢了下去，好在谁都没有松手，娜娜还一把抓住了绳子。

撒手的是得悉，他抛掉绳子，全身猛地向娜娜撞去，娜娜没想到这个时候得悉来这一手，抬手扣动扳机，一颗子弹贴着张思翰的眉头飞去，张思翰吓出一身冷汗，但是下面的情形有点尴尬，得悉撞翻了娜娜之后，穆歌和阿梅雷特更加紧张地抓住绳子。因为，张思翰还吊在半空，他们不敢松手，而得悉和娜娜正在激烈地搏斗，撞倒娜娜后，得悉又狠狠地给了娜娜一拳，娜娜的手枪丢了，他只好在得悉的脑袋上回撞了一下。

得悉没管那么多，从地上蹿起来，仿佛一道青烟般地向黑暗中跑去，他对自己的速度很有信心。

张思翰来不及阻止，得悉蹿到楼下，已经跑到铁栅栏的前面，只要翻过栅栏，他就能逃之夭夭了，而娜娜还在满地寻找被撞飞的手枪。

得悉一纵身，显示出身体极好的柔韧与灵活度，跃过铁栅栏的瞬间，他却像一只沙袋似的栽了下去，一声不响，再没有爬起来。

雾气浓重的大雨中闪出两个黑色人影，如同鬼魅一样，从一辆没有灯光的车里走下来，他们走到尸体旁，一个人吹了吹枪口的硝烟，合力将得悉的尸体拖到车子旁边，迅速装进一个密封的大塑料口袋，然后往车上一丢，倾盆而下的雨水把地面的血迹洗刷无痕，一切做得都很干净，不留一丝杀人的痕迹。

穆歌和阿梅雷特看得目瞪口呆，娜娜重新找回丢失的手枪，面目狰狞地走过来，说："把张思翰放下来。"

穆歌和阿梅雷特缓缓将张思翰坠了下来，张思翰看见娜娜的面具已在同得悉的厮打中四分五裂，露出一张苍白而歪曲的脸孔。张思翰瞪大眼睛，世界果然很小，他不就是在厨师大赛上，手指被刀锋划破的那个家伙！

娜娜说："没错，张思翰，想必你看出来了，是我，在擂台上输掉的那个家伙。"

张思翰点头说："刀应该是你拿去的，我师傅是怎么死的？"

娜娜沮丧地说："我不知道，我只是按照指令行事，游戏是绝密的，任何一个想逃走的人都只有死亡，包括我自己！"

穆歌惊讶地说："外面的，不是你的人？"

娜娜说："不是，外面是训练有素的狙击手，也可以叫杀手，他们得到的是死命令，找不到阿胡拉神冠，任何妄想逃走的人就地击毙，这是等待了一千多年的机会，那些大人物不可能放手。"

"大人物？"穆歌问，"除了我们，还有哪些大人物？"

娜娜一笑："穆歌，你真是个井底之蛙。"

张思翰愣了一下，冷冷地说："如果你只是颗棋子，那么你的戏该收场了，我很想会会那些大人物。"

"张思翰，不要想逃走！"娜娜发出警告。

阿梅雷特在后面劝说："思翰，不要激动。"

张思翰说："我没激动。"

穆歌说："不用你劝，他很镇定。"

张思翰平淡地说："你告诉我，后面还有四句诗，风雨同舟三结义，赤胆忠心拜天地，真龙闹海映苍穹，七星愚公现宝地。我以为玄机是在祆神楼，但是这后四句说的却是祆神庙。"

"你确定？"穆歌追问道。

张思翰说："不相信，别跟我来，刚才我触动了机关，我相信地宫的门已经开了。"

"我信。"阿梅雷特紧跑几步，如同影子一样贴在后面，仿佛张思翰是她的保护神。

走进大雨，众人浑身湿透，狼狈不堪。张思翰来到袄神庙的台阶前，果然，台阶下沉，已经露出一个乌黑的洞口。

穆歌惊喜地问："张思翰，你是怎么猜到的？"

张思翰说："诗里不都告诉你了吗，元神已随潞公去，九曲晓月照玄机，元神是指传说中帮助过文彦博取得贝州胜利的白猿，潞公是文彦博，已经死了千百年，月照玄机说的都是地下，暗示袄神楼存在地宫，风雨同舟三结义，赤胆忠心拜天地，是说三结义庙，明朝嘉靖年间，毁天下淫祠，知县王正宗把袄神庙改成三结义庙，就是刘关张桃园三结义，从而保护了袄神庙。"然后，他指着神庙前的白石台阶说："真龙闹海映苍穹，七星愚公现宝地。真龙闹海一定是影壁墙上的四条龙，而七星应该是这个台阶，从下到上正好七步，七星愚公，是说台阶可能会移动，显现地宫入口，如果这个口诀是古老相传的，一定没错。"

阿梅雷特说："思翰，要进去吗？"

张思翰说："为什么不进，我倒想看看，这个地宫里面有没有什么大盈宝库，或者阿胡拉神冠。"

娜娜那双狡猾的眼珠不停地闪烁："张思翰，历史上有人曾闯进过袄神楼地宫，只是进去以后就再没出来过！"

张思翰打量了一下延伸进黑暗中的台阶和修饰华丽的弧形洞口，他毫不犹豫，一步一步地走下去，身影瞬间被黑暗吞没，身后跟着阿梅雷特，她是跟定了张思翰，决不回头。

娜娜在后面亦步亦趋地跟着，两道目光四处乱扫，好像对这个地方充满了恐惧。

直到听不见外面的雨声，张思翰暗数着，自己在暗道里走了九十九步，身后的石阶轰然闭合，后路断了，四面一片漆黑。

娜娜惊慌地说："糟糕，没有退路了，快找出去的路。"

张思翰说："别慌，像这种地宫都是前后呼应，唯有一直向前，才会有出去的路。"

又走了十几步，阿梅雷特从后面挽着张思翰的手臂说："有妖怪！"

张思翰用手电光一照："不是妖怪，是一只乌龟。"

"不是妖怪？"阿梅雷特大着胆子，用脸蛋贴着张思翰的肩膀，向前面窥视，原来前面耸立着一座石龟。

穆歌说："阿梅雷特，你对张思翰说话的时候，可不可以不用那种撒娇的语气，我听着有点肉麻。"

娜娜嘿嘿怪笑，说："她是身经百战，百战不厌。"

阿梅雷特终于怒火中烧，怒道："不爱听，就给我滚蛋。"

几个人来到石龟前，张思翰用手电光一照，石龟的脊背上刻着四字小篆，念出它的名字，"赑屃神宫"。

阿梅雷特说："赑屃不就是龙生九子之一，专驮石碑歌功颂德的那个乌龟？"

穆歌说："瞧，赑屃神宫的下面还有字。"

张思翰说："看到了，是'公输子'三个字。"

"公输子，这名字好熟。"阿梅雷特问，"思翰，他是什么人？"

张思翰没理会阿梅雷特对自己称呼的变化，直接说道："公输子就是鲁班，《墨子》书中有记载——公输子削竹木以为鹊，成而飞之，三日不下，不过这座地宫显然不是鲁班修建的，鲁班是春秋战国时代的人物，神宫如果是北宋的建筑，与春秋战国相距一千多年，根本不搭边。"

张思翰信心十足，深吸一口气，放松脚步前行，然后说道："这里可能有杀人机关，所以我们每个人都要保持十步的距离。"

等阿梅雷特纵身追赶张思翰的时候，穆歌还没动步，娜娜在后面催促道："十步不是百米，你不用太小心翼翼。"

穆歌尴尬地回击道："小心为上，我怕的不是前面的风险，而是身后的暗箭。"说完才迈动脚步。

娜娜紧跟在穆歌的后面，他知道像穆歌这种人，是绝不会容忍有人走在他的后面，他是一个从来不把危险放在脑后的人。

十三　神秘地宫

张思翰走了十几步，忽然用责备的语气对阿梅雷特说："阿梅雷特，你跟得太紧，这样不好。"

"怎么不好，你现在是我的保护神，要死，也要在一起。"阿梅雷特轻声说，只要张思翰一停下脚步，她的丰满身体就会贴过去，和张思翰的背心若即若离，这样一来，让张思翰有种美妙的亲切感。

"张思翰，不要停，快走！"穆歌催促着，来到阿梅雷特的身后，脸色阴沉似水，像阴曹地府的判官盯着他们，很怕张思翰禁不起诱惑。

忽然，阿梅雷特叫了一声："骷髅。"

张思翰问："在哪儿？"

"那儿。"阿梅雷特颤抖着，伸手一指。

张思翰用手电一照，三四米开外，横躺着一架完整的骷髅，骷髅手边丢着一枚闪闪发光的玉牌，玉质细腻光洁，镂雕着红色火焰纹，刻有粟特古文字。

娜娜的眼神大放异彩，大喝一声："别动，这是大穆护的尸身，失踪了上千年。"说完，他迈步向尸骨跑去，突地大叫一声，栽倒在地，抱住大腿发出痛苦的呻吟，下身已被鲜血染红。原来，他踩中了一个陷阱，里面锈迹斑斑的枪尖，一下将他的小腿刺了两个窟窿。

张思翰叫道："大家不要乱动，这里有非常凶险的杀人机关！"他关了手电，从旅行包里翻出一支火把，点燃，黑暗中骤然大亮，众人这才发觉，这里是一座椭圆形的大殿，全部由青石修葺而成，直径有数丈方圆，大殿正中是一座圣火台，四面墙壁的彩绘绚丽多姿，如梦如幻。

张思翰说："祆神楼流传过一个古老的传说，祆神楼修好以后，不知道什么原因不停地下沉,百姓与地方官员抢修多次,依旧不能阻止塌陷,某一天清晨祆神楼恢复了原样,柱础上还插着几把斧子,传说是鲁班爷显灵再造祆神楼,现在看来根本不是鲁班显灵,是人为的因素,有人在保守祆神楼的秘密,就把地宫的秘密转化成神话故事,如此看来,古人缔造神话的动机,也很耐人寻味啊。"

娜娜没敢乱动,呻吟着说:"你们快点过来救我。"

张思翰的脸上荡出一丝微笑:"救你不忙,除了一座圣火台,空空荡荡的什么都没有,你不觉得奇怪吗?"

"有什么奇怪?"

阿梅雷特失望地说:"大盈宝藏呢,阿胡拉神冠呢,没见一点踪影,全是骗人的。"

穆歌说:"怎么可能,难道这只是一个流传了千年的谎言。"

娜娜见没人理他,索性自己动手,撕下一条衬衣包扎好伤口,说:"你们知道个屁,其实我很幸运,历史上曾有三位祆教大祭司进入过祆神楼地宫,可是他们再没有出来过,这具骨骼就是其中一位。"

张思翰绕过翻板,小心地走到骷髅身旁说:"他应该是最早一位走进地宫的祭司,这枚玉牌是块唐玉,从包浆上的光泽能判断出来,他的身份很高,因为玉牌是上乘的和田仔料,当时许多有势力的胡人在唐代经商,贩卖珠宝丝绸马匹,都是身缠万金的大贾,他们时常炫耀佩戴的珠宝,有所谓的斗宝大会,相互比富,炫耀珠宝,都是重财不重义的家伙,所以,只有身份尊贵的人,才会佩戴这样的好玉。"

娜娜问:"那他是怎么死的?"

张思翰检查了尸骨,说:"他的脚、胸有多处硬伤,骨头的颜色有些发黑,不是被尖锐的东西刺死,就是全身中了某种剧毒,你应该比他幸运,从你流血的颜色看,你还没有中毒。"

娜娜满头大汗地听着:"张思翰,先说结果,不要吓人。"

张思翰扶起娜娜问:"伤得重不重?"

娜娜说:"还好,死不了。"但是语气柔和了许多,他把手枪揣进口袋,向大家表示友好,顺手扯下尸骨上的玉佩揣进怀中。

穆歌奇怪地发问："张思翰，你说前面有出路，路在哪儿？我们好像走进了一条死胡同。"

众人一瞧，果然，大殿是封闭的，或许墙壁上有暗门，但是没人敢动，因为随处都有致命的机关！

张思翰说："出路在娜娜的身上，他曾经说过，历史上有三位大祭司进过地宫，而且他们再没走出来过，现在只发现了一具尸骨，说明那两个人可能比这个人走得更远。"

娜娜拍了一下巴掌，好似突然记起了什么："张思翰，你提醒得好，我几乎忘了，除了我给你念的密码诗，还有一首呢，这首诗比较简短，前言不搭后语的，却很容易淡忘。"

阿梅雷特说："快说，不要那么多废话。"

娜娜沉思了一下，说："火石燃玄龟，腹中悬蛛丝，神有冥冥意，绝路不须归。"

阿梅雷特哎呀一声："这不就是一首藏腹诗，是中国文人最爱玩的文字游戏，你把每句诗的第二个字连在一起，不就是四个字，石中有路。"

众人都在苦想，石中有路究竟隐含着什么奥秘？

穆歌说："石中有路，难道出路隐藏石壁里面？"

张思翰说："不，诗里的石头是带火的，应该是那里。"他一指圣火台，像一头勇猛无双的豹子，直扑圣火台，一个飞跃，跳到了圣火台上。

张思翰一落在圣火台上，双眉凝重，眼中亮起了一丝星光。

阿梅雷特看得很真切，张思翰飞身上台，拿起一块黑乎乎的东西，她说："思翰，那是什么？"

张思翰说："石头。"然后脱下外衣，将一块块石头捡到衣服里面，穆歌、娜娜、阿梅雷特压抑不住激动的情绪，因为在火把的照耀下，他们看见那些石头上有字，不是阿维斯陀字母，而是中国汉字！

神坛的另一部分！绝对没错！

忽然，圣火台一颤，张思翰以为圣火台要沉下去，露出一个洞口，但是圣火台没动，反倒是圣火台以外的地面缓缓下沉，四面墙角露出四个螭首，螭嘴里流出一股乌黑液体，散发着刺鼻的恶臭。张思翰说："是毒液，快跳上来。"

阿梅雷特没犹豫，跑过来，抓着张思翰的手飞身而上，穆歌不紧不慢，随后爬了上来。娜娜拼命了，像个小孩玩跳跳棋似的，一蹦一蹦地朝着圣火台蹿了过来。

张思翰大吼一声："快。"

黑色液体飞快地流淌，已到了娜娜脚下，他用尽全力一跃，一下子摔到圣火台上，鼻青脸肿，狼狈不堪。要不是张思翰搭把手，估计他还上不来呢，张思翰拽着他的脖领，把他提了上来。

四个人的心紧张得咚咚乱跳，被困在狭小的圣火台上，四周宛如一个黑色深渊，布满了黑色的液体，他们已经插翅难飞。不过，他们搞清了一件事，地上的尸骨一定被毒液浸泡过，所以全身充满了剧毒，但他究竟是被刺死，还是中毒身亡，则没法推测了。

张思翰凝视着那些石头，是些被打碎的石块，肯定是神坛的另一部分，用手抚摸着这些坚硬的石头，就像触摸到历史的印记。

穆歌、娜娜、阿梅雷特紧张无比地看着张思翰的动作，希望从他的手指上找到某些神奇的答案。

张思翰像堆积木似的，摆弄那些石头，好一阵子，周围都死一般沉默，终于，他长出一口气，说了一句令人惊喜的话："这些石头，似乎是第一部分，是那些石头的上文。"

娜娜惊疑地问："是真的吗？"

张思翰说："如果石头没造假，那就是真的，因为有些字迹没有被清除，写着——大燕雄武皇帝圣武元年，字迹是篆书，正文则是楷书，前面的字迹略大很简疏，类似西安出土的北周萨宝安伽的墓志铭，刀法圆润浑厚，是魏碑风格，后面的正楷略小，间隙致密，字体颜真卿风格，结体宽博但是气势稍有不如，很多字都只剩下一两个笔画，非常模糊，按照样式说，篆书应是标题，所以这些石头，应该是神坛的第一部分。"

穆歌问："写了些什么？"

张思翰说："胡天神冠，既寿永昌，起于草莽，□□知命，承□□天恩，□极荣辱，□百战不□，□□大器英姿，□相将之智，□□汉晋名垂，□□盖世，

□天下大业。"空白之处，他用"某"字来代替。

阿梅雷特轻声将余下的部分念出："□龙虎风云，□□伏首，文□飘香，□不世之基，□□□偷□，□安神意，震□慈瑞，克长安洛阳于指掌。"

二者合一，神坛一半的铭文，已经初显大意。

张思翰说："所谓大燕雄武皇帝，指大唐天宝年间，掀起安史之乱的安禄山，他于公元756年于洛阳称帝，大唐天宝十五年，是大燕国圣武元年，铭文起首八个字，胡天神冠，既寿永昌，完全模仿和氏璧玉玺上的刻字，受命于天，既寿永昌，可是安禄山只当了两年的瞎眼皇帝，真是莫大的讽刺。"

娜娜看见穆歌总是盯着自己，他很是恐惧，硬着头皮说："穆歌，我们现在被困在圣火台上，我们要同心同德。"

穆歌说："同德个屁，不过是一根绳上的蚂蚱。"

阿梅雷特说："你们别吵，想想怎么离开这里。"

穆歌沮丧地说："怎么离开，只要一接触毒液，就会中毒，除非我们生出翅膀。"

张思翰说："我们就来个投石问路，怎么样。"他抄起一块石头，向对面的石壁抛了出去，咚的一声，石头重重地敲打在石壁上，随后翻滚着坠落在毒液里。石壁中恻恻作响，露出一个乌黑的洞口，两道铁锁拉着一座石板桥，竟然从石壁中缓缓降落下来。

阿梅雷特兴奋地说："亲爱的，你给我们找到了一条生路，你怎么知道这个办法？"

张思翰说："完全不知，蒙的。"

穆歌赞叹地说："这也可以？"

石桥轻轻地悬放下来，圣火台四外悬空，距离对面的石桥大约有一米远，距离不近不远，差着一截，众人只能跳到石桥上，虽然不是很有难度，但是众人不禁心里暗思，这会不会是一个致命的陷阱！

穆歌打破沉默，严肃地说："裁判之桥，这是裁判之桥！"

娜娜和阿梅雷特听了，不禁有些胆寒，裁判之桥是死亡的象征，祆教信徒死亡三日后，离开肉体的灵魂，在代表信仰的达埃纳女神的引领下，来到裁判之桥，在这里接受审判，由密特拉、斯努莎、拉什努三位祆教大神完成审判，他们也被称作三联神，随后善者升入天堂，恶者坠入地狱。

娜娜把手伸进口袋，里面有把冷森森的手枪，他说："我恐怕不行，我的腿受了伤，穆歌，还是你先跳过去。"

穆歌喊道："你这个浑蛋！"

娜娜笑笑，干脆实话实说："我是要你试探一下，前面有没有危险。"

两人正争执不下，张思翰说："还是我先来吧。"他在阿梅雷特的眼中，依旧酷劲十足，动作轻快，纵身一跃，跃到石桥上。

穆歌三人瞪着眼睛，看见张思翰旁若无人地走了十几步，居然如履平地，没有一丝危险的征兆。

娜娜说："两位借过，我先过去。"

穆歌说："你至少要有点绅士风度，让女士先行。"他自己则表现得很有风度，闪动一下身形，让阿梅雷特先过。

张思翰走到桥边，张开手臂说："来吧，漂亮的女士。"

或许在绝境中，女人更容易爆发出一种绝望的激情，阿梅雷特全身燥热起来，退后几步，全身用力一纵，直接朝张思翰扑了过去，张思翰伸手接住，一个滚烫的妙人蹿进怀里，但是阿梅雷特并没有松手，而是像个孩子似的紧紧地抱住了他。张思翰急忙安慰她，连说："好了，好了，前面不会再有危险了。"

这是温情的一幕，娜娜有些妒忌，他对穆歌说："你过来帮帮我。"

"怎么帮？"穆歌问。

"帮我过去啊。"

"好。"穆歌说，一脚踹在娜娜的屁股上。

娜娜嗷地叫了一声，从圣火台上蹿了出去，他一手抓住石桥的锁链，摇晃了几下，险些没掉下去，脸色气得发紫，刚想发作，穆歌紧跟着一跳，石桥发出一阵剧烈的摇晃，娜娜只好拼命地扭动身体，寻找平衡不至于掉下桥去。

娜娜怒道："你们是不是碰到了机关？"

"没，没有。"穆歌稳定好身体之后，额头上的汗水涔涔而落。

张思翰说："或许，这座桥本身就是一架称量善恶的天平，祆教神话中，死者的亡魂来到裁判之桥接受审判，神会把他的善与恶用天平来称量，如果恶的一端下沉，就会直接坠入万劫不复的地狱，是一种非常巧妙的机关设计。"

石桥剧烈的晃动稍稍平息，张思翰感觉到脚下的石头有些异样，用脚尖朝前面一点，刚才还很结实的桥面居然松软如泥，更要命的是，石块纷纷坠落，激起一池毒液发出汩汩的怪响。

张思翰丢了火把，简单地对阿梅雷特说："玩过同心桥的游戏没有，快上铁索。"他和阿梅雷特心有灵犀，两个人四手相抵，迅速登到铁锁上。娜娜同穆歌也照猫画虎，踩在铁锁上，石块不停地坠落，石桥瞬间只剩下四根铁锁，空荡荡地变成了一根铁索桥。

四个人一边维持着身体的平衡，一边向对面的洞口缓慢移动。黑暗里一片死寂，没有人知道如何逃离险境。

娜娜的腿受了伤，他在剧痛中要保持身体的平衡，非常吃力，导致穆歌满头大汗，娜娜鼓励他说："坚持住。"

穆歌说："明白，但你要是坚持不住，肯定会拉我一起死。"

娜娜连说："不会，不会。"

好不容易，四个人平安到达对岸洞口，阿梅雷特眼尖，才一落地，立刻惊叫起来："有人！"

一条漆黑的暗道里，一个人影平躺着，张思翰取出手电一照，竟然是另一具尸骸，娜娜说："这肯定是另一具尸体，是祆教大祭司。"

张思翰借着手电的光芒，快速地检查尸骸，尸骸下面依然有一块玉牌，阿梅雷特拾起玉牌一看，这块玉牌比上一块玉牌的成色还要滋润很多，拿在手里温润如水。

张思翰说："说的没错，这位大祭司走得比上一个更远。"

"看前面，好像还有一具尸体。"阿梅雷特惊讶地说，她的眼睛发出幽幽的光泽，在朦胧中看见一团黑暗的身躯。

但是，那不是一个人，而是一尊塑像。

十四　石匣之困

四人围拢过去，观看那尊塑像，塑像体积不大，比真人的体形略小一些，眉目清秀，狐头人面，穿着紧身衣裙，体态婀娜。虽然满身落满灰尘，但是宝光内敛，神韵悠扬。

穆歌嘿嘿笑道："以为是个人，没想到是个狐狸。"

张思翰用手拂去狐狸身上的灰尘，轻轻一敲，发出悦耳的金属之音。

娜娜在后面说道："这可是镇庙之宝啊！"

阿梅雷特说："这样的神祇形象我还是头一次看到。"

张思翰平淡地说："这是一尊北宋时期的青铜塑像，衣皱流线紧贴其身，面部表情儒雅温和，结合了北齐曹氏画派的风格，兼有北宋神情内蕴的风格，在《介休县志》上曾有记载，文彦博未曾入仕的时候，有祆狐现形，告诉他今后必然富贵，在他征讨贝州王则的时候，也有祆狐助战，令他大胜而归，所以他建庙祭祀，据说祆神庙的牌匾上写的是——元神庙，说是千年白狐，化为元神，后来白狐出入为祟，被百姓捣毁，我想这尊狐狸神像，应该就是那尊祆狐！"

娜娜说："不是吧，原来备受崇拜的狐狸，怎么会出入为祟？"

张思翰说："原因很简单，一定有人利用祆狐装神弄鬼，恐吓愚民，激起百姓愤怒，但是什么人将这尊祆神狐像藏在这里，我就不得而知了，可以肯定的是，那两个死去的祭司，必然是为了寻找阿胡拉神冠，才进入地宫的。"

穆歌走到前面转了一圈，匆匆返回来，带着一脸的沮丧和苍白："没路了，前面不通。"

娜娜说："不会的，既然能走进来，就一定有出去的路，不是还没有发现第三具尸体吗？"

没错，娜娜曾经说过，历史上有三名袄教大祭司进过地宫，现在发现了两具尸体，还有一具尸体在哪儿？

张思翰说："大家好好看看铜像，那具尸体一定和它有关。"

借着电光，四人仔细观察那尊狐狸铜像，品味曹衣出水的风韵。

曹衣出水又称"曹家样"，是北齐曹仲达创造的一种人物衣服褶纹的画法。衣袖褶纹多用细笔紧束，似衣披薄纱，恰如芙蓉出水，后来被广泛运用，对雕刻铸造产生巨大影响，与画圣吴道子并称一时，有"曹衣出水，吴带当风"的美誉。而曹仲达本人则是粟特人，一个虔诚的袄教信徒。

穆歌忍不住开始动手，在青铜狐狸上摸来摸去，最后他干脆想去推这尊狐狸，还说："这个青铜狐狸可能是个机关。"

娜娜、阿梅雷特、张思翰，都照着他的话去做，四人用上全部力气，青铜狐狸纹丝未动。

阿梅雷特说："白费力气，根本推不动。"

张思翰让众人闪开，围着青铜狐狸走了几圈，看看地上尸骨，尸骨是脊背朝向青铜狐狸，而做出跌倒的样子。他严肃地说："看样子，他是触动了机关，还没来得及逃走，但他死亡的原因是什么，我们还没搞清楚。"他走到尸骨旁，蹲下来小心翼翼地翻转那些骨头，其实骨头已经高度腐烂，用手一拿，一块骨头立刻碎裂成一堆白色粉末。

张思翰似乎发现了什么，伸手在骨头粉末中细致地摸索着。阿梅雷特三人觉得很阴森，不约而同聚拢在张思翰身边，张思翰的手指从粉末中挑出一根闪闪发光，青幽幽的细针，他说："毒针！奇毒无比，见血封喉，幸好你们刚才没有触动机关。"

阿梅雷特忍不住问："是从青铜狐狸身上发射的吗？"

张思翰点头说："设计这个机关的人很阴毒，这种毒针发射的力量惊人，一针穿透骨头，而且细如牛毛不易发现。"

张思翰把毒针远远地丢进黑暗里，离开尸体，返回青铜狐狸面前，打了个手势，让众人闪到旁边，然后仔细查看青绿色的青铜器身，他说："尸骸中针的位置是在膝盖左右，发射的角度应该是斜上，如果是这样子，那么机关应该设置在铜像的两脚上。"

终于找到了，在青铜狐狸的脚趾上有几个极细微的小孔，找到毒针的发射孔，却找不到触动发射的机关，细心的张思翰站在青铜像前琢磨了一会儿，然后侧身，伸手在狐狸的胳膊上一扭，只听咯的一声，青铜狐狸的脚趾上射出一道细微的寒光，想不到时隔千年，古老的机关依旧灵敏异常。

轰隆一声，烟尘四起，张思翰立足不稳，身体向下坠落，摔在一块又冷又硬的大石头上。

"哎呀！"黑暗中有人叫了一声。

张思翰问："是谁？"

"我。"穆歌在身后，冷森森地说，"都下来了吗？"

阿梅雷特说："是的，一锅端了。"

"你们还好吗？"张思翰关切地问。

"还好。"黑暗中阿梅雷特把手伸了过来，和张思翰紧紧地握在一起。

娜娜在黑暗中发出叫声："快，给点亮。"

张思翰拍了拍手电说："手电没亮了，可能是摔坏了。谁有亮，看看究竟是怎么一回事？"

阿梅雷特说："我感觉天塌地陷似的，应该中了机关。"

嗒！

穆歌点燃打火机，一点火光释放着微弱的光明，使这几个人瞬间看清了自己的处境，上下左右都是石头，形象点说，好比一个石匣子，把他们密不透风地装了进去。

张思翰噗地一口吹灭了火苗，穆歌说："你干什么？"

张思翰郑重地说："我们现在密封在一个石匣里面，火焰会消耗氧气。"多余的话他没说，但是每个人都有清醒的认识，如果不能尽快打开出口，他们将会窒息而死！

阿梅雷特说："张思翰，你一定有办法。"

张思翰拍了拍头上倒悬的青铜狐狸，说："青铜像大头朝下地悬在我们头上，我想大家也清楚，这是一个类似翻板的机关，如果我们能把青铜狐狸再翻转回去，或许可以破石而出！"

穆歌说:"如果铜像把机关卡死了,我们还是出不去,只有等死。"他泄气地坐了下去,屁股刚一落地,又哎呀一声。

阿梅雷特说:"又怎么了?"

穆歌说:"娜娜,你想找的第三具尸骸,我给你找到了,就在我的屁股下面。"

娜娜说:"是吗,让我看看。"

张思翰发出警告:"不要触动遗体!"

嗒!火光再次燃起,张思翰看见穆歌的屁股下面,骷髅骨头已经面目全非,变成了一堆白色粉末,还剩下几只骨头棒子。

穆歌说:"抱歉,让我给坐塌了。"

娜娜说:"妈的,看你都干了些什么。"忍不住扑过去,和穆歌扭打起来,穆歌的打火机丢在地上,火苗倏地熄灭,黑暗中只听见吭哧吭哧的搏斗声,纠缠的身影在狭小的石匣中翻滚起来,把人撞得东倒西歪的。

阿梅雷特哎呀一声喊道:"别打了,快别打了。"

张思翰在地上摸索了一下,把打火机嗒地点亮。

此刻,穆歌已经停手,他爬起来说:"这么不经打,弄两下就完了。"说着用脚踢了踢躺在地上的娜娜,娜娜却脸色铁青,一动不动。

张思翰说:"他死了!"

北周萨宝安伽墓围屏石榻画像

穆歌的脸上露出无比震惊的表情，嘴唇哆嗦着说："可是，可是，我可没有杀他。"

张思翰蹲在娜娜的尸体旁边，说："他是被毒死的。"

阿梅雷特说："是你，你杀了他。"

穆歌急忙辩解说："真不是我，我真的没有杀他。"

娜娜的脸色渐渐发青，咽喉处只有一道淡淡的手印，嘴角溢出一丝黑血。张思翰仿佛意识到了什么，说："娜娜的死可能是个意外。"

阿梅雷特问："为什么？"

张思翰说："想想前一个大祭司，肯定是死于毒针，而这一个祭司也是同样的原因，娜娜和穆歌扭打的时候，或许是无意中被尸骨上的毒针刺中，只有这一种解释。"

火苗的光芒在黑暗中渐渐熄灭，打火机的油要用尽了，黑暗如同寒流袭来。

"我们的生命会终结于此吗？"阿梅雷特在黑暗中发出一声长叹。

张思翰说："不会，我答应你们要带你们走出去的，说到做到，你们看见石壁上的浮雕了吗？"

穆歌说："刚才的火光太微弱了，看得马马虎虎，现在什么都看不到！"

阿梅雷特说："思翰，你是想说，出去的线索藏在这些壁画里，而这些画像我好像在哪里见过！"

张思翰说："极有可能。"他贴在一面冰冷的石壁上面，双手在石壁上轻轻地摸索。

穆歌冰冷地问："张思翰，你摸到什么了？"看来，他已经不抱有任何出去的希望。

张思翰说："我摸到几个人物，不过他们不是主人公，只是几个随从，他们演奏乐器，琵琶、箜篌、腰鼓、横笛，画面中部的是主人公，好像是一男和一女，应该是夫妇两个，男的体形修长，女的丰腴肥美，他们在一座宫殿里寻欢作乐，身旁还有一群侍卫。"

穆歌说:"寻欢作乐这个词用得不恰当,是祆教信徒在欢宴,只是不能确定他们的身份。"

张思翰说:"对啦,我想起来了,我在博物馆见过类似的石棺床画像,那是北周萨宝安伽墓画像石,没错,就是那个,二者的风格一模一样。"

阿梅雷特就站在张思翰身后,寸步不离,让张思翰有点施展不开手脚,他回头说:"你别老缠着我。"

"我就喜欢缠着你。"阿梅雷特说。

张思翰没吭声,甩开阿梅雷特,走到对面的石壁前,他在那面石壁上没发现什么线索。

穆歌说:"张思翰,有什么新发现?"

张思翰边摸边说:"这幅壁画与众不同,正面的画像好像是神,而不是人,一共有三个神,戴头光,他们站在一座空中楼阁里,接受凡人的膜拜。"

穆歌说:"这是死后的灵魂,接受三联神的审判,然后升入永恒的乐园。"

张思翰又朝第三面石壁走过来,前两块石壁都没有什么线索,只好寄希望于剩下的两块,他全神贯注地在第三块石壁上摸索。

阿梅雷特关切地问:"有些什么?"

张思翰说:"娜娜。"

"娜娜已经成了一具尸体。"穆歌说。

张思翰说:"我不是说娜娜,而是石壁上刻着四臂女神娜娜,这块石壁和前两块有些不同,前两块的主题是饮宴、祭祀,而这幅石壁却什么也没有说明,奥妙可能就在这面石壁上。"

黑暗中,阿梅雷特和穆歌等着张思翰创造一个奇迹,过了片刻,张思翰问:"四臂女神娜娜手里拿的是什么东西?"

穆歌说:"不一定,什么都拿。"

穆歌解释说:"最为固定的两样,一个是太阳,一个是月亮,剩下的两只手,或者拿权杖、蛇、蝎子、植物、钵盂、玉笏的变形体,还可以空着。"

张思翰用手摸着石壁上的形状,上面的两只手做托举状,前手是太阳,后手是月亮,下垂的两只手,前手拿一根如意形的权杖,后手张开,上面居然停落着一只奇特的小鸟,鸟颈上飘着一条丝带。

张思翰准确无误地叫出了鸟的名字："吉祥鸟，娜娜的手里有一只系着绶带的吉祥鸟。"

穆歌惊异地说："快让我看，娜娜手持吉祥鸟的造型我从未见过！"但是他立刻失望了，一片黑暗中，他什么都看不见，像一个瞎子，只有依靠张思翰灵敏的双手，感知周遭的事物。

阿梅雷特说："鸟是飞翔的意思，而吉祥鸟则有一路顺风的寓意，难道它是开启石匣的机关。"

张思翰猛一拍手："我太愚蠢了，那只鸟就是机关，我们得救了！"他伸手在吉祥鸟身上抚摩着，然后在鸟的眼睛上一按，霍地一声，头上的石壁，如同一道千斤闸门缓缓移动，露出一个乌黑的洞口。

张思翰对阿梅雷特说："你先走。"不等闸门完全升起，便抓住她的两条腿，向上一推，阿梅雷特飞快地从缝隙中爬了出去，穆歌是第二个，张思翰殿后。

出了石匣，前面露出一条弯曲的通道，大约两尺见方，散发着一股下水道的恶臭。

穆歌说："刚才我怎没见过这条暗道呢？"

张思翰在后面鼓励说："因为这条暗道的入口和石匣相连，只有逃出石匣，暗道的门才会自动打开，加把劲，我们就快要到达地面了，这股臭味是下水的味道，这个通道肯定和下水道连在一起。"

张思翰话还没说完，黑暗中便传来一点亮光，仿佛光明的曙光一样，三个人不约而同地爬去，爬到一扇又厚又重的石门前，阿梅雷特推了推，根本推不动，门缝隙里传来一点微弱的光芒。

穆歌拍了拍石门，灰尘簌簌而落，他说："这扇石门太重，推不开。"

阿梅雷特说："这里有缝隙，我们可以大喊救命。"

张思翰说："别急，那不是缝隙，而是钥匙孔。"

阿梅雷特伸手一摸，说："有三个孔，究竟哪个是钥匙孔？"

"三个都是。"张思翰说，"我记得考古的时候，曾经有一种锁，叫三星连珠锁，要三把钥匙同时插进锁孔中转动，才能开锁。"

阿梅雷特叹息一声："可惜，我们找不到钥匙。"

张思翰一笑说："你们难道忘记了，祆教大祭司的身上戴着什么？"

阿梅雷特兴奋地说："玉佩，你的意思是玉佩就是钥匙，你真是个天才。"

穆歌从身上摸出两只玉佩说："我只有两只玉佩，第三具尸体上面，我没有发现玉佩，看来，我们还是出不去！"

张思翰说："第三只玉佩肯定有，不过被人藏起来了，这也是娜娜被杀的原因。"

"你说什么？"穆歌惊讶地说，"你不是说，娜娜的死是一场意外？"

张思翰说："那是我为了不惊动凶手，故意说的，好将凶手稳住，凶手在石匣里第一个发现了尸骨，他悄悄地偷走尸骨身上的玉佩，然后，趁机杀死娜娜。"

穆歌焦急地说："张思翰，你要是知道谁是凶手，就快一点说出来吧。"

阿梅雷特说："你是怀疑我吗？"

张思翰说："我现在还无法推断你们谁是凶手，但是凶手一定不会把证据留在身上，最好的办法就是丢掉证据，所以我才会最后一个离开石匣，凶手离开石匣的时候，必然要把玉佩留下，恰好被我捡到。"

张思翰伸出二指，从口袋里翻出最后一只玉佩。

十五　神秘的大人物

　　山西介休顺城关正街东隅，时光仿佛又回到原点，祆神楼耸立在此地，好似被施了某种魔法，而这种影响着个人命运的魔力，正旋转在鬼眼七的身上，无论他怎样镇定，心情总是忐忑不安。一切都藏在黑暗的混沌中，充满了未知的命运。前面是恢宏古老的祆神楼，飞檐凌空欲舞，琉璃光彩照人。一个穿着白色练功服的老者在楼前打太极拳，骨骼清瘦，一招一式颇具神韵。

　　离开祆神楼，没走出多远，鬼眼七来到一个四合院前。院门并不高大，但是修建得很精致，砖雕的门头，上面铺着琉璃瓦，迎面正中是一块汉白玉，刻着"造化无方"四个字，显示出主人的闲情意趣，进门是一座大影壁墙，墙面贴着琉璃，是双龙斗宝图，两条龙一青一黄，狰狞巨爪，气势逼人。

　　门前站着两名肌肉鼓鼓的大汉，看样子都是练家子，黑色宽大的板带把腹肌勒得紧绷绷的，目光如刀地盯着他。正有个人在等鬼眼七，这个人和鬼眼七一样瘦，脸色在晨风下浮着苍白的颜色，看见鬼眼七来了，立刻笑眯眯问道："这位就是纽约唐人街的张先生吗？"

　　鬼眼七说："是我。"他现在化名张寻，身份是纽约来的大古董商。他是十五天以前到的，本想找张思翰游山玩水，但是他发现张思翰出了事，而且已经失踪了十五天，一种不祥的预感紧摄住他的内心，他想通过这条线索追查张思翰的下落，能不能有结果，只有碰碰运气。

　　"人都到齐了，就差张先生您啦。"这个人卑微地说，脸上的肌肉痉挛了一下。鬼眼七戴着墨镜，目光自然地落在这个人的胳膊上，有几处很明显的针眼，他知道这个人叫小三，是个瘾君子，是在古玩道上混的，鬼眼七就是通过他的安排，来参加这次地下拍卖，这里出手的东西都是不能见光的。

小三朝两个黑衣大汉一摆手:"这是请来的贵客,快请进吧。"

黑衣大汉向旁一闪,鬼眼七昂首走进大门,绕过影壁墙,来到正堂,忽然眼前一亮,这家院落别看外观不大,但是里面的陈设非常讲究气派。迎面是一张紫檀八仙桌,纹路细腻,做工精细,一旁放着两把雕花太师椅,八仙桌后是一张黑漆长案,案上摆着一座古钟,侧面是两只瓷瓶,墙壁上面挂着一张画,画上一个红脸大汉,卧蚕眉,丹凤眼,五绺长髯,原来是义薄云天的关老爷。一旁是两把椅子加一张小茶几,上面挂着黑字条幅,很标准的厅堂布置,若在明清时代,非是大官大宦,不能有如此气派。

鬼眼七的眼光落在黑漆长案上那两只古瓶上,两只一模一样的青花橄榄瓶,上面的蓝釉桃子,色彩有些不深不浅,好像是乾隆时期的官窑,他暗自数了数桃子的数目,正好九个,"雍八乾九",果然是乾隆时期的青花,但是没有机会上手,他还不能判断这对瓶子是不是官窑,就算不是官窑,这里的气派也很是令人惊叹了!

小三请鬼眼七坐在左侧最下首的位置上,自己打了一个哈欠,站在鬼眼七的一侧。对面的椅子上坐着一些形形色色的家伙,全是些脸生横肉的文物贩子。外面走进四个黑衣大汉,他们把一张大八仙桌搬到厅堂中央,嗓子里发出吭哧吭哧的声音,说明这张桌子异常沉重。

小三低声说:"要开始了。"

四个黑衣大汉快步走出,时间不长,又走回来,怀里抱着一些瓶瓶罐罐,大堂里顿时宝光缭绕,灵气逼人!

第一个大汉在桌上放了一个一尺多宽的锦盒,锦盒里放着一块残破的木简,第二个大汉抱着一只椭圆形的盘子,有二十厘米长,两侧有长边,其实这个东西是一种饮酒的器皿,叫耳杯,是一种漆器,上面的云纹图案有点模糊,鬼眼七的心就是一痛,心里暗自叹息,这个耳杯一定是从水里出来,刚出来不长时间所以没变形,这些人不懂得如何脱水,所以几个月后,这只耳杯就会干缩得不成样子,甚至灰飞烟灭,变成一团破碎的垃圾。

鬼眼七越看越奇,最后居然抬过来一口玻璃棺材,棺材里面装着一具骷髅,身长大约有一米七,骨骼保持得比较完好,鬼眼七心想,这些盗墓贼未免有些猖獗,连死者的遗骸也不放过。

这个时候，大堂里的目光变得痴迷而怪异，一个胖子先走到八仙桌前，从桌上抄起一只隋朝黑色印花陶罐，上面有浅白色的印花，可能在搬运的过程中不小心，瓶口处略有一些残破，他掏出一个放大镜仔细瞧看，看来他对陶器喜欢非常。

胖子这一上手，其余的来宾纷纷而动，各自上手，他们没有一丝犹豫，都是淘弄古玩的老手，不必废话，一上手就是早已瞄准的目标，这些人都是来头不小的人物。小三在一旁看得眼热，但是他的双脚像钉子一样钉在地上，纹丝不动，他没钱，他的钱都抽了粉，只有依靠给走私古玩的商人牵线搭桥，挣些抽粉的小钱。

鬼眼七一直在冷眼旁观，八仙桌上已经摆不下了，有些大坛大罐干脆就放到桌下，这准是一座大墓。鬼眼七随手摸了一只朱漆海棠碗，放在茶几上。那个胖子把黑陶罐放在自己的脚边还觉得不过瘾，又搬了三个歌舞瓷俑放在脚边，这才抹了下头上的汗水，喘着粗气重新坐下。

这个时候，外面传来爽朗的笑声："让各位久候，在下来迟一步！"

鬼眼七斜眼一看，影壁墙后转出一人，竟然是在祆神楼前打太极拳的老者，穿着一身白色真丝的练功服，容貌清奇，步履矫健，尤其是他的一双小眼睛，放射着柔和的异彩，好一派武学大家的风范。

所有来宾肃然站起，异口同声地说："给文爷问好。"

文爷双拳一抱，谦和地说："大家好，各位发财，哈哈。"口气极为随和，走到正中右边的太师椅前，大马金刀地一坐，立刻有人看茶，每人一杯，鬼眼七端起杯子，是宜兴的紫砂壶，茶是铁观音，喝上一口馨香满心。

文爷放下茶盏，清了清嗓音说道："承蒙各位抬爱，我文震邦自入道以来，多蒙诸位鼎力相助才闯下这份基业，如今收罗到一些古物，自然要与诸位分享分享，不知诸位意下如何？"

众人齐声道："文爷不要客气。"

文震邦说话的口气文绉绉的，但是语气柔中带刚，似乎是那种黑白两道，呼风唤雨的人物。

文震邦口风一转，笑呵呵地问那个胖子："刘胖子，你千里迢迢从四川赶来，相中了什么好东西？"

刘胖子咧嘴一笑:"就这几件。"

文震邦淡淡一笑:"你不要得了便宜卖乖,你拿的这几件算是精品,不过真正的精品还没有看到。"

众人眼前一亮,异口同声地问:"快拿出来掌掌眼?"

文震邦嘿嘿一笑,"你们来看这个,"他用手一指地上的玻璃棺材,"谁能解开他的身份之谜,我就让他见识一样,我家祖传的绝世之宝!"话音未落,众人已经都离开座位,围着玻璃棺材来回端详,不过大多摇头叹息,对里面的古尸不明就里。

忽然,鬼眼七挺身而出,走到玻璃棺材前面,细声说道:"要破解古尸的身份之谜倒也不难,从他的头骨上看,根本不是中原人氏。"

语惊四座!

文震邦咦了一声:"想不到这里隐藏着一位高手,年轻人,你叫什么名字?"

"我叫张寻。"

文震邦说:"你就是那位从美国回来的大商人。"

"嗯。"鬼眼七说,"我对这具骨骼有点兴趣,首先他的头颅有点窄,面低,眼眶深陷,阔鼻,这和印欧古人类的头盖骨有点接近,有可能是古代胡人,你这里的东西大多都是隋唐时期的,在隋唐时期,胡人与华的贸易很兴盛,通过丝绸之路,与中原交往甚密,还有的胡人做了高官,所以他的身份一定是位胡人。"

文震邦哈哈笑道:"朋友,你很有眼光,居然被你一语中的。"他一拍手,黑衣大汉端上一个银盘,盘子里放着一些绵白宣纸,纸上刷着黑墨,空白之处有字有图,原来是一沓宣纸拓片。

黑衣大汉把银盘端到鬼眼七面前,让他过目。

鬼眼七展开宣纸一看,说道:"原来的东西应该保持得很好,有可能经过水沁,从这点上看,此墓不深,应该在六米到十米之间,这些拓片是从一种石围屏上拓下来的,是不是?"

文震邦一伸大拇指:"高手,果然是高手。"

鬼眼七一笑:"也不是高手,就是一般的推测,因为明清的墓,深度一般不超过六米，汉墓一般在十米多点，隋唐的我取中间值，至于那些石围屏，我是根据这些拓片猜测出来的，但是我很奇怪，按照隋唐的墓葬风俗，只有王公大臣的墓中才有壁画，用来记述墓主生平的重大事迹，这是个小墓，怎么会出现石围屏，还有如此精美的壁画？"

文震邦说："这也是我想知道的，你先说说这些壁画有什么意思？"

鬼眼七挑出一张宣纸，他完全沉浸在一种探索秘密的热情里，脑子里面的运转速度快如闪电，因此脸色苍白无血，好似害了一场大病。

宣纸上黑白两色，黑地白花十分繁缛，给人一种雍容富贵的感觉。鬼眼七的手顺着一条枝干象征性地一划："这两条植物蔓茎，同时向左右弧起，然后合拢，再弧起，这是典型的合抱式缠枝花草，在隋唐墓室里非常流行，在蔓茎上盛开的花草，你很难说是荷花还是牡丹，因为这是隋唐时期的宝相花，是在武则天时代以后开始流行的，寓意富贵吉祥，吉人天相。"

鬼眼七又挑起另一张，是一幅黑底白龙图："看这条龙，典型的龙身粗，龙角细，身短而尾长，是唐龙的造型。"

放下宣纸，鬼眼七走到胖子面前，刘胖子以为鬼眼七要动他的货，双眼立刻放出敌视的目光。鬼眼七一指歌舞瓷俑说："这几个小人的穿戴打扮，显然不是中原地域的造型，穿着窄袖胡服，云头履，条纹小口裤，胡式打扮，如果这些玩意儿是那具古尸的随葬品，我敢断定，古尸的生存年代可以精确到武则天以后的时期。"

文震邦呵呵一笑："果然是高手。"

鬼眼七说："你还有什么宝贝，都拿出来吧？"

文震邦哈哈大笑说："我想知道你们的钱带足了吗，不要连回去的路费都花得光光。"

刘胖子看见文爷的兴致很高，于是借机说道："这几样我都看中了，你们谁也不要和我抢啊。"

"好，你开价吧。"文震邦说。

刘胖子伸出五个手指，旁边有人说："刘胖子，这些年你捞了不少油水，才出五十万元，是不是有点小气，我出一百万元。"

刘胖子有点急了："邓老三，这可是我先上手的。"

"上手也没用,你不知道文爷的规矩吗,价高者得。"坐在刘胖子身边的一个中年人得意地说。

文震邦说:"你们不要吵,就按照你们开的价来,因为我今天特别高兴,所以你们出价,我绝无二价,即刻成交。"他的话说得斩钉截铁,一个黑衣大汉提着一台黑色笔记本电脑走到胖子前面,从他开始进行交易程序。

刘胖子双手灵活地在键盘上输入着什么,鬼眼七想,他一定是通过电子银行,把钱数汇进文震邦指定的银行账号里,操作简单快捷方便,还具有隐蔽性。想到这里,鬼眼七不得不佩服这些文物走私贩子的高超手段,忽然,鬼眼七嗅到一丝不同寻常的气味,另有一双精明的目光,正盯在他的身上,绝不是黑道的味道,而是便衣的气息!

鬼眼七的预感一丝不差,来宾中确实隐藏着一个老便——麻六九。他是通过一个线人混进来的,麻六九从没栽过这么大的跟头,那些神秘人物仿佛鬼魂似的,居然找不到痕迹,他检查了国道收费口当天所有的录像,愣是没找到一点线索,只有这一种可能,可疑车辆又潜回了本地!他受到领导的严厉批评,还写了检查,憋了一肚子气,这些家伙绑架了何教授和米莉,这可是大案,要案,案情变得错综复杂。于是局里临时决定,成立神刀米专案组,要麻六九退出,从省里借调专家前来破案。

麻六九感觉很委屈,他决定另辟蹊径,摸到走私古玩这一条线上,他有种直觉,这里会有大鱼,很可能找到与神刀米案件相关的蛛丝马迹!

魔高一尺,道高一丈!看见玻璃棺里的古尸,那正是在神刀米家地窖里面发现的一具古尸,只是没发现何徽阳与米莉的踪迹,他多少有些遗憾。麻六九此刻的心里是美滋滋的,这些家伙还不知道一个警察已经混入了他们内部,这些人物以文震邦为首,条条都是大鱼!

现场交易完毕,黑衣大汉将笔记本电脑给文震邦过目,他好像心不在焉,匆匆扫了一眼,和蔼的脸色忽然冰霜雪白。

门外站着十名大汉,满脸煞气,凶相毕露。文震邦一抱拳说:"对不住各位,在下有一件要事办理,不便打扰各位,还请见谅,送客。"他这一声送客,刘胖子已忍不住向外溜去,看这架势是要闹出人命了,还不脚底抹油更待何时,与邓老三等人作鸟兽散,他们的货物自然有人打点送走,一时间偌大的堂屋里变得冷冷清清，但杀气更浓！

鬼眼七刚要起身，文震邦说："请这位张先生留步。"

鬼眼七只好重新坐定，文震邦的脸色由红转白，杀气布满脸上的皱纹，他感觉自己不会暴露，这是预谋，文震邦早知道他要来，故意设计的圈套？小三早已不见了踪迹，一定是他出卖了自己！

鬼眼七忽然大汗淋漓！

麻六九看了鬼眼七最后一眼，也要溜出客厅，文震邦两道凌厉的目光如剑锋般直射过来："把他们两个给我绑了！"

鬼眼七没反抗，反抗也是没用，但是麻六九暗自惊心，他不甘心受缚，还要施展几下拳脚，不过他一亮招式，就被枪口顶住了脊梁，然后捆了起来。鬼眼七看了麻六九一眼，心想，这家伙生着一双警察的眼睛，可能要坏事。

文震邦问："怎么，你们两个对这具古尸很感兴趣吗？还是想变成古尸的模样？"

麻六九尴尬地站着，思潮翻涌，出师不利，被发现了，实在是倒霉啊。

文震邦用一种阴冷如刀的声音吼道："陈家宝，你只对我的古尸感兴趣？"

鬼眼七淡淡一笑："被你给认出来了。"

文震邦说："古玩道上谁不知道老七的名气，不过你勾引警察来查我，这事可不怎么地道。"

鬼眼七说："我并不认识他。"

麻六九说："没错，我是警察，但是我俩不认识。"

文震邦不再想听他们辩解，一挥手，大汉推推搡搡把他们押了下去。

十六　聚散离合

张思翰终于见到了这个大人物——文震邦。

那天，张思翰集中三块玉牌打开了石门，露出一条绵长而弯曲的通道，三人半趴半卧，其姿态难以形容，循着若有若无的光明向前爬行，手脚并用，仿佛三条大虫在坑道里蠕动。

坑道里很臭，阿梅雷特忍住直钻鼻孔的恶臭，娇小的身体在狭窄的通道里非常灵活，因为臭味越浓，距离光明就越近，耳畔传来潺潺的流水声，最后她爬到一口枯井的底部，大口呼吸着从上面吹拂而来的新鲜空气。

现在，已是第二天的黎明。雨收云散，蓝天白云，古城如画，散发着湿润的气息。

穆歌在下面催促着阿梅雷特快点爬上去，阿梅雷特迟疑了一下，然后轻飘飘地消失在井口，接着是穆歌，他对张思翰抱怨说："什么大盈宝库，根本就是一个骗局。"张思翰回答："可是我们并不是一无所获。"下半句还没出口，脑袋上已经顶到一支硬硬的家伙。一个比枪口还冷的声音说："出来！"

唐八世纪图，仪卫手持环首刀，此为横刀前身像

张思翰动作缓慢地爬出井沿，他没有反抗的余地，头上立刻被罩上一个黑色的口袋。他镇定地问："你们是什么人？"

没有人回答。天光大亮，青石铺就的长街人流如潮。张思翰被带上一辆小车，车子在人潮喧闹的大街上穿行。张思翰只能听见街市两边的喧嚣，根本不知身在何地，但是他的心里有谱，无论这些神秘人想要做什么，肯定和石头有关，碎石上被故意凿掉的字迹，一定是寻找阿胡拉神冠的线索，也是师傅神刀米遇害的根源。

最后，张思翰独自被带进一间摆设阔绰的大院，摘掉黑色头罩，看见文震邦端坐如松。

文震邦问："你就是张思翰？"

"是。"

"娜娜是怎么死的？"

"不知道。"

文震邦仰天长啸："拿我的刀来！"

一名黑衣大汉捧上来一把大刀，刀长四尺，刃宽背厚，没有一丝弧度，刀身笔直，手柄铸有金环，闪闪夺目，仿佛千年的时光，依然将这一口大横刀锻造得吹发可断！

好一口宝刀，张思翰的目光灵动，盯着那口大刀，心里怦怦乱跳，自己鼓励自己，一定要设法吸引此人的注意力，把他的兴趣勾上来，这样才能暂时保住穆歌和阿梅雷特的命。

文震邦将大刀一擎，站在张思翰面前说："杀人偿命，天经地义，张思翰，你认命吧！"

张思翰面色平淡，毫无惧色。

刀光一闪！

刀锋距离他的脖子不过眨眼长短，张思翰蓦地大喝一声："好一把龙鳞锯齿的大横宝刀！"

刀光顿住，文震邦将刀架在张思翰的脖子上问："张思翰，你知道这把宝刀的来历？"

张思翰慢条斯理地说："这是唐朝的大横刀，不过略有变化，唐朝的刀有四大类，仪刀、障刀、横刀、陌刀，其中横刀是日本武士刀的祖先，横刀是汉朝的环手刀发展而来，刀身是直的，刀柄修饰大环，皇帝赏赐王公重臣，多用这一类刀，《新唐书·五及善传》中有记载，尔佩大横刀在朕侧，亦知此官贵呼。"

文震邦握刀的手有些松弛："小子，真有你的，条条都是引经据典，不得不相信你。"

张思翰见文震邦语气缓和下来，继续说道："这把大横刀以金丝缠柄，珠宝嵌身，刀刃之上有锯齿般的寒光，毫无疑问是把身份尊贵的宝刀，不过它的主人在历史上的名气却不大好啊！"

"你知道刀的主人是谁吗？我正想请教一下。"文震邦收刀在手，显然对刀的主人是谁，兴趣十足。

张思翰心想，你只要上钩，就好办了，假装冥思苦想，盯着刀背上的两个小篆铭文，心里早已有了答案。

张思翰说："这两个字是平卢。"

文震邦问："平卢是不是地名？"

张思翰摇了摇头，"不是，平卢是官名，全称应该是平卢军节度使，相当于军政总管，兵甲一方，而大唐最有名的平卢节度使就是安禄山，我想这把宝刀非他莫属。"

文震邦笑道："原来这是安禄山的宝刀？"

张思翰说："极有可能，据说安禄山晚年双目失明，心中惶恐，常将一把龙鳞宝刀挂在帐前，很可能就是此刀。"

文震邦虽然脸带笑容，不过杀气未减，他一摆手，指向身旁的太师椅："张思翰，你坐。"

张思翰不亢不卑，轻松落座。

文震邦冷冷地说："张思翰，我文震邦最喜欢结交有学问的人，尤其是你这样的有识之士，千年以来，能活着闯出祆神地宫的只有你一个。"

张思翰说："你是地宫的守护者。"

文震邦说："文家一直在秘密地执行这个任务，千百年来从未有过改变。"

张思翰说："这么说来，你是北宋政治家文彦博的后裔？"

"没错。"

"久仰。"

文震邦挥了挥手，一位大汉上茶，张思翰也确实有些口渴，端起茶来一饮而尽，放下空杯后，他问："既然你是文家后裔，而且是地宫的守护者，你一定知道大盈宝库为什么会藏在这里。"

文震邦说："不错，把大盈宝库藏在地宫的是史思明的后裔。当年，安禄山为了笼络史思明，就将大盈宝库里的大部分珍宝赏赐给他，后来，物换星移，大盈宝藏为文彦博所得，藏在地宫之内。"

张思翰叹息道："这么说，文彦博极有可能是祆教信徒，他修建祆神楼的真实目的是为了隐藏大盈宝藏。"

文震邦点点头。

张思翰奇怪地问："你也是祆教信徒吗？"

文震邦哈哈大笑："祆教？你以为祆教还真的存在吗，我倒是听说，现在有白头教和拜火教，所谓祆教已经成为历史，穆歌那一伙人只不过披着祆教的外衣，干些偷鸡摸狗的勾当，但是我对阿胡拉神冠的兴趣倒是非常浓厚。"

张思翰说："可是，地宫里并没有大盈宝藏，那么阿胡拉神冠，或许只是一个莫须有的传说。"

文震邦说："大盈宝藏确实存在，但是经过安史之乱后，并没留下多少，再经过历代挥霍，早已空空如也了，只有阿胡拉神冠的下落一直不曾找到，传说神冠能带给凡人无上的权力和财富，但是也会给人带来无限的灾难和痛苦，就像被魔鬼安格拉赋予了诅咒，这诅咒刻在琐罗亚斯德的遗骸上，警告世人，并同阿胡拉神冠秘密地隐藏起来。"

张思翰说："我师傅是怎么回事，为什么要杀他？"

文震邦说："我也想知道这是怎么一回事，这关系到安史两派的内斗。"

"安史两派？"

文震邦说："不错，安禄山的后裔及其拥护者，史思明的后裔及其拥护者，你知道，历史记载，安禄山被其子安庆绪谋杀，安庆绪被史思明谋杀，史思明又被史朝义谋杀，历史在短短的几年，上演着惊人的重复，这样的概率在历史上有多少，那根本不是巧合，而是阿胡拉神冠的诅咒。"

"神冠的诅咒？"

文震邦一挥手，一名大汉捧来一个红木匣，小心地放在桌上。文震邦打开木匣，里面赫然是一具遗骸。文震邦说："不瞒你说，这是在神刀米的地窖子里发现的古尸，经过C14测定，可以确定为一具古老的遗骸，大约有两千五百年的历史。"

张思翰仔细地看着这具两千多年前的骨头，发现一些米粒大小的符号，他奇怪地问："两千五百年，请问如果这具尸骸是祆教信徒，是什么人可以在骨头上刺字？"

文震邦说："那些符号是阿维斯陀字母，我们推测，这具骨头保存得这样完好，应该是世代留传的，秘而不宣，最后一任保存者就是你师傅神刀米，而从时间上判断，这极有可能是祆教创始人琐罗亚斯德的遗骸。"

张思翰说："有这种可能吗？那这些阿维斯陀字母又是什么意思？"

文震邦说："是关于神冠的诅咒，这是一个恶毒的诅咒——凡得此宝者，不生虚妄之心，不生贪婪之念，否则，父子相仇，夫妻相残，兄弟相恶，朋友相恨，穷凶极恶，断子绝孙！"

张思翰忽然说："你怎么认识这些阿维斯陀字母，把你身后那位高人请出来吧！"

文震邦哈哈大笑："我哪认识这些字母，的确有位高人。"

门外传来一个声音："你就是张思翰？"

张思翰看见一个英姿飒飒的女人走进来，大方地伸手和他打招呼，似乎有点面熟，仿佛在哪儿见过。

何徽阳说："张思翰，你听玉米说过我吗？"

张思翰恍然大悟，他曾见过米莉和她的合影，他说："你是何徽阳。"

"没错，我和玉米正在文老爷子家做客呢。"何徽阳说，"文老爷子对这件案子非常有兴趣，他向我请教了一些历史知识，他很热情好客，对我们很照顾，从没为难我们。"

张思翰暗想，好聪明的小女子，寥寥数语，已经告诉了他，她和米莉已经被文震邦非法软禁在这里，而且米莉很安全，不过他想知道具体的细节，于是问："米莉呢？"

文震邦说:"就在外面第二个房间里,你随时都能去看她,不过,你最好不要想逃走,因为除了你们三个,还有一个人的命在我的手里,如果你不吝惜鬼眼七的命,尽可以走掉。"

张思翰浑身一震,老七怎么来了,听文震邦的口气,不像是开玩笑。

望着文震邦离去的背影,何徽阳问:"谁是鬼眼七?"

张思翰说:"是我最好的朋友,就像你和玉米。"

十七　大漠之险

张思翰并不知道，鬼眼七和麻六九此刻被关在后院的一间囚牢里。所谓囚牢其实是一间客厅，将近五月的天气，晚上阴冷难熬，只有两张对床，薄薄的棉被。一到晚上，两个人都钻进棉被里暖和，就似过冬的熊。这里有很多书籍可以打发时间，有很多居然还是古旧的线订本，饭菜可口，按时送到，标准的四菜一汤，除了不能逃跑，他们生活得很惬意。开始的时候两个人相互还不熟悉。时间一长，寂寞就将两个人拉近了距离。

麻六九问："你好，我是麻六九。"

鬼眼七说："你是个警察。"

麻六九说："什么警察，现在我们都是人家的囚犯，但我是为人民服务的好警察，我正在和犯罪分子做斗争，你必须协助我的工作，做一个见义勇为的好青年。"

鬼眼七躺在那里一动不动，蜷缩起身体："你想知道什么？我是有案底的人，但是我没犯事，或许他们不想杀我们，只想让我们老实点，你别想逃走啊，你跑了，他们肯定拿我开刀。"

麻六九说："知道吗，朋友，对犯罪分子的妥协，就是对人民的犯罪。"

鬼眼七说："你别给我讲大道理，保住小命要紧。"

麻六九说："好吧，我是警察，他们囚禁我正常，可是他们把你软禁起来，我就有些好奇。"

鬼眼七说："警察先生，你究竟想知道什么，好吧，我告诉你，我是来寻找一个朋友，我这个朋友，已经失踪很多天了。"

麻六九分析道："这样说来，你朋友的失踪一定跟文震邦有关，他是条大鱼，如果和他没关，他会当作没事一样，让你查不出任何线索，他现在把你软禁在这里，说明，这事一定和他有关，而且怕你继续追查下去。"

鬼眼七说："对呀，我怎么没想到，还是警察先生厉害。"但是他的欢喜瞬间冷却，喃喃自语地问："可是，我怎么才能知道他的下落呢？"

麻六九说："你帮助我逃出去，我率领大队警察杀回来，把你和你的朋友一同解救出来，这样不就行了。"

鬼眼七冷冷地说："不行，像文震邦这样老奸巨猾的家伙，肯定不止一个窝，一有风吹草动，他就会跑，再说你跑了，他要是迁怒于我怎么办，我和我朋友岂不是更危险！"

麻六九没招了，他叹息一声，问："你朋友叫什么名字？"

鬼眼七说："张思翰。"

麻六九立刻从床上跳了起来："你再说一遍？"

鬼眼七说："张思翰，是一个考古博士。"

麻六九嘿嘿一声轻笑："原来，张思翰藏在这儿呢。"

鬼眼七问："怎么，你认识他？"

麻六九说："我就是为了追踪他的线索而来，张思翰很可能被人陷害，所以你一定要帮我逃出去，洗刷他的冤情。"

鬼眼七说："成，我听你的，但是我对文震邦的招待很满意，辽川粤湘，这些口味都整得挺地道。"

麻六九说："啥，你别忘了，猪都是养肥了再杀！"

鬼眼七说："你确定能跑出去？"

麻六九低声说："你先听听我的计划——"

就在鬼眼七和麻六九商议如何逃跑的时候，前院的书房里，文震邦、何徽阳、米莉三个，正在聚精会神地看张思翰在一张宣纸上，用一品紫毫写下石头的秘密——胡天神冠，既寿永昌，起于草莽，□□知命，承□□天恩，□极荣辱，□百战不□，□□大器英姿，□相将之智，□□汉晋名垂，□□盖世，□天下大业，□龙虎风云，□□伏首，文□飘香，□不世之基，□□□偷□，□安神意，震□慈瑞，克长安洛阳于指掌。

文震邦拍手说："好字，你这是学宋徽宗的瘦金书，好字。"

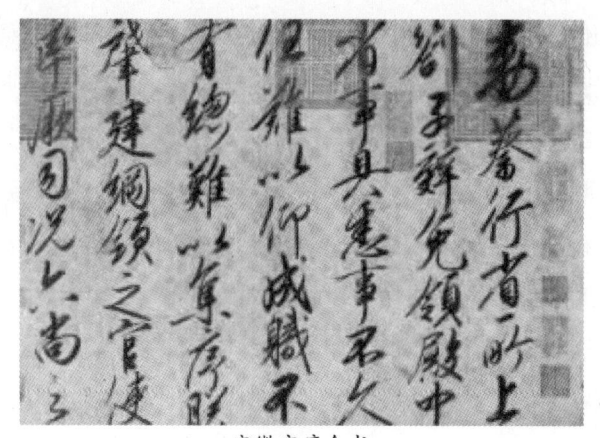

宋徽宗瘦金书

何徽阳凝眉瞧着那些字问:"玉米,爷爷以前写过这些字没有?"

米莉摇了摇头。

何徽阳说:"这就奇了,如果米老爷子守护这些石头,并且秘密保护古尸,他一定有解开这些石头秘密的线索,至少会在不经意中,留下蛛丝马迹,玉米,你好好想想,爷爷生前有什么很特别的嘱托吗?"

米莉还是摇头。

张思翰说:"你别难为她,她还什么都不知道呢。"

想起爷爷遇害,米莉的目光就变得很凶,恶恶地盯着文震邦。

文震邦看着米莉,眼神中露出一股慈祥之意,严肃地说:"米莉,我并不是杀害你爷爷的凶手,而且从现在起我还要好好地照顾你,关于这些碎石,我给你们讲一个古老的故事,其实也并不是很久,就是二十年前,那是一场充满了梦魇般的旅行。"说完,他的身体轻颤了一下,仿佛是在忍受着一种巨大的悲痛,继续说道:"我儿子那时候才十八岁,是一个非常年轻有为的青年,对探险和考古充满了狂热的梦想。"

文震邦的眼眶湿润了,喃喃地对张思翰说:"当年,知道袄神楼秘密的并非只有文家,另外还有两家人。其中一家姓米,另一家姓曹,文家除了有守护袄神楼的秘密之外,还有一张藏宝图,这两个秘密都与阿胡拉神冠紧密相连。那张藏宝图上画有罗布泊附近的西域古国。据说一百年前,瑞典探险家斯文赫定发现了楼兰古国,但是还有很多西域古城堡一直沉睡于地下,未被世人惊醒,我们想到那里去碰碰运气,因此三家人一拍即合。"

张思翰说:"塔克拉玛干沙漠是一片不毛之地,罗布泊更是死亡陷阱,你们三家真有胆量。"

文震邦没有说什么,他独自倒了一杯酒,让夜风吹拂胸膛,好似积压着愤怒的力量,还有仇恨的炽热。他干涩地笑了一下,继续说道:"我原来并没有把握,只是想碰碰运气,谁知另外两家人都是胸有成竹。我们一起研究那幅古老的地图,地图是羊皮做的,上面写有篆字,曹老爷子认识那些字,写着'大汉西域诸国'六个字。不过我看那羊皮不像是汉代的,有点像宋代的,管他呢,或许是宋人按照原图仿制的,上面标有蒲昌海,就是现代的罗布泊,还有于阗、精绝、狐胡等位置。我们找了一个叫山羊胡的人,他说可以当向导,他其实是一个混血,有点伊朗人的血统。为了稳妥,天宇让山羊胡再找几个人做帮手,我们先赶到塔里木河下游的一个小村,雇用了一队骆驼,做足了准备,然后进入大漠。"

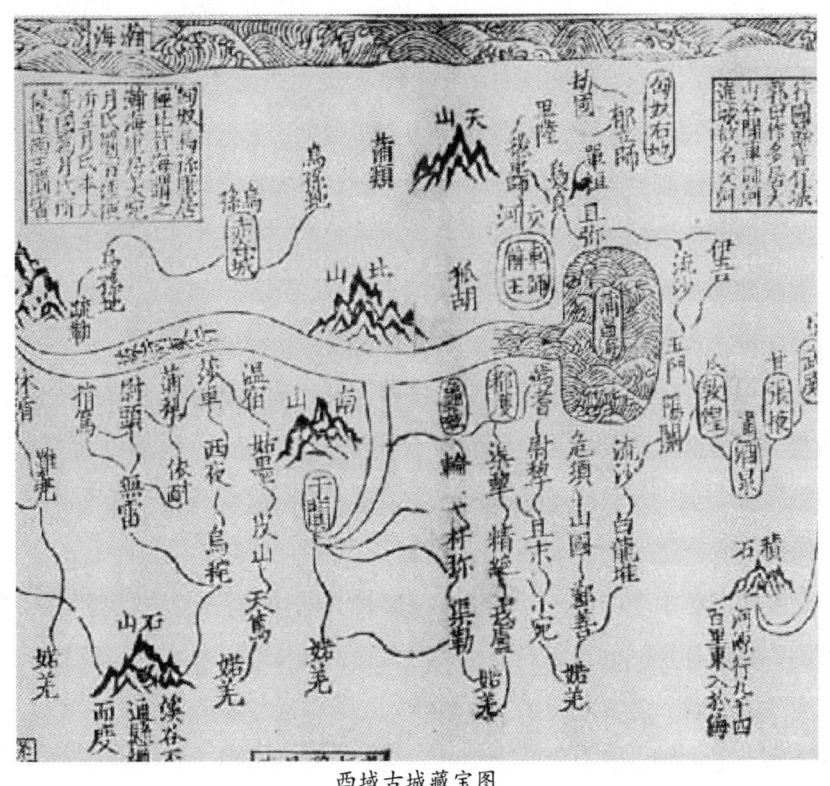

西域古城藏宝图

张思翰问:"你们的准备足够充足吗,1994年的时候,曾经有一个旅行团,想到楼兰探险，因为计划不周全，没有充分准备，一行七人全部困死在荒漠之上。"

文震邦说："我们当时考虑得相当周全，不过还是忽略了一点。"

"哪一点？"张思翰问。

文震邦没有立刻回答，而是问道："思翰，你知道且末古城吗？"

张思翰说："知道，且末古城属于西域三十六国之一，《汉书西域传》里有记载，且末国，去长安六千八百二十里，户二百三十，口千六百一十，胜兵三百二十人，从记载上看，是一个小国，比精绝古国还小，东汉末年被楼兰人兼并，变成了楼兰鄯善王朝的下属州县。"

文震邦说："我们的目标就是且末。且末古城直到现在还沉睡在大漠之下，至今无人发现。我们先找到白龙堆，根据古今地图的对照，我们确定且末古城大约在精绝古城，也就是尼雅遗迹以东两千里，西域都护治所以南两千两百多里，深入塔克拉玛干沙漠腹地。"

张思翰说："你们找到且末古城了？"

文震邦说："我们在大漠中走了两个多星期，所经历的煎熬和苦楚那是无法言喻的。沙漠中的流沙虽然是吃人不眨眼的魔鬼，但是沙暴却更让你头痛无比。风沙一起铺天盖地，沙丘掀起数十米的巨浪，除了祈祷别无办法。有两次我被埋在沙丘下面，他们把我挖了出来，那是一次猛烈的沙暴，我的帐篷被埋进两三米深，要不是山羊胡冒险救我，我早已经完了。"

文震邦沉吟了一下，冷哼一声，接着说："我们将那张古老的地图给山羊胡看，请他指点我们找到古城的地点，因为我们怀疑，阿胡拉神冠就藏在那里。"

何徽阳说："你们肯定是一无所获。"

文震邦把杯中酒一饮而尽，仿佛下了极大的决心，说："我们的行程还算顺利，赶到预定的地点以后，开始漫无目的地挖掘，结果一无所获，正当我们泄气的时候，天宇发现了一些东西。"

"是不是木简，还有丝麻之类的残片？"张思翰问，他依稀记得，匈牙利探险家斯坦因，就是因为偶然发现一些木简文书，从而发现了震惊世界的精绝古城。

文震邦说:"比木简文书还要有价值。他发现了一具掩埋在沙漠里的干尸,干尸挖出来的时候,非常令人吃惊,因为这具尸体颜面干枯,但是衣裳保存比较完整,他身穿白衣,腰上别着珠宝镶嵌的匕首,不是古代人,完全是现代人的衣着。天宇说,塔可拉玛干沙漠的年降雨量只有十到六十毫米,从尸体的腐烂程度上看,这个人死亡期限不超过两年,更令人震惊的是,我们从他的身上找到一张羊皮,和给山羊胡看的地图一模一样。"

张思翰悚然一惊:"这个死者莫非也是寻宝者!"

文震邦说:"不错,但是这个寻宝者的身份有点不同,面容像是伊朗和印度人,我们没有过多地在尸体上下工夫,天宇发现他腰里的匕首很有意思,应该是个古董,剑鞘上刻着一种古老的文字和图案。"

张思翰立刻打断他的话,问:"是什么文字与图案?"

文震邦说:"不好描述,因为我从没见过。那些文字弯弯曲曲的根本不是中原的字体,竟然是古代的阿维斯陀字母。天宇当时断定,这把匕首不是死者的,而是他挖到的东西。于是我们拼命地向下挖掘,在距离尸体不到两米的侧下方,我们挖出两具骆驼的遗骸,还有一些包裹。但是这些都不重要,重要的是我们在挖掘的过程中,发现了一些遗落在沙子里的东西。正像思翰说的,是一些木头片,上面居然有汉字写成的文书。这些碎片的散布极有规则,是沿着一条线向北分布的,而不是四处乱散。天宇说,这是天意在指引我们,向北挖一定有东西。结果我们按照他说的,没挖出二十米,就挖到了一座废弃的墙壁,有六米多宽,两米多高,埋在沙漠里不知多少年了。"

何徽阳也仿佛来了兴致,追问:"你们找到了什么?"

"且末古城。"文震邦说,"当时,我们三家人快乐极了,天宇从一块木简残片中看到了有关且末的字样,我至今记得他用颤抖的声音,读出木简上字,他说:'盛得宏大,鄯善国王赦谕,致且末州长鲁图沙令如下。'就这几个字,他当时对我说:'父亲,我们将要揭开21世纪最伟大的发现,就凭这一行残破汉字木简,我敢断定,这里是且末古城。木简上的文字是鄯善国王给且末州长鲁图沙的命令,我的名字将载入史册。'随后我们疯狂地沿着城墙挖掘,发现了废弃的古庙,我们全都疯了,每天不停地挖,一些破旧的木简和经卷根本没有时间收集,我们就几个人,但是没有人想到,我们居然会发现且末的宫殿。最重要的是，我们在一口古井里发现了一些封存完好的石头，还有两具遗骸。"

何徽阳问："就在米家后院发现的吗？"

文震邦说："没错。"

张思翰流露出惊异的表情，问："那些石头是被打碎的神坛？"

文震邦冷声说："且末古城根本没有宝藏。除了雕刻精美的彩色壁画，还有被大火焚烧过的痕迹，金银玉石什么都没有，全被盗得空空如也，很令人失望。但是神刀米却对那堆石头和尸骨，如获至宝。"

张思翰说："对盗宝者来说，或许是失望了。但真正有价值的是那些木简碎片，它们是无价之宝，是有灵气的无声语言。在风沙的掩埋下渴望被发掘、被理解，诉说着曾经发生又销声匿迹的历史故事，向我们倾诉着一个时代，甚至是一个民族的喜怒哀乐。"

文震邦说："感谢老祖宗给我们留下那么多值钱的玩意儿，真是无穷财富。"

何徽阳说："鄙俗！"

文震邦一点也没有生气，或者是沉浸在往事的沉痛回忆中，根本没有听见，而是继续说道："但是随后发生的事情，让人有些措手不及，长话短说，神刀米警告我们，不要继续挖掘下去了，他破译了那两具尸骨上的古文，那是一种极其恶毒的诅咒，我们当然没信，可是诅咒很快就应验了。"

"为什么？"何徽阳问，"难道诅咒真具有不可思议的魔力？"

文震邦说："我们发现，在古井下面，还有一扇暗门，通向一个地下宫殿，宫殿正中有一座废弃的巨大祭台，方形，两米多高，有石阶通向上面，祭台的边缘排列着造型奇特的石兽，全是顺时针排列。神刀米和天宇对这些石兽很感兴趣，这种石兽叫格里芬，传说这种有翼石兽起源于古代波斯，通过丝绸之路传入中原的。令人吃惊的是山羊胡，他好像非常了解这里的建筑，但是等我们爬上祭台查看的时候，一道火焰从祭台里蹿了起来，接着四周起火，大火瞬间就把我们给包围了。这个时候天宇很冷静，他说我们要冲出去，可是山羊胡却说，我们走不了，我们惊动了沉睡的祆神，我们会留下来成为神的侍者。天宇说山羊胡疯了，然后带着我向外面冲，还有两个向导见势不妙早就溜出宫殿。整座宫殿熊熊燃烧，这时候，宫殿的出口有一扇闸门飞快地落下来，我们找到了控制闸门的机关，是一个巨大的辘轳，天宇很勇敢，他伸手抓着辘轳把闸门摇起来，叫我快走，把这里忘了，不要对外人说起这个地方，要我永远保守这个秘密。等我一钻出来，闸门轰地落了下来，我在外面拼命叫他的名字，可是他却没有回声，我趴下一看，闸门下流出一大摊血，里面什么声息都没有了。"

"完了？"张思翰问。

"完了，我想撬开那扇闸门，但是毫无作用。"文震邦大口喘息着，以最快的速度讲完这个故事，好像舒缓一下积压在心中多年的痛苦，"我出了宫殿以后，两个向导已经逃得无影无踪了，好在剩下两匹骆驼，还有些食物和水，我们就在大漠里转悠，但是我，却失去了唯一的儿子，更可怕的是，阿胡拉的诅咒开始一一应验！"

十八　诅咒的力量

一向沉默的米莉忽然问道:"那后来发生了什么事?"

文震邦眼眶湿润地说:"孩子,你是个幸运而苦命的孩子,你爷爷应该从没有告诉过你,你爹和你娘是怎么死的,是因为那个诅咒,强大而不可抗拒的诅咒,恶毒非常的诅咒——凡得此宝者,不生虚妄之心,不生贪婪之念,否则,父子相仇,夫妻相残,兄弟相恶,朋友相恨,穷凶极恶,断子绝孙!"

张思翰说:"等等,这里有一个问题,既然你们在且末古城中,并没有找到阿胡拉神冠,诅咒怎么会应验?"

文震邦凄然一笑,说:"这个问题我想了好久,唯一的解释就是,有人找到了神冠,并且将神冠藏了起来,但是诅咒却在我们的身上应验了,第一个死去的是我儿子,第二个就是米莉的爸爸。"

米莉瞪大眼睛,因为她从没听爷爷谈起过爹娘的死因,张思翰轻轻地走到她身后,抚摸着她的肩膀说:"都是过去的事了,你不要悲伤。"

文震邦说:"我们当时一共去了八人,但是活着走出大漠的只有三个人,你娘因为悲伤过度,生下你没有两年,也去世了,只剩下我和你爷爷,孤独而悲惨地活着。"

张思翰奇怪地问:"你们不是已经离开且末古城了吗?"

文震邦说:"离开了,是没错,但我们没有了向导。一直向南走,但是不知道为什么,指北针好像跟我们开了一个大玩笑,它失灵了。我们在大漠中迷了路,水也快用完了,米莉的妈妈发现自己有了三个月的身孕,但是为了不拖累大家,她很坚强,从没有在我们面前提起过。严重缺水使我们的体力和忍耐力达到了极限,我们走不动了,这个时候,还有人失踪,带走了两头骆驼。"

张思翰说:"是谁?"

文震邦说:"是曹北山的两个儿子。他们把生病的老爹留在帐篷里,这两个禽兽真够可以的。曹北山当时被一种奇怪的高烧折磨着,整天胡言乱语的,说自己要长生不老,还说要成仙成神的,精神状态跟疯子没什么两样,难怪他的两个儿子抛弃他。"

张思翰问:"他的怪病是因为那个诅咒吗?"

文震邦说:"极有可能,之前曹北山的身体很健壮,是在逃离古城以后,忽然有了这种怪病。"

何徽阳说:"后来呢?"

文震邦说:"后来,真是报应,我们在一片沙丘后找到了曹家兄弟的尸体,两兄弟的死状很奇特,骆驼不见了,曹家兄弟的咽喉被割断,但是地上没有血迹,伤口很干净,尸体全身的血都被抽干了,极度恐惧。"

众人不禁有些惊恐,两个大活人居然被抽干了血,耸人听闻!

文震邦说:"我们害怕极了,第二个病倒的人是米莉的父亲,我们剩下极少量的水,最后,我们做出了一个你们想象不到的决定。"

张思翰说:"放弃一个人。"

文震邦没说话,张思翰的推测不言而喻。他们最想知道被抛弃的人是谁,答案很简单,年老多病的曹北山。但是文震邦说:"米莉的父亲不同意我们的决定,并在当晚,他毅然离开了我们的营帐,我们经不住米莉母亲的哀求,外出去寻找她的父亲,发现米莉的父亲死在五公里的一个沙丘背面。我们在尸体上发现了不同寻常的伤口,好像是被咬死的,伤口处很残破,等我们安葬尸体以后回到宿营地,曹北山也消失了,他给我们留下了所有的给养,我们没有找到他。一天后,我也开始发烧,水已经用尽,好在我的高烧莫名其妙地好了起来,就在我们快要渴死的时候,奇迹发生了,我们幸运地遇到一队旅行者,我们得救了。以后再也没有回过沙漠,也从不向别人谈起过这段经历。我、神刀米、米莉的母亲,我们保守这个秘密,但是神刀米从大漠里带回来两具尸骨,一直秘密地收藏。"

张思翰问:"那些碎石头呢?"

文震邦说："不知道，好像是遗落在大漠了，记忆太模糊，想不起来了。"

何徽阳说："事情已经过去二十多年了，在你离开且末古国以后，流沙会再次淹没那个地方，再也没人能找到那里，真是太遗憾了。"

张思翰说："现在有两个问题：第一，事情过去了二十年，那些古老的碎石又是从何而来呢？第二，据我所知的两部分碎石，一部分是得悉带来的，另一部分是在祆神楼地宫里发现的，这里面有没有你们在大漠发现的石头？"

文震邦摇头说："这也是我想知道的，想知道这个答案，就得去问问那两个人。"

张思翰说："你是说穆歌和阿梅雷特？"

文震邦说："我觉得他们两个很奇怪，自称祆教，但是古老的祆教已经不存在几百年了，可笑的是他们还是非常笃信的样子，而且他们是有备而来的，行踪很是神秘。"

何徽阳说："那你觉得会不会与二十年前的事有关？"

文震邦说："说不准，但是我有预感，这一次的事情绝不会简单。"

何徽阳说："所以，你策划了劫持我们的行动。"

文震邦说："抱歉，我不能让这两具古尸公之于众，否则这里面的秘密将会永埋于地下。"

文震邦带着众人来看穆歌和阿梅雷特，他们两个被分别囚禁在后院。众人才走到一座矮墙下，前面响起一阵喧嚣声，原来，鬼眼七和麻六九趁着上厕所的时候，击倒看守，一溜烟地跑了出来，鬼眼七在前，麻六九在后，他们冲出来以后，见路就钻，反正先跑出去再说。猛然看见前面来了一行人，为首的正是文震邦。

麻六九和鬼眼七同时一愣，文震邦身后站着几个人，正是张思翰、何徽阳，还有米莉。两个人愣神的工夫，后面的大汉扑了上来，文震邦一挥手，大汉立刻停手。

文震邦说："这两位都是客人，只不过开个玩笑，你们现在都跟我来吧，我们去瞧瞧那两位祆教大神。"

张思翰向鬼眼七使了个眼神，鬼眼七立刻跟在他的后面，一行人向一座小院走去，麻六九本想说几句，诸如"我是警察，张思翰，嫌疑人"等语，但是看见米莉和何徽阳都没理他，眼前却有几个强壮的黑大汉在盯着他，虽然他练过散打，但是这几个腰扎板带、肌肉鼓鼓的大汉，看样子都是练家子，动起手来，未必能占到便宜，因此他选择了回避，赶快跟上张思翰的脚步，和他们在一起，才有安全感嘛。

穆歌和阿梅雷特被分别囚禁在两间地下室里，戒备森严。

门一开，张思翰看见阿梅雷特的脸孔，面具已经摘掉，露出一张不是很媚很甜的脸孔，而是一张欧洲人的脸，一双大大的黑眼睛，尖细的下巴，高挺的鼻子，性感的嘴唇，眼神里带着某种迷人的野性之美，她穿着一身宽大的衣裳，妙曼的身材若隐若现。

阿梅雷特本来是坐在一张柔软的沙发上，忽然跳起来，高兴地说："张思翰，我就知道，你会来救我。"然后，她露出一丝失望的情绪，看着张思翰身后的两个女人，眼神里射出一道嫉妒的光芒。

文震邦说："抱歉，张思翰不是来救你的，他是来审你的。"

阿梅雷特说："被你们抓到，我无话可说。"

文震邦道："我见过你，你的真名恐怕不叫阿梅雷特，你是印度古董商古兰德的女朋友。"

这一次，麻六九吃惊地说："就是死在神刀米地窖里的那个古兰德吗？"

阿梅雷特撇了撇嘴，她对自己的男朋友似乎漠不关心，只是说道："他死了吗？"

麻六九嗯了一声："死在神刀米的后院，从凶器上判断，他是被米老爷子刺死的。"

米莉忽然说："我爷爷不会杀人。"

阿梅雷特说："那样也好，他的任务本来就是在米老爷子破解秘密之后，然后就——"

张思翰明白了，杀人者，反被杀，但是那箱子石头哪儿去了呢？他问："这样说，你男朋友就是来找我师傅的黑衣人？"

阿梅雷特说："没错，但是我要更正一点，他不是我男朋友，我们只是伙伴，我们来到这个小城市，就是为了石头。"

"石头呢？"这一次是麻六九说话，"案发现场没有那箱石头。"

阿梅雷特说:"不知道,我的任务是监视古兰德,直到后来,古兰德的任务失败,穆歌招集我们去聚会。"

文震邦说:"你们究竟是一个什么样的组织?"

阿梅雷特说:"谁知道,我只是为了钱,其余的事情,你们问穆歌好了。"

文震邦笑了一下,说:"好。"

几名大汉把穆歌带了上来,穆歌脸色憔悴,仿佛因为囚禁而苍老了许多,他看了一眼张思翰,苍白的脸色红润起来,张思翰很清楚,穆歌故作镇定的背后,心里一定在翻江倒海。

文震邦还没开口,张思翰却说:"穆歌,大家都是聪明人,聪明人不说废话,你们究竟是个什么样的组织,能告诉我们吗?"

穆歌说:"不能,我要是说了,准会没命。"

张思翰说:"你要是不说,现在就可能没命。"

文震邦说:"二十年前,神刀米从大漠归来之后,我们之间的联系就越来越少,他几乎是足不出户,潜心研究祆教艺术,现在几乎已经没有什么联系,而我的生意却越做越大,我想知道那些石头是从哪儿来的?"

穆歌说:"我不说。祆神楼前,得悉就死在你的手上?"

文震邦那双眉毛一挑,说:"什么意思,我并没杀过人,得悉是什么人?"

张思翰问:"不是你和娜娜合作,在我们进入祆神楼时杀了他吗?"

文震邦说:"你们在说些什么,你们出来的古井是我家的后院,什么埋伏,什么得悉,跟我有什么关系?"

张思翰、穆歌、阿梅雷特都有些傻眼,这事有些蹊跷,但是娜娜已死,死无对证啊。

正在此刻,外面响起一片急促的警笛声,听着令人惊心动魄。一个黑衣大汉从外面跑进来,脸色煞白惊恐地说:"文爷,外面到处都是警察,我们被警察包围了!"

警察来得真快,迅雷不及掩耳之势包围了这座老宅。张思翰很吃惊,是谁出卖了文震邦,绝对不是鬼眼七和麻六九。

文震邦嘿嘿一笑:"来得真快,我们走!"一行人出了后院,揭开墙角下的青石,露出一条冷气森森的地道。文震邦在前,黑衣大汉在后,押着张思翰等人下了地道，这条地道有一米多宽，两米高，每隔十步安装了一只应急照明灯，上下都是青石砖铺垫，张思翰想，看来文震邦是一条老狐狸，他早有准备。

麻六九在暗道做了一件愚蠢的事，他说："你们走不了，我是警察，你们已经被团团包围了，主动自首，争取宽大处理，立功赎罪！"

文震邦略一沉吟，张思翰知道事态要糟，忽听一个黑衣大汉说："文爷，这个张思翰是警察通缉的要犯，听说这家伙身上背着好几条人命，其中就有史春，要不要把他们交给警察？"

张思翰说："你们认识史春？我本来不想杀史春。"

文震邦嘿嘿一笑："史春那个熊货是你杀的，杀得好，他死了倒也干净。"

张思翰说："我可没杀人。"他知道自己越是这样说，他们几人就会越安全。

文震邦说："快点走吧，警察根本不知道这条暗道。"

鬼眼七做出一个十分无奈的表情，说："张思翰，每次我要找你的时候，就预示着倒霉的开始。"

张思翰呵呵一笑："但是每一次，我们都能逢凶化吉。"

文震邦说："逢凶化吉？快走吧，想从我的手里逃走，可没那么容易！"

他们顺着地道走了几百米，从一条破落的小巷里钻了出来，因为暗道里积满了很多灰尘，所以他们钻出来的时候全是灰头土脸的。地道的出口设在一间仓库里，仓库里面停着两辆白色面包车，众人上了车，张思翰看到了仪表盘，油箱里的油是满的。

面包车在警笛的呼啸中逃离了现场，径直向城外开，车速很快，何徽阳问："我们要去哪儿？"

文震邦脸沉似水地说："我们首先要离开这座城市，接下来，我要弄清楚是谁出卖了我。"

张思翰说："我想到了一点线索。"

文震邦说："你说。"

张思翰说："如果没人能说清楚那箱石头的来历，我想最好是追根溯源，石头是得悉拿来的，阿梅雷特，得悉与古兰德相识吗？"

阿梅雷特说："认识，他们是生意伙伴，是得悉在澳门的生意伙伴。"

张思翰问:"古兰德除了生意,还喜欢做什么?"

"去赌场,他是澳门赌场的常客。"

张思翰说:"除了好赌,如果古兰德去澳门,你知道他经常去的地方吗?"

阿梅雷特说:"知道,有一家叫诚宝斋的,是古兰德的长期合作伙伴,而且诚宝斋的老板好像就是个祆教信徒。"

张思翰说:"我想,那里会有我们需要的线索。"

十九　澳门瘟神

面包车在笔直的高速公路上飞驰,不分昼夜,轮班开车,颓废与不安的情绪在心里悄悄地滋长,张思翰觉得这是一个危险的预兆。

第七天,他们进入云南地界,碧绿的棕榈树,婆娑的芭蕉叶,水田,竹楼,金碧辉煌的寺庙,处处彰显异域风情。佛寺建筑在中国大概有三种形式,南传佛教的寺庙与中原的寺庙截然不同,建筑风格大多轻灵飘逸,由小悬山类的屋顶复合而成,屋脊上有很多排列密集的动物装饰,而寺庙中的佛塔,则大多是缅式塔造型,通体洁白,黄金塔刹,刻画着一圈圈的宝相轮,塔基的装饰也非常华丽。

张思翰感觉最大的就是温差,从山西逃出来的时候还有些冷,现在已经是酷热逼人了。

面包车开进一处古老的寺庙。文震邦神秘地说:"我们已经到了西双版纳,你们随我进寺庙祈祷,这里的住持是我的老朋友。"

几名年轻的僧侣披着金黄的袈裟列立两旁,大殿完全被金红两色的雕花艺术包围,显得气象庄严。张思翰对鬼眼七说:"南传佛教又叫小乘教,只信仰释迦牟尼一位佛,每天有早课和晚课,念什么波罗蜜多经,大吉祥经,总之很烦琐,也很有趣。"

文震邦忍不住问了一句:"张思翰,究竟什么才能把你考住?你好像无所不知。"

"经文。"张思翰说,"无论是佛教道教,那些经文又深奥又晦涩,令人头痛。"

文震邦呵呵一笑:"想不到你也有弱点。"

"其实每个人都有弱点，不过，有些人的弱点会被人利用，变成致命的武器，这就是人类最大的弱点。"张思翰说，"有时候我常常想自己，能不能顿悟，然后成为一代高僧，后来想想，原来不能，因为我的好奇心太重，又喜欢漂亮的女孩子，看来不能戒贪戒色，我永远也成不了佛。"

文震邦说："你小子太狂，还敢把自己比喻成佛，你知道成佛需要忍受多大的苦难，岂是你能够达到的境界，不过我很欣赏你的狂妄，不是因为盲目，是因为自负而狂妄，有性格。"

大殿里面走出一个比丘僧，年纪不大，头皮刮得青白闪亮，他向文震邦打了一个招呼，然后匆匆走进殿内。张思翰心中一动，鬼眼七说过，在深圳一带，经常有当地的居民或者菜农，帮带文物出境，因此这些人有个特别的名字，叫文物带工。文物带工和边境线有千丝万缕的联系，每次收取几百元的小费，于是新出坑的古董就绵绵不绝地流出国境，摆放到香港与澳门的古玩市场上，甚至远销日韩与欧美。文震邦说，这寺庙的住持是老相识，难道这里会有一条通向境外的秘密通道？

不多时，比丘僧返回，将他们带到寺庙后面的一幢小竹楼里。张思翰始终未见寺庙住持露面，心里增添了一丝神秘的感觉。张思翰几人被安排到最上层的阁楼里，四周有人严加看守。中午时分，有人给他们送来酸肉、喃咪、青苔松、干鳝鱼、竹筒饭，他们吃得很畅快。到了晚上，张思翰三个还照了相，但绝不是旅游风景照，而是剃光了脑袋，用照相机对准他们脸，咔咔两下，拍下他们最严肃的表情。因为张思翰、鬼眼七、麻六九要乔装成三个新入门的小沙弥，凭着假和尚的身份证明，他们才好过境。

麻六九一直保持沉默，他想来一个孤军深入，英雄虎胆，不过要出境了，他有些动摇，对张思翰说："把这些文物带到境外，被海关抓到可是重罪。"

张思翰说："你难道不想知道真相吗，你是警察，有什么好怕，如果出了意外，我们就说，和警察在一起执行秘密任务。"

麻六九说："我不是国际刑警，再说——"

鬼眼七说："什么再说，你都剃度了，我们是师兄弟，福祸同当嘛。"

张思翰说："上船容易，下船难，你就陪我们走一遭好了。"

麻六九说："张思翰，你很肯定线索在澳门吗，这里面的水很深，可能是有去无回，所以你得跟我交个底。"

张思翰说："麻队，你害怕了？"

麻六九说："激将法对我没用，你肯定有事瞒着我，说吧，你不说，我就不去。"

张思翰说："好吧，我告诉你，我发现了一些线索。"

"什么线索？"鬼眼七问。

张思翰低声说："线索是一条谜语——濠镜中的熔岩，凝固于举案齐眉之地，指引我们寻找踏上阿胡拉神头上的光明。"

麻六九问："是什么意思，与澳门有关系吗？"

张思翰说："我现在只知道澳门的古称是濠镜，所以要寻找阿胡拉神冠，我们必须要去澳门。"

文震邦似乎有些急不可待，让张思翰三个明天动身，临行前文震邦交给他们一个厚实的信封，里面装满了花花绿绿的美元，还有一辆货车，货箱里都是成对的古玩。张思翰很快发现了其中的奥秘。鬼眼七拿起一个黄釉六管的冥器给张思翰看，原来是一真一假，从外表上看，尺寸造型不分彼此，而且赝品有人为做旧的痕迹，不过一摸它的胎体，假的比真的重好多，因为真品比赝品薄了三分之一。原来这里的古玩都是一真一假成对搭配，鱼目混珠是走私古玩的老把戏，让张思翰觉得有意思的是一副套娃，从大到小，只有最里面那个彩色娃娃是西晋的珍品。

文震邦说："你们是去缅甸取经的小和尚，是友好文化的传播使者，这些东西现代的艺术品都是你们带去的礼物。"

张思翰笑问："文爷，这些东西拿到香港市场该有上千万的价值，只有我们三人上路，你不怕我们半路开小差？"

文震邦说："钱财不过是身外之物，我在这里等你胜利凯旋。"虽然没有提到米莉和何徽阳，但是她们两个显然已经成了人质。

按照事先谋划的路线，张思翰一行顺利通过边境，一个操着流利汉语的缅甸人来接他们，这是文震邦的境外助理，给他们办理一切证件手续，安排他们住宿，一直把张思翰和鬼眼七送上去澳门的渡船。

澳门是赌城，是花花世界。

张思翰三人风尘仆仆地踏上澳门的土地，做的第一件事是接听文震邦的手机，这是临上船前，缅甸人交给他们的手机，等他们到了澳门，文爷会主动和他们联络，手机是专线的电话，只能接不能打。张思翰接通手机，传来文震邦的声音："你们做得很好，先到葡京大酒店住下，那里有为你们预订的房间。"

"然后呢？"

"等我的指示。"文震邦说，"你们可以好好享受一下，给你们的美元就是用来挥霍的。"

电话挂断，麻六九有点愤怒地说："文震邦是只老狐狸，连我们的行动也要控制吗？"

张思翰笑着说："你想说什么，将在外君命有所不受，别忘了，米莉和何教授在他手上，他是在考验我们的耐性，正好我们放松一下，既然他不急，我们也不急，看看谁急。"结果，连续三天，鬼眼七与张思翰不干正事，袈裟一脱，换成潇洒的休闲装，一头扎进夜总会，花天酒地。麻六九大跌眼镜，他提醒张思翰，你不要忘了米莉。张思翰解释说，那不过是逢场作戏。虽然麻六九能理解张思翰的心情，博士也是人，需要精神的轻松与身心的放纵。倒是酒店侍者议论纷纷，这两个人真是花和尚，只有麻和尚洁身自好。

夜总会里的漂亮女孩很多。张思翰和鬼眼七坐在霓虹闪烁的舞台前，很快就发现了目标。那个舞女有点妖艳，细腰丰臀有种野性的美，皮肤晶莹如玉，身体软绵似雪，最要命的是她的眼睛，在幽幽的黑暗里发出电波似的光芒。

张思翰对这个妖艳女郎很有感觉，她穿着一身华丽的窄袖长裙，戴着一顶花冠，在一张半米大小的银盘上步伐敏捷，弹跳轻灵，时而碎步，时而疾转，时而翻腾，只是她那双雪白的小脚始终不离银盘，显示出极高的平衡感与柔中带刚、刚柔并济的舞蹈技巧。

鬼眼七被电了一下，这尤物有点意思，但不能让张思翰抢了先机。他立刻抖擞精神，张思翰刚要起身，他一把给按了回去："这个妞你先让让，我来。"

张思翰摇了摇头："你肯定不行，这个妞不适合你。"鬼眼七不知道这段舞蹈的来历，上去准碰钉子。

果然不出所料，鬼眼七向侍者要了一束鲜花，舞蹈一结束，他就准备去献花，可是那个舞女急匆匆钻进后台。两人立刻跟到后台。

后台很乱，舞女已经卸了妆，穿着低胸小裙走进了洗手间，鬼眼七迅速跟进，忽然看见舞女回眸一笑："帅哥，等我。"

鬼眼七立刻转身就走，出来以后，他对张思翰说："这个我搞不定，还是你来。"

张思翰说："我就说，这妞不适合你。"张思翰走进洗手间门前，看见舞女推开标志着 MEN 的那扇门，他立刻有种呕吐的感觉，两个人落荒而逃，飞奔而出。

来到长街之上，张思翰还在埋怨鬼眼七："他是人妖，你怎么没告诉我？"

鬼眼七笑着说："你不是说，不适合我吗？"

张思翰说："这也怪不得别人，怪我傻，我明明知道那段胡腾舞在隋唐时代是男人的舞蹈，怎么还是上当呢？"

"因为他确实漂亮，那眼神确实勾魂！"鬼眼七感叹地说。

正在这个时候，文震邦的电话响了。"喂，你们两个在什么地方？"

张思翰接过电话，假装迷迷糊糊，学着酒鬼的声音说："不，不知道啦，这，这里有很多漂亮妞，看得我眼花缭乱。"

文震邦阴森森地说："不要以为我不知道你们在什么地方，你们疯够了吧，给我打起精神办正事，现在立刻向左转，在你们身后有一条长街，诚宝斋古玩店就在那儿。"

"不，不行啊，头晕得厉害，先回去睡啦。"张思翰回答完毕，把手机一关，两个人哈哈大笑，心想文震邦一定气得七窍生烟了。

张思翰正色说道："老七，文震邦居然知道我们两个具体位置。"

"手机可以卫星定位。"鬼眼七说。

两个人收起漫不经心的神态，宛如两个幽灵一般，钻进夜色下的长街。华灯初上，飞虹如织。张思翰的心情说不上是高兴，还是悲伤，几家古玩店里面的东西真真假假，有老东西，有高仿品，当然还有新东西，一看上面的包浆，就知道这东西刚出坑没两年，国内文物的流失情况比较严重，这让张思翰没法高兴起来。

鬼眼七的目光很贼，而且不是一般的贼，犀利而地道，他拉张思翰的胳膊，两个人站在一家古玩店门前，红匾金字，上书"诚宝斋"三个大字，里面寂静无声。

张思翰说："老七，我觉着这里有些古怪。"

两个人有些忐忑，鬼眼七嘀咕着说："思翰，我看着橱窗里那个小壶有点特别。"

"好眼力，不愧是鬼眼七。"

隔着一扇大玻璃窗，木架上摆着大大小小的陶瓷，其中有一个将近二十厘米的扁壶，圆口，吸颈，肩有双系钮，通体施绿铀，上面画着一名男性舞者，头戴尖帽，腰系宽带，窄袖长衫，飘飘飞舞，不过严格来说，这并不是一件完整的釉瓷，而是叫釉陶，是汉代以后流行起来的，在陶器上施釉的一种古器。

张思翰说："为什么对它感兴趣？"

鬼眼七直截了当地回答："因为上面雕刻的图案，它又让我想起了那个人妖，只是不知道，这个扁壶是不是和那个人妖一样，也是个赝品。"

张思翰笑了，敢情鬼眼七没看真假，只是对这件胡腾舞绿釉陶扁壶的图案产生了疑惑，他说："这件东西假不了，第一它是反铅的，第二从器物造型，还有诞生的年代看，是件隋唐的东西。"

鬼眼七当然知道反铅的意思，汉代以来绿釉盛行，那东西在地下埋藏至今，有两千多年了，表面泛着一种铅灰色，是判断真假的标准之一。橱窗里的东西，除了这件胡腾舞绿釉陶扁壶，其余没一件是真的，都是高仿品，难道这家店主是个高手，故意将这件扁壶混杂其中，招徕顾客，考验藏家的眼力！

鬼眼七看了看张思翰，张思翰也如此想法，两个人正要进店，忽然一只大手在背后一拍鬼眼七的肩头，把他吓了一跳。

张思翰回头一看，正是麻六九，他问："你怎么来了？"

麻六九说："你们把我丢到酒店里不闻不问，我闷得慌，顺便出来走走，查点资料。"

"资料？"鬼眼七问，"什么资料？"

麻六九说："我是警察，要查的当然是罪犯资料。"

张思翰说："你的资料回头再说，你在外面给我们放哨，我们进去。"

"哦。"麻六九有些不快地说，"又撇下我一个，你们是桃园三结义，偏偏我是常山赵子龙。"说完，他眼光如刀，向四外扫描。

张思翰和鬼眼七走进店铺，迎面走来一个身材高大的中年男子，穿着红色唐装，乌黑的头发拢成一条小辫子，带着几分学者的儒雅，笑容可掬地说："请二位随意看看，有喜欢的给你们打个八折。"

张思翰伸手一指："老板，你这个扁壶我要了。"

店老板径直走到橱窗前面，伸手拿起那个小扁壶，鬼眼七愣了一下，忽然明白了张思翰的用意。

古玩店老板匆匆把扁壶放进一个盒子里面，急忙说道："五千块。"

张思翰假装伸手去摸钱，鬼眼七向老板身后转去，张思翰突然出手向古玩店老板一晃，手心里空空如也，鬼眼七大吼一声，从后面扑了上去，两只手紧紧掐住古玩店老板的脖子，张思翰脚下使绊，他们两个配合得天衣无缝。

古玩店老板惊慌之中，被一脚绊倒在地，张思翰扑上去骑在他身上将他的双手一拧，这是极厉害的擒拿手，鬼眼七同时把一件坚硬物体顶在他的后脑。

张思翰狠狠地说："不想死，就别反抗！"

古玩店老板顿时汗流如注："你们是什么人？"

张思翰说："你根本不是古玩店老板，对吧？"

"你们怎么知道？"

鬼眼七伸手把扁壶举到他的面前，说："这是店里唯一的真品，如果你真是古玩店老板，怎么舍得把镇店之宝，以五千块便宜卖出呢，只有一种解释，你不是古玩店的老板，而且你也不懂行，你只想快一点把我们打发走,对吧？"

古玩店老板害怕地说："没错，我可是什么都不知道。"

张思翰问："这里的古玩店老板呢？"

"我不知道，是有人花钱雇我来充门面的。"

鬼眼七问："雇你的人是什么样子，是男还是女？"

"我，我——"店老板连说了几个我字，嘴角溢出一丝鲜血，脑袋重重地垂了下去。

"他死了。"张思翰一松手，店老板的身体软绵绵地躺了下去。

"他是被毒死的！"鬼眼七看着店老板嘴角的鲜血，试了试他的鼻息，肯定地说。

张思翰说:"快,搜查一下,去把麻六九叫进来,关门歇业。"

麻六九一进店,立刻嗅到死亡的气息,他看见地上的尸体,念了一句:"阿弥陀佛,你们又杀生了。"他还真以为自己成了和尚。

张思翰和鬼眼七手忙脚乱地拉下卷帘门窗:"他不是我们杀的,有人事先在他体内下毒,而且他不是我们要找的人,你是警察,应该明白,我们需要他活着,杀了他,我们得不到任何线索。"

麻六九说:"你越说我越糊涂,有一点我倒是很明白,张思翰,你是个瘟神,我看过《名侦探柯南》,你和里面的毛利小五郎一样,走到哪儿都会有死亡的阴影笼罩。"

张思翰说:"可能吧,不过我们要快一点,在警察发现之前,弄清所有的线索。"

二十　流落街头

门窗关好，挂上打烊的牌子，三个人在屋子里仔细搜查。张思翰吃惊地发现，古玩店内的空间比他们想象的还要大。一层店面的最里面有一条向上延伸的长楼梯，楼梯尽头是一个客厅兼做书房，地面铺着华丽的波斯地毯，古朴而耐人寻味。靠东是一面墙的高大书柜，旁边还摆放着一架方便取用图书的小梯子，书柜的对面是沙发和桌椅，天花板上吊着精美的吊灯，光线柔和美丽，浪漫嫣然。

张思翰走到书案前，上面摆着文房四宝，一个竹刻博古纹笔筒，一个青玉笔架，一方古铜色砚台，一个清中期仿宋的钧窑胆瓶，还有两只温热的茶杯。

鬼眼七目光如剑，说："地毯上有血迹。"

张思翰看了看地毯，暗红色的血迹已干。

麻六九有点失声地叫道："快来看，尸体！"

张思翰和鬼眼七走进一间储物室，里面蜷伏着一具男尸，相貌是一个中年男子，穿着花格子内衣，胸部伤口的血迹已经凝结，看样子是被利器刺死的。麻六九撕开内衣，细心地检查死者的伤口，说："尖锥物刺中心脏而死，我们还是快点离开吧，如果被警察发现，我们又成了凶案嫌疑人。"

鬼眼七说："亏你是警察，胆这么小，如果我们不知道他是怎么死的，怎么继续查找线索！"

张思翰说："他应该就是我们要找的人，是这家古玩店的老板，可是他已经死了，被人谋杀，我想不通的是，凶手为什么能赶在我们的前面，仅仅是巧合吗？"

鬼眼七说："你的意思是，有人走漏了风声。"

张思翰说:"可是知道我们来这里的人,只有文震邦一个。"

麻六九犹豫了一下,认真地说:"实说了吧,这个人叫阮明。"

"你怎么知道他的名字?"鬼眼七好奇地问。

麻六九说:"我们在调查古兰德资料的时候,发现了一个叫阮明的澳门人,与古兰德的关系很不一般,我见过阮明的照片,没想到竟然和他的尸体不期而遇。"

张思翰说:"你为什么不早说?"

麻六九说:"我能掐会算,知道他要被做掉吗!"

鬼眼七说:"文震邦这个人看来不那么简单。"

张思翰说:"他本来就不简单,绝不会只是一个古玩走私商,他的背后还有需要破解的谜团。"如果不是充斥着血腥的味道,张思翰还真喜欢这个地方,书房里到处充满了让他欢喜的气氛,一种中西文化交融的古老而沉静的气息。

麻六九趴在地毯的血迹前仔细观看,好似有所发现:"你们来看,这里是案发第一现场,也就是说,阮明是在这里被捆绑甚至刺杀,然后拖进储物间,或许阮明当时还没有死,并且,他留下了一个奇怪的死亡信息。"

张思翰和鬼眼七问道:"死亡信息?"

麻六九指着地毯上的暗红血迹:"死者曾经在这里躺过,他的双手被绑在后面,地毯上有被指甲划过的痕迹,检查一下储物间里沾有血迹的绳索,还有死者的指甲,里面有毛毯上的纤维,说明死者在遇害前,曾经划过什么,但是凶手显然没有意识到这一点。"

张思翰和鬼眼七此刻才注意到,地毯上有一个被指甲划过的图形,因为血迹和地毯的颜色相近,不仔细辨认,根本无法分辨。

瞧了一会儿,鬼眼七说:"是一个眼字,是篆书,甲骨文可能通用这个字,历史上眼字的变化很小。"

麻六九拍了一下脑袋:"是个字啊,我还以为是什么图呢!"

鬼眼七说:"他写了个眼字是什么意思,要表达什么信息?"

张思翰咳嗽一声:"死者行为怪异,绝不是划着玩的,眼睛是用来观测东西的,难道他是要告诉我们,要注意看什么东西?"

鬼眼七听了张思翰的话，环顾四周，结果什么都没发现。麻六九提醒说："老七，这就是你没有经验，我研究过这些死亡信息的规律，都是死者在极特殊的情况下留下的，因此，他们的一举一动都息息相关，比如，当时死者可能躺着的，因此，你要向天花板上面看。"

还真叫麻六九猜中了，张思翰抬起头，盯着天花板上的吊灯看了看，天花板上布满了彩色绘画，仿佛天女散花一般，幻化出无数纷繁的光影。

麻六九和鬼眼七问："你发现了什么？"

张思翰说："天花板上的画很美，很美。"

彩绘的天花板的确很美，天女散花的白色天穹，好似是一件完美无瑕的粉彩瓷，那一场欢乐的聚会，跳着胡腾舞的粟特人，威武的骆驼，缤纷的神仙，华丽的凡人，都围绕着一只散发着绚烂光泽的吊灯，美轮美奂。麻六九和鬼眼七也躺下来，三个脑袋凑在一起。

鬼眼七说："想不到这个阮明还真有些艺术细胞，这样的聚会我还从没见识过。"

"大唐盛世！"张思翰说，"天花板上面描绘的是大唐盛世的画面，就拿唐明皇来说，早年英明神武，晚年却沉湎酒色，经常举行宴会，舞象舞马，杂技魔术，鼎盛一时。"

鬼眼七说："羡慕，真想生在那个时代，没准儿我还能成为大将军。"

麻六九说："拉倒，生在唐代又怎么样，你还是个贼。"

鬼眼七乐了："那倒是真的，贼有贼道，也是人生一大乐事。"

张思翰说，"死者留下的死亡信息可能大有文章，我想杀死他的人一定怀有某种目的，虽然我们无法猜想，但是能从死亡信息中找到答案。"他翻身爬起，凝视着那座大吊灯："这个吊灯很特别，每个灯泡都是水晶球形状，只有一只灯泡没亮，什么时候坏的？破坏了天花板上完美的光影。"

鬼眼七却说："思翰，你再想想，祆教之中有什么与眼睛有联系的东西吗？"

张思翰果断地说："有，正义之眼。"

正义之眼？

正义之眼就是火，袄教信徒认为火是阿胡拉·马兹达最早创造出来的儿子，象征神的绝对和至善。

张思翰解释完正义之眼，盯着吊灯上那个熄灭的灯泡，说："把它拧下来看看。"

鬼眼七推过那辆取用图书的梯子，麻六九立刻爬了上去，伸手摘下那只灯泡，不过他的手指才一拧动灯泡，书架后传来细微的声响，一扇暗门张开，露出一间密室，四面的墙壁绘满鲜艳的袄教壁画，正中的壁画是一幅巨大的袄教标志，一个侧身老人展开巨大的双翼，下面燃烧着熊熊圣火，在壁画前面有一座巨大的酒杯样的祭台，立在一块花岗岩大理石上面，里面飘着一股袅袅的余香。

麻六九把摘下的灯泡给张思翰看，那不是一个灯泡，居然是一个乒乓球大小的水晶球，水晶球的内部雕刻着一些奇异的线条，看起来像是一种古怪的图案。张思翰叫麻六九把水晶球收好，留着可能有用。然后走进密室，逐一查看，这是一间祭祀大厅，能容纳二三十人，好像经常有人来参加祭祀活动，所以打扫得很干净，但是并没有什么明显的线索，他们正想仔细搜查一番，麻六九嘘了一声，向后面一指。

三个人如同定格，门外的木梯发出细微的颤动，那是一双极轻的有如鬼魅般的脚步声，向门前靠近又倏忽消失。鬼眼七做了个手势，三人还没来得及藏在门后。

"砰！"

门被撞开，一道黑影蹿了进来，快如疾风，刀光一闪，鬼眼七哎哟一声倒了下去，小腹绽放出一片殷红的血花。

张思翰一愣，一道寒光扑面而来，他用手一挡，手背被划开一道血口子，不过张思翰的反击出乎杀手的意料，他的双手一抬，直插杀手的眼睛，下面用腿横扫，杀手向后一闪。麻六九一拳砸向杀手的下巴！

杀手的身体灵活而柔韧，甚至比忍者还要轻快，闪过麻六九的拳头，用武器对准张思翰的小腹就是一刺。张思翰没闪躲，而是用一只手紧紧抓住杀手的武器，另一只手来缠杀手的脖子。

瞬间，张思翰的眸子里闪映出杀手的装束，他像一个木乃伊，身上缠着许多绷带，一条一条地纵横交错，只露出一双幽森的眼睛，像孤独的狼眼！

杀手非常狡猾，以一敌三丝毫不乱，身形向下一矮，居然摆脱了张思翰的纠缠，转身就跑。张思翰和麻六九并没有盲目去追，他们扶起老七，查看他的伤重不重。鬼眼七捂着肚子，虽然伤口并不深，但是有七寸多长，而且流了不少血，看起来很是恐怖。张思翰的手也被锐器划破了，只有麻六九完好无损。正当他们想要离开的时候，楼下走进来二十几个头缠白布的家伙，正盯着楼下的尸体，脸上露出吃惊而恐惧的神色，他们是来搞祭祀活动的信徒，现在叫作白头教。这些家伙说的是什么语言，张思翰没听懂，但是这些白头教徒好像把他们当成了杀人的凶手，叫嚣着把张思翰和鬼眼七围起来，而且抄起了各种家伙。

张思翰和老七没法挣脱的时候，麻六九凶神恶煞似的出现了，他拿着一把手枪，朝着那些人比画着："闪开，闪开，不然开枪！"

那些白头教徒自动闪开一条道路，个个面露惊恐之色。三个人一路狂奔，离开古玩店，穿过好几条街，确信无人跟踪，这才放下心来。忽然身后警笛大作，麻六九还想跑，鬼眼七喘息着说："我不跑了，我跑不动了，我本来就贫血，现在又流了不少，哎呀。"

麻六九说："你以为我想跑吗，这次我也要完蛋了，我拿枪威胁那些白头佬，我的画像肯定会被通缉，跳进黄河也洗不清啦。"

张思翰问："你的枪是哪儿来的？"

麻六九把枪口对准张思翰猛地扣动扳机，咔嗒一声，吓人一跳，他自鸣得意地说:"我在酒店旁的地摊上买的,仿真货,能以假乱真,我预感到这一次会困难重重,想买把假枪防身,没想到,还真派上了用场。"

三人钻进一条小巷,看见一辆消防车响着警笛呼啸而过,原来是虚惊一场。三人暗自庆幸,拐了一个弯,回转酒店。但是走到酒店门前的时候,三个人被一阵骚乱的警笛声惊呆了,三辆消防车停在酒店门前,好些消防员进进出出。一间客房的窗子里冒出黑烟。

张思翰、鬼眼七、麻六九都有些触目惊心,因为,那间客房正是他们居住的房间。趁着麻六九去打探情况,张思翰和鬼眼七躲进一片树林,等候消息。麻六九回来得很快,他抹着满头的汗水说:"火势并不是很大,已经被扑灭,不过我们的证件,还有行李什么的,都烧没了,消防员只抢出来一些家具,其余的都烧成了灰烬。"

张思翰和鬼眼七对视了一眼,这件事难道又是一个阴谋?麻六九又说:"警察来了,要不是我溜得快,差点儿被指认出来,警察来得这样迅猛,我估计是有人通风报信。"

张思翰摸了摸口袋,好在还有一些美元,三个人本想再找一家酒店,但是麻六九说,没有证件不能登记住宿,另外他们的特征太明显,三个光头和尚在街上行走,一定会被警察询问,他们只好用剩余的钱买了三个假头套扣在脑袋上,这样一来,安全多了,但是口袋里面空空的,连找家黑旅店的钱都没了,只好流落街头。

三个人找了条幽暗的小巷,弄了些纸壳箱子做铺垫,张思翰把衬衣扯破,给老七包扎起来。然后三个人躺在纸壳上,倒是凉快。

麻六九说:"流落异乡的滋味真不好受,哪好也不如家好。"

鬼眼七说:"我倒是觉得露宿街头很舒服,比蹲大狱强多啦,有风有水,还有美女看呢。"

麻六九说:"是啊,还有蚊子和苍蝇等着吃你呢。"

张思翰说:"我在等文震邦的电话,只要电话一响,我们的困难就会解决。"

麻六九说:"都什么时候了,还顾及这个,快给他打电话,向他说明我们的困境,或者发一个短信也好。"

张思翰立刻回拨电话,但是电话那边却是关机,发了一个简短的短信后,三个人的心稍稍平稳了许多，心想，等到文震邦电话开机，一切都会好起来的。

麻六九说："或许，我们就不该来，我敢肯定，我们被人出卖了，根本不存在巧合。"

鬼眼七问："那我们下一步怎么办，总不能干等下去。"

张思翰说："睡吧，一觉醒来，我们或许都会想出办法的。"

睡觉！

麻六九立刻把身体包裹得严严实实，以免蚊子前来侵犯，但是他的两个耳朵犹如兔子一样竖起，很怕错过了来电，令他失望的是，张思翰的手机像哑巴一样保持沉默。就在三个人蒙蒙胧胧地快要沉入梦乡的时候，一道强烈的电光照射在他们的脸上。

有人说："起来，警察。"

这一声，宛如炸弹响起，张思翰、鬼眼七、麻六九像弹簧一样，一跃而起，向小巷外冲去，警察在后面紧追不舍，巷口前人影晃动，三人向右拐去，刚出巷口，一辆奔驰正撞上鬼眼七。力量倒是不大，鬼眼七一路翻滚出去，发出痛苦的叫声。张思翰没等车上人走下来，伸手从麻六九的腰间拔出假枪，一个箭步拉开车门，用枪口顶住司机的后脑勺，对麻六九说："快点，把老七扶上车。"

麻六九呆了一下，立刻抓起老七塞进车里，随后蹿了上来，把车门一关。

"开车！"张思翰低沉有力地说。

司机一踩油门，轮胎发出摩擦地面的吼叫，车子像幽灵一样蹿进深沉的夜色。

望着流离闪烁的城市霓虹，麻六九感叹地说："他娘的，赶上唐僧取经文了，处处遭难。"

鬼眼七的脸色发青，翻滚的时候，他的脸和地面亲吻了一下，现在他说："司机先生不要害怕，我们不是要绑架你，只想搭车。"

司机说："没什么，你们想去哪儿，我送你们去吧。"

三个人沉默了，因为他们无家可归。

司机说："如果无处可去，我家的房子很大，就算住上几十个人，也绰绰有余，看样子，你们遇上了大麻烦，是不是，张思翰？"

张思翰一愣，司机居然知道他的名字，再仔细看看司机，穿着一身华贵的燕尾服，好像是去参加晚宴归来，尤其是他的眼睛似曾相识。司机一笑："怎么，不认识了，张思翰，你的记忆力不是很差嘛，我对你倒是印象深刻。"

想了半天，张思翰才想起这个人，他脱口而出："曹水烟。"

没错，无巧不成书。此人正是雕刻大赛的评委之一，满汉楼的传人——曹水烟。

二十一　别墅空城

张思翰说："曹先生,见到你很高兴。"

曹水烟说："我不高兴,被枪顶着脑壳,你会不会高兴?"

张思翰一听,顺手把枪丢出车窗,笑着说："这是假的,完全是误会,我们只是太急于逃脱。"

曹水烟说："张思翰,警察为什么要追你们?"

奔驰车拐进一条弯路,海边美丽的灯火隐约可见。麻六九用膝盖碰了张思翰一下,让他随便说个理由蒙混过去。

张思翰明白他的意思,微笑着说："那些人是假警察。"

麻六九和鬼眼七非常欣慰,张思翰编织瞎话的能力越来越强,说那些人是假警察,可谓是急中生智,但是张思翰接下来说的,就有点令人惊心动魄。他说："曹先生,其实我们正在跑路,我们被人追杀,而且身无分文,幸好遇见了你,你是我们的救星。"

曹水烟呵呵一笑,车灯照耀下,出现一座精巧的别墅,大铁门缓缓张开,奔驰车开进一座幽寂的庭院。

麻六九问张思翰："你怎么知道他们是假警察?"

张思翰说："如果他们不是假的,曹先生的车怎么可能撞到老七,我们怎么会上曹先生的车,这车其实是一条贼船。"

麻六九和鬼眼七顿时明白过来,张思翰的意思是说,我们上了贼船,那些警察是假的,而幕后的指使者就是曹水烟。麻六九推开车门,一跃而下,他想看看庭院里有没有埋伏。

院子里静悄悄的,什么埋伏都没有!

曹水烟走下车，轻松地说："张思翰，我知道你很聪明，但是没想到你这么聪明，如果早知道你肯乖乖跟我来到这里，我就不用找那些假警察来演戏了。"

张思翰说："你究竟是什么人？"

曹水烟没说话，庭院的暗影里闪出几双凶恶的瞳孔，几只凶恶的藏獒飞窜出来。曹水烟一挥手，说来也怪，这几只大狗都乖乖地立在一旁。张思翰瞧着这几只藏獒很是眼熟，猛然想起，竟是在穆歌院外看到的那几只，他对麻六九和鬼眼七说："不要招惹这些猛兽，这些家伙吃人肉！"

麻六九的汗水满额，他说："张思翰，不要乱吓人。"

张思翰说："我说的是真的，你们听过我的遭遇了，这几只就是袄教实行特别葬礼的狗，专吃尸体。"

曹水烟说："请诸位随我来。"

张思翰一行跟在曹水烟身后走进别墅，别墅里的装修古香古色，曹水烟淡淡地说："张思翰，你一定很奇怪，为什么我会出现？"

张思翰说："我并不奇怪，事件的起点就是那场雕刻大赛，我想回到起点，探询事件的根源。"

曹水烟说："坐吧，我将详细告诉你，整个事件的起源。"

张思翰几个围坐在沙发上，整座别墅寂静无声，除了几只藏獒，宛如一座装修华丽的坟墓。三个人对视一眼，曹水烟说："事情的开始，还要从雕刻大赛说起，我注意到你用的刀，那是一把古老的刻刀，我说得对吗？"

张思翰说："没错，你之所以注意到那把刻刀，是因为你知道它的来历，而且在我参加完比赛以后，归途上发生了一些奇妙的故事。"

曹水烟说："那是我故意安排的，绝对没有危险，我只想测试一下。"

"测试什么？"张思翰问，"想知道我对神坛、碎石、袄教，还有我对师傅的秘密知道多少？"

曹水烟说："测试的结果，你一无所知。"

张思翰说："所以，你的人用巧妙的办法盗取了刻刀，然后杀害我师傅，栽赃给我。"

曹水烟摇摇头："并不是你想的那样，神刀米的死，并不在我的计划中，我没想到神刀米还有一个如此精明强悍的弟子，完全是意外发现，这让我又看到了一丝曙光。"

麻六九问："是因为那些碎石吗，或者你已经知道神刀米要死了，所以当你看见张思翰雕功的时候，你想他或许可以代替神刀米完成任务。"

曹水烟说："警察先生，你说的没错，我是这种想法，可是我没想到神刀米会死，而且想左右张思翰这样的人，需要采取点策略。"

张思翰说："栽赃给我是最好的策略。"

曹水烟摇摇头，叹息着说："有两件事，你需要搞清楚：第一，的确是我让古兰德用石头去试探神刀米；第二，当夜古兰德莫名其妙地失踪，当我收到神刀米遇害的消息，是在警察之前，因为我派得悉前去调查古兰德下落，得悉看到神刀米已死，所以他只拿走了那口箱子。"

张思翰说："但是，得悉当时对我撒谎，他说那口箱子不是从我师傅那里拿来的。"

曹水烟说："那是因为得悉怕你不肯解开石头的秘密，而我收到神刀米的死讯，立刻命令穆歌召集得悉、娜娜、阿梅雷特，让他们带着神坛碎石找到你，破解其中的秘密，秘密虽然被你破解，但是意想不到的事发生了。"

张思翰说："娜娜死了，虽然死的只是娜娜的替身，但是他为什么要找个替身，娜娜为什么要装死，他想做什么，有人说，他欠了一大笔债物，但是他似乎更想摆脱某种控制，在我回程的列车上，娜娜的替身曾经出现过，我感觉他是在监视我，现在我想明白了，他在监视穆歌，因为穆歌的真实身份是那辆车的乘务员。"

曹水烟说："没错，我们组织的行动，都是双线进行，一个人行动，一定会有秘密的监督者，确保任务正确执行。"

麻六九说："既然这样，那古兰德的行动也一定有人监视，这个人是不是得悉？"

曹水烟说："不是，是娜娜。"

张思翰问："在祆神庙外面，杀死得悉的人呢？"

曹水烟说："不是我的人，也不是文震邦的人，他们是另一股神秘莫测的力量。"

鬼眼七一直保持沉默，此刻忽然插了一句："我们囚禁在文家，是谁报警，是你的人？"

曹水烟说："我会那么傻吗？"

鬼眼七说："当然不是你，你不希望事态扩大到不好收拾的局面，文震邦自然也不会，这个报警的人还真有点意思。"

张思翰说："这就是那股神秘的力量吗，得悉死在娜娜的前面，说明得悉对那股神秘的力量知道些什么，或许得悉想用知道的东西进行交换，比如钱，或者关于阿胡拉神冠的情报。"

麻六九说："这是勒索，敲诈，难怪他会被做掉。"

张思翰说："紧接着娜娜也死了，是被毒死的，那是有人希望他的嘴永远关闭，这两件事一定存在某种联系。"

说得久了，曹水烟站起身，伸展一下双臂，说："已经过了子夜，我有些困倦，你们可以随意挑选自己喜欢的房间，每个房间里都有一个美女等着你们，不要浪费享受美色的机会。"

张思翰说："娜娜的替身是给你服务的吗，那把刻刀是你想要的吧？"

曹水烟的脚步一顿："没错，但是那把刀，并没有落到我的手里。"

"当然了，那把刀成了杀害米老爷子的凶器！"麻六九说。

张思翰说："曹水烟，娜娜死前曾经告诉过我，事情出了偏差，究竟是怎么回事？"

曹水烟说："抱歉，我现在还不能确定。"

张思翰盯着曹水烟的背影，忽然一字一字地说："你姓曹，曹北山怎么称呼？"

曹水烟悠悠地说："曹北山是我爷爷的兄弟，我可以肯定，你见过文震邦，他一定给你讲过关于那次大漠探险的故事。"

张思翰点点头："那一次探险，文家、曹家、米家全都损失惨重，仿佛被一个神秘诅咒笼罩，最后弄得家破人亡。"

曹水烟嘿嘿一笑："张思翰，你被骗了，文震邦的话有多少可信，关于那次大漠探险，还有你不知道的隐情，不过现在夜已经深了，各位在这里睡个好觉，等到明天，你们将会知道得更多。"

窗外夜色正浓，一股神秘莫测的力量在运转，悄悄地靠近，就在他们结束谈话的时候，三辆黑色路虎停在距离别墅一百米外，车门推开，跳下十名黑衣蒙面人，身材高大健壮，手持冷冰冰的武器，行动迅速，鬼影一样扑到别墅外墙下面，翻墙而入，如同飞檐走壁的江湖豪客。几只藏獒嗅到异常的气味，正想发出警告，几道红线在墙外的树丛中一闪，一头藏獒的脑袋已经开花，就在一瞬间，空气中划出几道透明的波痕，藏獒全被击毙，鲜血染红尘埃。

蒙面人看见客厅里还亮着灯光，立刻闯了进去，他们双手持枪，步伐轻盈而稳健，显然是经过特殊训练的。但是这些家伙扑了一个空，客厅里虽然亮着灯，但是没有一个人影。这些人迅速登上楼梯，沿着走廊进行地毯式搜索。

走廊两边都是门，里面寂静无声。一个蒙面人侧身，举枪，猛然推门而入，里面有一张床，床上横卧着一个穿着暴露的少女，修长的双腿在旖旎的灯下闪着洁白细腻的瓷光。蒙面人一愣，他的目标并不是女人，但是在他转身的那一秒，床下伸出一双手臂，快如闪电地抓住蒙面人的脚踝，蒙面人毫无防备，扑倒在地毯上，隐藏在床下的人并没有给他反抗的机会，抓着他的脑袋猛地向地面一磕，地毯上发出一声闷响，蒙面人顿时晕了过去。

与此同时，另外两个蒙面人飞快跑来，可是，他们身后的左右两扇门，砰地被撞开，张思翰和鬼眼七用尽了最大力量，连人带门将两个蒙面人撞倒在地。麻六九从房间里冲出来，抓着从蒙面人手中抢过来的手枪，向走廊里的蒙面人开火。

砰！砰！砰！

麻六九对自己的枪法很自信，三个家伙中枪倒地，其余的蒙面人立刻各找地点隐蔽，钻进空房间，或者匍匐在地毯上进行回击。子弹从张思翰和鬼眼七的头上飞过，他们撞倒蒙面人以后，蒙面人展开了疯狂反击，一个蒙面人在倒地瞬间，一脚踹中鬼眼七的大胯，鬼眼七也倒在地上，蒙面人来掐他的脖子，鬼眼七和他对掐起来，两人向楼梯滚去。而张思翰倒是没怎么费事，因为那个蒙面人扑到他身上的时候，忽然一震，就软绵绵地趴了下去。张思翰把他从身上翻下去，摸了一手血。

别墅里响起女人的尖叫声，麻六九巧妙地退进一个房间，向张思翰打了个手势，叫他爬过来。张思翰的心剧烈地跳动，原本以为死去的蒙面人是死于同伙的误杀，但是现在看来不是那么一回事。他匍匐在地，极快地爬进麻六九藏身的房间。

麻六九正按着一个美女蹲在地上，悄声对张思翰说："外面有狙击手。"

张思翰向外面喊："老七，有狙击手。"

鬼眼七此刻被蒙面人骑着，几乎喘不过气来，他俩的身体卡在栏杆上，一个小红点移到蒙面人的胸口。蒙面人一惊，一头栽下楼梯。鬼眼七连滚带爬，躲进房间。

别墅里漆黑如墨，走廊里寂静无声。小红点迅速而平稳地移动，波的一声，一扇木门后传来痛苦的呻吟，一个高大的身影从门后撞出来，翻滚了两下，死了。麻六九异常惊讶，因为一个优秀的狙击手，不但手、心、眼，又稳又狠，而且一个高明的狙击手，在扣动扳机的前后，都会保持气定神闲的状态，他会根据具体的环境，判断对手的隐藏地点，一击致命！

鬼眼七说："这伙杀手是冲着我们来的，但是这个狙击手却好像是我们的人，帮我干掉了一个。"

麻六九说："曹水烟在哪儿，难道他早有准备？"

张思翰说："我明白了，这是曹水烟的空城计，他预算到会有人跟踪我们，所以在别墅里摆下一座空城，他的埋伏是在外面。"

麻六九说："但是他忽略了一点。"

张思翰说："我们可以乘机逃走。"

三个人正要冲出房间，身后那个美女颤抖地说："别丢下我。"

张思翰一招手："你要紧跟着我，用最快的速度跑，不要回头。"

麻六九和鬼眼七率先冲了出去，黑暗中的蒙面人好似洞悉了他们的用意，向他们这边猛烈地开火，子弹在黑暗中乱飞，张思翰眼见冲不出去了，但是那个神秘的狙击手，正好利用这个机会，将剩余的蒙面人一一清除，张思翰只听见痛苦的号叫和呻吟，两个蒙面人拼命向这边冲来，他们仿佛意识到，抓住张思翰就是护身符。一个蒙面人中枪了，但是他拖着一条流血的腿，硬是冲进了屋子，可是他连枪都没举起来，一颗子弹穿透了他的脑袋！

枪是从后面打的，是那个美女，张思翰刚要回头的时候，脑后却挨了一下，立时晕了。

二十二 白头鬼墓

醒来的时候,张思翰躺在一张舒适而有弹力的大床上,闻到一股玫瑰花的幽香,他大睁着眼,茫然地问道:"我是不是死了?"

"是,你就要死了,是快活死了。"耳畔响起一个温柔女子的声音,一条温柔的胳膊,像章鱼的触角一样缠上了他结实的胸膛。

张思翰一直坚持健身,浑身的肌肉如同大理石一般细腻光洁。映入眼帘的是一张风情万种的脸颊,她的眼睛很媚,水蜜桃般的笑容是一种难以拒绝的诱惑,她用一根白白的手指戳着张思翰的额头,似嗔非嗔地说:"你呀,真重,好不容易把你弄到我的床上。"

张思翰一惊,欢喜地问:"阿梅雷特,怎么是你?"

阿梅雷特似怒非怒:"我不是说过,无论你走到哪里,我都跟着你吗?"

张思翰一惊:"你是怎么逃出来的,文震邦有没有为难你?"

阿梅雷特吃吃一笑:"算你还有点良心,不枉我对你痴情一片。"

张思翰冷冷地说:"宝贝,你总装成一副花痴的样子,倒真是惹人怜爱,不过在你美丽的外衣上,谁知道是不是一张黑寡妇的面孔。"

阿梅雷特笑眯眯地说:"黑寡妇是世界上最毒的母蜘蛛,据说交配之后,会吞噬公蜘蛛,你知道是为什么?"

张思翰说:"补充营养,为了更好地繁育下一代嘛。"

阿梅雷特摇头说:"不对。"

"那你说说,是什么原因?"

"是因为母蜘蛛怕公蜘蛛花心,在它的繁殖期间又去找母的交配,所以才吃掉老公,因为她是太爱他了。"

张思翰说:"你说的有道理,但是我想知道老七和麻队在哪儿。"

阿梅雷特咯咯地笑着说:"其实,你真正想问的是米莉对吗?"

张思翰说:"她和何教授好吗?"

阿梅雷特说:"她们两个很好,穆歌也很好,一切按照计划进行。"

"什么计划?"

阿梅雷特说:"老七和麻队,他们昨夜趁乱跑了,我们的人正在寻找他们的踪迹。"

"那我能见见米莉吗?"

阿梅雷特用手指敲了一下张思翰的脑门儿:"男人的心思我最懂,每当他们对你甜言蜜语的时候,总会有种非分的请求,你现在受了伤,难道你想叫米莉看见你受伤的模样,让她为你担惊受怕,她是个脆弱的玉米,如果你不想让她忧郁的话,最好先不要见她,嘻嘻,想见你也见不到,因为她和何博士正陪着穆歌养伤,不在澳门。"

张思翰说:"穆歌受伤了?"

阿梅雷特说:"穆歌真够倒霉的,从寺庙逃走的时候,差点儿没命。"

"快说说,你们是怎么逃出来的?"张思翰问。

"这么快就想套取我的情报?那么容易啊。"阿梅雷特说着,身体轻轻地依偎过来,她的身体在传输着某种语言,只要张思翰愿意,那么他会得到很多很多的情报。

张思翰拒绝了阿梅雷特的美意,他走下了床,推开落地窗,来到阳台上,迎着明媚的阳光放眼四望,楼下是一个碧波荡漾的游泳池,有很多美丽的长腿姑娘,穿着三点泳装,赤裸着修长雪白的大腿,简直是一个美女如云的世界,他摸了摸后脑,还有点痛楚,这些美女其实都是厉害的杀手,他说:"阿梅雷特,这里是你们的大本营?"

"就算是吧。"阿梅雷特跟着张思翰来到阳台上,把一只雪白的手臂搭在他的肩头,她穿着一件真丝睡袍,风吹动睡袍飘飘飞舞,宽大而松散的丝绸把她的魔鬼身材凸现得淋漓尽致,"其实我不是常年住在这里,我是因为你,才留在这里。"

张思翰回报了一个意味深长的笑容:"如果你说的是真话,那我受宠若惊,不过你来澳门恐怕是另有原因。"

阿梅雷特挽着张思翰的手说："我喜欢聪明的男人。"

张思翰说："如果我连这个都想不到，你还会救我吗？"说完走到阳台上那架高倍望远镜前面，探头向镜头窥视。

阿梅雷特笑道："你看到了吗？"

"看到了，那里应该是白头坟场！"张思翰说完，埋头在镜头前，聚精会神地观测起来，"你破解了那个谜语。"

阿梅雷特说："张思翰，你是个狡猾的男人，你不是早已知道其中的意思了吗，濠镜中的熔岩，凝固于举案齐眉之地，指引我们寻找踏上阿胡拉头上的光明，其实并没有什么难猜的，只要搞清楚两个意思，濠镜是澳门的别称，熔岩就是石头，举案齐眉就是白头到老的意思，意思已经很明显了，石头藏在澳门的白头坟场，那是一处古老的祆教墓地。"

在镜头里，进行远距离观测，白头坟场真是一块风水宝地。林荫苍翠，环境幽寂，一座白色方正的石门悚然而立。阿梅雷特选择了一个极佳的观测角度，既隐蔽，视角又好。他说："你观测了多久，有什么发现？"

"目前为止，没什么发现。"阿梅雷特说，"正因为如此，所以才不正常，文震邦应该就在附近，他肯定对白头坟场感兴趣，神坛的第三部分，一定藏在白头坟场。"

张思翰说："怎么？文震邦也到了澳门，快给我找一张地图。"

"早给你准备好了。"阿梅雷特走回房间，提出一台笔记本电脑，娇声说道，"你要的资料都在这里面。"

张思翰大喜，打开笔记本，查看资料。阿梅雷特像一只小鸟依偎在他身旁，轻声说："我做你的助手，我们合作，怎么样？"

"合作？你想甩掉曹水烟？"张思翰说，"你最好不要有这个想法，那很危险，曹水烟和文震邦都是老狐狸，只要你露出一个破绽，就会没命，现在最关键的是神坛的第三部分，会藏在什么地方。我想知道，阿胡拉神冠是否究竟存在。"

好几天都过去了，今夜月黑风高。鬼眼七趴在草丛里好一会儿了，他一直潜伏在这儿，用目光向白头墓地里探视，没发现任何异常情况。忽然，他觉得张思翰的计划很愚蠢。按照张思翰的计划，自己留下和那些家伙周旋，老七和麻六九趁乱逃出，到白头坟地来取神坛的第三部分，以此作为条件，同文震邦谈判，救出米莉等人质。

麻六九对这个计划很赞同，也很卖力。

前方黑影一晃，鬼眼七低声问："得手了吗？"

"妥了。"

麻六九矮着身体，提着一把铁锹，一把铁镐，从一簇草丛里钻了出来。

"回来得很准时。"

麻六九擦着满头汗水，说："好不容易偷来的，差点儿被狗咬，好在我跑得快。"

鬼眼七问："在诚宝斋得到的水晶球呢？"

"给，水晶球。"麻六九把口袋里的水晶球递给鬼眼七，鬼眼七将水晶球对准月光，水晶球光芒点点，镂空的内部显示出一幅神奇的光线。

麻六九问："里面是不是有什么玄机，张思翰要我好好保存这个水晶球，那些光线是什么玩意儿？"

鬼眼七说："其实，它不是水晶球，它叫正义之眼，里面的光线是一张地图，白头坟场的地图，白色的亮线勾勒出白头坟墓的轮廓，而亮线的焦点，应该是我们要找的方位，这是思翰说的，应该没错。"

"在那儿！"鬼眼七用手一指，两人飞快地跑了过去，找到鬼眼七所指的位置，二话不说，甩开膀子大干一场，连刨带挖，没一会儿工夫，挖出一块一米见方，三尺多深的大坑，可是除了黑褐色的泥土，什么都没有发现。

麻六九甩了一把头上的汗水，问："你确定是这里吗？"

鬼眼七也有点怀疑地说："要不，换个方位，思翰的判断从来都不会有错，怎么什么都找不到。"

麻六九把铁镐往地上一丢，气喘吁吁地说："我们是不是有点傻，从曹水烟的别墅里逃出来，就应该回家，跑到这个鬼地方，按照张思翰的鬼计划，来挖什么破石头，白白辛苦。"

鬼眼七又挖了两锹，全是泥土，他说："我以为按照水晶球里面的玄机，会在这里找到那些石头，千万别泄气，我们一定要找到那些东西，否则思翰可危险了。"

在鬼眼七的鼓励下,两个人走到另一个地方,正要再挖一个大坑,草丛里突然亮起数道电光,强烈的光芒射在他们的脸上,晃得人眼无法睁开。鬼眼七说声快跑,麻六九撒手扔掉工具,但是没跑,他把双手一举,立刻投降。

前后都是警察,而且手里还有枪,冷森森的枪口正瞄准他们的心脏部位。其中一个警察说:"深更半夜挖坟盗墓,这在古代是斩立决的死罪!"

麻六九低声说:"误会,误会,都是自己人,我也是警察。"

"没错,你是警察,但是警察犯罪,属于知法犯法。"

麻六九说:"我是国际刑警,我们在执行特殊任务。"

那个警察说:"什么任务,我先把你抓回去审审,有罪没罪不是我说了算,要进行审判。"

"审判?"鬼眼七冷笑着道,"开玩笑呢,假警察也能审判?"

那个警察阴森地一笑:"当然,以密特拉大神为首的,三联神的审判!"

麻六九的脸色立刻黑得如同锅底灰,听这个假警察的语气,无疑也是祆教信徒,他们的命运是没个好了。

密林的尽头,有一座灯光朦胧的小木屋。这里是守墓人的小屋。鬼眼七和麻六九被押到木屋前,守墓人拉着斜长的影子从密林里走出来,他有点驼背,满头花白的乱发,戴着一顶破旧的草帽。那些人将搜出的水晶球交给守墓人,守墓人摆摆手,那些人立刻退入密林不见。

守墓人推开门,用嘶哑的嗓音说:"二位请进,有人正等着你们呢。"

两人走进木屋,惊讶的表情瞬间凝固!

文震邦坐在一张宽大的椅子上,接过守墓人递过来的水晶球,说:"辛苦了。"

"嗯。"守墓人含混地应一声,转身走出去,把门关好。

文震邦说:"我本以为,你们会替我找到神坛的第三部分,不过,你们实在让我失望,说吧,如何才能找到神坛的第三部分。"

鬼眼七笑了一下:"正义之眼一直保存在诚宝斋古玩店老板的手里,对吧?"

文震邦说:"没错,他是负责看守石头的人。"

"我们找到了正义之眼。"麻六九说,"用正义之眼肯定能找到那些石头,但是得花些时间。"

鬼眼七明白,麻六九是在拖延时间,其实他俩根本不知道怎么找,鬼眼七的声音一点也没颤抖,脸上带着灿烂的笑容:"白头坟场是块好风水,但只有百年气运,旺运一过,斗转星移,地脉里的灵气消耗得差不多了,很多教徒把墓地纷纷迁移。"

麻六九在一旁,说:"是啊,可能石头被转移走了。"

文震邦不慌不忙,掏出一根烟,点燃,放在嘴边吸了一口,吐出一缕烟圈,然后一吹:"说说你们的计划,张思翰现在在哪儿?这是你们事先制订好的计划吗?"

"不是。"鬼眼七说,"我们在诚宝斋遭遇了杀手,古玩店一出来,张思翰就告诉我们,大家分头行动,因为三个人行动目标太大,反倒行动不便。"

"杀手?"文震邦说,"什么样的杀手?"

麻六九说:"装束很奇怪,像木乃伊,身上缠着许多绷带,一条一条纵横交错。"

文震邦变颜变色地说:"传说,有个可怕的杀手,叫作不净人,使用一种古老的武器。"

"不净人?"鬼眼七问,"第一次听说如此古怪的名字。"

文震邦说:"不净人就是掮尸者,负责处理尸体的人,是一个神秘莫测的杀手!"

麻六九问:"这个神秘杀手是属于哪一边的?"

文震邦说:"难说,不好说。"他双眼一翻,射出两道狠辣的目光,他把水晶球放在眼前,一字一字地道:"这就是正义之眼,究竟有什么奥妙!"

"还是让我来告诉你。"屋外有个嘶哑的声音说。

守墓人推开门,文震邦的五指一收:"你是谁,你不是原来的守墓人。"

守墓人摘去头上的草帽和假发,撕去眼眶上的眉毛,揭去下巴上粘的胡子,然后把草帽重新戴好,俨然魔术一般换了一副尊容,露出一张养尊处优的脸,双眉秀气,眼光锐利,透着一股子霸气。

文震邦有些惊讶地问:"你是谁?"

"曹水烟。"

文震邦吃惊地说："你是曹家的后人吗？"

"怎么，你没有想到吧。"曹水烟说，"当年曹家三口惨死大漠，我一定要讨一个公道。"

文震邦说："公道？你是觊觎阿胡拉神冠，小人就是小人，何必把自己装扮得像个复仇的义士。"

曹水烟笑了："没错，阿胡拉神冠本来就应该是我的，还是让我来告诉你，正义之眼的奥妙。"他拍了拍手，阿梅雷特和张思翰宛如一对情侣似的走进来。从敞开的木门向外望去，树林里寂静阴森，估计文震邦的那些手下已经被清理干净，事态真是瞬息万变啊，不知道谁才是最后的赢家？

文震邦说："张思翰，你还好吗？"

张思翰说："还好，除了经过了一些很刺激的故事，差点儿没命以外。"

文震邦说："好，将生死置之度外，有大将风度，我欣赏你。"

曹水烟说："我也欣赏他，他是唯一能破解阿胡拉神冠秘密的人。"

麻六九埋怨地说："不过，有时候他的话也不能轻信，盲目崇拜，害死人啊，这水晶球没用，啥也找不到。"

鬼眼七差点儿笑出声来，麻六九这话说得挺实在，又有几分愚蠢。

张思翰说："你当然找不到东西，因为有眼无珠，和瞎子没什么分别。"

文震邦说："什么意思，这水晶球另有奥妙？"

张思翰柔情地对阿梅雷特说："把你的眼珠借我。"

阿梅雷特大惊失色，走到张思翰面前，用手钳了一下他的鼻子："达令，你在说什么疯话。"

"我没疯。"张思翰说，"在祆神楼的地宫中，用毒针刺死娜娜的人，就是你！"

二十三　神秘力量

阿梅雷特的脸色变了，厉声说："你在胡说些什么？"

"我没胡说。"张思翰说，"我想所有的故事，还是要从我夺取金牌说起，我见过娜娜，他就是在擂台上输给我的那个人，然后我在回程的路上遭遇了一些暗算，刻刀不翼而飞，之后我师傅被人谋杀，我成了嫌疑人，如果那个古兰德真是我师傅杀的话，那我师傅神刀米又是被谁谋杀了，我想这里面肯定有些蹊跷，我师傅一心向善，根本不会杀人，所以，唯一能行得通的解释就是，古兰德是被同伙杀的，而要栽赃给我师傅，这个人有可能是谁呢？"

曹水烟说："谁得到石头，谁就是凶手。"

阿梅雷特说："是得悉，他得到了石头。"

张思翰说："但是我不这样认为，得悉说过，他自己不是凶手，而且他肯定不是凶手，凶手不会笨到杀害我师傅以后，自己取走石头，得悉应该是在凶手离开以后才到的米家，可是他为什么会去米家，而且时间又掌握得很准，在凶手刚刚离开，他就取走了石头。"

麻六九说："这很简单，得悉得到了一个命令，或者是信息，这个信息就是凶手发出的，同时也能证明，这个凶手就在你们内部。"

张思翰说："没错，得悉取走了石头，同时凶手将我们的目光引向袄神楼，这一切都有同一个目的，寻找阿胡拉神冠，顺便让我们进入文震邦的视线。"

文震邦说："能做到这一切的，只有曹水烟。"

曹水烟笑着说："没错，是我叫娜娜干的。"

张思翰说："是你叫娜娜干的没错，但是你没想到娜娜会行凶，也没想过娜娜会假死，更没想到娜娜会死在袄神楼的地宫里，这一切完全出乎你的意料，不是吗？"

曹水烟尴尬地笑笑："没错，娜娜似乎想摆脱我的控制，所以才会假死。"

张思翰说："但是娜娜会杀我师傅神刀米吗，他为什么死在地宫里，还有得悉为什么会死，你应该很困惑，甚至隐隐有种不安，对吗？"

曹水烟的脸色一变："张思翰，你究竟想知道什么？"

张思翰说："事情的发展已经超出了二位的预料，我师傅神刀米、得悉、娜娜，这些人的死亡似有一条摸不着的线索，袄神楼的地宫之行，除了石头，好像并没有什么意外收获，这很不正常，所以我觉得，除了石头，地宫里面一定藏着更重要的东西，娜娜就是因为那件东西被杀的，是不是，阿梅雷特？"

阿梅雷特说："你的意思我不明白。"

张思翰说："娜娜好赌对不对？"

曹水烟说："没错。"

张思翰说："所以他欠了一大笔赌债，可以利用这个来牵制住他，而且得悉的死，是因为他一直想追查神刀米被杀的真相，所以娜娜很恐慌，他不得不惊动那股神秘的力量，于是凶手的第一个破绽露了出来，凶手帮助娜娜杀了那条叫光明的狗，当时，只有阿梅雷特有条件这样做，不过你可以辩解说，我是在诬陷你，但是在袄神楼的地宫中，我找到了证据。"

文震邦笑道："我相信你，你一定找到了证据，否则，你不会这样说。"

张思翰说："杀人得有动机，有目的，如果说我师傅神刀米的死，是不想吐露石头的秘密，有杀身成仁的味道的话，得悉的死，纯粹是灭口，不想让他追查凶手，而娜娜的死则是因为贪婪，因为阿胡拉神冠的秘密是不能分享。"他把水晶球举到月光下，审视着水晶球内光怪陆离的光线说："正义之眼就像是人的眼睛，人的眼睛里面有眼珠，有瞳孔，而这个水晶球里面却是空的，我们只有眼睛，却没有眼珠，和瞎子有什么分别。"

曹水烟拍了两下巴掌："好，你果然是一个奇才，看来阿胡拉神冠的秘密只有你才能解开。"

"给我。"张思翰说，他向阿梅雷特张开手。

"什么？"阿梅雷特反问，"要我吗？"

张思翰说："我要的是证据，你以为我没觉察吗，在袄神楼地宫里，我们被关在石匣里面的时候，娜娜距离你最近，他们两个用手语交流，他好像是在向你索要什么东西，但是你没答应，后来娜娜就莫名地中毒身亡，那座青铜狐狸的眉心上有一颗痣，我是最后一个离开地宫密室的，却发现那颗痣已经被人取走了，它应该是正义之眼的瞳孔。"

阿梅雷特说："张思翰，好像什么都瞒不了你。"

曹水烟说："和这样一个人打交道，真是一种愉快的较量。"

阿梅雷特轻声道："娜娜是个好色之徒，他本来想用这个要挟我，可是我没答应，那枚毒针恰好被我捡到，趁机刺了他一下，谁让他想欺负我呢。"她伸出纤纤玉指，捏着一颗拇指大小的铜球。她把铜球倾落在张思翰手心："达令，拿去好了，你真是我命中的煞星。"

麻六九给鬼眼七一个眼神，真有你的，这也能调情，服了。

张思翰的动作很干脆，他把铜球轻轻嵌进水晶球被镂空的圆心，一幅更加奇妙的光线图浮现在众人眼前，仿佛一条浑身缠绕光迹的蚯蚓。

张思翰把水晶球递给曹水烟，意思是看不懂，曹水烟也看了半天，又转到阿梅雷特手上，转来转去没一个人吭声，麻六九按捺不住，发话道："你们看出什么没有？"

鬼眼七说："拿来我看。"

有时候，连张思翰对鬼眼七那些古灵精怪的本领也自叹弗如，鬼眼七把水晶球在手心里转动，任由里面的铜球来回转动。他的笑容如同僵尸一样苍白，张思翰注意到他的手指颤抖了一下，就像是从腐烂的尸体上挑出骨头，鬼眼七也会手软，老七是怎么了？

鬼眼七神情专注地说："我听一个老盗墓贼说过，这种球有个名字，叫九转玲珑，里面的玄妙在月光下才能够显现，最先是为了隐藏秘密，传递男女私情专门制造出来的，古人真是聪明，《诗经》里面不是有'关关雎鸠，在河之洲，窈窕淑女，君子好逑'，那个球其实就是这个东西，因为你们没有安放到正确的位置，所以铜球与水晶球相互间的妙用没有发挥出来，里面隐藏的信息，你们根本看不到。"

鬼眼七的说辞，连张思翰都有些疑惑，不知道他说的是真，还是假，不过令他高兴的是，鬼眼七的身上多了份温文儒雅的书生气概，但见鬼眼七重新把铜球扭转了一个角度，再放进水晶球内。

曹水烟和阿梅雷特盯着水晶球看，水晶球内仿佛天昏地暗，没有一丝光泽。

麻六九张大嘴巴，焦急地说："你怎么把图给弄没了。"

鬼眼七说："它不是用来看的，而是用它来看。"说着，他把水晶球放在眼前，脸上露出一个开心的笑容，在月光下非常的诡异而灿烂。

鬼眼七说："你们自己看，目标就在里面。"他把水晶球交给曹水烟，曹水烟发现在铜球内部有些奇异的光线，那些光线并不是地图，而是一幅画，一座石棺的形状，不过那座石棺的形状很奇特，它的棱角是半圆形，在石棺盖上还有一座尖锥状的圣火台。他把水晶球从眼前移走，在墓地里却没有发现一座这样的石棺，他连说两个怪字，把水晶球送到张思翰眼前："这种对号入座的把戏，古人也喜欢玩吗？"

张思翰说："可惜，没一座石棺能对上号，是吧？"

曹水烟说："张思翰，你有什么看法？"

张思翰说："铜球里面的石棺是隐藏的，想找到它很简单，这里有十四座石棺，但是每一座都不是正义之眼里显示的样子，所以，肯定地说，铜球里面的石棺是第十五座，按照排列的顺序，它就在那里，只是我们看不见。"

曹水烟听后，狡黠地一笑，他明白张思翰的意思，起身走出木屋，来到墓地中，用目光在十四座石棺之后停留片刻，以目光丈量好每一口石棺的距离，然后指着假设可以安置第十五口棺材的空白处，说："这里。"

阿梅雷特一招手，蹿上来六七个蒙面大汉，曹水烟亲自赤膊上阵，拿了一把铁镐飞快地在地里刨了起来，看见他十分卖力，鬼眼七忍不住说："你最好小心些。"

挖了将近一米，一个蒙面大汉的镐头叮的一声，凿到了一块硬石，火花四溅，掉了拇指大小的一块石屑，恨得曹水烟狠抽了他两个嘴巴，蒙面大汉捂着脸大气也不敢出，他们的组织有极其严厉的规矩。阿梅雷特劝了两句，跳上土坑，用一把木铲和刷子，小心地清理着下面的细土，当她发现下面的泥土居然是红色，快乐的脸色宛如一朵贪婪与娇媚的花朵。

张思翰、鬼眼七、麻六九忘记了身处险境，鬼眼七说："别弄坏了圣火台，根据我的工作经验，那个石棺有点玄。"

埋在泥土里的石棺终于清理出来，是一个半米见方的石匣，棺座上刻满莲花与火焰，棺盖正中雕着一圈美丽的花环。那些大汉非常卖力，准备把石棺弄开，可是无论如何撬凿石棺的缝隙，石棺纹丝不动。曹水烟和他的手下弄得满身大汗，却又无可奈何。

天色有些发白，曹水烟有些焦急地道："鬼眼七，你不是盗墓高手吗，说说石棺有什么玄机？"

鬼眼七笑呵呵地说："石棺是从里面锁上的，棺内有巧妙，外面根本打不开，如果强行开启会损坏里面的东西，上面不是有花环，你摸摸看看，是不是有什么机关。"

曹水烟将信将疑，心里嘀咕着，有那么玄妙吗，他伸手去摸，但是手指还没碰到石棺，张思翰大喝一声："趴下。"横着身体向鬼眼七和麻六九撞去。三个人撞在一起，翻倒在地，一股灼热的气浪贴着脸颊飞过。

一道明亮的火光蹿起。

砰！

一枚炸弹爆炸，五六个大汉倒下。曹水烟身体一软，栽了下去。文震邦的身手极其敏捷，闪身躲在一个大汉后面，那个大汉当了他的替死鬼。

曹水烟浑身是血，他有些气急败坏，拔出一支冷冰冰的手枪，翻身跳下土坑，号叫道："什么都没有，我们受骗了。"

鬼眼七受了伤，他的小腿被弹片划出一道血槽，张思翰问："老七，你还好吗？"

鬼眼七说："没什么，一点小伤。"

麻六九躺在地上，低声说："怎么回事，阿梅雷特呢，她不见了。"

文震邦说："这个女人不简单。"

白头坟场的气氛剑拔弩张，血腥混合着邪异的星光点点斑斑地洒在草地上，乌云遮起月亮，黑暗如同一头朦胧的怪兽吞噬人心。

几点红外瞄准线在草丛里晃动。

"嘿！嘿！嘿！"黑暗中响起一声怪枭似的笑声，底气十足，声声贯耳。

"谁？"曹水烟和文震邦惊悸地望着密林深处。

"不想死的，把枪丢下，手举在头上，走出来，不要试图反抗，因为至少有三个狙击手在瞄准你的脑袋。"文震邦气得左手一抖,唰地打开一把折扇,上面点缀着一丛细竹,一行墨迹,非常休闲惬意。

噗,扇子上钻了一个洞。

曹水烟叫道:"阁下是什么人?"

那个声音道:"同教不同义,同祖不同宗,你说我是什么人,不想死的就乖乖放下武器。"

曹水烟长叹一声,把枪往外面一丢:"想不到螳螂捕蝉,黄雀在后,我们输了。"他一缴械,那些手下就如斗败的公鸡,纷纷把武器扔在地上。

密林里涌出一队荷枪实弹的黑衣人,目光凶狠,先把曹水烟和文震邦捆了起来,阿梅雷特一脸娇媚的笑容,最后走出来,曹水烟眼中冒火,低声吼道:"你这个水性杨花的女人。"

张思翰说:"我说过,这个女人有问题。"

阿梅雷特说:"作为一个女人,是很难生存的,我必须找到更强大的依靠。"说完,她挥了挥手,黑衣人将张思翰等人押进一辆事先准备好的大卡车内,路过林边的时候,小木屋已经不见了,天空响起嗡嗡声,一辆运输直升机用粗大的缆绳,正把小木屋吊起来,同时开来两辆工程车,挖掘机和铲土机会把所有的痕迹抹平,好像白头坟场什么都没有发生过。

二十四　印度古井

张思翰等几人被塞进一辆大卡车里，车厢里一片漆黑。卡车晃晃荡荡地行驶起来，几个人不知道要去往何方，车厢里的气氛沉闷得要死。

鬼眼七说："不对啊。"

张思翰说："怎么了，伤口又流血了？"

鬼眼七说："我有点事，还没弄明白，这些人既不是文震邦的人，也不是曹水烟的人，他们是什么人，难道真是你说的神秘力量。"

麻六九说："如果真的存在一种神秘力量，而白头坟场的炸弹也是神秘力量安置的，这一切符合逻辑，他们杀掉古玩店老板，还想炸死我们，难道这股神秘力量不想追查阿胡拉神冠的下落吗？我越想越糊涂。"

张思翰说："是啊，你这样一说，我也糊涂呢。"

曹水烟在黑暗中说："或许，他们早已经知道石头的秘密了，想将我们一网打尽。"

文震邦说："不可能，石头的秘密，只有神刀米一个人知道。"

"那你说说那个杀手，浑身缠满布条，好像一个木乃伊似的，我们几乎死在他的手上。"麻六九说，"别告诉我，你们不知道这个杀手的存在。"

文震邦说："你问曹水烟，他应该知道。"

"血口喷人！"曹水烟说，"我怎么知道？"他的心中充满了对阿梅雷特的愤怒，越想越气，哪有闲心回答麻六九的提问，他们现在成了囚犯，他连做梦都不会想到，他会成为一个囚犯！

鬼眼七说："这就怪了，你们都不认识那个人，那他究竟是谁的杀手？"

"阿梅雷特的。"文震邦说，"曹水烟，是你帮助她在寺庙中逃脱的吧？"

曹水烟像一头发怒的公牛，在黑暗中瞪起两只血红的眼睛，愤怒地说："没错，她能逃出寺庙，是我一手策划的结果，但是，我没想到阿梅雷特是个双料间谍，在她背后还有一股势力，我们都上当了。"

昏昏沉沉中，感觉时间过得相当漫长，众人已经无话可说的时候，车厢被打开，有人前来送饭。张思翰则被单独押进了一个秘密的房间，经过走廊的时候，他闻到了一股海风特有的咸味，他立刻确定，自己在一条船上。

走进一个房间，张思翰看到一张很大的床，床上铺着一张豹皮，阿梅雷特的胴体在豹皮上放射着野性的光芒，她的迷惑笑容光彩斑斓，张思翰觉得这个女人简直是尤物中的尤物，不过这样的女人等到人老珠黄，往往命运极其悲惨，变成一个可怜虫，青春和漂亮不是她永远的资本。

张思翰说："恭喜你，又成功地投靠了一个大势力。"

阿梅雷特说："只要是男人，没有几个能阻挡我的魅力。"

张思翰在旁边的大椅子上一坐："说吧，叫我来做什么？"

其实不用问，张思翰已经看见一张大桌，桌上摆放着那些零星而古老的石头，想必是神坛的第三部分，他说："这个是神坛的第三部分，你们早已经从白头坟场里取出来了，对吗？"

阿梅雷特说："没错，就等你恢复它原来的样子。"

既然如此，张思翰也不用废话，他走到桌旁，对阿梅雷特说一句"关灯"，灯光一灭，他即刻在黑暗中动作起来，他的手不停地摸索石块的棱角，回忆起师傅神刀米那种近似完美的神技，心里充满了忧伤，不知道米莉和何徽阳怎么样了，她们一定在忧心如焚地等待着他的归来。

当然除了张思翰的手，他的身上还有另一双手，阿梅雷特的手，还有她的身体，像蛇一样紧紧缠绕着他，她在故意试探他的定力，要专心致志完成手上的工作，来不得半点分心。

黑暗中只有呼吸声，张思翰说："这是在海上，我猜，我们在一条船里，我们的目的地在哪儿？"

"不知道。"阿梅雷特娇气地说，"我这样挑逗你，你的心就一点都不动？"

张思翰说："面对漂亮的女人谁不心动，我也是男人，但是我更想活命，有种女人天生美艳如花，却命犯煞星，每个沾染过的男人都会倒霉，正巧你就是这样的女人，所以我还是离你远点！"

阿梅雷特气得挥舞双拳，猛敲张思翰的后背，快如雨点，宛如调情，灯光亮起，张思翰的双手一松，一座被摆设好的神坛一角，哗啦一声，散成一堆碎块，张思翰说："我警告过你，不要挑逗我，现在好了，白弄了，要想集中精力重新来过，那可不是一件容易的事，这件事你要负责。"

"你……"阿梅雷特正要说，"你想冤枉我"。

张思翰说："你什么你，你还是多穿点，海上风大，小心着凉感冒吧！"

"张思翰，我可真服了你，美色于前，却泰然自若。"有人打开一扇舱门，带着灿烂的笑容，"像你这样的人才，真是不可多得。"

这个人一出现，阿梅雷特立刻收起放荡，变得异常严肃。张思翰说："伊朗美食家伊儿汗，我琢磨着，你也该出场了。"

伊儿汗笑道："你是怎么推测的？"

张思翰说："你们到世界各地举办什么厨艺交流比赛，其实只是一个幌子，真实的目的是走私文物，或者还干点别的勾当。"

伊儿汗哈哈大笑，用流利的汉语说道："张思翰，就凭这点还远远不够。"

张思翰说："那我只好推测一下，娜娜是受了你的指使，原来他是曹水烟的人，因为在比赛上，曹水烟让他出局，所以他非常难堪，因此你趁机拉拢了他，是不是这样？"

"没错。"伊儿汗说，"我不但笼络了娜娜，还有阿梅雷特，文震邦的身边也有我的卧底，我才是最大的赢家，嘿嘿。"他做了一个请的手势，张思翰走在前面，他们一前一后走进另一个房间，这里摆着一张翘头书案，上面设有笔墨纸砚，都是古物，非常讲究。阿梅雷特没有跟来，她只是一只被锁在笼子里的猫，一只随时准备发情的母猫。

张思翰站在书案前，伊儿汗亲自给他磨墨，张思翰明白他的意思，思索了一下，从青玉笔筒里捻起一支紫毫，在砚台里蘸饱墨汁，稍一思索，提笔快如疾风地在雪白的宣纸上写下一行字迹，一气呵成，写完之后，将笔轻轻地搁在青玉笔架山上。

伊儿汗说："好书法，丰而不肥，瘦而不僵，以隶为骨，有魏碑遗风，字画承转之间又有自己的心得，好好，你这是模仿河北响堂山十八品书法，有点入神，我很喜欢。"

张思翰心中惊讶，举手之间，伊儿汗竟然能识破他书法的来历，这个老外对中国的文化，可是非比一般的精深。

黑色的墨迹上写着神坛上雕刻的字迹——

□□有大略，胸□百万军，□□万邦仰附，□□不见同音，□神天授，饮□摩□，圣火护佑，唐宗□尽，圣人万安。

伊儿汗说："张思翰，这是神坛的第三部分，这些字迹是不是被有意识地除掉的？"

张思翰说："是。"

伊儿汗说："既然石头是找到阿胡拉神冠的线索，那么被除掉的字迹一定隐藏着某些秘密，否则这些石头不会被精心地保存起来。"

张思翰说："我也一直这样想，但是没有第四部分，我们没法解读，我们现在只差一步，期盼第四部分的出现，你知道第四部分藏在哪儿吗？"

伊儿汗说："你很快就会知道。"

张思翰说："你找到石头，我会帮你解读秘密。"

伊儿汗说："作为回报，我给你们自由。"

张思翰说："但是，你先要证明，你与我的合作诚意，我要见小师妹，如果这一切曾是你的预谋，米莉现在一定在你的手上。"

"好。"伊儿汗说，"出这个房间，左转第三房间。"

张思翰转身出门，来到第三个房间门前，敲了敲门，门开了，出现两张熟悉的面孔——米莉与何徽阳。

米莉吃惊地看着张思翰光秃秃的脑袋，哑然失笑，何徽阳说："谢天谢地，张思翰，你总算是平安归来了，现在我把玉米交给你了，她每天都在念叨你，我快要疯了。"

米莉问："你有没有找到杀害爷爷的凶手？"

"还没有。"张思翰走过去握住米莉的手，"不过你放心，凶手很快就要浮出水面。"却发现小师妹的手心一片冰冷。

何徽阳问:"麻队和老七呢?"

张思翰说:"他们很好,你们不必担心,这些日子你们还好吗,我想知道,自从我们分别后,你们是怎么度过的。"

何徽阳说:"像做梦一样,本来以为文老头挺有实力,没想到那个阿梅雷特是个大奸细,把我们弄到一条船上,还有个伊朗家伙,说地道的汉语,他说是你的朋友,带我们去印度玩几天。"

张思翰想,傻姑娘,你也太容易相信别人了吧,不过看何徽阳大大咧咧的模样,估计她就是这样的性格豪爽的丫头。

大船在海上漂泊了几日终于靠岸,众人在严密的监视下弃船登岸,伊儿汗要请张思翰几人吃饭,说是吃饭,其实那气氛犹如鸿门宴一般。张思翰在码头上看见很多头缠白布的印度人,大街小巷还有很多身戴黄金饰品的丰腴的印度少女,他以为是到了印度首都新德里,其实这里是孟买。

他们走进一家中国餐馆,餐馆的老板是个香港人,早已被钱买通,在二楼的阳台上预留了位置,张思翰、鬼眼七、麻六九、阿梅雷特、米莉、何徽阳赫然在座,只是少了曹水烟与文震邦。

长长的餐桌上摆着名字叫"thali"的大浅盘,里面盛着椰子和葡萄,印度的咖喱闻名世界,桌上至少有四道菜因为放入咖喱而呈现鲜红颜色,令人食欲大开,张思翰叫不上这些菜的名字,不过他狼吞虎咽的风度却一丝不减。没等伊儿汗说点什么,他已抄起一只仿制的青花大盘,把一块淋漓着鲜浓肉酱的鸡排划拉到盘子里。

鬼眼七说:"你没吃过印度饭吗,改天我请你吃印度大餐。"

张思翰说:"我不想做个饿死鬼。"

阿梅雷特风情万种地笑道:"张思翰,你是想做一个风流鬼。"

麻六九感觉出张思翰话里有话,他跟着张思翰学,弄了盘印度炒面,一声不响地吃起来。

鬼眼七忽然发现,伊儿汗的目光定格在一个地点,这条长街的尽头耸立着一座古老神庙,残垣断壁破败不堪,神庙前有老人与僧侣正在膜拜,而神庙的石柱上雕刻着祆教的标志———只有翼神兽的半身像。

鬼眼七向张思翰使了个询问的眼色,张思翰直截了当地说:"没错,一会儿我们得去神庙。"

伊儿汗说："确切地说，是那口古井，石头的最后一部分藏在古井下，我们很快就要大功告成了。"

神庙前只有一口枯井，麻六九注意到了那口井，不过他对井的联想，没有一丝好感，总会联想到陷阱、囹圄之类的，他说："街上有很多人，没法下井。"

话音未落，长街上一阵大乱，一群身穿迷彩服的士兵开着轻装甲，悍马，还有一些可疑车辆来到神庙前，这些荷枪实弹的士兵跳下车，大声叫嚷着，立刻封锁了整条长街，神庙前的老僧都被士兵们拥护着，一个军官却彬彬有礼地向他们解释什么，长街上霎时冷冷清清，神庙前被扫荡一空。

麻六九说："这些都是你的安排？"

伊儿汗说："不错，你们只有半小时的时间。"

张思翰站起身来，一拍鬼眼七的肩膀："走吧。"

鬼眼七说："我就知道，来这儿准没好事。"

麻六九说："带上我吧，我可不是来这儿聚餐的。"

张思翰说："嘿嘿，像你这样有义气的警察越来越少了。"

谁知道麻六九的回答却是："其实我并不想讲什么狗屁义气，我是为了我自己，我只想早点结束这件事，我不去，能行吗？"

他们三个下了楼，一旁有人递过来一条绳梯，鬼眼七接过绳梯，三人径直来到枯井前。麻六九向井下一望，黑森森的不知深浅，张思翰和鬼眼七相互一对眼神，鬼眼七一抖绳梯，张思翰顺着绳梯第一个爬下古井，后面跟着麻六九和鬼眼七。

下了六七米，麻六九忽然问道："张思翰，那个伊朗鬼说的半小时是什么意思？"

"不知道。"

"没问清楚，你就下来？"

张思翰反问："如果他想告诉你，还用问吗？"

大概下了十米深，古井到了尽头，但是井底并没有路，是一口死井，而且闷热无比。麻六九这一次仿佛很有经验地说："张思翰，这里面一定有玄机。"

一丝阳光幽暗地透射下来，没等张思翰落到井底，鬼眼七立刻说道："等等。"他叫张思翰和麻六九重新沿着绳梯向上爬，而他在最下面用脚尖挂在绳梯上，使了一个倒挂金钩，嘴里喃喃说道："这种井底我见过，是一种名字叫海底捞月的布局，很凶险。"

　　鬼眼七的双手擎住井底的石板，缓缓拧动双臂下压，井底唰地张开，宛如一只野兽张开狰狞大嘴，露出锋利的牙齿，井底的石板很薄，下面是一些石桩，磨得尖锐发亮，虽然已有了几百年的历史，不过锋芒依旧，只要落进陷阱，必然穿肠破肚。

二十五　井下玄机

麻六九赞叹着说："鬼眼七，还是你的经验丰富，不然，我们准完蛋。"

鬼眼七说："没有经验，我已经挂很多次了。"双腿一翻，飘然落地。

石桩旁留有落脚的空隙，张思翰与麻六九下来之后，这才看清楚，这是一道环形的石围屏，上面雕刻着精美的花纹。

张思翰问："老七，有什么发现？"

鬼眼七说："这些花纹我从没见过，还是你来看看，你是这方面的专家。"倏地，电光一亮，他的掌心拿着一支手电筒。

张思翰借着电光一看，环形壁画栩栩如生，刻画着四尊神像，全是兽面人身，虬筋突骨，呈飞舞奔走之势，足下有云浪，风中飘莲花，他说："老七，你没见过这些壁画吗？"

鬼眼七说："在敦煌见过，但是不知道里面有什么用意。"

张思翰说："这四尊神像被称作人非人，一位日本学者长广敏雄，把人非人叫作畏兽，据说《山海经》上已经有了记载。"

鬼眼七说："我不知道什么兽不兽，我只知道这是一扇门，门里面肯定藏着玄机，怎么打开它？"

麻六九惊诧地问："你不是内行吗？"

鬼眼七说："我是内行，但并不表示我能打开所有的机关。"

张思翰仔细琢磨了一下，蓦地说道："有了，想不到这个机关这样简单。"他伸出手，鬼眼七和麻六九知道他要打开石壁机关，忍不住向两旁一闪，盯着张思翰的手指，只见他的手指在一个弯月上一戳。

麻六九兴奋地喊道："明白了，机关藏在月牙里，我见过那种图案，月牙弯弯，里面藏着一轮太阳，现在太阳没了，所以那里肯定是机关所在，太阳代表希望，我们有救了。"

鬼眼七嫌他有点啰唆，但是张思翰的手指一戳到石壁上，那块石壁倏地向后一缩，侧面露出一个乌黑的洞口，三人走进洞口，里面是一段螺旋式的密道，非常狭窄，三个人只好排成一串。

麻六九担忧地说："不好，要是有谁在暗中弄我们一下，我们都成了肉串。"

"这里是中国人建造的，已经有几百年了，你会相信吗？"张思翰说，"别担心，我们走的是一个螺旋式的密道，上面的古井就是螺旋的中心，我们正接近目标。"

鬼眼七走在前面，他说："中国人的智慧很伟大，虽然这是句套话，不过中国的——"话没说完，双腿一软，咕咚一声，顺着一条斜坡滑下，咚的一声踏在一块石板上，这里好像是一个洞穴的入口，他的身影一晃就消失不见。

张思翰问："老七，你还好吗？"

鬼眼七在里面瓮声瓮气地说："快下来看看，这里别有洞天。"

麻六九犹豫着，张思翰在后面推了他一把，麻六九哎哟一声，跟斗把式地滚落下来，张思翰随后跟进，两个人落在一堆软软的沙丘上。

麻六九抖抖身上的沙子说："张思翰，你不能轻点？"

张思翰说："抱歉，我有点急。"

"拉倒吧，你就是故意的。"

电光闪闪，鬼眼七正摆弄着一个小东西，说："思翰，真叫你猜着了，这里还真是咱老祖宗修建的，有物为证。"他把小东西递给张思翰，说："我刚发现的，凭我多年的经验，这个至少有上千年的历史了。"

"瓷扳指。"麻六九不甘寂寞地说，"这个东西我认识。"

"错了。"鬼眼七说，他用电光一照，其实那不是一件扳指，而是一段打碎的瓷管，有手指粗细，散发着古朴的天蓝色彩。张思翰琢磨了一下，说："这是花釉，典型的釉下彩，是唐代制瓷的成就之一，你是在这里发现的？"

鬼眼七说："到处都是，全是碎片，没有一件完整器。"

电光一扫，这里相当宽敞，面前耸立着一座门扉，门前散落着闪闪发光的瓷器碎片。麻六九说："哇，这里好像有过激战。"在瓷器碎片的角落，有几具纠缠在一起的骷髅，从姿势来分析，麻六九的话一点没错，他们是殴斗致死的，尸骸上留着致命的伤痕。

门是两扇沉重的石板，并不是很宽，麻六九说："张思翰，这两座门石板与案发现场的石板尺寸惊人的相似。"

张思翰说："何徽阳告诉过我，那是些石围屏，祆教墓葬用的，而这两扇石板估计也是。"

"你的意思是说，这里是个古墓？"麻六九问。

张思翰说："非常可能。"

三个人走到石板前仔细观看，两扇石板本是一对，边缘雕刻着漂亮的联珠纹，画面的背景是一座巍峨的皇宫，雕刻的笔法凌厉飞舞，与麻六九见过的画像石内容截然不同，其中隐含着某种不祥，或者是呼之欲出的杀气！

左边的画像比较温和，禁宫之内戒备森严，兵甲如林，一个高鼻细眼，满脸胡须的肥胖老者躺在一座宫殿里，另外有两件宝物最为抢眼，龙案之上放着一顶闪闪发光的神冠，龙帐一侧放着一把宝刀。

"龙鳞宝刀！"张思翰说，"这把刀与文震邦手上的那把一模一样。"

鬼眼七悚然一惊，抚摸着石壁说："莫非龙床上躺着的那个人竟是安禄山？"

三人再仔细看看，右边那块石板上画着深宫一角，有一肥润美女映月愁眉，娇靥难舒。

张思翰说："一代枭雄，父子相残，安禄山的下场真是可悲。"

麻六九说："上面画的是安禄山？"

张思翰说："不错，公元757年正月五日夜，安禄山之子安庆绪，与安禄山近臣严庄，还有内侍李猪儿，密谋加害安禄山，他们屏退了所有的侍卫，然后在寝宫将安禄山杀害，可怜安禄山死的时候，只有一卷席子裹身，被埋在地下，富贵功名真如浮云而去了。"

麻六九说："什么功名富贵，我就知道私家墓葬，擅入者死！"

张思翰问："你怎么知道？"

"这不明明写着嘛。"麻六九说，他指着门楣，石壁上写着八个鲜红大字——私家墓葬，擅入者死！

鬼眼七在后面说:"那是朱砂写的,唬人的把戏。"说完,奋力一推,石板门发出沉闷的摩擦声,缓缓开启。

推开石门,三人向后一闪,但是没有袖箭壁弩之类的暗器,倒是飘荡着一股生石灰的味道,一股腥臭的气味扑面而来,用电光照耀,迎面是嶙峋的石壁,再没有什么绚丽的彩绘。

鬼眼七一脸漠然,没有嗅到一丝珠光宝气的味道,里面根本没有什么期待宝藏,张思翰只走了一步,差点儿掉进挖好的深坑里,多亏麻六九伸手把他拉住。紧贴着石板门是一个圆形深坑,直径大约有十米,深有两米左右,四面用石块修葺,坑底纵横着一些一尺多宽的石沟,沟壑里长满青苔,一丝阴凉的风从石坑里吹拂上来,泛着刺鼻的血腥,这些血腥的味道仿佛被两扇石门封闭了几百年,一旦被释放,立刻如同恶毒的符咒禁锢了生命的气息。

三人的目光与电光同时投进深坑,张思翰说:"寂静之塔,这是袄教的墓葬之地,他们将天葬后的尸骸放进寂静之塔,任岁月流逝,雨水冲刷,将骨灰重归天地。"

麻六九说:"我们要找的东西呢?"

"大坑里面。"鬼眼七说,"根据我的经验,这里面没有什么玄机,东西可能埋在坑里。"

张思翰没犹豫,纵身跳下大坑,麻六九跟在后面,鬼眼七没跳下来,他把手电交给张思翰以后,身形一闪,朝入口跑了出去。

张思翰搬起一副灰尘滚滚的枯骨,然后说了声对不起,唰地把枯骨撇在一边,接着手足并用,在堆满尸骸的深坑里大肆地挖掘起来。麻六九也没闲着,为了自由,还有何博士,他必须百倍努力,他躬下身体,学着张思翰的样子,双手抓起石坑里的尸骸随意乱丢,但是他心里想着,何徽阳对他似乎有点感觉,在这些枯燥的日子里,给他带来了一点点窃喜。

两个人把寂静之塔内弄得乌烟瘴气,片刻之后,张思翰蓦地喝道:"你在干吗?"

麻六九有些呆呆地说:"找东西嘛。"

张思翰说:"找东西不假,没必要把人家的骨头弄得七零八落的,就算是盗墓者,对这个也很忌讳,如果把尸骸弄乱,可能会走霉运,甚至会有血光之灾。"

麻六九说："你别说我，你不也弄得乱七八——"他的话忽然顿住，因为他看见张思翰身边的尸骸很有规律地排列着，虽杂却不乱，他的目光含着疑问，张思翰说："哦，你别看我，我是考古专业，整理尸骨遗骸是我的长项。"

麻六九狠狠地骂了自己一句，真是愚蠢啊，身为警察，居然忽略了细节，不过覆水难收，被麻六九拆得面目全非的这十几具枯骨，再也不会安静地各归其位了。

"注意，我们的目标是一口箱子！"张思翰说。

麻六九松了口气，拍了拍手上的灰尘，说："那东西就在你的脚下。"

麻六九不愧是一名受过训练的警察，黑暗中的眼光绝对敏锐，他发现木箱子其实就在张思翰脚下，那两具骷髅呈十字状态，那是被人故意摆设出来的形状，仿佛是有意保护那个木箱，或者在争夺那个木箱。张思翰把尸体移开，用手去摸箱子的把手，用力一提，哗啦，木箱早已糟烂不堪，一堆零碎的石块从破碎的木箱中滚落出来。

张思翰郑重地说："这些石头，我们带不走，但是我们要带走石头上的秘密，千万别说话，给我十分钟。"

电光熄灭，黑暗中，张思翰如同一个孩子，在那堆碎石前一坐，脸色平淡，双手宛如弹奏钢琴一般，十根手指如流水般在空气中灵动着。

麻六九向后退了两步，张思翰的手摸到那些石头，宛如一个盲者在阅读心灵的经卷，那些零零碎碎的石块仿佛被赋予了某种生命的信息，麻六九的呼吸轻缓了许多，而那些石头有如魔方一般变幻，每一块石头都在张思翰的抚摸下，迸发出一道道灵异的光泽。

七分钟刚过，哗啦！

石堆散落，张思翰双眼一睁，吓了麻六九一跳，忙问："你干什么？"

张思翰轻淡地说："没什么，石头的秘密我已经知道。"

前面黑影一闪，传来鬼眼七的喊喝："完了，时间来不及了。"

张思翰和麻六九跑到石坑的边缘，麻六九说："时间还来得及，想不到这么轻松，搞定了。"

鬼眼七在上面说："我说的是伊儿汗给的时间。"他四平八稳地坐下来说："我终于明白伊儿汗说的半个时辰的意思了，我们忽略了那堆沙子，都怪我大意。"

麻六九没明白他是什么意思，他来到入口，发现那沙堆少了一大片，而沙堆上方的密道已经关闭。

麻六九说："我们出不去了吗？"

鬼眼七说："你注意到那些沙子了吗？"

张思翰说："它还在不停地减少。"

"其实，它就是一个沙漏。"鬼眼七说。

麻六九明白了，伊儿汗说的半个时辰，是沙堆的流速，这是一个巧妙的机关设计，在沙子流完之前，如果还没有走出去，就会永远封闭在这个死亡古井中。他说："现在还没到半个时辰，我们还有救。"

张思翰说："我们被困在一个看似封闭的空间，但越是这样，我越觉得另外有路。"

麻六九说："对呀，找找。"

"没用的。"鬼眼七说，"以我的经验，出路不会轻易显现。"

"什么意思？"张思翰问。

鬼眼七安静地看着那堆细沙，反问："你找到石头了？"

张思翰嗯了一声，和老七并肩坐在一起，盯着前面的沙漏看，而麻六九还在石缝中寻找，大惊小怪地说："哎呀，在这里，我找到一条缝隙，可能是暗门，你们来看看。"

张思翰说："大呼小叫，你还是不是个警察？"

张思翰的话犹如当头棒喝，麻六九即刻顿悟，走过来也和他们坐在一起，说："我是个警察，但我还是一个男人，我不怕死，只是如果我们出不去，米莉与徽阳有谁去救呢？"

麻六九的话让张思翰心中一动，面前的沙堆还在簌簌而流，沙堆的下面肯定有洞口，除了流沙，还有一种细微的声音。鬼眼七耳尖，他说："沙堆下有什么声音？"

三个人等着沙堆流完之后的证明，细沙流完之后，裸露出一个碗口粗细的洞口，麻六九有些失望，因为洞口太小，根本没法爬出去。麻六九正这样想着，忽听鬼眼七说了一个字——蛇！

二十六　蛇舞魔窟

一条黄褐花斑大蛇从洞孔中钻了出来，仰起三角形的脑袋，盘旋起身体，放射着复眼中的凶光。

张思翰谨慎地说："这是卢氏蝮蛇，剧毒无比，现在它盘旋起身体，表明是在防御，等它扬起脖子，那是攻击的信号。"

鬼眼七说："对付蛇这玩意儿，我最拿手。"

张思翰伸手一拦："老七，不能大意，卢氏蝮蛇的毒性很奇特，它的毒液可以融化人的软组织，血管肌肉，被咬上一口可不是好玩的，重者丧命，轻者残废。"

三人迅速向后退，但是嘶嘶之声不绝于耳，洞口里面接连爬出数条卢氏大蝮蛇。麻六九说："原来，洞口下面是个蛇窝。"他们想退进石坑，然后把石门关闭，可是石门居然被卡住了，"私家墓葬，擅入者死"，八个血红大字，此刻更加显得阴森恐怖，仿佛充满了血腥的诅咒！

张思翰说："老七，你以前见过这样的墓葬吗？"

鬼眼七说："没，在四川大巴山盗墓的时候，我曾经见过有人用蛇来蚕食尸体，在人活着的时候，把毒蛇放进他的肚子里，然后把嘴巴封死，直接装进石棺，打开棺材的时候，那条蛇还活着，但是死者却已经腐烂，他的肉被蛇吃得一干二净，那可是上千年的悬棺。"

麻六九说："你说得够悬，按照你的意思，我们不是要被毒蛇活活咬死？"

几条粗大的毒蛇扭动身体蹿了过来，三个人急忙跳进尸骨坑内。麻六九沮丧地说："都是那些破石头闹得，这些石头会有什么样的秘密，张思翰你给个明白的解释，这样，我们也算死个明白。"

张思翰说:"那些石头上刻着字。"

麻六九问:"是不是宝藏的密码?何徽阳告诉过我的。"

张思翰说:"现在还不能确定。"

麻六九说:"那我们死定了。"

鬼眼七手里抄起两只人的大腿骨,仿佛舞动双鞭,他准备以此来对付那些靠近的毒蛇。

麻六九飞起一脚,显示出精湛的脚法,踢起一个圆圆的骷髅头砸向一条卢氏蝮蛇的脑袋,毒蛇全身一转,飞快地钻进阴影中,而五条卢氏蝮蛇从石门外逶迤而来,竟如列队一般。

张思翰说:"这些毒蛇好像很有思想。"

麻六九说:"不是很有思想,而是和我们有仇,非吃我们不可。"他拾起一截小腿骨,向蛇群猛掷过去。

噗!

白骨化成一缕粉末,对毒蛇的伤害几近为零。

一条卢氏蝮蛇倏地从石缝中弹射出来,像一支毒箭,直插鬼眼七的咽喉,鬼眼七双臂一震,两只腿骨呼啸飞出,同时向后一滚,那条毒蛇被腿骨击中,在空中翻了个身,坠落尘埃。

张思翰说:"谁带火了?"

火!

鬼眼七从口袋里摸出一个打火机,三人将外套脱掉,用火点燃衣裳,然后向蛇群一丢,蛇群惊慌失措,纷纷向后游走。不过那些火苗很微弱,燃烧的时间非常短暂,三个人只好不停地脱衣服,维持火焰的燃烧,在脱衣服的过程里,麻六九提醒鬼眼七与张思翰,不要只想着脱,还要想着如何能够从这个该死的地方脱身。

很快,三个人浑身的衣裤都已脱光,只穿着一条内裤,而那些毒蛇并没有远离,而是在火光外游走。

这些毒蛇并不懂得畏惧?麻六九看见一条毒蛇很活跃,似要蹿过火光发动袭击,他连忙问张思翰:"内裤还脱不脱?"

鬼眼七说:"脱个屁,脱不脱都是个死,死前我们得保留一点最后的尊严。"

"只要活着，不怕丢脸，生命高于一切。"麻六九说了一句颇有哲理的话，他正要把内裤也丢进火堆，猛听见鬼眼七惊呼一声，他立刻将内裤重新套好，动作极为狼狈。

鬼眼七在环形石壁前逡巡，若有所悟，张思翰也在低头寻找着什么，嘴里还在喃喃自语："这里肯定有出路，绝对没错。"鬼眼七用手里的骨头在石壁上敲击着，发出咚咚的闷响。

火光倏地熄灭，黑暗中的蛇群吞吐着舌尖，发出嘶嘶的吼叫，脑海中的热成像系统，已经在前方发现了三个庞然大物。它们缓慢地爬过来，准备进攻。

麻六九喊道："你们两个快点，蛇群杀过来了。"他的声音有些走样，仿佛在告诉张思翰，情形万分危急，紧接着他变得非常疯狂，抓起那些骨头向蛇群猛掷猛打，可是这些骨头已经吓不退蛇群了，它们集结着凶猛而丑陋的队形爬下石坑。而张思翰和鬼眼七好似一无所获，麻六九被逼无奈，只好抓起什么打什么，一条毒蛇壮着胆子飞蹿上来，麻六九再无可用的武器，他抓住一个骷髅头，但是那个骷髅头怎么也不离开地面，仿佛被某种神秘的力量诅咒。

麻六九的汗水唰地流下，虽然身上只穿一条内裤，但是洞穴里阴冷潮湿，麻六九的手却紧紧地黏在骷髅头上无法张开。

寒光一闪！

毒蛇如同封喉的利剑一般扑了上来，麻六九绝望地闭上眼睛。但是两条温暖的手臂，从后面抱紧了他，两个人的身体贴着地面飞快地滚了出去。麻六九感觉到这是一个温暖的男性身体，而且他们落在软绵绵的地面，睁眼一看，那条毒蛇已经不见，一道石门在身后倏地关闭，那只蝮蛇被关闭的石门一铡两断，蛇头几乎都要咬到麻六九的屁股，真是好险！

出手相救的人是张思翰，张思翰从地上爬起来，身上有几处擦得瘀青，麻六九感觉到张思翰的身体很有弹性，胸肌结实而丰满，充满了力量的感觉。

麻六九爬起来，问："你们是怎么找到出口的？"

鬼眼七说："是你误打误撞，还记得刚才那个骷髅头吗？"

麻六九恍然大悟，欢喜地说："刚才还以为是鬼魂作祟，没想到那个骷髅头居然是个机关。"

三个人踩在一张柔软的波斯地毯上，开始打量这个洞穴，这个洞穴被装修得富丽堂皇，墙壁上亮着灯光，四壁密布着花纹斑斓的大理石块，仿佛是一间古代修筑的密室，在房间的最里端，放着一张红木仿真的罗汉床，上面坐着一个头缠白布的印度人，他的眼珠有些发绿，黑黑的脸色，腰里别着一支笛子，十指戴着耀眼的宝石戒指，穿着华贵的金丝长袍盘膝而坐，神色非常怪异。

印度人没有一点吃惊的表情，他用流利的汉语说："我是看守寂静之塔的穆护辛德，你们竟敢擅自闯我祆教禁地，盗取宝物，该当何罪。"

张思翰笑着说："你这话说出来像台词，是不是事先练习好的？"

辛德一笑，说："我的确是有备而来。"

张思翰说："你是文震邦，还是曹水烟，或者伊儿汗的人？"

辛德说："非也，非也。"用手一指身前的长案，桌上已经备好的纸墨，客气地说："请张大博士将秘密写下来，好吗？"

张思翰伸手抓笔，麻六九忽然按住他的肩膀，神色严肃地说："张思翰，想想米莉还有何徽阳。"

张思翰轻轻一拂，把麻六九的手移开，仿佛举重若轻："相信我，这是拯救她们最好的办法。"

鬼眼七痛快地说："不错，敌人的敌人就是你的朋友，向敌人妥协，不如与朋友同盟。"

同盟？

麻六九的心里很忐忑，看着张思翰下笔如风，挥洒自如地写了几句——□枕三星，□邑九州，泽□苍生，□教亲归，□□轮回，周天循环，不过□□皮毛，圣人之辉当与天地同存。

这些文字，字不成文，句不成句，绝对是一种神秘莫测的文字游戏，鬼眼七的目光完全被吸引住了，他说："思翰，这是神坛的最后一部分字迹吗？怎么看起来像墓志铭。"

张思翰说："这的确是一篇墓志铭，不过，这些字迹很古怪，不是吗？"

麻六九双掌一拍，欢喜地说："大功告成了。"

辛德有些激动，竟然伸手来取张思翰写下的笔墨，没提防张思翰一拳打过来，狠狠地砸在他的下巴上，辛德眼花缭乱地倒在地上，晕了过去。

鬼眼七在他的身上搜了一下，没有什么发现。

麻六九问："为什么要打昏他？"

"因为他只是个提线木偶。"张思翰把那张白纸撕得粉碎，说，"操纵他的人在这扇门的后面。"

麻六九顺着张思翰的手指方向，看见大床后面的墙壁上有一条缝隙，张思翰跳上床，一脚朝墙壁上踹去。

"砰！"

墙壁上有一道暗门，被张思翰踢得飞了出去，没人想到一个温文尔雅的博士，忽然之间，脾气何以会变得如此火暴，暗门之后烛火摇曳，一个人穿戴整齐地坐在一张长桌后，鼓掌大笑："张思翰做事果然痛快，我还以为你和辛德要周旋一番呢！"

张思翰说："怎么是你，久违了，穆歌。"

里面这个人竟然是穆歌。

穆歌一脸病容，在他的面前有一张长桌，桌上有美酒，有精致的印度特色菜。穆歌还是老样子，一脸的麻木，坐在那里一动不动。

鬼眼七从张思翰身后闪出来，大声说："这是为我们接风洗尘，好丰盛，我真饿了。"麻六九则一脸的不悦。

穆歌说："张思翰，没见你这样狼狈过。"

张思翰说："我们差点儿被毒蛇咬死，那些卢氏蝮蛇是你放进寂静之塔的？"

穆歌淡淡地一笑："是先辈放养的，大约在明嘉靖年间，由我们的一位大穆护偷偷在井下修建了寂静之塔。"

张思翰说："我明白了，神坛的最后一角，原来是保存在祆神楼的地宫里，明嘉靖的时候转移到这里，放进寂静之塔。"

"你是如何知道的？"穆歌问。

张思翰说："关于祆神楼的史料上有明确记载嘛，明嘉靖壬辰岁改建祆神庙为三结义庙。"

穆歌说："将神坛一角放入寂静之塔后，下面又修建了一个蛇窝，放养了数百条毒蛇，用来看护寂静之塔不被侵袭。"

张思翰他们三个只穿着内裤坐在餐桌前。张思翰说："我们一直以为，你在文震邦的手心里，你是怎么逃出来的？"

穆歌嗯了一声："想逃出来，一点不难，有人把我偷偷放走了，我们自云南一别后，你们得到了文震邦的悉心照料，不是吗？"他的脸色依旧冷冰冰的，没有一丝笑容。

张思翰呵呵一笑："你一直在追查我们的行踪。"

"不是追查，是等待，我们一直以来都致力于如何破解石头的秘密，我们追查到一些历史遗留的线索，当年文家建造袄神楼的时候，神坛其实就安置在地宫下面，后来因为某些原因，被分成四个部分，文家守护其中的一角，剩余的几部分转移出地宫，被分别隐藏在秘密地点，我们等待着秘密的重见天日，现在这个秘密握在你的手里，张思翰，我想，只有你能破解阿胡拉神冠的秘密。"

"你说得容易，那可是千年以来流传的秘密，那么容易破解就不是秘密了。"张思翰说，"穆歌，你的能量还蛮大。"

穆歌说："我说过，做人要充分地享受生活，美食美酒美人我所欲也，珍玩异宝亦我所欲也。"

张思翰说："见识过，你很会享受生活，但是你不怕文震邦、曹水烟，或者是伊儿汗找到你吗？"

二十七　毒发身亡

麻六九说:"我好像有点糊涂,这究竟是哪跟哪呀,文震邦、曹水烟还有伊儿汗,你究竟是哪一伙的?这关系也太复杂啦。"

穆歌说:"每个人都对阿胡拉神冠梦寐以求,文家一派算是后起之势,伊儿汗则代表着原始的祆教势力。"

张思翰说:"那么曹水烟呢,他代表的又是哪一方?"

穆歌说:"安史之乱你应该知道,有拥护安禄山的一派,自然也会有拥护史思明的一派。"

张思翰说:"明白了,曹水烟是史氏一派,而你是安氏一派。"

"何以见得?"

张思翰说:"史安两派为了阿胡拉神冠你争我夺,这是一个历史的宿怨,所以你才会杀掉史春,因为史春是曹水烟的眼线。"

穆歌说:"这是曹水烟告诉你的?"

"不。"张思翰说,"是我亲眼证实的,我在曹水烟的别墅里看见几个佛头,款式与形制和在史春家看到的一模一样,所以我想,除掉史春是你故意安排的计划。"

穆歌嘿嘿一笑,拍了拍手:"没错,第一道菜已经准备好了。"说完,两道倩影从黑暗中姗姗而来。

张思翰的目光唰地一闪,立刻睁大眼睛,米莉与何徽阳,她们两个竟然安然无恙,难道是穆歌救了她们?但是更惊喜的是这两个女子,她们看见张思翰三人只穿着内裤,却并不知道是什么缘故。

鬼眼七笑了,他的脸色很白,笑起来像一个僵尸,这是张思翰看见的最开心的笑容。以前从没见老七这样笑过，他说："老七，你开心了？"

鬼眼七说："开心极了。"

米莉问："思翰，你们怎么了，这样狼狈？"

张思翰说："我们没事，天气太热，脱光了凉快凉快。"

"没错。"麻六九说，"一会儿我还要洗个澡，冲冲凉。"

何徽阳淡淡一笑："你们受苦了。"说完，她和麻六九深情地拥抱了一下。张思翰也拉着米莉的手，米莉眼泪汪汪的，那情形十分动人，一点没有因为只穿内裤而感觉尴尬，只有鬼眼七没人疼爱，显得落落寡欢，甚至有点可怜。

鬼眼七走到穆歌面前，穆歌笑容翩翩，说："为了鼓励你，我暂且拥抱你一下。"说完，就来拥抱鬼眼七，老七一闪身："我要的不是拥抱，是衣裳，你一脸胡子茬儿，想抱谁呀！"

穆歌哈哈大笑，取来三件丝质柔软的长袍，三个人披上白袍，感觉浑身像鱼儿入水，很舒服，满心的羞涩感得到了解放，全身的肌肉也得到了很好的松弛。

穆歌说："张思翰，我这道大餐，你觉得如何？"

张思翰暂且结束与米莉的亲昵，说："色香味俱佳，秀色可餐。"

穆歌说："还有第二道大餐。"

张思翰说："真想不出来，你还会有什么花招。"

穆歌伸手从墙壁上的暗格里抽出一把大刀，刀长四尺，刃宽背厚，没有一丝弧度，刀身笔直，蓝光幽幽，手柄铸有金环，闪闪夺目，宝气十足！

张思翰将刀接在手中："这是安禄山的大横宝刀。"

"不错。"穆歌说，"我从寺庙逃走的同时，来了个顺手牵羊。"

麻六九有些疑惑："文震邦好像很有势力，你能在如此短暂的时间得手，不简单。"

张思翰自然听出麻六九的话外之音，他在提醒自己，小心有诈！

穆歌得意地说："文震邦的失败就在于他的大意，我们被秘密软禁到云南的时候，曹水烟已经布置好了，因为他在澳门有很大势力，通过古玩这一条线索，他掌握了文震邦的行踪，但是曹水烟和文震邦都没想到，伊儿汗也在对阿胡拉神冠虎视眈眈。"

"所以，这一切给了你可乘之机。"麻六九问，"他们知道寂静之塔的一侧建有密室吗？"

穆歌说："当然不知道，当你们下到枯井之后，伊儿汗一定会大意，我们因此发动了奇袭，他是赔了夫人又折兵。"

张思翰说："奇袭？你们是在饭菜里下药，如果我的推断没错，当时你就在那家印度餐馆的厨房里。"

穆歌说："我这一网，收获了三条大鱼。"

"不，你还有另外的收获，一条美人鱼。"鬼眼七说，其实他的鼻子已经闻到了一种特别的香水味道，这种昂贵而奢侈的兰蔻香水，只有一个人喜欢——阿梅雷特。

穆歌转身而出，时间不长，他推着一辆很特别的金属笼子走了进来，笼子的空间足够装得下一只老虎，下面有四个特制的胶皮轮子，摩擦地面悄然无声。阿梅雷特穿着一身豹纹睡衣躺在笼子里面，一副野性十足的媚态。

穆歌说："这是第三道大餐，如何？"

张思翰说："实在不怎么样，你把上菜的顺序弄颠倒了，看见这道菜，我现在有点反胃。"

穆歌嘿嘿一笑："这就是叛徒的下场！"

阿梅雷特的脸蛋上露出甜蜜蜜的笑，她竟然一点不怕："张思翰，你是来救我的吗？你永远是我的最爱。"

何徽阳说："你还要不要脸，真服了你了。"

麻六九有点无法忍耐："女人要么是神经病，要么是妄想狂，这个时候还说胡话。"

"你说什么！"何徽阳有点生气。

麻六九慌忙改口说："没什么，就是吓唬吓唬她。"

女人的脾气若是发作起来，好似狂风骤雨一般。真正生气的人是米莉，她走到笼子前面，看了看阿梅雷特，脸上露出不屑一顾的表情："闭上你的嘴，你要是再叫他一声，我立刻把你的脸弄花，切成一段一段的，扔到沙漠里喂狼。"

张思翰心想，我这个小师妹够狠！

米莉本是一个温柔如水的女子，没想到她说的话竟然句句如刀，阿梅雷特脸色苍白，立刻闭紧了嘴巴。

米莉转过脸来对着张思翰嫣然一笑："我做得对吗？"

张思翰说："对，你要坚强，被人欺负的滋味可不好受。"

阿梅雷特保持沉默，仿佛在思考着什么。她是个好胜的女人，但是并不傻，她会利用女人的最大资源保护自己，包括色相。

张思翰问穆歌："我们是不是已经做好了去沙漠的准备？"

"沙漠？"鬼眼七喂了两声，"张思翰，谁说要去沙漠了，我可不去，那个地方太浩渺，没有人的生气。"

麻六九问何徽阳说："我们也不去，我回去当警察，你还继续干自己的研究，过平平淡淡的日子最好。"

"平淡的日子？"何徽阳转了转眼珠说，"我们的生活确实是太平淡了，所以我想冒一次险。"

麻六九有点诧异，他没想到何徽阳是个外表冷静，内心火热的女人，这与她平时的沉静睿智完全判若两人。

何徽阳补充着说："最主要的是可以陪着玉米，你去不去？"

"去，谁说我不去！"麻六九有苦难言。

米莉问张思翰："你怎么知道，我们要去沙漠？"

张思翰说："你不是说，要把阿梅雷特扔到沙漠里喂狼吗，这不是你说话的性格，除非你真有要去大漠的打算，沙漠的风光很美，大漠孤烟直，长河落日圆，我陪着你，去哪儿你都不用怕。"

浪漫死了！何徽阳羡慕得眉飞色舞。张思翰对米莉说："我知道穆歌肯定对你说，只有到大漠里找到阿胡拉神冠，才能找到杀害爷爷的真凶，事实的确如此，就算是穆歌不说，我也要去大漠，我们两个在一起。"

鬼眼七对张思翰说："你们俩爱去哪儿去哪儿，你们是一对情侣，我不想跟着搅和，每次你一出现，我的生活总是变得无比凶险，九死一生。"

张思翰反问了一句："跑不了你，我去哪儿，你就得去哪儿。"

鬼眼七苦笑一下："就知道你会这样说。"

何徽阳这时候说："张思翰，石头上的秘密，你都已经知道，说出来一同研究研究。"

张思翰说："这恐怕已经不是秘密。"

穆歌说："何博士，我只能告诉你，石头上记载的东西，是寻找阿胡拉神冠的钥匙，诸位请举杯，预祝我们出师大捷！"他端起面前的高脚杯，里面荡漾着玫瑰色的红液，一仰而尽。

其实，没人愿意和穆歌干杯，他并不是一个讨人喜欢的家伙，只有张思翰拿起酒杯，他确实有点渴，可是酒一沾唇，立刻发现穆歌的脸色不对，双眼发直，脸色发黑，浑身的神经仿佛已被切断。

张思翰伸手去摸穆歌的呼吸，脸色一片苍白，穆歌的呼吸已经停止。

瞬间，每个人的脸上掠过一丝死亡的惊悸。

麻六九翻开穆歌的眼皮，撬开他的嘴巴，厉声说："中毒！"

"蛇毒！"张思翰突然开口，"我曾见过一只藏獒，被毒死的时候和他一模一样。"

麻六九说："是那个印度人，只有他能毒死穆歌！"

米莉嘘了一声，外面有什么声音，她叫了一声，一下跳到张思翰的背上，用手紧勒着他的脖子，脸色苍白得可怕。

门外发出嘶嘶的声音，几条毒蛇探头探脑地游走，而外面聚集着更多的毒蛇，有数十条。

鬼眼七说："毒蛇已经把房间包围了。"

麻六九说："张思翰，你刚才不是一拳把那个印度人给打昏了？"

张思翰苦笑一下："这家伙很可能是装出来的。"

"我们冲出去！"何徽阳说。

张思翰说："别冲动，我们和他谈谈。"他走到门前，发现门外盘旋的卢氏蝮蛇越来越多，有二三十条。

阿梅雷特在笼子里发出咯咯的笑声，对张思翰说："这家伙会驯蛇，本来是穆歌手下的一个小角色，想不到他也会反水。"

"反水？你的意思是他投靠了伊儿汗。"

阿梅雷特说："除此以外，还能有什么解释。"

鬼眼七已守住另一扇门，那肯定是通往外界的路，麻六九跟在老七身后，迅速开门，看了一眼，然后砰地关门，外面全是满地乱窜的蛇影。

鬼眼七朝张思翰摇摇头，意思是出口被封住了。

阿梅雷特说："这里的建筑有点特别，是环形的，寂静之塔的外侧，只有一条路，我们已经被困死在这个地方了。"

"张思翰，给你一个时辰，把石头上的秘密破解出来。"辛德在外面叫嚣，但是看不见他的踪影，可能是隐藏在一个阴暗的角落。与蛇为朋的人，沾染了蛇的阴毒与狡猾。张思翰猜想，这家伙肯定藏在出口，一有风吹草动，溜之乎也。他说："辛德，我们好好谈谈。"

沉默了片刻，辛德说："你已经浪费了五分钟。"

麻六九走到铁笼前，阿梅雷特正闭着眼睛，像一只熟睡的母猫，他严肃地说："你不要假装置身事外，你早知道辛德是内奸，我们来做个交易，你和辛德谈判，放我们自由，然后你也可以离开。"

阿梅雷特的嘴角露出一丝苦涩的笑意。

鬼眼七说："恐怕她也没有料到，事态会如此出人意料，那个印度人好像不准备与任何人分享石头上的秘密。"

张思翰走回长桌前说："看来我们只有满足他，立刻把石头上的秘密破解出来。"

房间里很宽敞，真皮沙发，红木书柜，橡木酒柜，多宝格，书案笔墨一应俱全。

张思翰说："阿梅雷特，我好像来过这里。"

阿梅雷特说："这里的摆设和穆歌在介休郊外小别墅里的，简直一模一样。"

鬼眼七点了点头，张思翰走到一张翘头长边的书案旁，案上摆着一只小巧可爱的豇豆红苹果樽，还有一本古书，颜色有些发黄，题着《九宫大成南北词宫谱》的繁体字。这勾起了张思翰的很多回忆。他坐在书案前，铺好宣纸，润好笔墨，然后下笔极快，运笔如风——

胡天神冠，既寿永昌，起于草莽，□□知命，承□□天恩，□极荣辱，□百战不□，□□大器英姿，□相将之智，□□汉晋名垂，□□盖世，□天下大业，□龙虎风云，□□伏首，文□飘香，□不世之基，□□□偷□，□安神意，震□慈瑞，克长安洛阳于指掌，□□有大略，胸□百万军，□□万邦仰附，□□不见同音，□神天授，饮□摩□，圣火护佑，唐宗□尽，圣人万安，□枕三星，□邑九州，泽□苍生，□教亲归，□□轮回，周天循环，不过□□皮毛，圣人之辉当与天地同存！

二十八　与蛇同舞

写完之后，张思翰缓缓地将笔撂到青玉笔架上，拿起那张纸，众人围过来观看，何徽阳说："好长的一篇歌功颂德的铭文。"

张思翰说："从文字大意上看，这是神坛上的全部文字，从文章的起首，就已经提示出阿胡拉神冠的存在。"

米莉说："胡天神冠，既寿永昌，说的就是阿胡拉神冠？"

鬼眼七说："死了还要写这么多字歌功颂德，虚荣心真是强啊，佩服。"

何徽阳说："这是后人写的，安禄山并不知道，他死得很悲惨，而且众叛亲离，如果这是赞誉他的，还真是奇怪。"

麻六九说："思翰，徽阳，你们都是专家，但是我觉得这些文字好像是故意拼凑在一起的，其实是一种线索，是不是？"

何徽阳说："这是一种文字游戏，古人喜欢玩这种文字游戏，掐头去尾，读起来可能别有一番意思。"

麻六九试着连读了每句开头的几个字："胡既起知承，这不行，读不成句子。"

何徽阳说："铭文的再后一句，圣人之辉当与天地同存，这是大唐时期对袄教最高统治者的称呼，历史记载，安禄山称呼唐明皇圣人，以示尊重。"

米莉说："关键是这些空白的字迹，像是故意铲掉的，被铲掉的字迹是什么，我们需要把消失的字迹填补回来。"

何徽阳说："小玉米，你的话倒提醒了我，这会不会是一个填空的游戏呢？如果是这样，你的古文功底最深，破解这个谜团非你莫属。"

米莉说："这需要时间，一个时辰恐怕不够。"

"没什么。"张思翰悄声在她耳边说,"我们还有很多时间呢,你先慢慢研究。"

张思翰站起身来,众人都在琢磨着关于铭文的字谜,他却好似闲人一个,走到书架前,抽出一本线装《永乐大典》,在手中翻了翻,皱了皱眉。鬼眼七在旁边轻声说:"有点不敢相信?"

张思翰说:"从纸张、墨迹、版本,好像是《永乐大典》的真本,可是我敢相信吗,连故宫博物院里收藏的都是后世的赝品。"

阿梅雷特在笼子笑道:"当世会有多少《永乐大典》的孤本在私人收藏家手上,我不知道,但你大可以相信,这里的四本《永乐大典》都是真迹,那是祆教流传下来的宝物。"

张思翰继续看书,翻看那几本《永乐大典》,然后小心地放回书架,视线又落回长桌,穆歌的尸体被拽到一边,张思翰坐到原来穆歌的位子上,端起另一杯酒问:"老七,你说这杯酒里有没有毒?"

鬼眼七回答:"你也想来一杯试试?"

张思翰说:"我猜没有。"说完,将杯子里的酒一饮而尽。

鬼眼七立刻惊讶得无与伦比,米莉与何徽阳正在研究那些文字,没注意到他的举动,等她们发现时,张思翰的双眼已经瞪大,不过,这只是他和大家开的玩笑,事实证明,他喝的那杯酒确实没毒,只是虚惊一场。

麻六九严肃地说:"张思翰,请不要用生命开玩笑,你是不是觉得很了不起,简直是胡闹。"

鬼眼七说:"张思翰,我服你,你有勇气做我们都不敢尝试的事。"

阿梅雷特说:"他很聪明,他早知道那杯酒里没毒。"

"闭上你的嘴!"米莉再次警告她。

张思翰说:"酒的味道不错。"

"你想证明什么?"何徽阳眼波流转地问,"其实,你根本不用自己试验,我们有个很好的试验品。"

张思翰好像明白了她的用意,有几分好笑,只说:"我想试一下,杯子里的酒没毒,那瓶子里的酒是不是有毒。"

何徽阳把麻六九召唤过来,对他耳语几句,麻六九神秘一笑,把瓶子里剩余的酒倒进一个空杯，然后打开笼子，端到阿梅雷特面前，阿梅雷特快要崩溃了，号叫道："对一个手无寸铁的女子下毒手，卑鄙，太卑鄙了。"

麻六九捏住她的下巴，把酒一股脑地灌了几口，微笑着问："怎么样，味道还好吗？"

阿梅雷特脸色苍白，不言不语，过了一会儿，她觉察到自己的脉搏还在跳动，于是媚眼如丝地说："味道不错，再来一杯嘛。"

麻六九退出来，关好笼子，对何徽阳说："事实证明，瓶子里的酒也没毒。"

大家好奇地看着张思翰与何徽阳，仿佛他们在隐瞒某些想法，米莉故作娇嗔地说："快说，你们两个究竟有什么不可告人的阴谋！"

张思翰握住她的一只手说："你别急，听我慢慢解释。"他转到长桌前，郑重地说："穆歌被害，完全是有预谋的杀人。"

何徽阳说："具体来说，是经过周密策划的谋杀，只毒死穆歌，而不会危及他人性命，想做到这一点很难。"看来，只有她明白张思翰在想些什么。

张思翰说："我也是偶然发现的，我感觉这里好像缺了一位贵客，你们看看，桌子上有几个酒杯，穆歌要宴请的，应该有多少位贵客。"

"七个。"米莉说。

麻六九用目光一数，果然是七个酒杯，他说："没有什么不对嘛。"

米莉说："我、思翰、徽阳、老七、麻队，加上穆歌、阿梅雷特，不是正好有七个人。"

何徽阳说："不能算上阿梅雷特，她是囚犯，不是贵客。"

鬼眼七说："会不会是辛德？"

张思翰说："不会，他只是个小手下，算不上是贵宾。"

"那会是谁呢？"米莉说。

张思翰说："我这样认为，有位贵宾一直不曾出现。"

麻六九说："不会吧，这个地方不大，藏个人很容易找。"

"就因为那个人一直没有出现。"张思翰说，"所以，我怀疑，他才是谋杀的操纵者。"

何徽阳把玻璃酒杯一只一只拿起来，仔细地检查了一遍，然后自信地说："我倒是对下毒的手法感兴趣，那个隐形的操纵者，怎么敢百分之百地确定，那杯有毒的酒会被穆歌喝下去，张思翰和阿梅雷特喝过酒，证明酒在瓶子与杯子里是没有毒的，这又怎么解释？下毒的手法不是很奇怪吗？"

张思翰走到门前，那些卢氏蝮蛇已经多达三五十条，懒洋洋地盘旋起来，他问："辛德，你为什么要毒杀穆歌？"

辛德在隐秘之处问："石头上的秘密解开了吗？"

"还没。"

"我提醒你，只剩下十五分钟，然后蛇群会大举进攻！"

张思翰应了一声，再没言语，回头看见何徽阳正在剥穆歌的衣裳，米莉害羞地扭过头去。麻六九和鬼眼七正把长桌打扫得一干二净，然后把脱得精光的穆歌摆上桌面，好像要解剖尸体一样。

张思翰看了看鬼眼七，鬼眼七正看着何徽阳，觉得特别有意思。麻六九说："你想检查哪个部位？我来动手。"

何徽阳说："舌头、四肢、脑袋、鼻孔、腋下，都不能放过。"

鬼眼七问何徽阳："你是学历史和语言，还是学解剖的？"

何徽阳说："都学过，还获得过医学学位。"

麻六九把穆歌的尸体从头到脚地检查了一遍，并没有什么发现，结果让何徽阳大失所望，她在书柜的抽屉一阵翻腾，找出一把锋利的裁纸刀。鬼眼七一脸苦笑，他几乎不敢想象，一个如此文弱的小女子，敢当着这些男子的面，将一具尸体开膛破肚，太心狠手辣了吧。

"你们快过来看看，我有发现。"何徽阳大声欢叫着，仿佛发现了一个天大的秘密。

众人围拢过去，只见她的脸色红润，大声宣布："我发现了中国最后一个太监。"

张思翰看见尸体的内裤被脱下，露出很不雅的下面，不过缺少的器官正说明何徽阳的发现非常正确，麻六九的脸上露出不悦之色，本来嘛，女孩子还是需要柔媚和矜持一点，而自己中意的姑娘对着一具男性尸体眉飞色舞的，麻六九怎么能不郁闷。

正在此刻，辛德在外面叫道："张思翰，时间到了，破解出石头上的秘密了吗？"

张思翰说:"没,怎么会那么容易。"

辛德说:"我可是警告过你。"

鬼眼七说:"废话,放蛇过来吧。"

"这是你们自寻死路,怨不得我!"

房间外忽然响起一阵奇异的笛声,蛇群听到笛声,显得异常亢奋,扭动身体向房间里发动攻击,一条卢氏蝮蛇蹿到门边,麻六九抄起一只椅子,啪地扔了过去,把那条蝮蛇砸得稀烂。

辛德嘿嘿一笑:"就算你砸了一条,也没什么,一会儿百蛇齐发,看你们怎么应付!"

鬼眼七说:"这不用你操心!"

辛德发怒了,笛声更急,数条毒蛇同时向张思翰几人扑来。麻六九抄起一把椅子,身后忽然响起一阵笛声,与辛德的笛声极为相似,两股笛声搅在一起,蛇群大乱,四处飞蹿。密道的另一端传来几个女子极为惊慌的叫声!

阴暗处响起辛德惊讶的声音:"不可能,你们怎么会驯蛇?"

当然没有人回答他,因为鬼眼七的表现令人叫绝,他在多宝格里发现一支竖笛,其实这是一支碧玉斑笛,多用于南方的昆曲,管身粗长,音色淳厚,讲究运气和力度的变化。

张思翰见鬼眼七吹得有模有样,他又发现了老七的一大长处,没想到他对音乐有着独特的天赋。

蛇群一乱,张思翰觉得机会来了,他向麻六九一使眼色,两个人各自抄起一只椅子,向外面摸去,好在蛇群被笛声扰乱,张思翰和麻六九加着万分小心,居然摸出门去,不曾受到毒蛇的攻击,他们两个来到一扇铁门前,辛德略带沉闷的声音就是从里面发出来的。

麻六九向张思翰一摆手,意思是我先进,你随后跟上,要防备辛德的手中有武器。他一脚踢开门,先停顿了两三秒,然后一个箭步蹿进去,张思翰跟在后面,室内的情形令人吃惊,两个女子已经脸孔乌黑地倒在地上,好像是被毒蛇咬死的,一条卢氏蝮蛇在地上盘旋着,直立起身体,正准备对最后一个女子发动攻击,那个美丽的女子睁着一双大眼睛,好似惊恐万状。

麻六九和张思翰的身形立刻分开,毒蛇有点迷惑,出现了三个可以攻击的目标，在迟疑中，它如闪电一般，选择了攻击后者，朝张思翰咬来，张思翰抡起椅子猛地拍下，但是那蛇异常机警，唰地一闪，倒把张思翰弄了人仰马翻。毒蛇一扭身，咬向张思翰大腿。

刀光一闪！

毒蛇被截为两断。

正是那把大横宝刀，辛德仓皇逃窜的时候没有带走这把刀，于是到了麻六九手中，千年之后，这把宝刀依旧吹发可断，削铁如泥。

二十九　继续谋杀

张思翰追问那个女子:"你叫什么名字?"

"雪儿。"

"辛德在哪儿?"麻六九问。

雪儿指了指另一扇虚掩的房门。

宝刀在手,麻六九胆气豪壮,闪电一般撞开房门,冲到走廊上,忽然发现一扇白色的不锈钢铁门,那应该是一架电梯入口,旁边嵌着一块电子显示屏,红色的数字不停地变换闪烁。麻六九气得一跺脚,愤懑地骂了一句:"妈的,这小子溜得比兔子还快。"

电子屏幕上的数字闪烁了几次之后,又返回来,张思翰和麻六九正在纳闷儿,电梯丁零一响,铁门倏地张开,辛德像一摊烂泥一样倒在电梯里面,倒在一片红色的血泊中,死了。

张思翰迅速检查了辛德的尸体,咽喉受到致命一击,仿佛被匕首戳了一个大窟窿,不可遏止地流淌着乌黑的鲜血,但是,辛德的脸色平淡而安静,好不令人奇怪。

张思翰叹息地说:"是什么人下的手,如此狠辣?"

"追!"麻六九说,两人正想坐上电梯,飞快地升到地面。

张思翰却拽住了他,慎重地说:"等等,这个杀手神出鬼没,我觉得他和古玩店的杀手好像是同一个人,别中了圈套,救人要紧。"

麻六九点了点头,两人刚一转身,砰!一团气浪将两个人震得飞了起来,刚好鬼眼七要从里面出来,麻六九撞在鬼眼七的身体上,两个人滚了进去。张思翰撞在石壁上,差点儿昏迷,他望着电梯的铁门已经变形,爆炸燃烧的火苗并没有燃烧起来，电梯上面落下的沙石把燃烧的火苗扑灭，但是爆炸将通向地下秘窟的电路切断，四处一片漆黑。

黑暗中咔的一声脆响，好像有什么东西被打碎了，不祥的预感挑动着张思翰的每一根神经。他大叫一声："大家别乱动。"艰难地从地上爬起来，跌跌撞撞推开门，里面蹿起一道火光，鬼眼七手里拿着一个火把，他打碎一瓶酒，用餐巾做了一个简易的火把。

张思翰很紧张，他问鬼眼七："那些蛇还安静吗？"

鬼眼七说："都被锁在门外，异常的安静。"

何徽阳盯着鬼眼七手中的火把，火苗不时蹿动，她说："我们并没有与世隔绝，这里有通风口，我们或许可以顺着通风管道爬上去。"

众人开始寻找头上的通风管道，结果大失所望，通风口是找到了，但是只有胳膊粗细，或许变成老鼠才能爬得出去。麻六九又搜查了穆歌的衣服，什么都没找到。米莉询问那个叫雪儿的女子，问她知不知道如何走出秘窟。雪儿苍白着脸色说，她不知道这是什么地方，每次来的时候必须搜身，所有的通信工具都要留在上面，包括手机与笔记本电脑什么的，她对这个地方的了解，仅此而已。但是她提供了一个可喜的信息，她说这里可能有一个临时发电机，如果停电，可以用来备用照明。

张思翰很快找到了那个应急设备，推上闸门开关，密窟中暂时恢复了照明，但是这些电只能供应一段时间。所以大家暂且约定，要节约用电，只在客厅里照明。

米莉又问雪儿，为什么要到这里来。雪儿瞪着一双美丽的凤眼说，你不是来赚钱的吗，这里的男人很好骗，又很富有，只要你的技术好，那些男人大方得很。这一次，大家都懂了，雪儿说的技术是什么意思，她是一个混迹风尘的女子，她靠身体赚钱。

同雪儿在一起的两名女子已经被毒死了，不过却很漂亮，其中一个还有点白皮肤，高鼻梁，看样子是个混血。人和尸体是无法待在一起的，黑暗中有股毛骨悚然的感觉。张思翰和鬼眼七准备将尸体处理一下，然后再想办法离开。麻六九提议，要把阿梅雷特放出来，前提是，不准她骚扰张思翰。阿梅雷特说："张思翰是我的最爱，如果不能和他在一起，还不如待在里面算了。"

麻六九也无可奈何，等了好一会儿，张思翰和鬼眼七回来，麻六九怀疑地问："处理尸体用那么长时间？"

张思翰说："我们得把尸体埋起来，这里距离地面有五六层楼高，一时半会儿也出不去，尸体会很快散发臭味。"

鬼眼七说："从现在开始，我们还要节约粮食和用电。"

众人一找，除了一桌子菜，根本没有储存什么吃的，这些食物只能暂时填饱肚子，下一次就会断顿。众人都在房间里，无所事事，闷得无聊，鬼眼七把火把熄灭，这样可以节省燃料，穆歌在这里储存的都是好酒。鬼眼七弄了一瓶三十年的XO，虽然他不怎么会喝洋酒，不过糟蹋酒倒是没问题。趁着张思翰与何徽阳几个琢磨铭文字谜，他凑到雪儿身边问："妹妹，你多大了？"

"二十三。"

"挺漂亮的，是出国劳务吗？"

"嗯。"雪儿说，"出国的时候借了一大笔钱，出国以后我得拼命挣钱，一天打三份工，后来有个姐妹劝我，不如和她一起赚钱，不是职业的，就当找情人，或许能傍上有钱的大款。"

鬼眼七说："妹，你这条路没那么好走，不过你的运气还不错，做哥的情人，哥有钱。"

何徽阳在黑暗中听见鬼眼七的话，有点生气地说："这就是你的朋友。"

张思翰说："老七喝多了，别管他，等酒一醒，立刻恢复正常。"

何徽阳说："真受不了他。"

雪儿说："哥，你说的是真的？"

鬼眼七很直率，伸手抓住雪儿的小手，说："不瞒你说，哥犯过罪，我们是有缘人，哥要是没钱能来这个地方吗，等我们出去以后，哥养着你，不叫你受苦。"

雪儿说："哥，你要真是有情，就要尊重我，是不是。"

鬼眼七说："行，哥尊重你，哥还不知道你叫什么名字。"

"我叫米雪。"

鬼眼七说："这名字好听，和影视明星一样，我叫鬼眼七。"

"七哥，你是做啥的？"

"以前盗过墓，出来以后金盆洗手，哥的底子不干净，所以哥不嫌弃你，只要你能和我好好过日子，就成。"

两人越说越肉麻，何徽阳忍不住说道："你们两个想说悄悄话，是不是到一边去，影响大家破解谜题的心情。"

鬼眼七说："我就是说说，给大家解闷，我们被困在这里，很可能要化为尘土，很多想法说出来，心里痛快一下，不行吗？"

麻六九说："老七，这样影响不好。"

鬼眼七说："好吧，你们去弄那些破石头的秘密，我和这位姑娘谈谈心，在死亡之前，也好疯狂一下。"在黑暗中，他拉着雪儿的手，这个姑娘现在已是六神无主，只好听从鬼眼七的摆布，只要能活下去，她可不在乎付出什么。

米莉与何徽阳专心研究铭文的秘密，麻六九在琢磨穆歌的尸体，阿梅雷特躺在笼子里仿佛在熟睡，唯独张思翰对书架上摆放的几件宝贝感兴趣，两只唐代的步摇，一只有胡旋舞的浅浮雕的玉带板，一只明代的黄杨木笔筒，刀功精湛刻画细腻，都是漂亮的大开门作品。

两个人离开房间，来到漆黑的走廊上。雪儿轻轻地依偎进鬼眼七的怀里，说："七哥，我不想死，你一定要带我离开这里。"

鬼眼七把她搂进怀里，说："我们都会好好地活在这个世界上，但是你想出去，必须有代价，明白吗，这个世界需要我们付出代价。"

雪儿说："我明白你的意思，七哥。"

黑暗中传来轻微的衣服摩擦的声音，一对尖挺而饱满的乳房按摩着鬼眼七的胸口，鬼眼七有些头晕，接着一双柔软的胳膊缠住了鬼眼七的脖子，鬼眼七还没来得及反抗，一股幽香沁入鼻孔，然后是一条灵巧的舌头贴上他的嘴唇，鬼眼七狠狠地掐了自己一下，他有些意乱神迷。蓦地，雪儿发出一声尖叫，然后一头栽倒在他的怀里。

事情发生得太快，鬼眼七的头脑没法冷静，张思翰从房间里冲出来，看见两条卢氏大蝮蛇，仿佛在黑暗中露出诡异的笑容，鬼眼七说："别过来。"因为他熟悉蛇的进攻方式，这两条蛇弯起身体，这是凶猛进攻的前奏！

何徽阳说："麻队，展示一下你的身手。"麻六九手擎宝刀，冲了过来，在何徽阳面前，他不会放过任何一个表现英雄主义的机会。虽然如此，麻六九还加着小心，两条大蛇气势汹汹，放射着阴森而冷寂的目光。一条大蛇率先被刀光吸引，纵身朝麻六九小腿咬来。

刀光一闪！

麻六九的手稳，刀快，一刀下去，斩落一个蛇头。剩下那条大蛇见势不妙，倏地沿着墙壁逃走了。

麻六九纵身追去，想一刀结果那条毒蛇，但是拐角处惊现出十几条毒蛇，这些蛇仿佛受了魔咒一般，三四条毒蛇张开利齿，同时向麻六九身上咬来，麻六九顿时手忙脚乱，一把大刀舞得风雨不透，斩了好几条毒蛇的脑袋，那些蛇身兀自在地面扭曲着，情形甚是恐怖，后面又涌出一大批毒蛇，麻六九说："这些蛇疯了，大家都退回去。"

鬼眼七抱起雪儿，跑回到客厅，轻轻地放在沙发上，雪儿的小腿上黑紫一片，还有点水肿，人已经昏迷过去。鬼眼七似乎是位行家，他取过一把餐刀，用打火机在刀刃上消毒，然后在伤口部位划开一个十字形的伤口，接着附身吮吸伤口里的毒血，直到流出鲜血，为了防止吮吸毒血的时候中毒，鬼眼七一直是小心翼翼的，听见雪儿仿佛在梦中呻吟了一声，他才停止吮吸。

雪儿缓缓睁开眼睛："我是怎么了？"

鬼眼七说："你被毒蛇咬伤，现在已经没事了。"

雪儿说："谢谢你，七哥。"

外面，张思翰与麻六九正与毒蛇奋战，麻六九的刀法还真不错，张思翰手里没刀，只好弄了两瓶酒做了两枚燃烧弹，哪里蛇多他就往哪里投，火光一起，蛇群开始退缩。麻六九满头大汗地说："毒蛇太多，杀也杀不完，这里可能隐藏着好多蛇洞，我在这儿顶着，你回去仔细检查一下。"

张思翰迅速退回客厅，众人开始在房间里仔细寻找，翻箱倒柜的，蛇洞没找到，等推开书柜，却有了意外的收获。书柜后的整面石壁上彩绘着一幅精彩的壁画。

张思翰说："这是箜篌飞天，是

敦煌莫高窟箜篌飞天

敦煌莫高窟里的壁画，是祭祀前的一种活动，《隋书》上有记载，躬自鼓舞，以事胡天。"

鬼眼七盯着壁画，面露喜色地说："这张壁画有自己独特的地方，你们难道没有发现，为什么会隐藏在书柜之后？"

张思翰用手摸索墙壁，居然在墙壁上摸到一弯连珠似的小孔。

这一发现，令人振奋。何徽阳欢喜地说："这些小孔肯定是机关，可是如何才能开启呢？"

这个时候，麻六九在那边顶不住了，他怪叫了一声，杀了一条大蛇，然后抽身跑了回来，众人把房门迅速关闭，这下可好，客厅前后都被蛇群围困，真正成了一个封闭的空间。

麻六九恢复了些气力，趴在小孔上看了半天，琢磨着把手指伸进去摸摸，何徽阳对他说："你傻呀，要是里面有蛇咬你一口，怎么办。"

麻六九嘿嘿地笑了，这个美女博士终于开始关心自己了，看来自己还要多加把劲，他没有张思翰的学识，没有鬼眼七的精灵古怪，他只有用闯劲和勇气来征服这个女博士的心。

张思翰说："我有点明白了，壁画是一种暗示，古代的胡人精通乐律，这几个小孔肯定和某种乐器有关。"

鬼眼七解释说："乐器是钥匙，能打开这个机关。"

众人一听，纷纷去书架上寻找乐器，麻六九先找到一支箜篌，拿给鬼眼七看，鬼眼七说："这玩意儿和画上的倒是一样，不过，插不进那些小孔，白搭。"

麻六九转眼一看，何徽阳的目标很明确，她找到一支排箫，递给张思翰。张思翰大喜，点了点头，说："一定是这个东西。"他站在墙壁前，用力将排箫向那一弯小孔中按去，结果严丝合缝，彩绘墙壁悄然闪开，露出一条漆黑的暗道。

众人大喜，鬼眼七背起雪儿就要冲出去，张思翰说了声"等等"，他来到笼子前，打开笼子，把阿梅雷特搀扶出来，阿梅雷特说："你这个小白脸，心肠还不算坏，我会记着你的。"

张思翰说："拉倒吧，只要你不害我，我就阿弥陀佛了。"

阿梅雷特娇嗔地说："想害你的人又不是我。"

大家相互携持，走进暗道，小心翼翼地盘旋而上，居然再也没有遇到什危险，暗道的尽头是一面墙壁，机关更简单，在暗门旁有一个铜制把手，轻轻一拨，暗门打开，众人出了暗道，走进一个大房间，这里是一家酒店的包间，有好几个喝得醉醺醺的印度男人，这几个家伙吓得不轻，哇啦哇啦地大叫起来，想要报警，忽然从外面走进来一个穿着制服的服务生，他很快平复了这场骚乱。

张思翰没见过此人，但是鬼眼七忽然愣住，因为鬼眼七和麻六九都在文震邦家里见过这个人——小三，是个瘾君子。

鬼眼七说："怎么是你？"

小三满脸笑容地说："你们什么都别问我，我什么都不知道，我只是奉命行事。"

麻六九问："究竟发生了什么？"

小三脸色苍白："我不知道发生了什么，我只是为了保住这条小命，请你们跟我走，张先生，有人正在等你。"

众人出了酒店，依然是那条繁华的大街，古井前还有很多僧众在膜拜，似乎根本不知道井下发生的玄机。在车上，麻六九问："谁能告诉我，我们要去什么地方？"

没人回答，都在沉默中思考，或许这将是一次不同寻常的探险，伴随着一层层的谜团和死亡。

三十　隐情

时至今日，也依然有人难以相信，在孟买的一条陋巷里，建筑着一座具有中华特色的古宅，琉璃飞檐，碧瓦白墙。黎明时分，古宅里亮起了灯光，一盏昏黄的油灯。柔和的灯光仿佛是时间的催化剂，在夜色的浸泡下，透射着点点寂寞，一面古兽琉璃影壁墙，挥发出一种诡异的气氛。出租车停在院门前，两只小猴正沿着墙脊，前来偷窃主人的食物。张思翰一行人下车，小三上前扣动古老的门环，清脆如玉石地撞击。

院门无风自开，走出一位头发花白的老者，这个人面带微笑，双眼如电，穿着一身藏青色的长袍马褂，朗朗地笑道："张思翰，你还好吗？"

张思翰说："你也好，康老先生，想不到我们会在这里相见。"

"请进。"老者客气地说，转身入内。

众人跟在后面，米莉悄声问："思翰，你认识他？"

张思翰说："有过一面之缘，在厨艺雕刻大赛上，有个评委号称大明宫廷御厨后裔，名字叫作康承艺，就是这位老先生。"

众人吃惊地看着康承艺，身材挺拔犹如一棵古松，留着一缕洁白通透的胡须，长长的指甲挺拔晶莹，仿佛一位世外仙人。

走到正厅，康老先生走到一张松木八仙桌前坐下，仿佛心不在焉。桌上放着一盏茶，一碟点心，一个黑色鸟笼。屋檐上方挂着一个精致鸟笼，制作异常精美，笼架、笼圈、笼条、笼门全是乌木制成，纯金锻造的笼钩熠熠生辉，托粪板上很干净，光华可鉴，连一粒鸟粪都没有。栖木上卧着一只白鸽，浑身的羽毛洁白如雪！

麻六九问："老先生，你喜欢养鸽子？"

康承艺说:"喜欢,因为鸽子最通人性,它是和平的使者。"

鬼眼七盯着鸽子的眼神细瞧,鸽子的神情忽然被凝固,发出咕咕的低吼,瞳孔中放射出一股凌厉的杀气,令人不寒而栗!

"大家坐吧,你们中好像有个人受伤了,让我瞧瞧。"康承艺来到雪儿面前,看见她腿上的伤口,不禁惊讶地说,"这是被蛇咬的,诗卿,你快来瞧瞧这位姑娘的伤势。"

后院有人应了一声,接着走进一个穿白袍的年轻女子,戴着黑色面纱,行踪异常古怪,经过张思翰、麻六九、鬼眼七面前的时候,一阵女子的体香如梦似幻地钻进三人的鼻孔,张思翰从没有闻过这么好闻的味道,他立刻对这个叫诗卿的神秘女子产生了一股爱慕的情绪,这种情绪有些令人无法自拔。

诗卿查看了一下雪儿的伤势,点手唤过小三,要他扶起雪儿去后堂治伤,鬼眼七有些不放心,跟着小三扶起雪儿向后堂走去。张思翰轻松下来,他让大家围着那张大桌落座。麻六九的警惕性却一点也没放松,刀还在他手上,他用破布把刀裹了起来,觉得古宅之内处处透着古怪的气氛。

康承艺提起桌上的茶壶,给每个人倒了一杯茶,缓缓说道:"你们一定很奇怪,此时此刻,我为什么会出现在这里。"

张思翰说:"因为,穆歌是你的人,你派小三在上面接应我们,而且你是中华厨艺大赛的三大评委之一,曹水烟和伊儿汗都亮过相了,你想隐藏,隐藏得了吗?"

麻六九肯定地说:"这个什么中华厨艺大赛,我从来就没听说过,肯定是非法组织,带有黑社会性质。"何徽阳在桌下用胳膊拐了麻六九一下,意思是,不要乱说话,尤其是官话。麻六九也意识到了,但他不知该如何扭转话题,立刻闭嘴不语。

何徽阳问:"康老先生,也是这个组织里的重要成员吧?"

康承艺沉吟了一下:"可以这样说,但是我和他们不同,对于打打杀杀,争夺莫须有的宝藏,或者阿胡拉神冠,我没有那么大的兴趣,各位可以安心在此居住,过几天,我安排几位回家。"

麻六九简直激动得要跳起来,但是张思翰一点也没惊喜,他说:"就这么简单,我不相信,有什么条件?"

康承艺说:"条件只有一个,把你见过的石头上的字迹忘掉。"

米莉忍不住说道:"这位老先生很有意思,很多人对铭文的秘密梦寐以求,你却要严守这个秘密,真是古怪。"

康承艺说:"人一上了年纪,其实对于各种精灵古怪的事情更偏于好奇,不过我还有一个更大的嗜好。"

"是什么?"何徽阳问。

康承艺说:"怕死,怕自己衰老,然后死亡,更害怕看见身边的人死亡,尤其是亲人,那是揪心之痛。"

张思翰说:"我能理解你的心情,二十年前那次探险中,我只听说文家、米家、曹家,都有死伤,这里面没有康姓。"

康承艺冷冷地说:"你听的故事是谁告诉你的,是文震邦,还是曹水烟?张思翰,你是学考古的,应该明白不能偏听一家之词,文米曹三家的死都和那个该死的诅咒有关,他们的死怨不得别人,你们知道那个邪恶诅咒吗,每当有人触及阿胡拉神冠的秘密时,那个诅咒就会应验。"

何徽阳说:"凡得此宝者,不生虚妄之心,不生贪婪之念,否则,父子相仇,夫妻相残,兄弟相恶,朋友相恨,穷凶极恶,断子绝孙!"

康承艺说:"没错,这个诅咒的实质就是,当有人觊觎宝贝的时候,一定要死人,当年安禄山和史思明不就是死在自己儿子的手上,你们当中或许有人在想,那个诅咒真的存在吗,我告诉你,阿胡拉神冠只有圣者才能拥有,心怀叵测者只能引来杀身之祸。"

张思翰说:"你还没有给我们讲讲,二十年前的那次探险,我想一定和你有关系。"

"你真想知道?"康承艺细眯着眼睛问。

张思翰说:"是啊,追求事实的真相,我至少要知道我师傅是怎么死的。"

康承艺说:"他们遗忘了一些故事,更遗忘了在故事中的两个人物。"

张思翰说:"是那两个向导吗?"

康承艺说:"没错,当年我和我侄子生活在塔里木河下游的一个小村,忽然有一天,山羊胡来找我。"

张思翰说:"请等一下,这个山羊胡究竟是什么人?文震邦的故事里也提到过这个人。"

康承艺说:"我不清楚,感觉他是个新疆人,也有点中印混血,我们的生活很穷困,他给了我们一大笔钱,让我们帮助他做向导,我和侄儿很爽快地答应下来,山羊胡说,这些人都是发疯的寻宝者,只要带他们到大漠里转转,我们还会有钱可拿,于是我们整理行囊立刻出发。"

张思翰说:"最后,你们终于找到了一些东西,对吗?"

康承艺说:"我们在山羊胡的带领下,找到了所谓的且末古城的遗址,我们在这些疯狂男女的指点下,开始疯狂挖掘,我们以为只是好玩,但是后来,我们的用水已经有些不够。我对山羊胡说,要取消这次探险活动。但是文震邦的儿子忽然有了极大收获:一具掩埋在沙漠里的干尸。天宇把这具尸体挖出来的时候,我和侄子非常吃惊,因为尸体颜面干枯,可是衣裳还保存得比较完整,基本没有腐烂。他身穿白衣,腰上别着珠宝镶嵌的匕首。这个人曾在我们村子里出现过,大概是两年以前,曾经有一队探险者进过我们村子,补充食水,我见过这个人。但是这些人离开以后再也没有出现过,我觉得事情好像没有那么简单,死者的突然出现是一个凶兆。因此,我和侄子就想离开,但是探险队有了惊人的发现,他们发现了一些遗址。可是我觉得这里面有些问题,恰好在我们要放弃的时候,怎么就会有所发现呢?我们在一口古井里发现了封存完好的石头,还有两具遗骸,一扇暗门。那是通向一个地下宫殿的大门,宫殿有一座祭台,还有令人眼花的珍宝。"

张思翰说:"等等,文震邦给我讲这个故事的时候,并没有提到珍宝,他说只找到一些碎片之类的东西。"

康承艺说:"他怎么好意思告诉你呢。"他用手指敲击着桌面,愤怒地说:"如果什么都没有发现,文震邦的万贯家业又是从何而来,这位朋友手里的大横宝刀又从何而来。"

麻六九不由自主地抚摸了一下大横宝刀。张思翰说:"康老先生的意思是,文震邦向我隐瞒了一些事实。"

康承艺说:"没错,我们进入神殿后,大家都被那些珍宝迷惑了,不知道是谁触动了神殿里的机关,祭台上燃烧起冲天大火,大火把我们包围的时候,我和侄子见势不妙,飞快地冲出了宫殿。"

张思翰说:"康老先生,文老爷子在讲述这段过程的时候,他说两个向导抢先溜走了,恐怕这里面有些误会吧。"

康承艺脸上一红,说:"我们都是些小人物,那是逃生的本能,我和侄子吓坏了,逃出神殿以后,我们躲在沙丘后观望动静。"

张思翰又说:"你们两个先逃走了,还带走了一部分珍宝,对不对?"

康承艺忍不住舔了一下发干的嘴唇,对张思翰的推测,他并不否认,淡淡地说:"康家也死了一条命,我得到的不过是微乎其微。我和侄子逃出神殿以后,并没有走出很远,而是藏在一片沙丘之后。我们赶走几匹骆驼,抢了几件珍宝,一大部分还留在那里。当时我们打定主意,山羊胡没有出来,我们是唯一的向导。如果这些人在沙漠里迷路,我们这样做也不属于谋财害命。所以我们偷偷地跟踪他们,他们则一无所知。"

众人听到这里,忽然感觉康承艺的形象猥琐了许多,一个神秘老人变成了贪婪小人,这简直是挑战众人的神经。

张思翰问:"跟踪的时候,你们发现更为古怪的事,曹北山被高烧折磨,他的两个儿子抛弃了他,都是诅咒在作祟。"

"不。"康承艺阴森森地说,"怪力乱神的东西,我从没有相信过,曹北山的高烧另有隐情!"

正当众人听得如饥似渴的时候,康承艺将话题一收,笑眯眯地说:"朋友们,该去后院看你们的朋友了,我要休息一下,等到明天,你们再接着听我的故事好啦。"

米莉急着想听完这个故事,但是张思翰向她使了个眼色,众人起身,跟着张思翰走向后院。

众人出了大堂后门,沿着一条回廊,穿过一个月亮角门,走进一间宽敞院落。映入众人眼帘的是一座闪闪发光的圆形玻璃屋,大概有四十平方米,全是用厚厚的玻璃砖镶嵌,地基是长条青石,玻璃屋的两侧挖有排水暗沟。张思翰走到青石地基前,发现玻璃屋正门前,左右两侧探着两只趴蝮,嘴里有孔,用于排水。他用手敲了敲青石地基,发出空洞沉闷的声音,仿佛是一种悠久岁月的回响。

"秦砖,里面是中空的,一听声音我就能判断出来,究竟是秦砖还是汉瓦。"鬼眼七说，他从玻璃屋里面走出来，带着少许的苍白笑容。

张思翰问："雪儿好点了吗？"

鬼眼七一伸大拇指："这位诗卿，真是再世女华佗。"

张思翰一愣，能受到鬼眼七夸赞的人很少，女人就更少，这个脸上蒙着面纱的女人，比康承艺更为神秘，她是康承艺的亲人吗，这些问号充斥着张思翰的脑袋。

他们走进了玻璃屋，想向诗卿表示感谢。进到里面才觉异香扑鼻，里面竟然是一间花房。大大小小的青瓷花盆里盛开着奇花异草，姹紫嫣红，很多都是没有见过的，根本叫不出名字。

何徽阳说："玉米，这里的花草都是珍稀品种，我们可是要大饱眼福呢。"

米莉说："好香。"

众人看见雪儿正半躺在一张椅子上，腿上的伤口已经包扎好了，她赞美地说："这位姐姐很了不起，她用草药给我治伤。"

何徽阳说："这个花圃很不寻常，积天下之珍奇异卉，芬芳馥郁，无所不有。"

麻六九忍不住打了一个喷嚏，他的鼻子对花粉有点过敏，此刻引起连锁反应，嗓子发干，呼吸紧促，只好抱着宝刀退出玻璃花房。张思翰不仅喜欢花花草草，更喜欢盛着花草的盆盆罐罐，他走过去抱起一个花盆来看，忽听花丛后响起一个柔美的声音："不要碰到天使水仙，它会致命。"

张思翰循声一望，彼此的内心都是一动，花丛后站起那个美丽的少女，她的脸蒙着薄薄面纱，但是精致的五官给人以无限的遐想，美丽得如同出水芙蓉，浑身散发着一种牡丹的高贵，两只眼睛宛如梦幻里飘浮的星光，明亮而神采奕奕。诗卿从花丛后面钻出来，白色的长袍仿佛幽雅的云朵，拿着一把金光闪闪的小铲子，还有一把小剪刀，额头渗出细密的香汗，浑身闪耀着华美的气质，百花丛中楚楚动人。

张思翰问："你是诗卿？"

"没错。"她摘下雪白的手套，伸出纤纤素手把张思翰手里的花盆接过来，像照顾一个熟睡中的婴儿，小心翼翼放回原处，慎重地说："天使水仙是杂交的剧毒植物，虽然它很美，但你若是碰到它的花蕊，会全身麻痹，在三分钟之内一命呜呼。"她的声音很好听，虽然是一种警告，也宛如天籁。鬼眼七看了看张思翰，诗卿的脸上还带着浅浅的笑，不知道她的话是故弄玄虚，还是耸人听闻。

张思翰看着天使水仙翠绿的长叶，雪白的花瓣，一团含苞待放的紫色花蕊，说："天使水仙，这么美的名字，原来是一种剧毒的花？"

诗卿说："很多美丽的东西，都带有毒性，人也是一样。"

张思翰问："康老先生是你爷爷？"

诗卿有些诧异，说："他是我爸爸。"

爸爸！

张思翰凝视着诗卿眼神里的目光："别开玩笑了，他那么老，你这样年轻，他会是你爸爸？"

"没和你开玩笑，这样的玩笑有意思吗？"

张思翰被诗卿说得满脸通红，他不该无端怀疑人家，因为诗卿的话，听起来没有半点谎言的成分。他说："不好意思。"

诗卿盯着张思翰，反问："你不是一个考古学家吗，你的态度应该认真而慎重。"

张思翰说："可是，我得学会调节自己，不然的话，怎么进行那项枯燥而烦琐的工作，又苦又累。"

诗卿说："想不到鼎鼎大名的张思翰，还是一个油嘴滑舌的家伙。"她这样说着，却没放下手里的工作，从口袋里取出一只精巧的银盒，打开盒子，里面放着一枚小小的针管，她捏着针管对准一朵奇花的叶瓣，一针扎了下去，银针刺进叶脉，她的动作小心而谨慎，抽出一管透明的汁液。

张思翰问："这是什么？"

"剧毒，只要针尖那么大，就能致人死命的剧毒，但是它还有另一种用处，培养抗毒血清。"

张思翰问："跟蛇毒相似吗？"

诗卿说："差不多。"她似乎忘记了众人的存在，转身走到一台显微镜下。将针管里的毒素滴到载玻片上观察，她的神情十分专注，接着说："我需要一滴新鲜血液，把你的手伸出来。"张思翰不知道她要做什么，但是那个女子的手摸到他的耳朵时,他感觉全身好似被一种巨大的幸福覆盖,诗卿用一根消毒的银针,在张思翰的耳朵上一刺,此刻更加贴近诗卿的脸,张思翰想看清楚她的面容,那绝对是一张可以让任何男人俯首称臣的,绝色倾城的脸。

更令人惊奇的是,张思翰看见自己的血被混进那滴毒素,鲜红的颜色立刻变得浑浊,深红。诗卿饶有兴趣地说:"花草的毒性像自然界里的磁场一样,同性相斥,异性相吸,很有意思。"

绝世美貌的女子谈论起人间剧毒如同家常便饭,而她的气质又不像是大奸大恶之辈,真是令人匪夷所思。

何徽阳好奇地指着一株白色球状的小花穗问:"这是什么花?"

诗卿说:"断肠草,你没听过吗,世界十大毒草之一。"

张思翰对这些花花草草有了些兴趣,低头看见一个青花小罐内养着一簇植物,盛开着两朵粉红小花,如红缎一般漂亮,他说:"两朵红花肯定是剧毒之物,否则的话,不会用这种道光青花罐来栽培,宝剑送与壮士,红粉赠予佳人,嘉道青花瓷算是晚清没落的瓷器贵族,这件小罐的釉面清淡稀薄,与这两朵红花的妩媚娇艳,正是相得益彰,一淡一浓,好看。"

诗卿看了他一眼:"你也懂花,这是彼岸花,花如龙爪,红色的这种叫作曼珠沙华,具有神经毒素,能麻痹人体知觉,重者死亡,不过科学家正在研究,提取它的生物碱,用于抗癌!"

张思翰笑了:"老七,毒花很美,也并不可怕。"

鬼眼七意味深长地看了他一眼,意思是,你是说花,还是人?两个人相视一笑。

三十一 恐怖雨夜

古宅里弥漫着神秘而阴冷的气息。到了傍晚，康承艺还没有出现，众人离开玻璃花房，回到大厅以后，那个绝色女子再没出现过，或者她喜欢终日与那些剧毒花草为伴。小三倒是手脚勤快，给众人布置房间，脸上带着服务员式的微笑，但是毒瘾一犯，他立刻原形毕露，鼻涕眼泪的憔悴，赶快跑回房间去吞云吐雾。麻六九笑着说："小三，你有多大，看你也就三十多，不过从脸上的皱纹看，像个老头，再吸的话，估计你就该入土为安了。"小三耸了耸肩，全当耳边风。

晚饭是一顿丰盛的大餐。全部由小三一个人主持。然后是闲聊，直到星星眨眼，大家困倦，分头睡去。

子夜时分，窗外下起了瓢泼大雨，电闪雷鸣。一道黑影掠进张思翰的房间，竟然是鬼眼七。他向张思翰打了一个手势，张思翰盯着老七，觉得有事发生，因为老七的全身湿透，雨水顺着裤脚流成一道水线。

张思翰跟在老七身后，两个人悄悄出了房间，穿过长廊向古宅深处潜行。来到一处小屋前，鬼眼七停下脚步，前面的窗口还亮着灯光，康承艺站在屋檐前，倦意全无，他的眼睛盯着茫茫雨雾，仿佛大雨里寄宿着某种阴沉的回忆。

张思翰和鬼眼七贴在回廊一角，静静地窥视。对面是一扇门，沧桑的星辰已被幽深的大雨淹没。康承艺的脸色死气沉沉。

十几分钟之后，院门悄悄地开了，有条蛇一样的人影钻了进来，他的脸罩在黑色的蒙面巾下，蜿蜒如蛇，一步三探地走到屋檐下，咻咻笑道："老鬼？你还没有死？"

康承艺说："我还好。"他的手将挂在廊檐下的鸽子笼提了起来，抚摸着鸽笼，仿佛爱不释手。

来人说："老鬼，多年不见，你的嗜好一点都没变。"

康承艺说："江山易改，本性难移。"

来人笑着说："好久不见了，你丝毫不懂得待客之道啊。"

康承艺说："我知道你要来，已经给你准备好了。"说完，他做了一个有请的手势，来人跟着他走进小屋。

鬼眼七拍了拍张思翰的肩头，两个人悄然靠近小屋，摸到窗下，只听来人说："公主还好吗？"

康承艺说："很好，你不是见过她了？"

来人说："但是，我不是为了公主而来的。"

康承艺说："你想要什么，我很清楚，但是阿胡拉神冠并不在我的手上。"

来人说："老鬼，不要敬酒不吃吃罚酒，我已经打探清楚，文震邦、曹水烟、伊儿汗全都栽在你的手上，至今下落不明，难道不是你在搞鬼，现在张思翰几个落在你的手上，你又怎么解释？"

康承艺说："如果我不插手，他们全都得死，自相残杀，有意思吗？"

来人说："现在被你一个人杀，更有意思，难道你想独霸阿胡拉神冠吗？"

康承艺冷哼一声，说："阿胡拉神冠？那只是一个传说，我不相信传说，即使找到神冠，就会得到至尊的权力和财富吗，别忘了那个诅咒，只怕你有命拿，没命享受。"

张思翰和鬼眼七听到这里，才知道被康承艺欺骗了，二十年前，他并不是什么无辜贪婪的向导，他和整件事有密切的关系，而且，他可能是一位重要人物。

来人说："那个诅咒，你去骗鬼，当年在大摸探险中，文曹米三家死伤不轻，至今还是个谜，但是现在回想起来，你的嫌疑最大。"

康承艺说："你说得够多了，喝杯茶解解渴。"

来人沉吟了一下："老鬼，你不会在茶里放药吧。"

"我有那么卑鄙吗？"

来人说："我不得不防，近些年来，你在世界各地举办所谓的厨艺大赛，网罗各色人才，真是用心良苦啊，不过，那件宝物，你已经霸占了上百年，该交出来了吧？"

"好，东西藏在卧室正中的地砖下面，你自己去取。"

康承艺说着，伸手把黑色大绒的鸟笼衣慢慢揭开，把笼子门一抽，里面的鸽子扑地振翅高飞，蹿进雨夜。

来人猛然从口袋里掏出一把尖刀，蹿到康承艺面前说："老鬼，交出宝物，我以袄教大穆护的身份命令你！"

老者淡淡地说："袄教早已经名存实亡了，现在都是些为了名利斗得你死我活的家伙，你的眼神中杀意毕见，无论什么结局，我都必死，你想杀我，是不是？"

来人嘿嘿一笑，双眼如同猫头鹰一样阴鸷，伸手掐住了康承艺的脖子，沉声说道："不交出宝物，你只有死路一条！"

康承艺没有反抗，鸟笼在他的手里沉甸甸的。来人抓起康承艺的手，康承艺的动作之快出乎来人意料，他向后一闪，来人扑了一空，刀锋咔的一声，刺在桌面上，而康承艺一挥手，动作娴熟如同行云流水，鸟笼竟然悄无声息地扣在来人的脑袋上。

张思翰和鬼眼七蹲在窗下，听见屋子里打了起来，两人正想进去劝解，抬头一看，全身发麻，一股凉意直透脊背，屋子里站着一具男尸，鲜红的血迹染红了黑色笼衣。两人把身体一矮，大气也不敢出，在杀气的吹拂下，夜色更深，血色更浓。尸身噗地栽倒在地，映着一缕苍白的月光，头颅已经不翼而飞！

院门砰砰砰响了三下，听起来惊心动魄，又有人来拜访，康承艺双眉一皱，迈步出房，从门后抄起一把油纸伞，向院门前走去。

张思翰和鬼眼七趁机向屋后转去，鬼眼七低声说："思翰，这个老头会邪术吗，杀人不留头。"

张思翰说："你知道什么，那个头留在鸟笼里。"

两个人藏在屋后，继续向外面窥视。

屋檐下飘过一丝雾气，瓦片流下的雨珠被杀气一破两半。康承艺的脸色像石头一样僵硬，眼珠不停地旋转。门前伫立着一个人影，半明半暗的灯光把这个人一身古怪的灰白装束闪映得苍白而诡异。

鬼眼七在张思翰耳边轻声说："鱼皮衣。"

鱼皮衣就是用鱼皮制作的衣裳，是赫哲族人的传统服装，制作烦琐，鞣制技艺堪称一绝，穿在身上防水保暖，所用鱼料需用十斤以上的大鱼，所以现在没人再穿这种衣服，制作技艺也渐渐湮没，只有在博物馆里才能够见到它的踪迹。

这是一件很特别的鱼皮衣，鱼腥味还没有散尽，一股鲜血的味道在雨中扩散，鱼皮上的花纹闪动暗红发亮的光泽，全身包裹得异常严密，连头裹住，只露出一双灰白色的眼珠。

看见鸟笼，张思翰有种头痛如裂的感觉，似曾相识，脖子后面吹起一股刀锋般的凉气。

鱼皮人轻轻地问道："事情还算顺利吗？"

康承艺说："你去处理一下。"手腕一翻，嗖地将笼衣掀起，血腥的气息倏地从笼子里蹿了出来，笼子里没鸟，是一些红色胡须，粘连着一颗血肉模糊的脑袋！

闪电刺破夜空，鬼眼七的身体剧烈地颤抖了一下，他从没见过如此血腥的场面。康承艺摆了摆手，将鸟笼交给鱼皮人，浑身好似有股说不出的疲倦。鱼皮人接过鸟笼，放下笼衣，淅淅沥沥的雨水流过黑色笼衣滴落在地，浑浊成一片深红的颜色！

鱼皮人提着鸟笼像轻烟一般消失在雨雾里，从鸟笼里流出的血迹混合在雨水中，汩汩地冒着鲜红的泡泡。

张思翰与鬼眼七浑身如置冰窖，只有一丝丝钻心的寒冷！

鬼眼七低声说道："鸟笼是一件杀人的武器。"

"血滴子。"张思翰说，"你听过血滴子的传说吗？"

鬼眼七说："没。"

张思翰说："一定是血滴子，想不到传说中的血滴子真的存在。"

康承艺缓缓走回来，将油纸伞一收，用鼻子轻轻一哼，在屋檐下说道："血滴子是大清王朝的绝密武器，早在明朝以前已经具有雏形，现在你们看到的鸟笼血滴子更具有隐蔽性和杀伤力，而它的毒性也比从前厉害百倍！"

话音未落，张思翰和鬼眼七闻见一股刺鼻的腥臭，从屋檐下淡淡的雨雾里散发出来，两人凝目注视，雨水中有一只耳朵，好像是鸟笼中掉落下来的，开始腐烂发臭，连脆骨都在腐烂成泥。鬼眼七虽然不是用毒的行家，但知道能让尸体如此快速地腐蚀成了一堆骨头渣滓，只有剧毒之物！

康承艺说："你们两个进来吧，血滴子不仅仅是一件普通的武器，它还是一种剧毒无比的暗器，一被血滴子罩住，必死无疑！"

张思翰和鬼眼七站起身来。张思翰说："康老先生好本事。"

康承艺说："真正有本事的是张思翰，这么多人都围着你转，或许只有你能破解阿胡拉神冠的秘密。"

两人一前一后地走进小屋，发现这里其实是一间书房，书架上摆着一些古籍和抄本。张思翰说："关于血滴子，我还以为只是传说，鸟笼的托粪板很厚，里面一定装置了很精巧的机关。"

鬼眼七接着说："让尸体快速腐烂的剧毒你们是怎么提炼的，是不是一种蛇毒？"

张思翰和鬼眼七面对着一具无头尸体，毫无惧色，谈笑自若。康承艺也仿佛兴趣十足，如数家珍地讲道："此种剧毒是数种毒物的混合，大清皇帝雍正即位后不久，曾下了一道密旨给广西巡抚李绂，密旨上说，近闻贵州诸苗之中，獞苗之弩最毒，有两种药：一种草药，一种蛇药。草药虽毒，熬成两个月之后，即出气不灵，蛇药熬成，数年可用，但单用蛇汁，其药只能溃烂，仍有治蛇之药可医，更有一种蛮药，其名曰撒，配入蛇汁熬箭，其毒遍处周流，始不可治，后来雍正派人寻访，在广西泗城土府得到此物，重金买下，配置出此种剧毒，涂抹于血滴子利刃之上，一沾血迹，便无药可救。"

鬼眼七说："炼制的配方，你是怎么得到的？"

康承艺神秘一笑："这本来就是我的家传绝技。"

张思翰说："明白了，你的祖上是专搞暗杀的血滴子。"

"所以，我才叫你们遗忘阿胡拉神冠的秘密，而且故意叫你们看到我用血滴子杀人。"康承艺顿了一下，好让张思翰和鬼眼七回味血滴子的威力，然后他说，"我把这血滴子的力量展示给你们，是叫你们明白，凡是被我盯上的人，只有乖乖地听从我的摆布，否则的话，睡觉的时候，需要警觉一点，不然丢了脑袋，再没法找回来！"

张思翰说："你的意思？"

康承艺说："从哪里来，回哪里去，忘了阿胡拉神冠，还有之前所发生的一切，把这段旅程当成你人生中的一段空白。"

鬼眼七说："发生了这么多事，我不可能忘记。"

张思翰说："忘不忘得了倒没有什么，最可怕的是，我们不能对着一具尸体说话。"

康承艺说："麻烦二位将尸体抬到后花园，这是极好的花肥。"

张思翰和鬼眼七立刻有种大跌眼镜的感觉，难道那个玻璃花房的下面，埋藏的都是尸体？

鬼眼七本想不干，但是张思翰已经来到尸体旁，他向老七招了招手，鬼眼七嘟囔了一句，无可奈何地抬起尸体，跟着康承艺出了书房，向玻璃花房走来，外面的雨变得淅淅沥沥。两人在黑暗中走着，眼看玻璃花房里亮起一盏朦胧的灯光，康承艺把花房的门打开，提着两把锄头，告诉张思翰埋好尸体，再回书房谈话，他会继续讲述那次沙漠探险的故事。

玻璃花房里的异香掩盖了尸体的腥味，鬼眼七在一处空地上挖了个坑，却看见张思翰把尸体的衣服脱了，正在检查尸身。他说："张思翰，快过来帮忙，你在寻找什么？"

张思翰说："康承艺为什么要拿走头颅，你想过没有，他为什么要让我们忘记神冠的秘密，而不是千方百计地寻找神冠。"

鬼眼七说："刚才不是偷听到了，这个尸体说，康老头已经得到了神冠吗，不知道是真是假，至于他拿走头颅，是不想叫人认出这尸体吧。"

张思翰说："我觉得不是，那颗头不是去毁灭，而是去传递什么信息，你以为呢？"

鬼眼七说："难道是为了吓唬人，这种可能性最大。"

张思翰说："没错，就是为了恫吓寻找神冠的人。"

鬼眼七说："你想在尸体上查找线索吗？"

张思翰说："什么都没有找到，还是将他埋葬了吧，入土为安。"

两人搬起尸体丢进大坑，然后用土掩埋好，经过这一大气忙活，两人很是疲惫，这个时候，玻璃花房的门悄然推开，走出一个穿着睡袍的女子，她吃惊地看着他们两个人问:"你们到这里来做什么?不要碰坏了我的花。"

张思翰和鬼眼七转脸一看,诗卿站在玻璃花房外面,她的脸精致绝美,虽然带着一脸的嗔怒与责怪之色,却还是令人怦然心动。她穿着一件丝质睡衣,肌肤白如羊脂,一双白玉似的小脚藏在一双鱼嘴拖鞋里,露着一双雕琢无痕的玉腿,直把张思翰看呆了。

诗卿说:"你们两个究竟是怎么回事,一点也不懂做客的规矩。"说完她走过来,用手扶起一株花草,那小心翼翼的样子,妩媚而端庄。

张思翰脑筋一转,快速地说:"是康老先生叫我们这样做的,他叫我们来给花土施肥。"

"对啊,没错。"鬼眼七掩饰地说。

诗卿说:"那你们也要注意,一花一草都是有生命的。"

张思翰瞧着诗卿的双眼,心说,你的眼睛明澈如水,但是这汪水波下面究竟是深渊,还是陷阱?

三十二　绝色倾城

鬼眼七说："诗卿姑娘，如果我们有什么打搅之处，还要请你原谅。"

张思翰想，这粗野的老七，什么时候变得如此柔情而细腻，但是面对一个绝色倾城的女子，自己也难免心神摇摆，他说："活已经干完了，我们要回去休息了，再会。"他抓着鬼眼七的脖子要走，但是老七压根没挪动脚步。

诗卿一笑："你们两个真是古古怪怪，等一下不好吗？"

张思翰真想抽自己两个嘴巴，这女子的脸蛋漂亮得要命，声音也同样充满魔力，听起来异常舒服，如同自己发出的心声，他霍然转身："有什么事吗？"

诗卿说："没什么，我想问问你，你是耶鲁大学毕业的？"

"嗯。"

"大学是什么样子的？"

张思翰汗颜："你没上过学？"

诗卿说："没有，我的学习都是在家里完成的，不知道大学是什么样子，我也没有朋友，这些花就是我的朋友。"

鬼眼七愣愣地听着，他不相信，世界上还会有如此孤独的美女。张思翰奇怪地说："那你是怎么完成学习的呢？"

诗卿说："我没上过学，是私人老师传授我各种知识，教我英、法、德、意、日、印、伊语言，还有数学、语文、古文字、考古、动植物学、生物科技方面的知识，我还取得了六门学位。"

张思翰惊异地说："那你为什么不上学？"

诗卿说："爸爸不让我去，连我的老师也是经常更换，我不知道原因，我问过爸爸，他说，外面的世界很危险很复杂，充满了陷阱和坏人，他不让我接触外面的世界,我的生活空间,也可以说是圈子很小很小。"

张思翰看见鬼眼七的眼神像万花筒一般变化,这小子刚泡上一个美女,不会这么快见异思迁吧。他说:"那你从小到大,都是如此吗?"

诗卿说:"是啊,爸爸不许我出去,其实也不怨他,我自己也有原因,我性格有点孤僻。"

张思翰说:"康老先生和你一样吗,有没有什么朋友?"话一出口,张思翰感觉自己很卑鄙,面对这个纯洁无瑕的小姑娘,自己是不是有点那个,他斜眼一瞧老七,鬼眼七把头别过去,仿佛在欣赏这些花草,其实是在说,老大,你这样打探情报,太不地道了。

诗卿问:"爸爸有一些神秘朋友,你认得爸爸的朋友吗?"

"没错。"张思翰说,"你爸爸的朋友里面,有一个穿皮衣的,像一条鱼,还有个印度人叫辛德,还有一些人,只是一面之缘,我叫不上名字。"其实他觉得"你爸爸"这个称呼有点怪怪的,康承艺的确有点老,但一点也不像诗卿的爸爸。

诗卿高兴起来:"你认识穿鱼皮衣的那个人吗,我不知道他叫什么名字,但他不是爸爸的朋友,而是爸爸的属下。"

张思翰说:"嗯,我觉得也是,有一个浑身缠满布条的人,你见过吗?"

诗卿努力地回想了一下:"好像没有,他是做时装设计的吗,我对时装设计也有一手,还拿过新人时装奖呢,这件睡袍是我自己设计的,模仿圣罗兰的风格,你觉得怎么样?"

张思翰说:"很好。"他现在分不清楚这个丫头是百分百纯真,还是花言巧语的欺骗,总之他没法判断,宁愿相信这丫头说的都是实言。

鬼眼七说:"诗卿姑娘,你爸爸很喜欢古董嘛。"

诗卿说:"是呀,他喜欢考古,我听他说过,早年他曾到大漠去考古。"

鬼眼七又问:"你妈妈呢,你妈妈一定是个美丽而贤惠的女人,我们能不能拜访一下她老人家?"

诗卿微微一愣,说:"抱歉,我是个孤儿,爸爸是我的养父。"

张思翰心头一松,这个秘密总算是清楚了,绕了这么大一个圈,这个女孩还真是有点意思。

鬼眼七接着说:"这些花草都是有生命的,它们就是你的朋友。"

诗卿说:"我已经养它们很多年了,我在研究一个课题。"

张思翰问:"什么课题?"

诗卿笑道:"这是一个神秘的课题,不方便告诉你们。"

鬼眼七说:"好吧,我们也不方便打扰你,告辞了。"

诗卿却说:"你们问了很多的问题,我还没有问你们,这样做,不是很公平。"

张思翰说:"你想怎么样?"

诗卿说:"我在这里很闷,没什么人给我讲故事,听说你是考古学家,你来给我讲点好玩的事吧。"

张思翰犹豫了一下,鬼眼七说:"没问题。"

"那你们跟我来,到我的房间里去,我给你们弄点喝的。"诗卿说。她转身走出玻璃花房,快乐得像个公主,她对张思翰说:"我们现在算是朋友吗,我从来还没有朋友呢,以前也有过几个,可是莫名其妙地就消失了,可能我还有一点孩子气,他们喜欢的都是成熟的美女。"

张思翰心想,他们不会是被康承艺摘了脑袋吧?两个人走出后花园,来到一间正房,这是诗卿的房间,两扇雕花门,迎面一座十二美人图的屏风,后面有一张大桌,摆着文房四宝,一旁全部是书架,居然还有一台电脑,在一旁是陈列着玩具的多宝格,有很多洋娃娃,还有很多古玩,看来她的兴趣广泛,是用兴趣来打发寂寞的时光,不失为一种良策。

鬼眼七惊讶地说:"你这里好玩的东西还真不少。"

诗卿说:"你们随便看,我去给你们泡茶。"

张思翰故意走到床前,拾起一个玉如意说:"这个好。"

诗卿兴奋地说:"张思翰,你还是很有眼力嘛,那是爸爸的传家宝,叫我拿来玩的,名字叫七宝如意,传说是北宋名相文彦博留下的一个宝物,白玉花雕,镂空牡丹纹,加百子千孙图富贵吉祥纹饰。"

张思翰把玉如意在手中摩挲,上面有一丝血沁之色,足见有无数人曾经把玩过这只宝物。鬼眼七说:"你看看我这个。"他双手捧着一只葫芦瓶,那是件明代嘉靖时期的青花云龙纹罐,釉面用回青,深沉浓艳,青中带紫,图画精美绝伦。鬼眼七说:"据说,此葫芦是嘉靖皇帝装炼丹药用的。"

张思翰说:"这个倒不假,嘉靖皇帝信奉道教,喜欢长生不老之术,天天修炼长生不老的法术,除了炼丹就是祈祷,一辈子没干过别的。"

诗卿咯咯一笑,说:"这个是我从爸爸的丹房里偷来的,是他装丹药用的,他还没有发现呢。"

"丹房?"鬼眼七笑道,"你爸爸也玩炼丹那一套?这也能信?"

诗卿说:"不但笃信,还很痴迷呢。"

张思翰说:"康老先生倒是很有雅趣。"放下玉如意,抓起一个毛绒玩具熊,说:"我喜欢这个熊,它太可爱了。"

诗卿说:"你要是喜欢,就送给你好了,我还从没有送过朋友礼物呢,你们快来喝茶,这是我家的祖传秘制。"

鬼眼七看着熊的眼睛,说:"张思翰,你捡了个大便宜。"

张思翰倒没留心,仔细一看,倒吸一口冷气,熊的眼睛竟然是一对价值连城的猫眼石!

张思翰把玩具熊放到床头,说:"这么贵重的礼物,我可不敢夺人所爱。"

诗卿说:"你说的是猫眼石吧,传说猫眼石能够驱凶避祸,不知道真的假的,你不必在意,我家还有好多呢。"

张思翰越发觉得这个叫诗卿的女子,有种神秘莫测的感觉,身为康承艺的养女,从小到大被精心地呵护着,平时深居简出,过着公主一样的奢侈生活,居然还天真得如同娃娃一样,究竟是诗卿沉浸在一种梦幻童话里,还是自己被这种单纯的生活所吸引,向往此类隐居般的生活呢,无法回答。

诗卿端上来两杯茶,雪白的茶盏,精致的托盘,诗卿端起一杯,送到张思翰嘴边,"你尝尝,这是我家的秘制。"

张思翰看了一眼杯子里的液体,浑浊而深沉,但是他没犹豫,一口干了,只觉得那种滋味无法形容,香醇这两字再好不过。鬼眼七也是一杯下肚,脸色顿时一亮,这不是茶,也不是酒,更不是某种果汁或者咖啡,浑身说不出的舒坦,仿佛往日的疲惫与烦忧瞬间消散。

鬼眼七说:"这是什么东西?这样好喝。"

诗卿说:"是我家秘制茶。"

鬼眼七的眼睛望着空空的茶杯，仿佛恋恋不舍。诗卿笑着说："这种秘制茶非常珍贵，不是好朋友，我不轻易拿出来招待人。"

鬼眼七不好意思再要，转身走到书架前，随手拿起一本古籍，线装手抄本的《九宫大成南北词宫谱》："你还喜欢音乐？"

"古典音乐，是我的必修课程。"诗卿说，"爸爸非常重视这个，让我同时学习好几样古代乐器，他说女子无才便是德，古代的女子要精于琴棋书画，还有女红也要做。"

张思翰说："那你的生活应该很有意思。"

鬼眼七说："是心无旁骛，所以才能样样精通，就像一块纯洁的宝石。"

张思翰知道老七说的是人，而诗卿也有些脸红，怪不好意思的。张思翰急忙转移话题："你对历史和宗教也有兴趣吗？"

诗卿说："只有一点点，一般女孩子喜欢历史和宗教的，其实都是很怪异的，不怎么讨人喜欢，爸爸曾让我研究一种古老的宗教，他说这个宗教是和我们息息相关的。"

张思翰和鬼眼七异口同声地说："祆教？"

"没错。"诗卿快乐地说，"你们也知道这个吗，琐罗亚斯德创造了古老的琐罗亚斯德教，谱写了圣典《阿维斯陀》中的十七首颂歌，历史记载琐罗亚斯德教很早就传入中国，称为祆教，拜火教。在他七十七岁时，在巴克特里亚首府巴尔克城被害。《后汉书·西域传》上把那个城市叫作蓝氏城，如果这些记载是真的，那么拜火教的原创地在中亚草原的阿姆河流域，而并非是兴起于伊朗本土。"

张思翰忍不住问道："阿胡拉神冠，你听说过吗？"

诗卿说："你也知道阿胡拉神冠？但是好多人认为这只是一个传说，没有人觉得神冠是真实存在的，但是我告诉你，神冠是真实存在的，历史上曾留下过蛛丝马迹。"

鬼眼七说："是真的吗？"

诗卿跪坐在床上，好像是一尊女菩萨，庄严地说："这就得问考古学家张思翰先生了。"

张思翰说："我又不是百事通。"

诗卿咯咯一笑："那好吧，我告诉你，有一根柱子，真品收藏在大英博物馆，复制品陈列在纽约联合国大厦，上面刻有楔形文字，张思翰，我问你，这是一根什么柱子？"

张思翰坐在一把椅子上，把玩着那本《九宫大成南北词宫谱》，说："1879年，石柱在巴比伦废墟乌尔城（今伊拉克境内）出土，上面的铭文完好无损，被喻为人类最早的人权宪章，对不对？"

诗卿说："你还真行，但你知道这篇宪章的出处和它的意思吗？"

张思翰说："好像是一篇加冕演说，是吗？"

诗卿说："正是，公元前539年，波斯大军进入巴比伦城，居鲁士国王发表了一篇著名的加冕演说，就是柱子上的铭文，在演说词中，他提到了很多神祇，但在把皇冠戴到头上时，他说，是在阿胡拉·马兹达的帮助下戴上神冠的，我对那种翻译有些异议。"

"什么异议？"鬼眼七问。

诗卿说："应该这样翻译，居鲁士国王戴上的是阿胡拉神冠。"

张思翰一愣："你想证明阿胡拉神冠的确存在？"

诗卿说："没错，即使是我的理解有误，关于神冠的传说，还有一段更为经典的历史。"

张思翰说："哪一段历史？"

诗卿说："大流士和亚历山大的战争，在伊朗贝希斯登城有一片摩崖石刻，名字叫作《贝希斯登铭文》，里面记载了大流士宣传自己是权力神授，而波斯帝国是阿胡拉·马兹达的恩赐。"

张思翰说："大流士和亚历山大大帝的战争，是历史上最经典的以少胜多之战，波斯帝国虽然强大，但是在连年征战中损耗了国力，大流士临阵指挥不当，最终导致国破人亡。"

诗卿说："亚历山大大帝最痛恨的就是琐罗亚斯德教，他熄灭圣火，捣毁圣坛，杀死信徒，焚毁圣典《阿维斯陀》，但历史上没有记载的是，当亚历山大大帝得到大流士头上的神冠后，却没有将神冠销毁，而是秘密地收藏起来，流传后世。"

张思翰说："这有历史记载吗？"

诗卿说："好像没有，这段故事是爸爸亲口告诉我的，后来，亚历山大大帝死后，公元224年，祆教在伊朗达到了鼎盛时期，但是很快就衰落下去，有些人逃亡了，他们的后裔称为帕西人，但是阿胡拉神冠的故事则悄悄淹没，当年亚历山大大帝是不是为了神冠而攻打波斯帝国，现在已经没人知道。"

鬼眼七说："这也是你爸爸说的？"

诗卿说："是，爸爸说，在祆教最动荡的年代，一群守护神冠的新祆教信徒，带着神冠秘密流落到了中原。"

张思翰说："神冠后来被一位大人物得到，他的名字叫安禄山，对吗？"

诗卿说："是的，起初，这些信徒以为依靠安禄山的势力，可以将衰弱的祆教发扬光大，但是后来，他们才发现，安禄山不过是狼子野心，想利用祆教叛乱，但是这个时候天下动荡，局势已经无法挽回，想找回神冠有些不太可能，而且安史集团内部混乱，好像是应验了附着在神冠上的诅咒，开始自相残杀！"

鬼眼七说："等一下，有一点我没明白，假如亚历山大大帝为得到神冠而进攻波斯，难道他就是想得到这样一个诅咒，这人不是有病吗？"

张思翰说："唯一的解释就是，神冠的真正秘密被隐藏起来了，覆盖在上面的是恶毒的诅咒，这样，神冠就成了灾难的象征，每个人都会敬而远之，不再会想贪婪地拥有它。"

三十三　妖魔鬼怪

在康家古宅住了一个星期。张思翰和鬼眼七成了诗卿的好朋友，只有米莉和何徽阳不怎么接纳诗卿，何徽阳对米莉说，天下不可能有这样天真的女人，这女人的一举一动极有可能是伪装，意图迷惑张思翰。麻六九无事可干，默默地同何徽阳拉近了些距离。

康承艺把张思翰等人的回国行程安排好，但在临行前的晚上，意外降临。子夜时分，张思翰被一阵浓烟熏醒，睁眼一看，房外火光四起，腾空的烈焰发出噼啪的脆响，他急忙叫醒鬼眼七和麻六九，三个人闯出房外，房间外站着米莉、何徽阳，她们都安然无恙。

张思翰立刻想到这是人为纵火，他跑向玻璃花房，花房被大火焚烧殆尽。康承艺、诗卿父女两个脸色苍白地望着袅袅余烟，仿佛一切烟消云散。长街上响起消防车的吼叫，古宅内外一片混乱。

麻六九还在找刀，大横宝刀一直贴身携带，现在却不翼而飞，同时失踪的还有阿梅雷特与雪儿。麻六九认定是阿梅雷特在捣鬼，鬼眼七则十分担心雪儿的安危。张思翰说："我们必须离开这里。"簇拥着康氏父女向外面撤退。

刚到门前，砰的一声，大门被撞开，跑进来一队消防队员，这些家伙清一色都是大胡子，戴钢盔，穿着深蓝色的制服，冲人呜里哇啦一顿大叫。

诗卿和这个消防员对语了几句，然后对众人说："我们要去外面等候，这里太危险了。"

众人在那名消防员的带领下，走出古宅，来到一辆面包车前。康承艺板着脸，满脸冰霜。张思翰知道事出有因，他的心里一直有几个谜团尚未解开，他想返回古宅的时候，前面黑影一闪，一个消防员伸手拉住了他，把他推了回来。不等张思翰分辩，古宅里轰的一声巨响，张思翰几人住过的房间炸成了一片废墟，火光冲天。

麻六九说："真险，差点儿挂啊。"

何徽阳说："是命运拯救了我们，你还真有点幽默感。"

爆炸声一起，消防队员立刻撤出古宅，好在古宅是一栋单独的建筑，与左右建筑并不相连，火势很快得到了控制，张思翰看见那些消防员正用高压水枪，对准着烈火喷射。张思翰觉得这场大火烧得可疑，而这些来救火的消防员，更加可疑，因为可疑的人物太多了，反而找不到一个可疑的人。

整个场面乱哄哄的，消防警察正在疏散周围居民。张思翰有种不祥的预感，看到那种头戴钢盔，身穿防爆服的特警，他立刻联想到毁灭证据的最简单手段之一——一场爆炸！

一辆警车停下，一名印度警察走下车来，询问了事情的经过，然后叫张思翰等人回警局做调查。慌乱的时候，人就容易松懈，印度警察的安慰，使张思翰等人放松了戒备。他们来到警局，几个大胡子印度警察以为他们是度假的客人，朝着他们呜里哇啦地问了几句，把他们送进一座装修简单的旅馆。

这是一家管理混乱的旅馆，不过令人欣慰的是，警察局就在隔壁，房间里的用具都是塑料的，百分之八十脏得令人难以忍受，蚊子和苍蝇在房间里肆无忌惮地飞来飞去，令人无比的烦恼。

麻六九不停地抱怨，说这里根本没法入睡，简直就是猪窝。他和何徽阳一口咬定，放火的人肯定是想杀人灭口，如果推论正确，这个小旅馆也极不安全，需要大家待在一起，于是警察给他们安排了三个房间，有两个空着，八个人都拥挤进那间最大的客房里，还有一个人是小三，他挂了彩，胳膊被炸伤，用布条勒着，虽然如此，他的毒瘾还是发作了，鼻涕眼泪大把大把地流淌，看着就让人揪心，看来他要吸食点毒品才能解除痛苦的模样，何徽阳很讨厌他，叫他去隔壁解决，因此，小三只好提心吊胆地去了隔壁。

过了一会儿，米莉想方便一下，这个该死的地方，连洗手间都要公用，张思翰陪着米莉来到公共洗手间外面，一股刺鼻的气味迎面扑来，他留在外面，米莉则独自走了进去。

这时候天已蒙蒙发亮，张思翰身后的房门开了，走出一个蒙头巾的年轻女子，昏暗中，张思翰没看清她的脸，但是他忽然记起她的身材，魔鬼般的身材，天使般的脸孔。

张思翰大叫一声："老七，有刺客。"闪身冲进女洗手间，里面的情形令人吃惊，米莉仿佛一只绵羊，刚刚进去的陌生女人正用尖尖的指甲掐住她的脖子，使她喘不上气。

张思翰身影一晃，扑了上去，但是陌生的女子迅速抽出一把尖刀，抵在米莉的脖子上，对张思翰低吼一声："闪开！"

张思翰说："别伤害她。"

陌生女子是个经验老到的杀手，她听见张思翰的吼叫，知道必须要迅速脱身，因此张思翰向后一闪，她突然反手出刀，又快又准地刺向张思翰的心脏，刀尖划破衣裳，女杀手趁势将米莉向张思翰一推，想从门前夺路而逃。

"砰！"

鬼眼七顶着那扇破败的木门，从外面飞了进来，把女杀手撞了一个趔趄，就在女杀手跌倒的一瞬，用手中利器向薄弱的门板猛地一刺。鬼眼七倒是很狡猾，借着猛烈撞击的反弹，身体后仰，翻滚在地。门板被刺穿，但是却没伤到老七。

女杀手从地上一蹿而起，但张思翰纵身扑上，一只手死死地掐住女杀手的一只手，另一只手去卡女杀手的脖子，他以为凭借自己的力量，可以轻易制服这个身材妖娆的女子。

张思翰想错了，这个女人的力量超乎他的想象，她反手一抓，张思翰的手被捏得生痛，女子用肩膀抵住张思翰的胸膛，想把凶器刺进他的胸膛，但是鬼眼七从下面一伸手，抓住了女杀手的双脚，然后用力一掀。

张思翰搂着女杀手直接倒了下去，张思翰向旁一滚，等他跳起来的时候，发现女杀手挣扎了一下，身体剧烈地抽搐着，双眼一翻，死了。一大股鲜血从女杀手的后脑溢出，原来，她的后脑在坚硬的台阶上磕了一个大洞。

鬼眼七一愣，这张脸孔在哪里见过！

此刻，整个旅馆被打斗声惊醒，一个肥胖的印度妇女，正想来这里解手，看见两个男人骑在一个浑身是血的女子身上，号叫一声，立刻跑去报警。麻六九没让她得逞，给了她一拳，轻轻把她打昏在地，这是他第一次向无辜平民出手。

众人不顾一切地冲出旅馆,钻进夜色。米莉还在惊慌中,面无血色。张思翰的手里还捏着从尸体上夺下的利器。鬼眼七看了一眼,冷冷地说:"那根本不是刀。"

利器在黎明前的月色下闪闪发光,好像是一件玉器,十几厘米长,呈弓形,像一把梳子,但是两角尖锐如刀,中部有波浪起伏的雕刻纹饰。那些纹饰比较独特,是一只温驯的绵羊躺在精致的祭台上,一个大祭司手持利刃,正要对绵羊进行杀戮。

诗卿仔细地观看一遍,问:"你们知道它的来历吗?"

鬼眼七说:"这东西很精美,从雕功看,不是中原的款式,如果是真品,至少是南北朝时期的东西,可惜是个赝品。"

麻六九说:"用这么个东西当杀人的凶器,我还是头一次见识,这是凶手遗落的物证。"

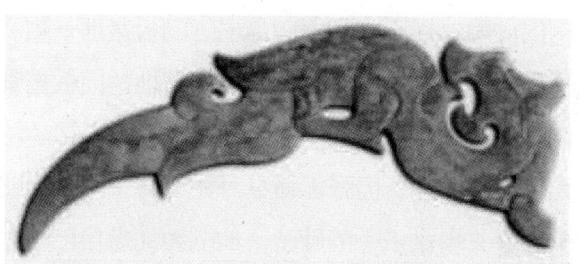

张思翰说:"这东西叫觿,其实就是一个解绳器,用玉用银都可以制作,还有用野兽的牙齿,做得非常锋利,上面刻画的图案是祆教进行血祀的场面,历史上的高昌古国信奉火祆教,他们一年进行四次血祀,按春夏秋冬,每次用一只羊。"然后他收起利器用平淡的口吻,说:"这个杀手我们见过。"

鬼眼七说:"没错,她是澳门夜总会的一个舞女,确切地说,他是个男人。"

"人妖!"麻六九惊叹地说,"要是能从他的嘴里问出些东西,就太好了,可惜,他完蛋了。"

康承艺则很冷静,说:"小三还在隔壁,没有逃出来,这家伙很可能被警察抓到,我们暂时离开这里,再图打算。"

众人拦了两辆出租车,张思翰正要招呼大家上车,忽听砰的一声,旅馆发出一声巨响,泥沙纷飞,烟火四起,一团浓密的火光顷刻吞没了旅馆。

爆炸的余波还在空气里震荡，车子如幽灵一样穿行在夜幕下。张思翰抚摸着米莉的双肩，安慰着她。米莉说："思翰，我们不要查了，我很害怕，我觉得越来越危险。"

何徽阳半开玩笑似的说："玉米不要怕，我们已经死过两次了。"

麻六九说："是啊，我们必须找出真相。"

按照康承艺的意思，出租车直奔港口，但是张思翰多了一个心眼，他叫出租车停在码头外，并没有下车，而是坐在车内，观察码头上的动向。康承艺说："张思翰，那艘就是接应你们的大船。"

码头上停着一艘货轮，寂静无声。但是出人意料的是，张思翰说："我们不能上船，船上可能有陷阱，我们得试验一下。"

诗卿问："怎么做？"

张思翰说："叫司机帮忙。"接着他对诗卿耳语几句，让诗卿用印度语对司机讲，让他帮个忙，请船上的大副来接康老爷子的客人，有些很重的东西要一同搬运，司机会得到一笔不菲的酬谢。

印度司机相信了，他拔下车钥匙，下车朝货轮走去。张思翰和众人急忙下车，隐藏进码头附近的一条深巷。时间不长，十多辆警车呼啸而来，四面八方把出租车包围得水泄不通。

车上跳下来的全是荷枪实弹的特警，他们端着枪，慢慢靠近车子，然后大声吆喝，结果发现车里空无一人。

警察扑了一个空，码头上乱糟糟的，警察开始四处进行搜查。张思翰一笑。麻六九一拍他的肩膀："你怎么知道船上有埋伏？"

张思翰说："雪儿和阿梅雷特失踪，你们不觉得奇怪吗？我认为，这里面有问题，而且他们知道我们要坐船离开，所以，我判定这只船也成了一个陷阱。"

鬼眼七问："现在我们怎么办？"

张思翰没回答，他看着康承艺，康承艺一定有办法。诗卿说："爸爸，看样子，他们走不了啦，还是收留他们吧。"

康承艺笑道："还是我的乖女儿通情达理，他们不跟着我，就要流浪街头，但是这件事情已经没那么简单，是冲着我来的，我们走吧，我在乡村有个住所，只是简陋一些。"

众人一转身，正想走出小巷，黑暗里冲出十几名蒙面人，这些人都是特种部队的打扮，端着自动步枪，冷冰冰的枪口对准众人的眉心。有人说道："想不到吧，你们还是会落在我的手心。"

伊儿汗！

伊儿汗从黑暗中走出来，像一匹孤独的狼，目光阴森而恐怖，盯着康承艺，笑着说："我的老朋友，我来得不算迟吧。"

"你是怎么找到我的？"康承艺问。

伊儿汗摆了摆手，身后跟过来一个脑袋和胳膊缠着绷带的家伙，走路时有点弱不禁风，脸色苍白吓人。小三居然还没有死，这真是一个奇迹。

诗卿惊喜地说："小三子，原来你没死。"

小三说："我被震晕了，什么都不知道，然后就被抓了，我不想死，没别的办法。"

众人明白了小三的意思，他被伊儿汗抓到，然后就出卖了他们，但是没有人责怪他，生命很可贵，像他这样的人渣，为了保命，什么都会出卖，并没有什么特别奇怪的地方。

伊儿汗得意地说："我老早就开始怀疑你的身份。很久以前，这个所谓的厨艺大赛就由极少数人操控，这个民间组织究竟有何意义。我现在也没搞清楚，只知道有了这个组织的外衣，可以轻松地往来很多国家，做很多违法的事，包括用非正常的手段寻找阿胡拉神冠。"

康承艺说："这个美食评论团的三大评委，一直是传承有序，直到你的加入，才破坏了这里的平衡。"

伊儿汗笑了一下："因为我是个老外。"

康承艺说："不，因为你是寻找阿胡拉神冠的大流士后裔。"

伊儿汗哈哈一笑："我可从没想过，我身上还有皇族的血统，我只想找到神冠，船已经预备好了，请吧。"

伊儿汗一挥手，那些特种兵立刻用枪口指点，让出一条通向码头的路，麻六九突然爆发出力量，双手一张，仿佛一只老虎似的扑向伊儿汗，但是他擒贼擒王的计划很不现实，两只枪托从下面敲中了他的膝盖。麻六九扑通跪倒在地，接着一枪托砸在麻六九的脸颊，登时一片青肿，麻六九勉强支撑起身体，随后的一记重击，让他彻底昏迷过去。

"不要打他。"何徽阳叫了一声，但是她的叫声被阻止，一个特种兵威胁她，不让她发出尖叫，另外两个特种兵拖起麻六九登上大船。张思翰等人被关进底舱，严密监视。

船离开码头，伊儿汗才允许众人走到甲板上透气。张思翰带着米莉来到甲板上，海阔天空，心旷神怡，假如不是有枪口瞄准他们的身影，完全像是一场男欢女爱的蜜月旅行，何徽阳有点晕船，她只好赶紧跑进卫生间去呕吐。

伊儿汗拿出一张轻薄的羊皮地图，对张思翰说："这是袄教古老相传的一张地图。"

张思翰问："你确定？"

伊儿汗说："确定。"

张思翰伸手说："拿来我看。"接过轻薄的羊皮地图，展图一观，是一张颜色发黄的古旧地图，图的右首刺绣着五个字——大唐西域图。图前是一段长城，中部是山脉、河流、城市，其中精确地标注了酒泉、敦煌、精绝、鄯善等国的位置，其中一个地方引起了张思翰的注意，用红笔圈了两个让他心惊肉跳的字迹——且末！

"这张图，我听说过。"张思翰一点也没有激动的情绪，而是不动声色地问，"凭一张地图就可以找到阿胡拉神冠？这个故事在二十年前发生过，而且是个悲剧，你想让悲剧重现？"

伊儿汗说："不管是悲剧还是喜剧，这张地图是袄教流传下来的，标注着宝藏的埋藏地点，极有可能找到阿胡拉神冠，我怎么能轻易放弃，而且我们一直都没有放弃寻找神冠的下落。"

张思翰想征询鬼眼七的意见，鬼眼七说："我不知道是不是有神冠，但是我知道这张图是真的。"

张思翰忽然灵机一动，他问伊儿汗："二十多年以前，你们的人是不是进入大漠寻找过且末古国？"

伊儿汗说："没错，那是我父亲带队，一队人马进入大漠以后无声无息地消失了，再也没有出现过。"

张思翰说:"他们是不是穿白袍,腰佩名贵的匕首?"

"没错。"伊儿汗说,"张思翰,你是怎么知道的?"

张思翰说:"我听文震邦说过二十年前的探险故事,故事里提到一具穿白袍的干尸,我想或许与你父亲那一队探险者有关。"

伊儿汗说:"所以我才要再入大漠探明真相。"

张思翰问:"旅馆和古宅里的炸弹是你放的吗?"

伊儿汗说:"什么炸弹,我只想让你们陪我去探险,并不是要你们的命,明白吧?"

张思翰说:"这样说,炸弹不是你放置的。"

鬼眼七说:"应该不是他,也不是文震邦,更不是曹水烟。"

伊儿汗说:"他们两个人现在我的手里,怎么可能在外面翻云覆雨。"

米莉说:"那就还有第三者。"

这个称呼从米莉嘴里说出来怪怪的,但是伊儿汗、张思翰、鬼眼七都有点意识到了,张思翰说:"米莉、老七,我想,我们的判断失误了。以前,我以为是有人想得到阿胡拉神冠的秘密,因此杀害了师傅。现在回想一下,完全不是这样,是有人为了阻止我们得到阿胡拉神冠的秘密,因此杀害了师傅。如果我们不去大漠,永远不会知道真相。"

三十四 大漠险象

　　大船从孟买港口出发，途经阿拉伯海，然后顺印度河北上，之所以没有选择走陆路，贯穿印度，是不愿被人追踪和发现。他们在海上兜了一个大圈，然后从塔吉克斯坦边境回到中国境内。

　　伊儿汗在塔吉克斯坦境内有些小势力，他疏通了关系，给张思翰等人弄了新的身份证明，堂而皇之地进入新疆。他们来到塔克拉玛干沙漠以南，从这里去目的地是最简捷的路线。他们在一个小村庄里购买了必备物资，雇用了十个新疆人当向导，买了三十几匹骆驼，好像一支古老的骆驼商队，潜入浩瀚无垠的塔克拉玛干大沙漠。这一切做得很秘密，对外宣称，只是一个旅行团队。

　　鬼眼七问伊儿汗："为什么不用一些现代化工具呢？飞机、汽车，速度更快呀。"

　　伊儿汗说："沙漠与海洋一样，都是有灵性的，有时候最先进的交通和通信工具在沙漠里一无用处。"

　　大漠风光浩瀚苍茫，天地间袒露着一种荒凉的力量。张思翰骑在骆驼上，兴致勃勃地讲着发生在沙漠里的那些故事，包括瑞典探险家斯文赫定发现古楼兰的故事和他的游移湖理论。

　　麻六九对探险没兴趣，他不想来沙漠寻找什么阿胡拉神冠，他只想回到介休，当个好警察，要是能和何徽阳结婚，早点开枝散叶，那更是美美的生活啊。

　　文震邦与曹水烟也赫然在列，他们两个显得心事重重，文震邦告诫张思翰，这一次走的路线，与二十年前完全一样，山羊胡带着他们走的就是这条不归路。想到了二十年前的探险旅程，文震邦的心中有些不寒而栗。或许厄运就等在前面，所以队伍被探险故事的阴森气氛笼罩，走得有点缓慢，而且异常小心。

驼队走在波纹诡异的沙丘上，驼铃悠长而清脆，水是必须节约的，每人每天都有一定的用量，晚上在避风处搭起帐篷。米莉与张思翰每天形影不离，他总是思考关于阿胡拉神冠的秘密，显得闷闷不乐，好在有米莉和诗卿的陪伴，沙漠里的孤寂之行多了一丝脉脉温情。何徽阳与麻六九终于摩擦出了爱情的火花，两个人经常手牵着手，在夕阳如血的大漠上漫步。

除了这些每天都要发生的事情，雪儿与阿梅雷特的下落，依然悬挂在众人心里。鬼眼七挖苦自己说，命苦，总是与美女无缘。

一天傍晚，探险队在一处沙丘下扎营，张思翰的帐篷和米莉的扎在一处，把骆驼圈在外面，抵御风沙的侵袭，夜晚的沙漠很冷，张思翰钻进睡袋里睡不着，他听见米莉的帐篷里有一些细小的声音，"思翰，你睡了吗？"

"没呢。"张思翰说。他这一句话，其实在寂静无垠的沙漠里很尖锐，搅得所有人都睡意全无。

张思翰拉开睡袋，望着浩瀚的沙漠，一轮金黄的月亮异常美丽，静态的沙漠如同波浪一样，一只小小的蝎子从波浪上爬过，很快潜伏进细软的沙粒中，米莉从小帐篷里走出来，她换了一身橘红色的迷彩服，穿着一双高腰皮靴，尽扫柔媚之气。

麻六九也想从帐篷里钻出来，但是何徽阳使了个眼色，他只好把脑袋缩回帐篷里面，隔着尼龙帐篷解释："我并不是想打扰他们，我只是有些话想和张思翰说。"

"一边待着，好不容易，他们有个单独相处的时间，你不要多事。"何徽阳用批评的口吻说。

麻六九立刻接受批评，噤声不语。

米莉陪着张思翰走到一个小沙丘前坐下，张思翰问："你怎么了？"

米莉依偎着张思翰，喃喃地说："其实，我害怕你有危险。"

张思翰说："你的担心是多余的，只有我能破解阿胡拉神冠的秘密，所以我最安全。"

"我是害怕失去你,那个叫诗卿的,她是个美丽而智慧的女人。"米莉继续皱眉说道,"女人天生有一种直觉,在我们的身边,潜伏着一种危险莫测的神秘因素,阿胡拉神冠的诅咒是非常可怕的。"

张思翰说:"你在怀疑她,不然,你不会这样说。"

"那个诗卿,我觉得她怪怪的,她只是康承艺的养女,但是你有没有觉得康承艺非常尊敬她,这超越了父女间的界限,好像有点上下级的关系,但愿我是多想,可是你不觉得奇怪吗?"

张思翰一笑,低语道:"这有什么怪异,别人看我们其实也很怪异,你要保持一颗平常心,你是不是有点嫉妒她?"

米莉说:"瞎说,你觉得杀害爷爷的凶手会在沙漠里出现吗?"

"不是出现,而是他一直守候在沙漠里。"

正说到这里,帐篷里传来一声尖叫,是诗卿的尖叫声,充满了凄厉的音调。张思翰反应迅速,一跃而起,向诗卿居住的帐篷跑去,诗卿居住的帐篷很精致,而且她有一点洁癖,不喜欢别人闯进帐篷,就算女人也不可以。

麻六九几个随后赶到,何徽阳正在安慰神色苍白的诗卿。

"怎么了?"张思翰问。

麻六九漫不经心地说:"她说在帐篷外看见了一个鬼影,手里拿着一把尖刀。"

何徽阳说:"有可能是幻觉。"

麻六九低声对老七说:"她可能想博取我们的同情,她可是个来路不明的女人,大家最好别上当。"

诗卿有些恼了,她说:"你,你,什么意思?"

"我相信她的话。"

说话的竟然是米莉,张思翰以为她在开玩笑,蓦地一股冷风吹来,在前面不远处,一道矮小的黑影唰地一闪。

"什么人?"鬼眼七拔脚追去。

黑影的速度简直太快,没等鬼眼七追上去,黑影已到了一个高高的沙丘之上,转过脸映着月光,露出一张伸着血红长舌的怪脸,然后倏地不见,鬼眼七追到沙丘上,头皮发麻。

张思翰和众人追过来，看见老七发呆，他说："老七，怎么啦？"

鬼眼七跪在沙滩上："连一个脚印都没留下，怎么可能？"

张思翰看着茫茫沙丘，果然没一个脚印，难道发生了某种神异现象，而且是人类无法解释的现象？

众人垂头丧气地回到营地，那些新疆向导正在窃窃私语地议论这件事，向真主安拉祈求保佑。这时候，伊儿汗来到现场，他点手叫张思翰，他的脸色苍白而严峻，走到一个向导的帐篷前，帐前留有一丝殷红的血迹，张思翰预感到不妙，掀开帐篷，一股血腥的气息扑面而来。

一个向导躺在睡袋里，只露出脑袋，咽喉上开了一个口子，血还在咕嘟咕嘟地冒着，双眼圆睁，仿佛死不瞑目。

米莉站在他的身后，看见如此血腥的一幕，立刻捂住嘴巴，不让惊恐的声音穿破她的喉咙。

张思翰仔细查看向导脖子上的伤口，鬼眼七和麻六九也匆忙赶了过来，张思翰说："杀手的动作很快，一刀毙命。"

"没错，凶手很老练，一刀下去，抹断气管。"麻六九说。

张思翰说："有谁来过这里？"

伊儿汗问了一下外面的向导，众人都摇头叹息。

张思翰说："那就是非人力而为，可能是灵异杀人。"

"不会吧？"麻六九说，"张思翰，你可是堂堂的大博士，说鬼弄神，不像你做事的风格。"

张思翰说："那你说我该怎么解释，找出一个凶手，凶手是谁，我们是不是都有嫌疑？"

伊儿汗命人草草收拾了向导的尸体，天色已经黎明，向导们面露恐惧之色，他们向伊儿汗说，想要回家，必须尽快结束这场沙漠的旅行。伊儿汗不得不使用武力手段威胁，那些向导一看这些家伙有枪，都吓得默不做声。但是，还有意想不到的情况，让大家更觉惊恐万状，携带的导航系统都不见了，包括指南针，GPS定位仪，看守设备的家伙现在还是昏头涨脑的，他们从背后被人击昏，这些设备的丢失有些莫名其妙。麻六九怀疑是人为操纵，苦于没有证据。

天明时分，天边出现异象，灰蒙蒙的天空显出一张阴森脸孔，沙丘上的几株胡杨静止不动，连一丝风都没有，那些向导在倾斜的沙地上观察一条蛇的轨迹，然后脸色惶恐地找伊儿汗商议，恐怕马上会有大的风暴，需要早做准备。

伊儿汗没有听信向导的话，他认为这些人不想走了，所以要编造各种理由拖延行程，那些向导都来找张思翰，张思翰相信向导说的是真的，因为鬼眼七也提醒过他，可能会有一场大风暴。

张思翰找伊儿汗商议，是否找个地方，就地安营躲避风暴。伊儿汗犹豫不决，让张思翰安排躲避风暴的事，但是人类的力量太薄弱了，还没等向导布置好，天边卷起一团昏黄的飓风，沙丘上的沙粒像波浪一样涌动，鬼眼七在沙丘上奔跑过来，大喊着："快点，快点，都躲进帐篷，风暴没过，千万不要出来。"他跑过，拉着张思翰硬把他塞进米莉的帐篷。没等鬼眼七爬进帐篷，一阵沙浪把他冲了进来。张思翰一拉米莉的手，立刻被沙浪掩埋住了半截，帐篷被一阵狂风连根拔起，落到九霄云外去了。

张思翰、米莉、鬼眼七瞬间沉浸在狂风沙暴中，眼睛无法睁开，即使能看见，也见不到一个人影。张思翰刚想张嘴，被灌了一嘴沙子，隐约看见米莉瑟瑟发抖，他只好将米莉抱在胸前，等着风沙平息，此刻人类在大自然的威力面前，完全是束手无策。

风沙刮了很久，张思翰和米莉埋在沙漠里，好像有大半天的时间，风沙平息后，张思翰总算能睁开眼睛，看见老七在沙子里挣扎，他快被沙子给完全掩埋起来，只露出一个苍白脑袋。鬼眼七的手里没有工具，只好用双手挖沙，然后大喊起来，好在一阵凶猛的风沙过后，风势略小。两三个向导靠近过来，他们很有经验，手里都拿着小铲子。他们对张思翰很有好感，张思翰不凶，人又和蔼，因此想把他救出来。

向导们开始挖沙，数只手并用，把张思翰首先从沙堆里挖了出来，然后把米莉和鬼眼七相继挖了出来。张思翰站在沙丘上，荒凉破败，炽热，慌乱，探险队七零八落的，一个向导叫喊道："骆驼没了，马也没啦。"他们都是伊儿汗花钱雇用来的，现在人心涣散。

何止那些骆驼不见了，不见的还有人，何徽阳和麻六九不见了，伊儿汗、文震邦、曹水烟都不见了踪迹。张思翰询问了一些人，没人见过他们，在风暴肆虐的时候，没人清楚究竟发生了什么事。一个向导提供了重要情况说，风暴袭来的时候，他亲眼看见何徽阳从帐篷里逃了出来，而麻六九在后面跟着她，两个人很快在风暴里消失了踪迹。

而对骆驼和马匹的失踪，向导的回答是，骆驼和马匹很有躲避风沙的经验，把它们驱散，等风暴过了，骆驼和马匹会重新聚来。

没了伊儿汗，大家推举张思翰做首领，检点一下人数，失踪了几个人，好像是被风暴吹走，或者淹没在黄沙下。最令人安慰的是，饮用水还没有缺失，米莉没法不担心何徽阳的安危，她请求张思翰派人寻找。这是一项极危险的行动，向导都不愿意参加这种有去无回的行动，张思翰只得亲自说服那些向导，最后达成协议，等骆驼和马匹回来以后，派两名向导和一些人手跟着张思翰、鬼眼七、米莉前去寻找何徽阳。剩下的留在这里，如果三天没见到他们的踪影，这些人就会启程离开。

康承艺和诗卿也自告奋勇地参与了这次行动，他们每人一匹骆驼，带了点水和干粮，然后向北寻找。

张思翰骑着骆驼，迎着大风，走在最前面，鬼眼七与他并辔而行，低声问："你怎么看那些向导？"

张思翰说："这不能怪他们，他们不愿意送死是人之常情，我们出发以后，他们根本不可能等我们三天，最多等两天，然后悄悄溜掉。"

鬼眼七呵呵一笑："我只乞求那些向导，不要把骆驼都牵走，在营地里留下足够的水和饮食。"

张思翰摇了摇头，鬼眼七还想着回来，莫不知他们走的是一条凶险绝路。沙丘上留下一行纤细的骆驼脚印，时隐时现。

三十五　神秘部队

张思翰等人顺着脚印寻找，不出数里，沙丘上卷起一阵疾风，一阵机械化的发动机响声卷地而来，一队沙漠摩托带着滚滚的烟尘，气势汹汹地将骆驼队围在中心，摩托不停地盘旋，等到前面沸腾的黄沙缓缓落定，数只枪口对准了他们，车上都是些陌生脸孔，穿着沙漠迷彩服，戴着防风眼镜，使用的武器也是各种各样，德国的G36，瑞士的SG552，美国的柯尔特M4A1。虽然武器显得很杂乱，但是他们隐藏在防风眼镜下的表情一点都不复杂，一张标准的严肃的杀手面孔，或者是职业军人的冷酷面容，比起伊儿汗的雇佣杂牌军来说，这些家伙更像专业杀手。

一辆黑色悍马停在张思翰面前，一个戴着墨镜的家伙，从车窗后探出阴森而得意的脸孔，冷静得近似于残酷，手里把玩着一支Five-seveN，用流利的汉语说："这个人就是张思翰，把他们抓起来。"

张思翰说："谢天谢地，我们可算是安全了。"

鬼眼七一愣，问："什么意思？"

张思翰说："如果他们要杀我们，早就开枪了，似我们这般瞎跑，不出三天就会在大漠中饿死渴死，被他们找到，算是见到了救星，大家不要抵抗，不要做无意义的反抗，我们愿意成为俘虏。"他在骆驼上抱拳说："欢迎，欢迎，我们全部投降。"

鬼眼七笑了一下，对米莉说："这家伙总爱在最艰难的时候，说出一些鼓舞的话，虽然处境不怎么的。"

戴着墨镜的家伙想给张思翰一个下马威，挥手叫手下那些大汉，粗鲁地上前把张思翰拽下骆驼。张思翰哎呀呀地叫道："真是粗鲁，有点绅士风度嘛。"

张思翰等人被押上车，骆驼被牵走，车队风驰电掣向南疾驶，半个时辰后，一个被挖掘出的大坑裸露在众人眼前。

张思翰问:"朋友,想不到这个宝藏,竟然被你找到了。"

戴墨镜的人却说:"宝藏易寻,神冠难求。"

张思翰说:"你没有找到进入宝藏的方法?"

鬼眼七问:"这里是且末古国的遗址吗?"

戴墨镜的人说:"有什么奇怪的吗?这里没什么活的东西,只有一座死城。"

张思翰说:"我奇怪的是,你是怎么找到这个地方的,据我所知,知道这个地方的人为数不多,而活下来的只有两个人。"

"谁?"

张思翰说:"文震邦和神刀米。"

鬼眼七沉吟了一声,冷冷地问:"你们是文老爷子的人吗?"

戴墨镜的家伙没有回答,保持沉默。康承艺说:"看来不像,而且他们没有对我们动粗,更不像是曹水烟的人,这些人的来历真是难猜。"倒是诗卿说:"我喜欢冒险,这是我生命中第一次走出来,外面的世界真好。"

车队停在一座小沙丘后,沙丘后竖立着几十座帐篷,炊烟袅袅,有专人负责伙食,有专人进行警戒。众人下了车,戴墨镜的家伙带着张思翰几人走到大坑前,里面竖起一只铝合金梯子,距离地面有三四米,十几个人用工具不停地挖掘,一些破麻残片收集在箩筐里,被运输上来,有两个人正在整理这些写有文字的木简麻片。诗卿看了一眼,惊喜地说:"你们要精心对待这些古物,那是古代的吐火罗语、粟特文,还有梵文,都是珍贵的文献呢。"

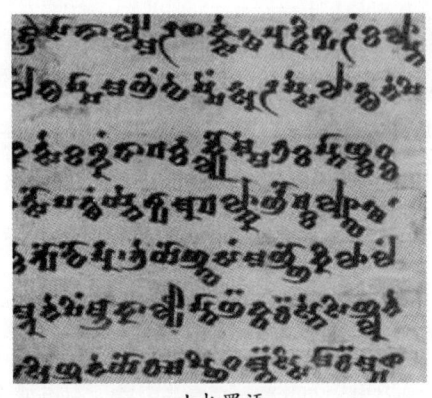

吐火罗语

鬼眼七说:"他们是杀手,不是考古学家。"

戴墨镜的家伙说:"抱歉,我们只负责寻找神殿,这些东西对我们来说,又麻烦,又没有太多意义,只好先放在一边。"

大坑方圆近五十米,已经清理出半截墙壁,还有一些石头台阶,三座石头神像。戴墨镜的家伙对张思翰等人说:"下去。"

张思翰揉了揉眼睛,说:"找到了且末古城,这好像是一个奇迹。"他顺着梯子爬到大坑下面,围绕着三座石像走了一圈,说道:"这三座神像好像不属于这里,他的雕刻技法属于宋代,这叫我联想到一个地方。"

鬼眼七说:"祆神楼。"

张思翰说:"没错,据说文彦博在衣锦还乡后,修建了祆神楼,里面供奉着三大神,后到明嘉靖年间,改成三结义庙,供奉的刘关张三位,而原来的三位真神莫名其妙地失踪了,原来被人送到这里,我想,这就是祆神楼原来供奉的三位大神。"

诗卿问:"是哪三位祆教大神?"

张思翰说:"阿胡拉·马兹达,祖尔万,维斯帕卡。"

戴墨镜的家伙说:"我们不关心神像,请张思翰先生跟我来,我们遇到了一道难题,不知道该怎么破解。"此刻,他的语气倒变得异常谦虚而恭顺。

众人来到一座石门前,那扇门看起来很特别,因为是一块平铺在地面上的巨石,五名大汉正在清理巨石的边缘,最奇特的是石门上有一些突起,半圆形石球光滑而圆润,石球下有一些纵横交错的石槽。

张思翰问:"老七,见过这样的石门吗?"

鬼眼七双眼放电,几乎趴在石门上,抚摸着镶嵌着的石球:"没见过,这是最奇异的石门,但是这里有我熟悉的气息。"

戴墨镜的家伙说:"张思翰,你有经验,能帮助我打开石门吗?"

张思翰说:"可以研究一下,但是你们必须答应我一个条件。"

"说。"

"请派人帮助我,寻找何徽阳与麻六九的下落,这两个人,你们应该不会陌生。"

戴墨镜的家伙说:"这你不必担心,我们正在寻找,找到他们的下落,我会第一个通知你,至于怎么打开这扇门,就交给你们,我很悠闲,也很有时间，现在要同美女去喝一杯，好好欣赏一下大漠景色。"

戴墨镜的家伙一挥手，带着米莉和诗卿走进自己的帐篷，张思翰说："等一下，我还有一个问题。"

"什么问题？"

张思翰说："你是怎么找到我们的？"

戴墨镜的家伙说："晚上，你就会知道。"他好像还要给张思翰来个小小的惊喜。

张思翰看着石门上的奇异轨道，还有人头大小的石球，不禁说道："这真像保龄球。"

鬼眼七说："什么？"

张思翰重复了一句："这些石槽和石球，怎么看都像是保龄球。"

鬼眼七说："你的意思是说，要将这些石球在石槽里滚动，才能开启石门。"

"按照常理推测，应该如此，石槽的宽度刚好是石球的直径。"张思翰极想证明自己的猜测，所以俯身去推一个石球，但是石球却纹丝不动，他仔细检查了一下石球的表面，打磨得如同玻璃一样光滑，而石槽也已经清理得干干净净，没有理由不动。

鬼眼七笑了一下："你的常理好像根本不对。"

"那就需要歪打正着了。"张思翰点手叫过一个大汉，要了一把铁锤，然后把凿子对准石球。

鬼眼七紧张地问："你干什么？"

张思翰一本正经地说："我把石球凿开一个，看看里面有什么机关构造。"

鬼眼七慌忙夺下他的锤子，说："你是我哥，还真敢下手，你要是把石球凿坏，估计这石门永远也开不了，还是歇歇吧。"

张思翰叹息一声："唉，那我也没什么法子了，先去帐篷里讨杯酒喝。"

张思翰一脸笑嘻嘻的坏模样，把鬼眼七愁得直皱眉头，简直揣摩不透他的用意，这家伙总是喜欢深藏不露。想到这儿，鬼眼七也放弃了琢磨石门的思路，跟着张思翰走进戴墨镜的家伙休息的大帐。

大帐里气氛融洽，米莉和诗卿正在吃水果，一大盘葡萄还有烤羊腿，看来这些杀手的生活非常享受。

诗卿一边吃葡萄，一边看着一张图。戴墨镜的家伙问："张思翰，你有没有打开石门的思路？"

张思翰说："肯定有，但是现在还没想到，我们需要好好思考一下。"

诗卿说："张思翰，门上的图案有些特别，你有注意到吗？"

张思翰说："注意到了，和石球可能有某种联系，我们以为那些是石球滚动的轨迹，但好像不是我们猜想的那样。"

诗卿说："完全错了，那儿根本没有什么机关，而是一张图。"

"图？"鬼眼七问，"什么图？"

诗卿说："规划图，沙漠城市的规划图，上面纵横交错的线路，我曾经见过英国探险家斯坦因画过的古楼兰的地图，和这个有点类似。"

张思翰没说话，看了一眼那张图，却有几分眼熟，脑海中略一回想，斯坦因的确画过类似的地图，鬼眼七对他做了一个意味深长的笑，仿佛在嘲笑张思翰，你还是不是考古学博士？

张思翰没理会老七的玩笑，他走到诗卿身边，问："我想听听你的见解，你对这些线条怎么看？"

诗卿说："这是一张平面图，那些石球代表建筑，你以为如何？"

张思翰："如果是这样的话，那么这地方绝对是一座大城，现在挖掘到的只是冰山一角，而且石球上应该留有某种标志。"

诗卿说："我也奇怪这点，石球上应该有标记，像编号一类的，但是你却没有发现。"

鬼眼七说："那些石球被腐蚀过，是用硫酸腐蚀的，难道你没看出来吗？刚才我仔细看过了，被腐蚀的地方不是很大，可能你没有注意到。"

张思翰说："是我粗心大意了，老七，你注意到腐蚀的年代没有？"

鬼眼七说："这个瞒不过我的眼睛，不是古人干的，硫酸腐蚀过的地方不超过五十年。"

张思翰注意到，诗卿正用一支画笔，在线条上涂抹，好像在计算一道复杂的公式，边边角角都被她涂上一个黑点作为某种标记。

鬼眼七轻声说："黑点是石球？"

诗卿点了一下头，好像继续沉思着，点手想叫张思翰过去，没想到张思翰就站在她的后面,她的手碰到了他的脸颊,忽然一缩,两个人仿佛都有触电一般的感觉,诗卿笑了一下,轻声说:"石球共有三十三个,轨道的设计相当精确,好像是故意这样设计,里面的奥妙很有意思,如果石球上真的存在一些号码,我想,那应该是一种备忘的标记。"

米莉看着他们两个谈得那么认真,掀开帐篷,走到外面,她在想,张思翰正被这个绝色美女吸引,这个女人的身上有种无与伦比的气质,长久下去,她肯定不是这个女人的对手,此刻最能安慰她的,恐怕就是何徽阳了,但是她在哪儿呢,她会不会有什么危险?

风暴刮起来的时候,麻六九一直心系何徽阳的安危,他向何徽阳的帐篷跑去,却看见小三从何徽阳的帐篷里钻了出来,鬼鬼祟祟的,手里还拿着什么东西,麻六九大吼一声:"小三!"

小三吓得浑身一颤抖,然后拔腿飞奔,迎面正撞见何徽阳,她问:"你们干吗这么慌张?"

小三不答,夺路而逃,麻六九叫道:"这小子在你帐篷里偷东西。"

何徽阳顿时柳眉倒竖,和麻六九分两路追击,一定要拿下这个小贼。小三拼命奔逃,刚爬上一个沙丘,一阵狂沙卷地而来,小三见势不妙,立刻从沙丘上翻滚下来,他的翻滚真是迅速,一个骨碌就到了沙丘下面。

麻六九的身手敏捷,他看见何徽阳被埋进沙丘下面,因此奋不顾身,纵身一跃,一头扎进沙堆下面,然后屏住呼吸,用手在松软的沙子下面摸索,很快他抓到一只柔软的小手,他拉了一下,那个身体没动,麻六九的心中一片恐慌,但是那只小手却紧紧地和他握在一起。

麻六九感动得快要流泪了,他挥舞双手,飞快地挖出一条通道,天空中不停地落下一层层的黄沙,最后,他只好把何徽阳的身体挖出一半,然后两只手臂交缠在一起,彼此感受着对方的心跳,嘭,嘭嘭嘭。

直到风暴席卷而去,天空一片寂静。

"你们两个行了吧,风暴都过去了,还手拉着手,真让人妒忌。"

一旁传来小三的声音,他坐在沙丘上,从袖口、领子,还有裤管里向外抖搂沙子。

何徽阳问:"你偷了什么?"

小三说:"我不过拿了点钱,最近手头比较紧,再说了,我拿人钱财,替人消灾,你们眼下不就需要我来帮忙嘛。"说着,他走过来,用手开始挖沙子,准备先把何徽阳弄出来,嘴里还说:"别那么小气,不过一点小钱,你们都是大老板,大博士,那点钱对你们来说九牛一毛。"

麻六九说:"小三,你要是一直吸,那玩意儿早晚害死你。"

小三说:"谢谢你,麻队,我知道是死路一条,死就死吧,或许像我这样的人早该死了。"

何徽阳说:"不要轻生,只要你愿意改,我们可以帮助你。"

麻六九说:"没错,回去以后,我可以送你去戒毒。"

小三说:"你们不要对我太好,我爸我妈在世的时候,都没对我这样好过,他们只会骂我,唉。"

小三在何徽阳身体周围挖了一个圈,然后让何徽阳活动一下,自己慢慢地爬出来。还没等麻六九爬出来,一道斜长的黑影走过来,麻六九抬头一看,心情顿时有些紧张,来的其实是两个老朋友:一个文震邦,一个曹水烟,这两个人的手里都有枪,那些枪其实是从伊儿汗的手下那里抢来的。

小三满脸堆笑地说:"文老爷子,曹先生,你们都逃出来啦,真是好人好运啊。"

文震邦说:"多亏了这场风暴,那几个杂牌军怎么会是我的对手。"

曹水烟说:"是啊,文老爷子宝刀不老。"

麻六九说:"你们两个是怎么回事,原来是对头冤家,现在一个鼻孔出气?"

曹水烟说:"你难道没听人说过,除了利益,没有永远的敌人,也没有永远的朋友。"

何徽阳说:"这是一句名人名言,只是到了你的嘴里,变了味道,人家说的是假的真实,你说的是真实的假。"

曹水烟说:"小妮子,别那么多废话,快点跟我们走吧。"

"去哪儿?"何徽阳问。

文震邦阴沉着脸色,说:"你啰唆什么,当然是逃走,难道留在这里等死,神冠的诅咒恐怕很快就要应验。"

麻六九爬起来,问:"你们确定我们这样走了,可以逃出去,而不被困死在大漠里吗？"

曹水烟说："别废话，跟我们走。"他晃了晃冷森森的枪管。文震邦牵了五匹骆驼，骆驼上面还有水和食物。何徽阳和麻六九被威逼着，只好骑上骆驼一路向北，那时的风还很大，地面的流沙被风一抹，一点痕迹都没有留下。

五个人，骑着五匹骆驼，向着大漠中行进。

三十六　各有奇遇

接连几天，张思翰都没有得到何徽阳等人的消息，米莉更是忧心如焚，每天都在祈祷：何徽阳和麻六九一切平安。

挖掘工作还在继续，石盘和石球的秘密还没解开，诗卿虽然博览群书，但是被这些线条难住了。第四天，挖掘工作有了意外发现，在距离石盘五百米处发现了一座枯井。

张思翰听到这个消息的时候，心中一动，文震邦的故事仿佛在脑海里活了起来，他告诉戴墨镜的家伙，神殿的入口可能藏在井下。

戴墨镜的家伙即刻带齐人手，领着张思翰下到井里，枯井有五六米深，井底有一扇石门，连接着一条幽暗的通道，推开石门，戴墨镜的家伙让所有人亮起照明，无数道强电光穿透这条沧桑的密道。

密道的尽头还是一扇石门，张思翰的脑袋里，不停地重复着二十年前的探险故事——整个宫殿熊熊燃烧，宫殿的出口有一扇闸门，文天宇很勇敢，他抓着辘轳把闸门摇起来，叫爸爸快走，把这里忘了，不要对外人说起这个地方，要永远保守这个秘密，等文震邦一钻出来，闸门轰地落了下来，文震邦在外面拼命叫他的名字，可是里面却没有回音，文震邦趴下一看，闸门下流出一大摊血迹！

张思翰走到闸门前，用嘴轻轻一吹，地面上露出一片殷红的颜色。

戴墨镜的家伙说："是血迹。"

张思翰对戴墨镜的家伙说："如果我没猜错，打开闸门，是一间地下神殿，宫殿正中有一座废弃的巨大祭台，方形，两米高，有石阶通向上面，祭台的边缘排列着造型奇特的石兽，是顺时针排列，这种石兽叫格里芬，起源于古代波斯。"

戴墨镜的家伙说："你听过那个探险的故事？"他并未面露吃惊之色，显然他也知道这个故事。

张思翰说："这扇门大概很厚，你得想办法敲开它。"

戴墨镜的家伙说："放心，这里有最厉害的爆破专家。"他叫张思翰几人后撤，一个瘦男人飞快地将几枚炸弹用吸盘固定在石门上，接着众人退出古井，那人按动引爆装置，轰隆一声，暗道里尘沙飞扬，一股巨大的震荡波仿佛在地底深处发出了怒吼。

诗卿说："这完全是破坏行为，太糟糕了。"

戴墨镜的家伙说："比这更糟糕的还有呢。"递给她一个防毒面具，每人戴一个，然后重新下井去查看。

暗道里到处是碎石，张思翰穿过被炸碎的石门，看到一座巨大祭台，方形，两米多高，四面有石阶，祭台边缘排列着造型奇特的格里芬，和文震邦的表述一模一样。张思翰看见门边有一个巨大的辘轳，正是控制闸门的机关。

米莉啊地叫了一声，脚下踢中了一具骷髅。张思翰摘下防毒面具说："别动，让骷髅保持原来的形状。"

米莉小心地跳开了，张思翰说："大家仔细地寻找一下，这里面应该有两具骷髅。"

众人见张思翰摘了面具没事，也都把面具摘下，长出一口气，开始寻找另一具骷髅遗骸，但是整座神殿里只有一具尸骨。张思翰略感惊异，从文震邦的表述来说，神殿里应该留下两具尸体，目前，这具尸体无法判断究竟是谁的，张思翰只好暂时将这具遗骸收集起来，装进一个袋子。

康承艺有些激动，这是祆教的古老神殿，他跪伏于地，嘴里念念有词："啊，马兹达，是你最初把灵魂创造，恩赐智慧，且把生气吹进人的躯体。"没人听他的唠叨，诗卿走到圣火台上，圣火台的边缘竖立着一圈手持乐器，或者翩翩起舞的胡人，在台阶下，还雕刻着一幅天宫祆祭图。

张思翰说："我见过这张图。"

米莉说："是太原隋代虞弘墓中，椁座前壁下栏正中的画像石吧，何徽阳也带我去看过。"

画面中央是一个灯形火坛，中心石柱很纤细，而火盆底座粗重，上面三层仰莲，燃烧着熊熊圣火，旁边两名人头神鸟的祭司，头戴神冠，飘带两条，双翅张开，仙气飘逸。圣火台上雕饰的和那个完全相同。诗卿说："张思翰，你快过来看看，这里面还有未曾燃烧的灰烬。"

张思翰登上圣火台，发现一张石桌，桌上放着祭祀用的纯金器皿，还有一只火钳，仿佛圣火刚刚熄灭。

戴墨镜的家伙则敦促手下："快点，寻找阿胡拉神冠，快点找，别磨蹭，我们只要神冠，别的什么都不要，快点离开这鬼地方，据说，这里是被诅咒的死亡之地。"

何徽阳等人终于在大漠里迷路了，几天以来，他们以为一直在朝着一个方向前进，实际是在兜圈子，几天以后，他们来到一个沙丘，幸运地发现一只空水壶，那是两天以前，麻六九丢掉的。

麻六九说："我们迷路了，我们得回到营地。"

文震邦说："回不去了，我们不知道方向。"

曹水烟有点动摇，说："我们不如待在这里，等待救援。"

文震邦说："好吧，但是得有点什么标志。"

何徽阳二话没说，钻进帐篷，把胸罩解了下来，那是紫红的颜色，据说是她的幸运色，然后弄了根支帐篷的杆子，把胸罩系在杆子上，插在沙丘上做出一个醒目的标记。他们在原地等了两天，结果除了安静的沙漠，荒凉的夜色，并没有人来打搅他们，前来打搅的是蛇和蝎子，都成了他们口中的美食。小三的毒瘾常犯，不过，他有足够的储备，经常钻到没人的地方美美地吸上一口。

第三天晚上，麻六九决定不再等下去，他想带着何徽阳逃走，于是在半夜时分，两个人悄悄地起身，摸出帐篷，迎面看见一道黑影，麻六九汗毛竖起，因为那个东西浑身披满了长毛，好像一只人狼。

两个人一低头，爬在沙丘上，那只人狼在月光下转过头来，露出碧森森的眼珠，然后极快地飞蹿而去。等麻何二人缓过神来，走近一看，何徽阳的脸色青白一片。皎洁的月光下，躺着一具尸体，仿佛刚刚断气，竟然是曹水烟，脖子上流淌着鲜红的热血，他手里还拿着武器，仿佛死不瞑目。

麻六九迅速检查了一下尸体，曹水烟的咽喉有一排血洞，鲜血汩汩地流淌，但是人已经气绝身亡。

小三妈呀一声尖叫，把文震邦从帐篷里惊醒，他迈着颤抖的步子走出帐篷，嘴里喃喃自语："那件可怕的事终于发生了吗？"来到曹水烟面前，用手一拨曹水烟的脑袋，脸色如同僵尸一般，颤声问："什么时候发现的？"

"刚刚发现。"

"发生了，终于发生了！"文震邦的神情俨然看见地狱中的魔鬼一般，一屁股坐在地上，再也站不起来了，铁打的身躯仿佛正被软化成一摊烂泥。

何徽阳说："你说的发生了，是不是指二十多年前的事？"

文震邦说："如果你们稍晚一点发现尸体，他全身的血液会被吸干，那就是阿胡拉神冠的诅咒，诅咒再一次显灵了。"

麻六九看了看何徽阳："有没有那么邪啊？"

何徽阳说："老爷子是受了惊吓，把他扶进帐篷里，喝点什么，安抚一下他的情绪。"

小三伸手一架文震邦的胳膊："呀，他在发烧？"

何徽阳伸手一摸文震邦的额头，果然滚烫，她说："老爷子病了，快点扶进去。"

麻六九拾起曹水烟的枪，那是一支德国的 G36 步枪，保险还没有打开，他端着步枪顺着那个怪物的足迹向前追踪了一百多米，身后忽然传来何徽阳的尖叫，他蓦地扭转方向，跑回何徽阳面前："怎么啦？"

何徽阳嘴唇青紫，咬着牙说："那边，好像有动静。"等麻六九跑过去看时，什么都没有，柔软的沙子上竟然连一点痕迹都没留下。

何徽阳说："明明那个东西在这里一闪就不见了，怎么可能没有留下痕迹，这是违反科学定律的。"

麻六九说："这个世界可能存在一些无法解释的东西，待在帐篷里，不要出来，照顾好老爷子，如果有危险，就大喊。"他说得很慎重，然后掉头跑向原来的方向，追过一个沙丘，那种野兽的足迹忽然消失得无影无踪。

返回帐篷，文震邦的病情似乎略有好转，何徽阳说："我给他喂了点水，他似乎清醒了。"

文震邦把自己卷裹在一条睡袋里，苍白的脸色转为赤红的颜色，他说："我看到了死亡的颜色，我见到了死神的笑脸。"

麻六九晃了晃他的脑袋："喂，喂，你是清醒的吗？"

文震邦说："我很清醒，我想说，我可能快要死了，不，我的意思是说我们，我们都要死了，我们没法逃脱阿胡拉神冠的诅咒。"

麻六九说："拉倒吧，我们连神冠的影子都没瞧见，那个什么诅咒会有那么恐怖吗？"

"刚才你看到了什么没有？"

"有，好像是一个野兽。"

文震邦说："血祭，一定是血祭。"

"什么是血祭？"麻六九问，是恐怖的祭祀？"

何徽阳说："血祭是一种很古老的祭祀活动，历史证据表明，古代的西域三十六国，非常盛行火祆教，他们经常杀掉牛羊，用来祭祀，被称为巫教，很早以前，人类的血祭是用人，在奴隶社会时期，是用人来祭祀。"

麻六九说："好像越说越恐怖。"

小三坐在帐篷一角，独自发呆，听着他们三个说来说去。文震邦说："你不得不相信宿命，而且历史总在重复，二十年前，我在一片沙丘上看到的景象，和今夜看到的情景几乎一模一样，曹家兄弟的死状很奇特，咽喉被割断，地上没有血迹，伤口很干净，尸体全身的血被抽干了，极度恐惧，后来我查阅有关古籍，发现有一种叫森莫夫的神兽，或许就是那种野兽在作怪。"

麻六九说："不可能吧，张思翰说过，森莫夫是训练过的藏獒。"

文震邦说："那不是真正意义上的森莫夫，只是替代品，森莫夫是传说中的神兽，来无影去无踪。"

麻六九不想和文震邦说了，他实在难以相信文震邦的解释，这个老头被病魔给烧糊涂了，他要寻找真相，于是走出帐篷，望着天空的一轮明月，或许真的无法走出这片大漠，但是真相仿佛就在前方。

何徽阳从帐篷里钻出来，问："你有什么打算？"现在的她几乎是依靠在麻六九的肩膀上，那种软软的口气简直是在对情人低语。

麻六九做了一个非常大胆的决定，抓住她的手说："我已经想清楚了，不能留在这里等死,无论生死,我们都在一起。"

小三在帐篷口缩了缩脖子:"麻队,别丢下我啊。"

麻六九说:"我们起程吧。"

小三说:"他呢?"

麻六九说:"跟我们一起走,我们不会丢下老人。"

三人匆匆收拾了一下行囊,带着最后的食物和水,还有三匹骆驼,离开了沙丘。

骑着骆驼在月光下行走,别有一番风情。麻六九和何徽阳共乘一骑,一只骆驼上趴着文震邦,小三自己骑一匹骆驼,他们把曹水烟安葬在沙丘的旗杆下,或许这是对死者的一种尊敬。

他们一路向北,但是没走出五公里,小三的骆驼就不听使唤,开始暴躁起来,小三说:"这畜生不听话。"

话音未落,骆驼竟然在沙漠上飞驰起来,骆驼虽然是温驯的动物,但是奔跑起来的速度相当惊人。小三在骆驼上呀呀大叫,但是骆驼却仿佛中魔一般,小三喊道:"我的骆驼疯了。"

麻六九却很兴奋,说:"小三,或许你的骆驼发现了什么,你放开缰绳,让它带着你跑。"说完,催动骆驼紧随其后。

三匹骆驼在大漠下飞驰,翻过数座沙丘,来到了一处荒凉地带,这里没有水源,更没有人烟,麻六九开始泄气,正在这个时候,更为怪异的事情发生了,小三和骆驼噗地坠入一个大陷阱。

陷阱很大,所幸的是,陷阱下没有危险的埋伏。小三从骆驼上一头扎进沙堆,嘴里灌满了沙子,而那只骆驼的膝盖只受了一点轻伤。小三从沙子里爬出来,呸呸呸,吐出嘴里的沙子,说:"你们别管我,这个陷阱肯定要了我的命,你们还是赶快逃走吧。"

麻六九笑了:"小三,你还没死呢。"他和何徽阳来到陷阱边缘,正要把小三拉出来,忽然何徽阳说:"等等,这不是什么陷阱,这是一个祭坑。"

"祭坑?"

何徽阳解释说:"祭祀用的大坑。"她纵身跳了下去,用手在祭坑的边缘一抹,露出一面被烟火熏得乌黑的墙壁,墙壁上隐约有一幅彩色绘画,是胡人的盛大的祭祀场面，有胡人在跳舞，还有人拿着弓箭对准一头牛。何徽阳说："这是袄教祭祀的场面，古籍里有记载，古代的西域三十六国实行过这种祭祀，我们好像来到了一座古代遗址。"

麻六九说："会不会是文震邦要找的且末古城呢？"

这样一说，三个人都有些激动，另一只骆驼姗姗来迟，骆驼上爬着文震邦，他虚弱地说："叫我看看，我觉得这里有一股邪恶的气息。"

麻六九赶快将文震邦抱下骆驼，老爷子的身体一直滚烫发烧，沉浸在一种半痴迷的状态里，他看见那些彩色壁画的时候，竟然挣脱了麻六九的扶持，跌跌撞撞地滚到陷阱里。何徽阳说："您老看清楚了，以前是不是来过这里。"

文震邦摇摇头："似曾来过。"

何徽阳说："文老爷子现在神情恍惚，还是让他休息一下。"

三人在祭坑边缘搭建了三个小帐篷，检查了一下食物和水，勉强可以应付两天。麻六九说："我们就在这儿，哪儿也不去了，这里可能是古城遗址，张思翰要么能找到这里，要么我们在这儿平静地等待死亡。"

小三说："或许，我们还能多坚持一些日子，既然我们不走了，那些骆驼也就没有用了，我们可以杀了，能支持更多的时间。"

这家伙说的话，虽然有些残忍，但是不无道理。黎明还没有到来，文震邦被放进帐篷里，只有小三精神奕奕，从帐篷里钻出来，跳到祭坑里面，用行囊里的小铲子，在沙子里挖一个坑。麻六九问："你做什么？"

小三干脆地说："骆驼太大，一顿吃不了，我得把剩余的部分埋起来，这样做不是可以节约食物吗？"

麻六九笑道："小三，你怎么突然变聪明了。"

何徽阳一笑，说："是求生的欲望让他变聪明了。"

小三挖了几十铲子，仿佛筋疲力尽，大口喘息着。在长期吸食毒品的情况下，他已经变得非常虚弱。麻六九不得不跳下沙坑，抓过小铲子，叫小三到一边歇着，只挖了几下，就发现一块磨盘大小的石块。

何徽阳很兴奋，她说："等一下，这是什么？"

麻六九说："磨盘。"

何徽阳说："傻瓜，这绝不是磨盘。"

两人迅速清理出一块完整的石块，这是块椭圆形的磨盘，四周有六个拳头大小的小孔，而且彼此贯通，麻六九看了半天，没搞明白是做什么用的，但是何徽阳一语道破了天机："这是一个机关，这些孔洞是用来放置木柄的，现在已经腐烂没了。"

　　麻六九说："和我的推测一样，这东西是一个磨盘，需要转动，然后会有什么发生，对吗？喂，过来，和我们一起推。"他在呼唤小三，小三有些不情愿地说："这块大石头有好几百斤，推得动吗？"麻六九一瞪眼："别废话，快点过来，推。"

　　小三乖乖地走过来，三个人把手撑到洞孔里，其实是白费力气。后来何徽阳想到一个绝妙的办法，她把三只骆驼的缰绳解下来，拧成一股绳子，然后穿进磨盘的孔洞里，系在骆驼的脖子上，骆驼的力量果然足以拉动磨盘，随着磨盘缓缓转动，一座小沙丘竟然坍塌下来，黄沙簌簌而落，裸露出一座高大石门，石门有一丈多高，嵌开一丝缝隙，泛着阴森而寒冷的气息。

　　麻六九停止吆喝骆驼，这只骆驼累坏了，大口地喘息，他重新把骆驼拴好，然后走到何徽阳面前，何徽阳正观察着平平无奇的石门，小三探头探脑地向石门里观望，麻六九用身体倚住石门，把缝隙推大一些，好让何徽阳和小三顺利钻进去，里面是一条暗道，两侧的石壁上画满彩绘，麻六九的感觉很幸运，绝望中带着一点激动，何徽阳是画像石专家，到了这儿，就如鱼儿入水一般。

　　月光照映着壁画，何徽阳说："这些壁画很恐怖。"

　　麻六九开始注意那些壁画，果然很恐怖，都是鲜血淋淋的祭祀场面，暗道约有五十米深，越往里面走，越是漆黑一片。倏地，光明乍现，何徽阳转眼一看，麻六九已经拿了一束火把，她问："在哪儿弄的？"

　　麻六九说："墙壁上有，有人曾经进过这个洞穴，这些火把是备用的。"

　　何徽阳顺着麻六九的指点，看到在墙壁的一角，堆着一些火把，小三也去拾了一根，用打火机点燃，火苗突突乱窜，似有一股阴风吹了过来。

三十七　鱼皮人

张思翰在神殿里的收获基本为零。戴墨镜的家伙好不失望，没有一件珍宝，除了石头就是石头，只有那具尸体似乎引起张思翰的兴趣，他初步判定，这尸骨的年代不过二三十年，因为骨头上还附着着一层油脂，几千年前的古尸则不会这样。

这几天，宿营地里却发生了一些匪夷所思的事，说起来有点血腥和恐怖，有天晚上，一个杀手的头不见了，脑袋齐刷刷地从身体上分离，那些杀手顿时有些害怕，只有戴墨镜的家伙不吭不响。张思翰觉得这事可能和那个血滴子有关，但是他没有证据。

戴墨镜的家伙名字叫史蒂夫，是个华人，曾是美国海军陆战队退役的特种兵，是个冷血杀手，擅于追踪、使用各种武器、爆破和暗杀。

史蒂夫让手下缩小防范，两个人用一顶帐篷，果然平静了好几天，但是怪事依旧层出不穷，两个杀手开始发高烧，事先没有任何征兆，他们的病情来得迅猛而突然，有一点莫名其妙。

神殿里又有新发现，诗卿在神殿一角，发现了一个奇怪的绘画，怎么看都感觉和其他的彩绘一点也不和谐，画面上有几个神祇，其中最为尊贵的一个，骑着一匹神马，光头，飘带，还有小胡子，手上托着一只宝瓶，头上飞着吉祥鸟，身旁枝叶遍地，婆娑为影。马后有一人张开宝伞，马前则跪着一人，应该是祆教信徒，仿佛在忏悔着什么。

张思翰也注意到这张图，他说："这上面画的，可能是祆教大神密特拉，他是一个抽象的神，象征着真理和忠诚。"

诗卿说："这是死者的审判和最后的复活，祆教把一天分为五个时辰，每一个时辰都要进行祈祷，祈祷的仪式是，洁净脸和四肢，将圣带捧在胸前，双眼直视圣火，祈祷结束后系好圣带，这个仪式能帮助信徒抵御邪恶的侵袭。"

正说到这里，康承艺身着白袍，腰系圣带走进了神殿，手里还拿着一支火把，神色庄重，像是虔诚的信徒，他准备将那个圣火台点燃，史蒂夫并没有阻拦，想要杀死一个人的信仰，不是一件容易的事，康老头爱干啥就干啥。

这个时候，张思翰的脑子也有点愚钝了，他瞧着康承艺将一些燃料，似乎是檀香一类的东西放在圣火台上，然后点燃圣火，火焰蹿起，袅袅升起一股硝烟。

仿佛是一瞬间的事，张思翰的脑海里划过一道闪电，他距离诗卿最近，而米莉留在帐篷里没有下来。他一手抓过诗卿的胳膊，把她拖到自己的怀抱里，同时叫了一声："老七趴下。"

"轰！"

圣火台上炫出一道耀眼的火光，康承艺像一张薄纸，软绵绵地倒在地上。

张思翰被一股强大的力量抛了出去，但是他紧紧地搂着诗卿，不使她感受到一点压力，因为这个小女子的身体像水一般柔软，他从心底升起一股保护她的欲望。

爆炸过后，神殿里到处是呻吟声，痛苦的叫喊声。负伤的人不在少数，史蒂夫的手被飞石划出一个大口子，嘴里谩骂着，指挥着没受伤的人清理现场。鬼眼七比较幸运，他竟然一点也没受伤，他走过来，将张思翰拉起来，对诗卿认真地说："你们两个先离开，我会把康老先生抬出去。"

诗卿的眼泪唰地流出眼眶，康承艺的尸体血肉模糊，鬼眼七朝着张思翰一使眼色，张思翰把诗卿拖出神殿。

米莉很紧张地看着他们，张思翰把诗卿往米莉面前一推，说了声好好照顾她，即刻返回神殿。

康承艺死了。鬼眼七守在他身边。张思翰赶来的时候，这位孤独的老人脸上血迹已经被擦干净。张思翰问："老七，这是同样的手法？"

鬼眼七说："你说是在白头坟场。"

张思翰说："没错，白头坟场是伊儿汗干的好事，但是这一次绝不是伊儿汗干的，另有其人。"

鬼眼七问："史蒂夫的底细你摸清楚没有？"

张思翰摇了摇头："他不过是一个傀儡，他的背后有大鱼。"

鬼眼七说："我担心的不是这个，现在康老爷子死了，我担心还会出现无头之尸。"

张思翰说："是啊，血滴子如同幽灵一样，他肯定是康承艺埋伏在营地里的一个杀手，现在康承艺死了，这家伙恐怕要大开杀戒。"

鬼眼七说："也不尽然，如果杀手是为了钱，我们可以给他更多的钱。"

张思翰说："老七，你真是糊涂，血滴子这种江湖传说的利器，康承艺怎么会随便传人，一定是他最亲近的人，这不是钱的问题，而且据我所知，康承艺好像并不缺钱，因此那个血滴子也不可能缺钱。"

鬼眼七说："那怎么办？"

张思翰说："如果你是那个血滴子，康承艺死了，你会怎么做？"

鬼眼七双眼一亮："你的意思是——"

史蒂夫从一旁走来，问："你们两个在说什么？"

张思翰说："我们正在商议，按照祆教的葬礼来操办康老爷子的后事，你有什么意见？"

史蒂夫没从张思翰的脸色上觉察到什么，他说："只要别搞出什么乱子，遵守这里的秩序就可以。"

这一次爆炸中，史蒂夫损失了两个手下，其余的都是轻伤，神殿被迅速清理干净，弥漫着浓厚的血腥之气，史蒂夫不得不动用两名炸弹专家，对神殿进行一次搜索，排除还有危险存在的可能。

张思翰和鬼眼七将康承艺的尸体抬出神殿，准备了一个简单的葬礼。米莉一直对诗卿怀有敌意，但是看见她这样悲伤，米莉忍不住地安慰这个美人，让她从悲伤里振作一点。

张思翰和鬼眼七弄了个帐篷当灵堂，整了个火盆点燃圣火，给他穿上洁净的衣裳，等待夜幕的降临。

大漠里的夜色很快降临，装殓着康承艺的帐篷里还燃烧着火光，张思翰觉得这个葬礼有点不伦不类，鬼眼七和米莉回到自己的帐篷睡下，只剩下张思翰和身着素衣的诗卿。

盆里的火苗簌簌抖动，张思翰的双眼已经有些睁不开了，凌晨时分是人类最疲惫的时刻，诗卿的身影在帐篷里晃动，一股异香从帐外飘来，张思翰感觉头重脚轻，迷迷糊糊地睡了过去。

帐外人影一闪，有人低声问："他睡了吗？"

诗卿走到张思翰面前凝视了片刻，轻声说："睡了。"

一条人影钻了进来，满身的月光，鱼皮怪人只露出一双眼睛，充满了悲哀的神色。诗卿说："你怎么来了，是爸爸叫你来的吗？"

鱼皮人说："师傅叫我跟在后面，因为，他知道这次大漠之行，充满了变数和危机，绝不是只有一股力量在寻找阿胡拉神冠。"

诗卿说："你最好不要滥杀无辜。"

鱼皮人说："我并没有滥杀，丢脑袋的人其实都该死，他们竟然想要谋害公主，他们两个并不是史蒂夫的手下，而是祆教中的另一个派系，我们奉命保护公主的安危，不得不如此，这样一来，营地里面人人惶恐，个个相互猜忌，我们正好行事。"

诗卿说："按照你的推测，炸弹是谁放的？"

鱼皮人说："不好猜，很多人随意进出神殿，炸弹是最近放置的，这个人对神殿如此熟悉，而且是一个精心布置的陷阱。"

诗卿说："如果是这样的话，这个人已经将神殿搜查过了，阿胡拉神冠想必被他拿去了吧？"

鱼皮人说："还没有，如果他拿走了神冠，在这里设下陷阱，恐怕就没有意义了吧。"

诗卿说："接下来，你会怎么做，不要再用血腥的方式了，尽可能用温和的手段来解决问题。"

"温和？血债要用血来偿还，我发誓要找到凶手！"

鱼皮人的嗓音既低沉又愤慨，说了句"公主保重"，转身钻出帐篷。鱼皮人的脚步又轻又快，在帐篷中穿梭，宛如沙漠里的鱼。等他回到帐篷前，忽然一愣，因为帐篷被人动过，他在帐篷前留下的特殊标记被人破坏了。他一伸手，从腰间抽出一把寒光闪闪的匕首，一个箭步冲进帐篷。

帐篷不大，里面坐着一个人，笑眯眯地看着鱼皮人。鱼皮人松了口气，说：

"张思翰，我就知道，你一定可以找到我，自从在那个雨夜相见之后，你一定会记住我。"

张思翰说："因为康老爷子不幸遇难之后，你一定会联系诗卿，现在我们谈谈。"

"有什么好谈的？"

鱼皮人冷冷地回绝，同时向后一闪，身体贴到帐篷的边缘，用匕首向着帐外的黑影一刺，刀尖悄无声息地穿进黑影的胸膛。但是鱼皮人的瞳孔射出一丝惊讶的光芒，刀尖穿过帐篷，竟然刺空，一只手抓住了他的手腕，他将匕首向后一带，外面的人也跟着撞了进来，而且一头撞到他的身上，两个人跌倒在一起，鱼皮人看见鬼眼七那双森寒的鬼眼，低声说："鬼眼七，你不是睡了吗？"

鬼眼七一只手抓着他的手腕，另一只手缠着鱼皮人的脖子，两条腿压住他的胸膛，平淡地说："你看到的都是假象。"

鱼皮人试图挣扎，但是张思翰走过来，大手一伸，夺去鱼皮人的匕首，轻声说道："你不会希望惊动史蒂夫吧，所以，请乖乖回答我们的问题。"

鬼眼七说："这个血滴子这么神秘，我要看看他的真相。"伸手来揭他的鱼皮面具，却被张思翰拦住："老七不要，至少给人家留点隐私。"鬼眼七一笑，缩回手来。

张思翰说："我问你，你为什么叫诗卿公主？"

鱼皮人说："你想知道的话，对你没好处。"

鬼眼七说："那你为什么要用血滴子杀人？"

鱼皮人说："他们都是该杀的人。"

张思翰说："你没有回答我的问题，怎么就想转移话题，为什么称呼公主？"

鱼皮人犹豫了一下："张思翰，你真想知道？"

张思翰说："说吧，诗卿的身份是公主，这个公主的称呼是怎么来的？"

鱼皮人吸了一口气，说："张思翰，她是大唐皇族的后裔，姓杨，你这样聪明，不会猜不出来的。"

张思翰问："她为什么不姓李，而姓杨？"

鱼皮人说："因为这也是一种保护，我们保护这个秘密已经有一千多年了，至于公主的身份，现在已经无从详查，因为那位绝世美人在临终前，也并没有说明，她的孩子究竟是谁的后代。"

张思翰说："那位绝世美女是不是去了日本？"

鱼皮人说："当年，她的确是去了日本，因为她知道阿胡拉神冠的秘密。"

张思翰问："诗卿还有什么亲属？"

鱼皮人摇摇头："公主是一脉单传。"

鬼眼七说："你们在说什么，什么姓杨姓李，绝世美女又是谁啊，这是什么意思？"

张思翰说："历史上姓杨的美女有几个？"

鬼眼七拍了一下脑袋："你说的是杨贵妃，杨玉环？"

鱼皮人说："没错，公主就是她的后裔。"

鬼眼七一咧嘴，发出傻笑："我说她长得这么迷人漂亮，出身名门，厉害啊。"

鱼皮人说："我们都是当时保护贵妃的侍卫后裔。"

张思翰说："是吗，你们是安氏一派？"

鱼皮人说："嗯，我们的祖先都是火袄教的胡人，包括康承艺。"

张思翰说："那你们的祖先是什么时候回来的？"

"大宋建立以后，我们才回到中原。"

"你们是为了寻找阿胡拉神冠吗？"

"没错，贵妃在临终前曾对后人吐露了阿胡拉神冠的秘密，所以，贵妃的后裔要寻找到神冠的下落。"

鬼眼七说："那贵妃的后裔究竟是谁的孩子呢，姓李，姓安，还是姓史？"

鱼皮人尴尬地说："这个，这个，或许除了公主自己，没人会知道，因为安史之乱后，袄教分裂成两派：安氏一派和史氏一派，为了保护贵妃的后裔，这永远成了一个谜。"

张思翰说："既然这样，为什么还会有人在圣火台上安装炸弹，能知道神殿所在的必定是袄教信徒，难道不怕误伤诗卿公主吗？"

鱼皮人说："事情很奇怪，如果是安史两派，任何一派都不会向公主出手，而之前，我杀掉的人则更是奇怪。"

张思翰说:"有什么奇怪,他们是史蒂夫带来的杀手。"

鱼皮人说:"说起来,可是一件匪夷所思的事,喂,我已经回答了几个问题,我是不是能起来说话呢?"

鬼眼七松开鱼皮人,鱼皮人狼狈地爬起来,他朝地上一坐,对张思翰说:"你知道,我是按照康承艺的安排,一直秘密跟踪你们来到这里,跟踪你们的时候,我在沙漠里留下了一些特殊的踪迹,这些踪迹是故意留下的,绝不是伊儿汗干的,他现在下落不明,恐怕在他的队伍里面,原本就有内奸。"

张思翰说:"被你干掉的杀手,是内奸吗?"

"他只是其中一个,是他杀了那个向导,营地里的鬼影也是他弄的,我杀了他,就是警告他的同伙,但是我没想到有人在祭台上安放了炸弹,我本来是负责保护他和公主的安全的。"鱼皮人撩开鱼皮衣的下摆,露出软肋,浮现出一片殷红色的血迹,说,"而且,我还差点儿丧命,我在暗中留意,你们被史蒂夫俘获以后,那些踪迹依然存在,这说明,一股神秘的力量是我们还不知道的,甚至不知道来历、动机和领导者。"

张思翰说:"那我们何不计划一下。"说完,他压低了声音,在鱼皮人耳边开始细细低语——

三十八　铭文的秘密

天光大亮，一轮红日从沙漠之海的彼岸冉冉升起，整座沙漠开始变得暴躁，炽热，仿佛一个蒸笼。

在大漠的某个角落里，麻六九和小三把文震邦抬进暗道，里面还算是凉快，文震邦的病情有些加剧，老爷子浑身滚烫，好似被阿胡拉神冠的诅咒一刻不停地折磨着。而何徽阳还在痴迷于密道尽头的壁画。

画面似曾相识，是一幅欢乐歌舞的图像，中部是头戴王冠的男女在举杯庆祝，身旁是四个戴头光的侍者，下面还有四人手持乐器，围绕着一个壮汉做胡旋之舞，之下是狩猎图案，两名武士正将利器插入狮子的心脏。

麻六九走到何徽阳面前，想让她休息一下，说："这是什么图？上面还写着字。

何徽阳耐心地解释说："这是宴乐图，是古波斯人，或者是胡人画的。"

麻六九说："我知道，那些头上有光圈的人是神仙，而狮子是邪恶的象征，对不对？"

"没错。"

麻六九说："那这几个弯曲的字迹是什么意思？"

何徽阳说："是粟特文，翻译过来的意思就是——私家墓葬，擅入者死！"

"私家墓葬，擅入者死！"麻六九的脑海里灵光一闪，说，"这八个字我曾见过，就在孟买的古井里！"

文震邦忽然发出一声呻吟，说："这些字肯定是唬人的，这里有秘密。"他现在时好时坏，此刻仿佛突然清醒过来，直起身体，硬撑着站起来，走到那幅宴乐图前，用手在石板上一摸，脸色阴森地说："年轻人，这是用来吓唬人的，不过是小把戏。"说完，用力在石壁上一按，石壁哗地升起，出现一个密室，密室里阴风阵阵，堆积着几具尸骨，当中一座石铸的圣火台，台上放着一顶金光闪闪的王冠，造型比较别致，按照麻六九的描述，神冠上的锯齿像城墙上的箭垛，真是怪异。

麻六九用火把一照，说："还是老爷子的经验丰富，我们研究了这么半天，却没想到这面墙壁居然是道暗门。"

何徽阳快活地叫道："阿胡拉神冠，阿胡拉神冠，我们找到神冠啦！"

只是他们高兴得太早，三人正想走进密室查看，身后忽然响起阴森森的笑声，有人说道："诸位，久违了。"

麻六九转身一看，伊儿汗站在阴影里，冷森森的枪口正对准三人的胸膛："把你们的武器丢掉，丢到这边来，快点！"

麻六九狠狠地骂了自己两声："你真是个蠢蛋，被人跟踪都不知道。"他把枪丢了过去。

小三犹豫了一下，也把枪丢了过去。

伊儿汗说："你们想要独占神冠，实在是不自量力，神冠属于祆教，它是我的，文震邦，你没有想到吧，最后还是我得到了它。"然后用枪口一指三人，喝令："退后。"

麻六九三人慢慢后退，但是文震邦却并没有听到伊儿汗的话，而是走到那几具尸骨前，愣愣地发呆。伊儿汗得意地走到神冠前，伸手摘下光芒缭绕的神冠，但是他一点也没放松警惕，枪口一直对准三个人，仿佛随时都会开火。

密室里死一般寂静！

文震邦默默地转过头来，双眼血红地说："是你，杀了他们！"

伊儿汗说："你在说什么疯老头，你是真疯，还是假疯？嗯？你不怕我一枪射穿你的脑袋！"

文震邦的全身都在颤抖："我儿子是你杀的，这里面有他的尸骨！"

伊儿汗根本不懂文震邦在胡说些什么，他把神冠缓缓地戴在头上，一张狰狞的脸孔都被覆盖上神圣的颜色，他俨然把自己当成皇帝一般，麻六九问何徽阳："那个传说是不是真的，谁得到阿胡拉神冠，就可以得到至高无上的权力和财富？"

何徽阳说:"谁知道,看他的表情,像个皇帝,或许神冠真有扭转乾坤的力量。"

小三说:"要是我,就把神冠换成好多好多钱。"

伊儿汗哈哈大笑:"做皇帝的感觉果然很爽,这顶神冠在许多名人的脑袋上戴过,很快,我也将会成为历史上的名流!"

麻六九盯着伊儿汗,发现他在流汗,脸色也变得苍白,呼吸急促,麻六九叫了一声,把何徽阳扑倒在地,一串子弹从伊儿汗的枪口里射出,在石壁上击出一串火花。小三非常机敏,他朝地上一趴,装死。

麻六九搂住何徽阳,两个人从密室一路滚进暗道中,仔细听听里面,好像了无声息,何徽阳说:"你看到伊儿汗的怪模样了吗?"

麻六九说:"看见了,像是中邪,你留在这里,我进去看看。"

何徽阳说:"你要小心,我不希望你有事。"伸手搂住麻六九的脖子,久久不愿松开。麻六九大胆地亲了一下她的脸颊,像蛋清一样嫩滑。麻六九对何徽阳说了一声"放心",然后从她的身体上爬起来,刚才的亲密接触,让麻六九感受到这个身材瘦弱的女孩,长着一对丰满的乳房,瞬间,他立刻纠正自己的思想,你在想些什么呀,这个要命的时候,还在想些乱七八糟的事情。

密室里安静得出奇,伊儿汗躺在地上,枪丢在一边,阿胡拉神冠滚出好远,文震邦倒在那几具尸骨的旁边,他的大腿上中了一弹,发出痛苦的呻吟。麻六九走到伊儿汗面前,听见他发出微弱的呼吸:"救我,救我。"

麻六九有点慌,极快地检查了一下伊儿汗的身体,没有发现任何伤口,但是伊儿汗的身体状态显示,他处在一种虚弱的状态下,呼吸开始缓慢,好像是中毒。麻六九踹了小三一脚,喝道:"快起来,我们把他弄出去,弄不好,他得死在这儿。"

文震邦说:"我们都要死,这是神冠的诅咒!"

麻六九没听他唠叨,他和小三把伊儿汗抬出暗道,伊儿汗已经进入一种昏迷状态,他们把伊儿汗放在光线充足的地方。麻六九剥开伊儿汗的衣裳,重新检查他的身体,检查到伊儿汗头发的时候,麻六九忽然有所发现,后脑部分有一片青色发肿的头皮,中间有一个针尖大小的伤口。

这个时候，何徽阳拿着神冠走出来说："我们都上当了，这个并不是真的神冠，只是一个赝品。"

"什么？赝品？"小三说，"要是赝品挺好，给我吧，能换点钱。"

麻六九说："慢着，徽阳，快把神冠丢掉，它能要你的命！"

何徽阳双手一丢，哎呀一声。

"怎么了，是不是感觉被扎了一下。"麻六九紧张地问。

何徽阳蜷起手指，左手小指上出现一个血红小点。麻六九的动作快如闪电，从口袋里抽出一把匕首，刀光一闪，何徽阳的小指被斩了一截，鲜血淋漓，麻六九毫不犹豫地抓起何徽阳的手指，让她屏住呼吸，放慢心跳，几乎是一把将她抱起来，然后大头朝下，麻六九说："小三快点找根绳子，把她吊起来，不知道这法子是否可行，但是我得试试。"

何徽阳说："你干什么，快把我放下来。"

麻六九说："你中了毒，我怀疑是一种神经毒素，我现在让你的血脉倒流，或许有救，等毒素麻痹了你的神经，你就没救了。"

正说着，伊儿汗已经停止了呼吸。麻六九把何徽阳捆在骆驼上，何徽阳的血流了一地，但是他并没有要止血的意思，现在没有抗毒血清，只能听天由命了，让她多流点血，或许可以清除身体里的神经毒素，达到意料不到的解毒奇效。

小三说："伊儿汗死了。"

麻六九走到尸体前，叹息着说："死了，反倒是种解脱，他死在自己的梦里，或许这样的死法对他来说是幸福的，神经毒素会麻痹他的神经，放慢他的心跳，像喝安眠药一样，死在自己的梦里。"说完，弯腰仔细看那顶黄金神冠："徽阳，你刚才拿的是什么部位，是不是神冠的后面？"

何徽阳说："是呀，好像被蜇了一下。"

麻六九小心地用匕首在神冠上敲敲打打，然后会心一笑，问："你现在感觉怎么样，有没有麻痹的感觉？"

何徽阳说："有那么一点，但不是很严重。"

麻六九说："你很幸运，看来，你没有什么生命危险，我检查了这顶神冠，神冠的后脑部位，有一个设计巧妙的机关，像一个毒针弹簧，当你戴上神冠的时候，受到压迫的毒针会弹出来，伊儿汗就是这样死的，好在毒针刺过他以后，毒性应该不那么强烈，你会慢慢恢复起来的。"说完，他走到骆驼前，给何徽阳包扎起伤口。

何徽阳说："这是个赝品，绝不是真的神冠。"

"问题却在于，谁把这个赝品放在这里呢？"麻六九说。

"一定是想杀我们的人。"小三说。

麻六九说："玻璃花房，诗卿喜欢从花草里提炼毒素，她有重大嫌疑。"

何徽阳说："你不要怀疑她，她是个好姑娘。"

麻六九说："她和康承艺是最值得怀疑的，我怀疑他们在背后搞鬼，康承艺应该知道神冠的秘密，所以，他要将每个觊觎神冠的人灭口。"

何徽阳说："文老爷子呢？看看他在里面做什么呢？"

麻六九只好重新走进密室，不由得大吃一惊，他看见更为血腥的一幕，文震邦倒在地上，他的头颅不翼而飞！

锅里飘出牛肉的香味，张思翰和鬼眼七熄灭了篝火，把滚烫的一盆土豆炖牛肉端进诗卿和米莉居住的帐篷，史蒂夫闻香而来，他在帐外笑哈哈地说："味道真不错啊。"

张思翰说："进来坐坐。"

史蒂夫客气地说："打扰了。"走进帐篷，他的目光带着一丝狡黠之光，但是张思翰发现他的神色下隐藏着一丝惶恐。

张思翰先用勺子吃了一块牛肉，然后说："史蒂夫先生，尝尝吗？"

史蒂夫忧郁地说："又有三个人病倒了，高烧不退。"

张思翰问："你的意思是，食物？"

史蒂夫点点头："我感觉，我的队伍已经被渗透，你们几个恐怕也危险了。"

"既然如此，怎么不请那位幕后的朋友出来相见？"

史蒂夫苦涩地一笑："张思翰先生，不瞒你说，这是我接到的最古怪的生意，你可能不相信我，但我要告诉你，连我也不知道那位雇主是谁，我只是负责开发这个地方，负责保护你们的安全，当然，如果你们想要逃走的话，另当别论。"

张思翰说:"好吧,史蒂夫先生,我可以明确地告诉你,我不会走,我要解决这里的秘密,这个看起来像是且末古国遗址的地方,埋藏着好些秘密。"

史蒂夫说:"我能相信你吗?"

张思翰说:"你应该相信我,除此之外,你还能有更好的办法吗?"

史蒂夫说:"好吧,只有上帝才知道。"

正在这个时候,有人前来报告,神殿里又有了新的发现,张思翰随着史蒂夫走进神殿一看,神殿的一角被砸出一个大窟窿,被破坏的正是那张宴乐图的壁画。经过先进的探测器,发现这扇墙的后面有一个隐蔽的空间,于是将这面墙壁拆掉,露出一个秘密的洞窟。

张思翰走进洞窟,震惊十分,他看见一道美丽的彩虹横贯穹顶,这是一座圆形大厅,环绕在石壁上的彩绘斑斓五色,全是各类祆教神祇,阿胡拉大神居中,身旁是密特拉神、娜娜女神仙、阿梅雷特神、得悉神仙,各类众神,还有马头鱼尾的神兽、人头鹰神的怪异、骆驼和绶带鸟,各种吹拉弹奏的热烈场面,简直是一场神仙的欢乐聚会。大厅正中有一座莲花神坛,神坛下刻着两种字体的铭文:一种是汉字,一种是粟特文字。

米莉走进神坛,轻声念道:"阿胡拉神冠藏于此处,用石头的秘密开启神冠的辉煌。"

诗卿说:"已经很明白了,阿胡拉神冠藏在神坛里,需要用石头的秘密开启。"

什么是石头的秘密?鬼眼七和米莉的目光忽然流转到张思翰身上,仿佛只有他知道石头的秘密。

张思翰围着神坛走了一圈,接着登上神坛,用手一指,众人仔细一看,神坛最上面摆着一座青色的石匣,上面有一排细密的格子,格子里刻着古老的阿拉伯数字,但令人奇怪的是,这些数字只有0到7,却没有8和9两个数字,实在是费解。

张思翰说:"打开石匣的方法,一定和上面的数字有关,我推测这是一些密码。"

米莉问:"这些和石头上的铭文有关联吗?"

张思翰说:"当然,你们还记得石头上的铭文吗?"

鬼眼七说:"记得,起首八个字是——胡天神冠,既寿永昌。"

张思翰说:"没错,以下的铭文却有空白处。"他要了一张纸和笔,在神坛上铺开纸张,将铭文重新默写一遍——

胡天神冠,既寿永昌,起于草莽,□□知命,承□□天恩,□极荣辱,□百战不□,□□大器英姿,□相将之智,□□汉晋名垂,□□盖世,□天下大业,□龙虎风云,□□伏首,文□飘香,□不世之基,□□□偷□,□安神意,震□慈瑞,克长安洛阳于指掌,□□有大略,胸□百万军,□□万邦仰附,□□不见同音,□神天授,饮□摩□,圣火护佑,唐宗□尽,圣人万安,□枕三星,□邑九州,泽□苍生,□教亲归,□□轮回,周天循环,不过□□皮毛,圣人之辉当与天地同存!

史蒂夫瞧着古怪的铭文问:"什么意思?"

张思翰说:"这是破解铭文的密码,我原来对里面的玄机是一知半解,直到我看见一本书,偶尔才有了某种奇怪的感觉。"

诗卿问:"是哪本书?"

张思翰说:"你家里收藏过这本书,名字叫《九宫大成南北词宫谱》,你应该看过这本书。"

诗卿说:"我的确见过,那是一本记载乐曲的古籍。"

张思翰说:"我在穆歌家和印度古井下同样见过这本书,而且并不是同一本,这让我感觉,那绝不是一种巧合,胡人喜爱音乐没错,但是让我感兴趣的是里面记载的东西,在我仔细的翻阅之下,我忽然发现,铭文的秘密其实藏在书中。"

鬼眼七十分不悦地说:"原来,你小子早就知道了。"

张思翰说:"在《九宫大成南北词宫谱》里,记载着这样一个曲子,是元代的散曲,名字叫《袄神急》,如果我没有记错,全文是——不求三品贵,唯厌一身多,假是功勋,图像麒麟阁,争如忙里闲,暂放眉间锁,来今往古英与豪,到头都被他,日月消磨。"

诗卿说:"如果我没记错,这是乾隆初年编辑的一部作品。"

张思翰说:"但这支散曲却是元朝的,有人曾告诉我,石头上的铭文可能是填空游戏,要真是那样的话,请将这首曲子拆开,从头到尾地填进空白处,一篇很不错的铭文不就出现了吗?"

米莉轻声念道:"胡天神冠,既寿永昌,起于草莽,不求知命,承三品天恩,贵极荣辱,唯百战不厌,一身大器英姿,多相将之智,假是汉晋名垂,功勋盖世,图天下大业,像龙虎风云,麒麟伏首,文阁飘香,争不世之基,如忙里偷闲,暂安神意,震放慈瑞,克长安洛阳于指掌,眉间有大略,胸锁百万军,来今万邦仰附,往古不见同音,英神天授,饮与摩豪,圣火护佑,唐宗到尽,圣人万安,头枕三星,都邑九州,泽被苍生,他教亲归,日月轮回,周天循环,不过消磨皮毛,圣人之辉当与天地同存!"

三十九　生存之道

又多了一具尸体！

麻六九真是头痛如裂，如此酷热难当的沙漠，尸体很快就会腐烂变质，发出臭味，还有可能引来狼群。只能迅速掩埋。

密室里很凉爽，冰冷的空气中弥漫一股热辣辣的味道，是血腥的余味，让人备感阴森的是，文震邦的头没有找到，麻六九和小三里里外外找了三圈，结果毫无所获。小三疑神疑鬼，认为是鬼魂作祟！

何徽阳靠在一面墙壁上，她看起来很虚弱，但是没有生命消逝的迹象，神经毒素正在与她的意志搏斗，她双眼微闭，头靠在麻六九的肩膀上，心里涌起温暖无限的爱意。

麻六九说："有股熟悉的味道。"

"什么味道？"何徽阳说，"很多天没洗澡了，身上酸酸的。"

麻六九说："不是你身上的味道，是这几具骨头的味道。"他起身走到那几具尸骨前，望着这些骨头，说："这些骨头有问题。"

小三没吭声，瞧着黄金神冠，不知道这个假玩意儿是否值钱。

何徽阳说："骨头还能有什么问题？"

麻六九说："有时候，死人也会说话，文震邦显然认出了这些骨头。"他拣起几块骨头，发现骨头上沾着一些粉末，用鼻子嗅了嗅，原来是生石灰。他瞧了瞧四周，并没有可疑发现，但是这些生石灰令他心生疑窦，嘴里说道："寂静之井，这里是寂静之井。"

小三说："啥是寂静之井？"

何徽阳微弱地说："祆教信徒死后，处理尸骨的地方。"

麻六九说："如果这里是寂静之井，应该还有我们还没发现的出路。"

何徽阳用手一指："你试试那里。"

麻六九顺着何徽阳的手指方向看去，前面有一块石壁，那是一张有些模糊的胡旋舞的壁画，"这壁画有什么奇怪的？"

何徽阳说："我曾在宁夏的一座石门上，见过与此一模一样的图案，这个图应该是后画上去的，要是有出路也一定在这儿。"

麻六九用匕首敲了敲那块石壁，退后几步，他现在已经管不了那么多，他端起枪，示意何徽阳捂住耳朵，然后扣动扳机，嗒嗒嗒，用子弹向石壁上乱射，这是老七曾告诉过他的，如果你在一座古墓里找不到机关，最好乱敲乱打，子弹，铁锹，什么都行，如果恰好震动机关，你就会找到生路。

子弹打完了，石壁上弹孔累累，麻六九泄气地把枪丢在地上，心里充满了沮丧，但是这个时候，石壁忽然一震，悄无声息地沉入地面，露出一个乌黑的洞口，麻六九大喜："原来，这里面还有猫腻呢。"

由于太兴奋，麻六九往里面一踏步，直接一头扎了下去。后面传来何徽阳的一声惊叫。但是麻六九很快应声，"我没事，不必担心。"小三打着一支火把向里面照耀，里面是一座大坑，铺满了生石灰，石灰上堆满了累累白骨，看起来令人触目惊心！

小三说："麻队，你怎么样，没有受伤吧？"

麻六九说："没有，但是我的眼睛被石灰眯住了，我看不见东西。"

何徽阳说："那得用油来冲洗，我们没有油，你要忍耐一下。"

漆黑中，麻六九用手一摸，摸到两根肋骨，他说："现在我们在什么地方？我不能睁眼，看不见东西。"

何徽阳虚弱地说："你陷在一个大坑里，那是真正的寂静之井。"

"四周有没有出路？"麻六九问。

何徽阳说："我们得下去看，这个坑挖得很深。"

麻六九说："徽阳，你先留在上面，不要下来，让小三一个人下来，下来的时候要闭上眼睛！"他连说三遍，头上没人回应，仔细一听，有人哎呀一声，一个人正砸在他的身体上，他用手一摸，小三说："是我，差点儿把我摔死，这大坑得有四五米深。"

麻六九说:"下来就好,你慢慢睁眼,瞧瞧有没有出口。"

小三凑到麻六九身边问:"麻队,你的眼睛?"

"我可能要瞎了。"麻六九说。

小三吓了一跳,因为麻六九的眼睛又红又肿,好像被石灰烧得很厉害。他叹息一声说:"这里只有骨头,没有出口。"

麻六九用脚跺了一下,发现下面居然是石板,他说:"小三别慌,看看地面铺着的石板,希望有所发现。"

石板上面刻有凹槽,小三拂去生石灰,揭开一张石板,石板咯吱一声,缓缓张开。小三用火把一晃,一股腥臭的气味扑面而来,他说:"什么都没有,全是骨头。"

何徽阳说:"是纳骨瓮,排列在一起的纳骨瓮,我是头一次看见。"

麻六九扫兴地说:"全都是石头,没什么宝藏,真是郁闷,以为会大有收获啊。"

这个圆形深坑,直径大约有十米,深有四五米左右,坑底的四面用不规则的石块修葺,石板下面纵横排列着一尺多宽的暗沟,阴风从暗沟里吹拂上来,泛着刺鼻的血腥味,发出呜呜之音,好似鬼泣一般。

麻六九说:"我们把文老爷子安葬在这里吧。"

"不好。"小三说,"我可不想有尸体睡在里面,晚上我会做噩梦。"

宁夏盐池M6号墓石门上刻画的胡旋舞

何徽阳说:"这里可能是祆教最神秘的墓葬之地,我们要好好挖掘这个地方。"

"啪!"

小三吓得手一抖,火把掉在地上,洞窟里漆黑一团。

麻六九问:"怎么了?"

小三说:"有,有鬼!"

火把倏地熄灭,小三瘫坐在地上,大口呕吐,鲜血的味道像无数只蚯蚓一样爬进他的胃里。

麻六九问:"怎么了?"

小三说:"我看见一具尸体!"

麻六九问:"什么样的尸体?"

小三惊恐地说:"一个抓着鸟笼的尸体,浑身缠满布条。"

麻六九一惊,问:"是不是像个木乃伊?"

小三浑身哆嗦着,拾起火把,重新点燃,火光幽幽闪亮。黑暗中果然有一具尸体,浑身缠满布条。但是裸露出来的皮肉呈白皙的颜色。

麻六九问:"尸体在什么方向?快扶我去看看。"

小三嘀咕着:"有个尸体,在12点方向,有什么好看。"扶着麻六九向尸体靠过去。

麻六九依靠在小三的背后,顺势抓住小三的枪,他的动作极快,小三都没反应过来,麻六九是什么意思,但是麻六九无须解释,那是一支AK74。不过,虽然如此,麻六九的动作依然慢了半拍,黑影一晃,缠满布条的尸体倏地一跃而起,向着小三冲来,尸体的动作快极了,小三吓得几乎窒息,丢了火把撒腿想跑,但是麻六九没让他跑,而是端起枪口,瞄准尸体扣动扳机。

嗒!嗒嗒!

三发子弹射进黑暗,火把的光芒再一次熄灭,一切都归于寂静。麻六九在黑暗中问:"打中没有?"

小三说:"好像是没有。"

麻六九说:"我在澳门见过这个杀手,老七还差点儿送命,我一直奇怪,文震邦是怎么死的,原来是有人埋伏在这里,既然有人埋伏在这儿,这里一定还有其他的出路,喂,杀手朋友,我没说错吧,你没路可退,快投降吧。"

无人回答。

小三说:"你说晚了。"

"怎么呢?"

小三长叹一声:"我说你刚才问我,尸体在几点钟方向呢,可惜你的枪法实在很差,他已经跑掉了。"

麻六九问:"怎么跑的?"

"暗道,出现了一条新的暗道。"小三惊喜地说。

麻六九说:"跑得好,我这招敲山震虎是奏效了。"

小三说:"原来你是故意打偏的。"

麻六九面露微笑:"没错,我故意将枪口向上抬了一下,我这样吓唬他,他一跑就露馅了,我们有救啦,跟着他,我们就会找到生路。"

"你可真了不起。"麻六九的耳边响起何徽阳温柔的声音,说,"就算你真的瞎了,我也不会嫌弃你,我会伺候你一辈子。"

麻六九双眼虽然还在火辣辣地痛,心里却涌起一股暖流,他把枪托拄在地上,说:"我们快走,要小心,小三在前,徽阳你抓着我的手,无论前面多大风雨,我们都要一起走。"

当麻六九三人钻进一条深邃的暗道时,张思翰等人还停留在神殿里琢磨那个石匣的秘密。

鬼眼七问:"这首《祆神急》与这个石匣机关有什么联系?"

米莉说:"这些数字很奇怪啊,其中没有8和9,又是什么意思?"

诗卿说:"我知道,但是我不说,张思翰,我要你说。"她的表情有几分神秘,又有几分羞涩,像是一个怀揣着柔情的小女人,而要情人分享秘密一样,仿佛她已经知道张思翰的心思。

张思翰说:"既然是曲子,就会有乐谱,哆来咪发唆啦西,明白了吗?"

鬼眼七说:"没明白。"

张思翰说:"答案很简单,简谱中的0代表休止符,从1到7表示基本音级,所以才没有8和9这两个数字,只要把这首《祆神急》的简谱翻译出来,一定是开启石匣的密码。"

米莉说:"这个叫我来完成吧。"她很快将密码翻译出来,然后张思翰按照密码的排列,在石匣的数字上按动。

诗卿轻声念道:"不求三品贵,唯厌一身多,假是功勋,图像麒麟阁,争如忙里闲,暂放眉间锁,来今往古英与豪,到头都被他,日月消磨。"

张思翰说:"很有哲理的曲子,古人的智慧从来都不让今人。"

说话间，石匣缓缓张开，里面赫然是血腥的一幕，几乎让张思翰的胃翻转过来，石匣里面根本没有阿胡拉神冠，而是一颗血肉模糊的人头，那花白的眉眼，依稀是文震邦的模样。

正是失踪了几天的文震邦的头颅！

史蒂夫说："我的天，这是怎么回事？"

鬼眼七说："这里已经有人来过了，恐怕是个陷阱。"

张思翰示意米莉不要看石匣里的首级，汗水却顺着脸颊流淌，他说："我们好像中计了。"

话音未落，神殿外的暗道里轰隆一声巨响，黄沙簌簌而落，浪潮似的黄沙瞬间从暗道里冲进神殿，不停地淹没着这个空间。

众人向后退去，史蒂夫此刻已经完全没有了办法，他用对讲机喊话，但是外面似乎更乱，更糟糕，他的脸色苍白，那些从暗道里流进的沙浪，和死神的垂涎没什么两样。

张思翰凝视着文震邦的头颅，但是没有躯体，单单一个圆圆的头颅被单独放在石匣的中心，呈一种仰视的角度，文震邦的眼睛大睁，眼珠很干涩，在电光的映照下和死鱼眼没什么两样！

张思翰蹲下来仔细审视文震邦的脸，对鬼眼七说："喂，老七，你快来看看，文震邦的死很奇怪。"

鬼眼七的脸色比史蒂夫还要难看："张思翰，你能不能不折磨我，叫我去看那个头，是不是以后不想让我吃肉。"

张思翰说了一声："废话，你要是不看，我们现在就得变成尸体。"

鬼眼七转眼一看，史蒂夫把枪口对准了米莉，冷声说："如果出不去，她将会变成神殿里的第一具女干尸。"

米莉不知道从哪儿来的一股勇气，竟然双臂一挣，说："对女孩子，你就不能像个绅士？"

张思翰说："放心好了，这里面肯定有出路，不然的话，这个头是怎么放进来的，还很新鲜。"他伸手从石匣里，将文震邦的头拽了出来，米莉吓得闭上眼睛，浑身一软，几乎倒在史蒂夫身上。

张思翰把文震邦的脑袋冲着老七抛了过去，鬼眼七伸手一接，神殿里本来阴森寒冷，死气沉沉的，一道血光飞到鬼眼七手上，气氛立刻浓缩成一派血腥。史蒂夫的手下看见人头，有些异常的紧张。

鬼眼七看了看脖子上的切口，锋利，整齐，仿佛一刀两断，他悚然叫道："血滴子！"

出于条件反射，他的目光立刻移向诗卿，然后立刻痛苦地呻吟："张思翰，你可害苦我了。"他的手里提着头颅，丢也不是，不丢更不是，从头颅的鼻孔里爬出几只白色的小虫。

张思翰说："老七，你不是说，你曾是玄门正宗，盗墓密宗吗，怎么一个脑袋能把你吓得魂不附体。"

鬼眼七对张思翰的揶揄并不在意，他说："我不是怕，但是死者为大，要尊敬死去的人。"他恭敬地把头颅放在一角岩石上，给那颗头颅恭恭敬敬地鞠了三个躬，嘴里说道："尘归尘，土归土，怨生痴，痴生恨，九幽之下莫抱怨，阳关大道走一边。"

史蒂夫带着莫名其妙的脸色，纵声叫道："鬼眼七，你嘴里叨咕什么呢，这里虽然神秘，但是不要装神弄鬼！"

鬼眼七说："我在念师傅传授的神鬼解怨咒，实话告诉你，这个人死得很悲惨，不仅被分尸，而且他的死法很痛苦，被下了很厉害的化鬼咒。"

史蒂夫说："什么是化鬼咒？"

鬼眼七说："化鬼咒是很毒辣的咒语，所杀之人在七天后会化成厉鬼，为了不让厉鬼报复，要用化鬼咒将厉鬼的魂魄化成乌有，如果有人破坏了化鬼咒，厉鬼就会找这个人索命，不出三天这个人就会七窍流血，死于非命！"

史蒂夫说："能量守恒定律，人死后会转化成另一种物质，假如真有魂魄，一旦魂魄化掉，这个人还剩下些什么？"

鬼眼七说："信仰。"

史蒂夫问："你信仰鬼神之说？"

鬼眼七说："不，我信仰生者自有生存之道。"

四十　奉陪到底

神殿里的黄沙不停地流淌，就像一个沙漏。

众人聚缩在圣火台上，史蒂夫的几个手下已经淹没在黄沙里。史蒂夫带着几个持枪杀手，占据了圣火台的中心位置，他们把鬼眼七几个赶到圣火台的边缘，如果不早点找到出口，他们随时都有被流沙吞没的危险。

史蒂夫威胁着说："张思翰，你不是说有出口吗，出口在哪儿？"

张思翰二话没说，动作迅速，他走到石匣前，用手扳住石匣的两侧一拧，噗的一声，圣火台中心陷落出一个直径一米的圆环，向地下缓缓沉去，这是一个升降梯。

张思翰一个箭步蹿了过去，正要跳到升降台上，史蒂夫用枪口一顶他的腰眼："张思翰退后，叫我的人先走。"

张思翰做了一个无可奈何的表情。众杀手拥了过去，史蒂夫带着几个手下，率先跳到升降台上，向下面沉去。

鬼眼七、米莉、诗卿立刻蹿到台上，因为身后的流沙已经卷到了膝盖。鬼眼七望了望黑洞洞的下面，说："张思翰，你开杀戒了。"

张思翰摸了摸剃光的头皮，说："如果我不那么做，我们都将必死无疑。"

米莉和诗卿还没有明白他们对话的含义，忽听下面传来一阵破空之音，黑暗中飞出无数支弩箭，惨叫之声不绝于耳。

张思翰说："阿弥陀佛。"双手抓住石匣一扭，升降台又抬了起来，流沙已漫到脚边。

张思翰没等升降台停好，又一扭，拉着米莉和诗卿跳了上去，最后一个跳下来的是鬼眼七。石台上倒着三四具尸体，浑身插毒箭，但是没有史蒂夫。

流沙开始从头上坠落，等升降台沉到底部，张思翰才发现对面是一个漆黑的洞口，洞口边缘布满清晰的箭孔。

鬼眼七说："幸运的是，这个机关只能触动一次，要不我们都玩完了。"

张思翰说："小心，史蒂夫可能藏在那里面。"

成团的流沙从上面坠落下来，他们只好拖起两具尸体钻进洞口。尸体上的装备还很齐全，鬼眼七把装备从尸体上扒下来，把自己全副武装上了，另一些给了张思翰。有了武器，信心倍增！

洞口里漆黑一片，他们沿着暗道向前摸索，长长的暗道多少有些令人郁闷，奇怪的是，始终没有看见史蒂夫。走了一段，米莉脚下一绊，摔倒在一堆柔软的物体上，但是没有受伤。她从柔软的物体上爬起来，映着惨淡的光芒，顿感毛骨悚然，那是一具穿戴整齐的无头尸体！

米莉大声尖叫，仿佛要将恐惧从柔弱的嗓子里挤压出来。

黑暗里的阴风飒飒作响，如同毒物在沙地上盘旋，张思翰在黑暗中回头一看，米莉脚下横卧着一具无头尸体，从着装上看，好像是史蒂夫的一个杀手，枪丢在一边，鬼眼七摸了摸枪膛和弹夹，是空的。他说："除了我们和史蒂夫，这里还有别人，是一个能轻易弄掉人头的家伙。"

张思翰仔细检验尸体，脖子边缘血肉模糊，呈现出乌黑的颜色。

鬼眼七说："瞧，这里还有。"

众人在黑暗中仔细一瞧，四面都是尸骨，其中一具尸骨，全身衣裳破烂不堪，白刷刷的肋骨被啄食得干干净净，一个孤零零的骷髅头歪斜着，米粒大小的虫子在眼眶里爬来爬去。

诗卿检查完一具尸体后，惊讶地说："死者的脊椎骨被撕裂，一条漂亮的白羊毛腰带被血迹染成黑红色，这具尸体似乎是死于一种古代最残酷的刑法——车裂！"

米莉以为她故意吓唬自己，因此面无惧色地问："什么是车裂？"

诗卿说："《周礼》中有关于车裂的记载——誓驭曰车辕，车辕谓车裂也。民间俗称五马分尸，是中国古代的一种酷刑！"

米莉说："你的意思，这里是一个刑场吗？"

诗卿说："差不多，你们看到墙壁上的绘画了吗，那是最后的审判。"

米莉从鬼眼七的手里夺过手电，向墙壁上一照，墙壁上全是红色彩绘，好像是鲜血画成的，全无祆教彩绘的平和气象，无论神祇还是恶鬼，都是气势汹汹的模样，当中有三个大神，下面是岩浆喷涌的地狱，无数的骷髅恶鬼在岩浆中备受折磨，露出痛苦哀号的神色。

张思翰说："这是祆教三联神的审判？"

诗卿说："没错，三联神的最后审判，善者入天堂，恶者归地狱。"

鬼眼七说："那我们究竟是善还是恶呢？"

"看，这是惩罚善与恶的刑具吗？"米莉指着地上的两块木板说。墙角摆着两块厚重的木板，木板有三尺多宽，三寸多厚，中间有半圆形的豁口，至少有五六十斤，张思翰忍住悸动的心情，走到木板的边缘，用手指摸了摸，发现木板边缘刻着规整小字——来俊臣制！

张思翰的心中一跳，来俊臣是大唐的酷吏，历史上对他的评价是——以施暴为勇，以杀人为乐。不过张思翰以为，此人有严重的心理变态，而且他最感兴趣的是别人的老婆与小妾，只要他看上的女人，总会想方设法地陷害那个女人的老公，达到自己的不齿之欲。想到这里，张思翰拿起石案上摆的一个铁圈，锈迹斑斑，好似几百年不曾用过，张思翰全身汗毛竖起，猛然意识到那对木板其实是一对木枷，是大唐十大酷刑中排名第四的枷刑，这对木枷还有个很风趣的名字——突地吼！

如果说突地吼还算是比较温柔的刑具，而这个铁圈则要令人闻风丧胆，它的名字叫"铁圈笼头"，将铁圈套在犯人的头上，如果犯人不老老实实地承认自己的罪行，力大十足的狱卒便往铁圈里加木楔，让犯人脑浆迸裂而亡！

鬼眼七低沉地说："有人来了。"

张思翰立刻关了手电，和鬼眼七埋伏在两侧，把诗卿和米莉掩护在身后。

张思翰稳住心神，他坚信要活捉来人，他要把老七、米莉、诗卿从这个滋生死亡与魔鬼的地狱里拯救出去！

张思翰像壁虎一样，紧贴着墙壁一动不动，前面出现一个黑影，他朝老七打个手势，鬼眼七明白了，但在黑影的后面似乎还有一个影子。

老七握紧了枪，或许有一种怪心理，是自己吓唬自己，他觉得自己非常紧张，眼睛产生了某种幻觉。

黑影一闪而逝，幽幽的风贴着地面摇摆，发出呻吟般的怪叫。黑影再次一晃，张思翰毫不犹豫地出手，纵身扑去，但是对面的黑影向后一闪，极快地滚去，黑影的手里有枪，张思翰下意识地推开黑影抬起的枪口。

嗒！嗒嗒！

子弹射空，鬼眼七从张思翰身后闪出，用力撞向后面的黑影，只听一男一女同时在叫，已经和鬼眼七纠缠在一起。

米莉感觉不妙，急忙叫道："不要动手，不要动手，错啦，错啦。"

"玉米！"

"是玉米，终于找到你们啦。"

黑暗里响起何徽阳的欢叫，打斗立刻停止。照明亮起，彼此都很狼狈，大家从地上爬起来，张思翰的鼻子被抓破了，看见小三一脸恐惧的样子。小三说："不关我事，是麻队叫我这么干的，误会，全是误会。"鬼眼七正在拂去身上的灰尘，没人注意到他的脸色发红，因为何徽阳攻击了他的要害部位，吓得他现在还很心有余悸呢。

此刻，照明的灯光无限温暖，诗卿打开一支手电，照耀着每个人的脸孔。只是照明亮起来的时候，有一个混沌的影子缩到黑暗里，众人无法觉察。张思翰问："你们是怎么到这里的？"

麻六九说："一言难尽，伊儿汗和文震邦都死了，我们一直在追查那个木乃伊的杀手，这才到这儿。"

何徽阳说："说出来你们可能不会相信，那个杀手能把人头摘掉，文震邦已经身首异处！"

"血滴子！"鬼眼七说，"肯定是血滴子干的，康承艺死了，那个血滴子绝不会善罢甘休，他会把我们都杀光，用来报复！"

诗卿说："不可能。"

鬼眼七说："怎么不可能，什么都可能发生，这里和地狱没有分别。"

米莉安慰着鬼眼七，让他冷静一下。但是流沙已经凶猛地淹没过来，众人只好迅速撤离，在小三的带领下，众人原路返回，居然一路畅通，回到麻六九三个人刚开始进入暗道的地方。

阳光灿烂，三匹骆驼悠闲地站在沙丘上。鬼眼七从沙坑里爬出来，正要向骆驼走去。

啪！

一颗子弹飞来，从鬼眼七的肋下穿了过去，鬼眼七翻身栽倒，喊了一声："有埋伏！"贴着滚烫的沙漠飞快地滚动，留下一条鲜红的血迹。

张思翰伏在一片沙丘后面，问："老七，伤得重不重？"

鬼眼七说了："还好，死不了。"

麻六九让女士们重新钻进暗道，躲避子弹的攻击，他则摸索着，在小三的带领下来到张思翰身边，他说："张思翰，我现在看不见，我听见外面有枪声，肯定是狙击手。"

张思翰说："好吧，我来跟狙击手交涉。"

鬼眼七说："给我枪，我要叫这个打冷枪的家伙原形毕露。"他躺在沙丘下面，用衣服将伤口包扎起来，弹头的威力很大，没有留在体内，只是穿了一个眼，他忍住阵阵痛楚，要给这个卑鄙的狙击手一点颜色瞧瞧。

张思翰选了支步枪，向鬼眼七藏身的沙丘抛去，那支步枪在空中划出一道弧线。

啪！

一颗子弹击中了空中飞舞的步枪，并利用子弹的力量，将步枪的落点推出六七尺远。鬼眼七想伸手去够那支枪，但是才伸出手，沙上便飘散出两道硝烟。鬼眼七说："见鬼。"

张思翰说："不要拣枪，这是个聪明的狙击手。"

远处沙丘上趴着一个小黑点，穿着沙漠迷彩服，尖声说："张思翰，你们只有投降，否则下一粒子弹会穿透你的脑袋！"

张思翰说："说吧，你要什么条件？"

狙击手说："交出阿胡拉神冠的秘密。"

"阿胡拉神冠的秘密，我们怎么会知道，开玩笑吧。"张思翰说。

麻六九却说："他并没有开玩笑，我们的确找到了阿胡拉神冠。"然后低声说："那是个赝品，伊儿汗就是被神冠里的毒针害了命。"

张思翰好奇地说："拿来我看。"

何徽阳从背包里拿出赝品，镀金的神冠在阳光下闪烁夺目，仿佛权力和财富是那么的光芒万丈。张思翰说："朋友，我现在把神冠丢过去，你可要接住。"说完，他给小三打了一个手势，意思是掩护他。小三心里害怕，双手持枪，脑袋埋进沙丘里，在张思翰用尽全力把神冠抛过去的时候，向狙击手说话的地方连开数枪，枪声很震撼，但是枪枪落空。

张思翰借着小三的掩护，纵身蹿出沙丘，飞快地向鬼眼七藏身的沙丘爬去。鬼眼七趁此机会，团身一滚，倏地将那把枪抓在手中，身体并没有停止滚动，而是朝着那个狙击手隐蔽的角落，连续扣动扳机。

嗖，嗖，嗖！

子弹漫射在狙击手藏身的沙丘上，虽然没有击中目标，但是足以震慑对方，不过狙击手立刻还以颜色，小三哎哟一声，一粒子弹贯穿了他的耳朵，他摔倒在沙坑里，捂着耳朵，要何徽阳给他包扎伤口。

神冠落在距离狙击手埋伏点一米多远的地方，张思翰和鬼眼七觉得沙丘下一阵蠕动，神冠下面竟然伸出的是人手，一把抓住神冠，但是枪声响起。

啪！

神冠下面的手忽然不动了，接着一股殷红的血迹从神冠下渗透出来。

张思翰喝了一声："好枪法！"

"谢谢夸赞！"一个声音是从沙丘的另一侧传来的。

麻六九喊了一声："隐蔽。"

"没必要，我对自己的枪法很有自信，那个狙击手完了。"史蒂夫抖落满身的尘沙，从另一个沙丘下钻了出来，端着一支狙击步枪，他一直走到那个狙击手的藏身处，用脚一拨隐藏在黄沙下的尸体，冷冷地说："一枪致命。"

诗卿说："这是你们两个故意的吧？"

张思翰说："没错，是我让史蒂夫先行一步，埋伏在沙丘里的，我觉得事情没那么简单，我们被黄沙淹埋，一定有人欲置我们于死地，怎么会轻易放过我们呢。"

麻六九提醒张思翰："你们在暗道里撞见木乃伊杀手没有？"

张思翰说："没有。"

"不可能，暗道只有一条。"

张思翰感觉不妙，他向史蒂夫跑去，边跑边喊："史蒂夫，小心，他是假死。"

晚了。

史蒂夫大意了,就在他扬扬自得的时候,脚下的尸体倏地跳起,动作快如闪电,一拳击向史蒂夫的脖子,史蒂夫浑身一颤,双手紧紧地勒住脖子,奋力向张思翰跑来,但是鲜血从脖子里喷涌出来,即使史蒂夫是一位自救行家,却也在张思翰的面前,疲惫地倒下,他流出的血太多了,而且一种极厉害的神经毒正弥漫着全身。

张思翰伏在史蒂夫身旁,他一手按住史蒂夫的伤口,一边想给他进行包扎,但是史蒂夫已经进入昏迷状态,张思翰意识到,史蒂夫不仅受了伤,还身中剧毒。

鬼眼七眼光特别敏锐,他看见狙击手在出手的一瞬,露出脖子上的一块布条。他大喊一声:"是木乃伊杀手,都给我趴下。"说完,抄起步枪朝着木乃伊杀手开火。

木乃伊杀手闪躲不及,身中数弹,翻滚到沙丘下面。

听见枪声,张思翰忽然一愣,伸手抓着史蒂夫的双肩,把他拖到沙坑下面,然后对何徽阳和米莉说:"快,看看他的伤。"

诗卿翻了翻史蒂夫的眼皮,轻声说:"这是一种动物神经毒素,可能是剧毒,他的呼吸现在开始缓慢,眼前出现幻觉。"仿佛她是一位懂得毒性的大行家。

米莉说:"这个人不坏,他还有没有救?"

诗卿摇了摇头:"中毒太深,而且没有抗毒血清,估计很难。"

张思翰提醒说:"老七,狙击手穿了避弹衣,他肯定还没有死。"

鬼眼七说:"妈的,他还不死!"

果然,沙丘下光芒一闪,那是瞄准镜反射的光芒。接着一道清脆的枪响,子弹破空而至,何徽阳丝毫没有犹豫,纵身把诗卿压在身下,一颗子弹从她的后背穿了过去。诗卿被压倒的同时,感觉一股热乎乎的液体从何徽阳的肩头流出,她用力把何徽阳一掀,何徽阳的脸色苍白,她大量失血,已经昏迷过去。

麻六九问:"怎么回事?"

张思翰说:"没什么,徽阳昏迷了,她需要你的照顾。"他叫小三带着麻六九钻进暗道。

诗卿说:"她救了我,我得去照顾她。"

张思翰说:"好吧。"诗卿查看了一下何徽阳的伤势,何徽阳的后背中了一枪,被米莉严实地包扎好了,过了一会儿,何徽阳从昏迷中有了些清醒的意识。

诗卿说:"谢谢你救了我。"

何徽阳说:"没什么,你长得真是美,我不想让你受到伤害。"

这话说得怪怪的,米莉感觉何徽阳和诗卿的距离,一下子拉近好多。两个人的手还紧紧握在一起。

麻六九冷静地问:"米莉,徽阳怎么样?"

米莉说:"还好,没有生命危险。"

"交出阿胡拉神冠的秘密,不然,我可以随时要你们的命!"狙击手低沉的声音从沙丘后传了过来,他已经换了隐蔽的位置,使人很难判断。

张思翰说:"神冠不是已经交给你了?"

狙击手说:"我要的不是神冠,而是那个绝色美女。"

诗卿?

张思翰说:"为什么要美女,你不要神冠了,好奇怪啊?"

狙击手说了:"因为神冠的秘密掌握在她的手中,很吃惊吗?"

的确很吃惊,何徽阳认真地问:"诗卿,你真的掌握着神冠的秘密吗?我觉得好像不是真的,你这么美,好像一个不食人间烟火的仙子。"

诗卿脸色一红:"我不知道他在说些什么,我只是一个普通的女孩子。"

张思翰大声说道:"想要我交人,不可能,我们可以跟你耗。"

狙击手说:"我可以奉陪到底。"

四十一　真实杀手

突然，张思翰做出一个令人吃惊的决定，他挺起胸膛，从沙丘后一步一步走出来。

对面的狙击手大声喝道："张思翰，你准备给我当活靶子吗？"

张思翰说："杀了我，你永远也得不到神冠的秘密。"

"笑话，你怎么知道神冠的秘密。"

"康承艺告诉我的，诗卿根本不知道自己的身份。"

"身份。"

"她只知道自己是一位公主，但她并不知道，自己是什么朝代的公主，康承艺身亡，那个秘密现在只有我知道。"

狙击手笑道："你的意思是，康承艺把秘密告诉了你，就算他告诉了你，你认为那个秘密是真的吗，你凭什么那么自信？"

张思翰笑着拍了一下胸脯："我什么时候不自信过，如果我掌握的秘密不是真的，我敢这样明目张胆地暴露在枪口下吗？"

狙击手说："张思翰，你的确是够血性，够狂妄，但是如果你再不停步，我可要开枪了！"

张思翰蓦地停步，脸上露出大男孩般的笑容，说出一句让人匪夷所思的话："我知道你是谁！"

狙击手扣动扳机的手指一颤，只差一点，没有扣动，子弹带着惊诧留在膛线里："我是谁？"

张思翰说："无论你是安氏一派，还是史氏一派，诗卿都是你们的公主，杨贵妃的后裔最有可能知道神冠的秘密。"

鬼眼七心中大喜，张思翰冒着生命危险，拼命吸引狙击手的注意力，这无疑是个反击的绝妙机会，他沿着一道沙丘匍匐，向侧面运动。

狙击手的方向毫无动静，仿佛他正在犹豫，问："看来，康承艺真的将神冠的秘密告诉你了？"

张思翰说："狙击高手必须要有高超的目力、定力，这叫我想起了一个人，我遇见过一个人，她是个很厉害的美女。"

"谁？"

张思翰说："她失踪以后，我们一直找不到她。"

狙击手沉默了。

张思翰却说："她的名字叫阿梅雷特。"

狙击手说："张思翰，你错了，我不是阿梅雷特。"

张思翰说："你当然不是她，你是和她一同失踪的雪儿。"

鬼眼七说："张思翰，你胡说什么，雪儿怎么会是狙击手？"

张思翰说："她不但是狙击高手，还是下毒高手，在印度古井里，毒死穆歌的人就是她，她正用变声器和你说话，他就是传说中的杀手不净人，他在祆教里的地位，估计比穆歌还高，你个笨蛋。"

沙丘后咯咯一笑："张思翰，你是怎么知道的？"狙击手的声音突然变了，换成了一个娇媚的女子，那声音听起来有几分熟悉，鬼眼七不相信似的问："雪儿，真是你吗？"

"不是我，还能是谁呢。"雪儿说，"张思翰，你是怎么猜出我身份的？"

张思翰说："在印度的古井里，你乔装成一个风尘女子，一开始我并没有怀疑到你，但是后来查看被毒蛇咬死的尸体，那两个女子的伤口几乎一模一样，这让我很怀疑，她们不是被毒蛇咬伤的，而是一种类似蛇牙的模型，你将她们毒死，然后用模型制造伤口，由此我想到，只有你可以在幕后指示辛德毒杀穆歌，然后再杀辛德灭口。"

雪儿说："穆歌是怎么死的？当时我可没在现场，更不可能下毒。"

张思翰说："下毒的手法很奇特，毒不在酒里，而是在穆歌用的餐巾上，我看见他喝酒的时候，用餐巾擦过嘴唇，而别人根本没有用过餐巾。"

雪儿说："观察入微，餐巾上的确有毒，但是你当时为什么没有点破？"

张思翰说:"不是一种毒,是两种混合毒,说起来好像武侠小说里的情节,但的确是两种毒素混合以后,产生的更烈性的剧毒。"

雪儿说:"这是谁告诉你的?"

诗卿说:"我,他把那块餐巾偷偷交给我。"

雪儿说:"难怪,你是研究用毒的大行家。"

张思翰说:"除了餐巾可疑,我还联想到七个杯子,穆歌邀请的人还有一个没有到场,其实这个人已经到了,就是你,是你还没有表明自己的身份,你的身份很特殊,比我们早到,对吧?"

雪儿问:"没错,你还没有解释,我为什么要杀那两个女伴?"

张思翰说:"因为她们觉察了你的秘密,你为什么要用布条缠满全身,因为在澳门刺杀我们的时候,你怕被我们认出来,你是一个女人。"

"的确如此。"

张思翰说:"不,那是我以前的想法,现在我的想法又改了,或许你根本不用变声器跟我们说话,你故意压低声音,是怕我们听出你是谁,但是这样一来,我反倒听见了你真实的声音。"

"什么意思?"

"在旅馆里的刺杀,使我联想到一件事。"

"什么?"

张思翰说:"虽然,你用布条缠绕身体,除了隐藏本来面目,更重要的是害怕我们在接触中发现你的秘密。"

雪儿说:"我怎么还有秘密?"

张思翰说:"是呀,或许,你根本不是一个女人。这也是那两个女人被杀的原因,女人是很敏感的,当她们发觉你其实不是女人的时候,唯一的办法就是杀了灭口。"

鬼眼七简直要呕吐了,回想起旅馆里的人妖刺客,难道雪儿和他竟是同一类人,他不甘心地问:"张思翰,你说的是真的?"

张思翰说:"这事,只有等你来验明正身了,不过,有一个人始终对雪儿不信任,她对雪儿非常防范。"

雪儿说:"是阿梅雷特,她好像知道什么,却不敢当面揭露我。"

"所以，从古井密室逃出来以后，你处处想置她于死地，因此制造了那场火灾，对吗？"

"没错，我当时想脱身，但是又不想被人怀疑，所以火灾，旅馆爆炸，都是我叫那个娘娘腔干的，他疯狂地迷恋着我，他其实并不算是一个真正的人妖。"

张思翰问："阿梅雷特呢？"

雪儿说："她已经去侍奉阿胡拉大神了。"

张思翰说："但是你在康家，偶然发现了一个秘密，康承艺的来历不简单，这得从很古老的唐朝说起，那时胡人比较流行，而且有九种姓氏在唐朝流行广泛，统称为粟特九姓，安、史、米、曹、康，这在当时都是大姓宗族，安禄山和史思明都在这里面，史思明其实是突厥人，却是袄教信徒，所以你一到康家就感觉出那里与众不同。"

雪儿说："我有了一个神奇的发现。"

鬼眼七说："说到神奇的发现，康家到处都是，吃穿用度不用提，书房里摆的古玩字画，哪件不是价值连城，不过最神奇的还是诗卿，说她是杨贵妃的后裔，恐怕没几个人会相信，但是她的美貌，又不得不使人相信，最令人不能相信的是，她还是钻研毒性的大行家，那个玻璃花房遍布恐怖的毒花。"

张思翰叹息一声，烈日炎炎，像他这样辛苦地解说，说得有点口干舌燥，于是鬼眼七接着说："你说的神奇发现，一定是他们喝的那种茶。"

张思翰说："说到点子上了，那种神奇的茶才是雪儿的目标，我说得没错吧？"

雪儿冷冷一哼："这不是你们能知道的，一定是康承艺告诉你们的，你们根本想不到那种茶和阿胡拉神冠间的秘密。"

张思翰说："康承艺偷偷对我说，茶的配方是从阿胡拉神冠上得来的，神冠并没有什么奥秘，而是神冠上记载的配方，非常神奇。雨夜的访客是你故意安排的，为的是探查康承艺究竟知道多少神冠的秘密。"

雪儿说："可惜，那个前去探察的人有去无回，因此我知道康承艺知道神冠的秘密。"

张思翰说："接着你安排了那场火灾，并秘密跟踪我们进入大漠。"

雪儿说："那都是我的精心安排。"

"拉倒吧。"张思翰说，"你不是幕后主使，你的身后有一条大鱼，或者说是你的老板，叫你的老板出来跟我说话。"

话音未落，雪儿冷冷一笑，说："张思翰，我就是老板。"

鬼眼七说："算了吧，一个人妖老板，不成体统。"

张思翰却说："老七，你错了，这个人妖绝不敢出卖他的老板，他只是老板的一颗棋子。"

鬼眼七说："没错，真正的老板从不参与实际暗杀，你个人妖，充其量只是一个小杀手。"

张思翰说："你想见见人妖的老板吗？"

鬼眼七说："他不就在这儿？"

米莉惊问："是谁？"

鬼眼七抬手招了招小三，小三带着笑容问："什么事？"

鬼眼七说："还跟我装呢，你这个老板不是很惬意吗？"

小三摇晃了一下脑袋，鬼眼七突然出手，一手掐住小三的脖子，用冷冰冰的枪口对准他的脑袋，喊道："那个人妖，看看你的老板，现在在我的手上。"

小三吓得哇哇大叫："别开玩笑，别开玩笑。"

张思翰说："你觉得老七像是在开玩笑吗，风暴袭来，你们逃离大队的时候，为什么不奇怪，伊儿汗为什么会在后面跟踪你们，而且，你们能轻易地搞到骆驼，食物，还有水？"

"为什么？"小三问。

鬼眼七说："当然是伊儿汗故意这样做的。"

张思翰点头说："我想，伊儿汗已经发觉，有人在后面跟踪，可他没想到的是，这是一个预先制订的计划，目的就是要除掉他，还有文震邦，因为他们已经在这个游戏里毫无价值。"

米莉惊讶地说："你的意思是，在我们中间有内奸？"

张思翰说："那个内奸就是小三！"

小三苍白着脸孔说："你冤枉我。"

张思翰说："那很好证明。"

鬼眼七当然明白张思翰的意思，他把小三向沙丘上一推，说："人妖，这家伙没用了，杀了他，我告诉你阿胡拉神冠的秘密。"

小三忽然用最快的速度趴在沙丘上，一路向沙丘下翻滚，厉声叫道："别相信他，他在胡说八道。"

对面的沙丘后，有人沉吟了一下，雪儿说："对不起，老板，为了神冠的秘密，你得死！"

小三的身后卷起阵阵尘烟，那是一串子弹震起的硝烟。小三一路狼狈地滚到沙丘下面，被鬼眼七一把抓住脖子："怎么样，露馅了吧，还能装下去吗？"

小三气呼呼地坐在黄沙上说："张思翰，你究竟发现了什么？"

张思翰说："我发现你伪装成弱势的样子，故意接近文震邦，在不被怀疑的情况下，收集对你有利的情报，你要解决所有寻找阿胡拉神冠的人，但是在康家有了神奇的发现后，你的眼前又看到了新的希望，开始指使雪儿纵火、爆炸，我说得没错吧。"

"我为什么要这样做？"

"为了那种神奇的饮料，袄教称其为白豪摩混合液，豪摩是一种混合液，说明白点，它是用神奇的秘方调制出来的。"

诗卿说："根据古典记载，在印度，苏摩是一种醉人的植物，传说最早期的时候，有两种豪摩：白豪摩和金豪摩，袄教把这种神秘的液体形容成了神话，说它是一种神树，生长在 Vouru-kasha 海的中央，有两条神奇的鱼的保护，被一万种能治病的植物环绕，饮用了白豪摩的人，会成为永生不死的人。"

张思翰说："古籍中还记载，那棵树的名字叫'戈卡尔得'，阿胡拉创造了名字叫'卡拉'的鱼，来保护神树。"

何徽阳也说："据琐罗亚斯德之传说，正义最终获胜，最后审判之时，一切罪恶者将再次死亡，并永远从大地消失，金属溶液之河将流入地狱，毁灭恶魔安格拉，此时此刻，阿胡拉·马兹达将进行神圣的祝福与祈祷，并进行最后一次献祭，死亡将不再威胁生命，大神将亲制神饮——'白摩豪'，给一切神圣的复活者饮用，可以获得永生！"

张思翰说："如果真有这种饮料，而且是神制造出来的，那么这种饮料的配方会有记载，最合适的莫过于——"

"阿胡拉神冠。"米莉说。

诗卿说："张思翰，你现在知道亚历山大大帝，为什么要去讨伐波斯了吧，白摩豪在古代已是一种稀有的植物，现代已经绝迹，而且圣典记载里的白豪摩是一种混合液，肯定有一个配方。"

张思翰说："将神奇的配方刻在阿胡拉神冠上，再合适不过了，当年安禄山得到神冠的时候，并不知道这个秘密，他以为神冠真的会得到永生，完全是荒谬之词，历代袄教信徒视神冠为至高无上的宝物，没有人舍得毁坏它，殊不知长生不老的秘方就藏在里面。"

何徽阳说："这些愚蠢的人类，竟然为了那么一点点黄金你死我活，真是该死，他们不值得拥有长生不老的身躯。"

"啪！"

张思翰几个听见砸东西的声音，原来，趁着他们说话的时候，雪儿已经将神冠弄到手上，可是她并没有找到配方，有些失望，正用枪托在神冠上敲击，就像用锤子砸核桃一样。

神冠严重变形，镶嵌在上面的宝石被砸得支离破碎，满地乱滚，但是跟长生不老相比，宝石的光辉黯然失色，雪儿的呼吸紧促，目光痴迷地盯着那只变形的神冠，枪托无情地落下，又弹起，他的心仿佛在被铁锤锻造一样，不是坚强无比，而是十分脆弱，每个人都渴望着长生不老的传说。

神冠终于被砸得稀烂如泥，但是长生不老的传说却没有出现。

"不会的，怎么会这样，绝不可能，这难道是一场骗局！"雪儿发出号叫，他那半男不女的声音实在令人作呕。

张思翰笑道："这本来是一场骗局，被你砸碎的神冠，根本不是阿胡拉神冠，那是一个赝品。"

"赝品？"

张思翰高声说："如果我猜得没错，那是人工合成的，根本不值几个钱，恐怕是镀金的黄铜。"

"真的神冠呢？"雪儿像狼一样叫嚣。

张思翰说："真的神冠恐怕已经被毁灭了，是不是小三？"

小三说:"我怎么知道。"

张思翰拍了一下他的肩膀:"没有比你更清楚的了。至今,你还在寻找阿胡拉神冠的秘密,因为小三并不是你的真实身份,我应该叫你什么呢,山羊胡怎么样?"

四十二　神冠的秘密

鬼眼七瞪着眼睛说:"山羊胡,二十年前的那个向导?"

张思翰说:"没错,山羊胡并没有死,神殿里只发现了一具尸体,那个尸体是文天宇的,而不是山羊胡的,他是袄教里面最神秘的人物,他一直在沙漠的边缘等待机会。"

鬼眼七说:"那他有多大了,至少六七十岁,可是小三看起来还不到三十,这差距也太大了吧。"

张思翰说:"老七,或许说出来没有人会相信,但是世界上的确存在一种无法解释的东西,比如说,人可以返老还童。"

鬼眼七说:"白摩豪?"

张思翰说:"老七,康承艺的死说明什么,我觉得他好像正在培育传说中的白豪摩,诗卿说的研究正是对植物基因的研究,她想让这种神奇的植物从地球上复活,所以,小三才对康承艺痛下杀手,事实上,诗卿给我们饮用过那种特殊的饮料,的确使人神清气爽,但是又很容易上瘾,如果我猜得不错,那种饮料的配方你们没有搜集齐全。"

鬼眼七说:"既然如此,他应该把我们都杀掉,为什么还留下一个诗卿?"

小三说:"可惜,神冠上的配方只有一半,虽然配方不全,我依然坚持服用,延长自己的寿命,直到将完整的配方弄到手。"

张思翰说:"所以二十年前,你一直游荡在沙漠的边缘,希望找到另一半配方,你给自己取了一个绰号叫山羊胡!"

小三说:"张思翰,果然不简单,居然能揭开我的面纱,但是有一点你肯定不知道。"

"什么？"

"我究竟有多大？"

"有一百岁了？"

小三呵呵一笑："屈指一数，已有二百五十六载了，你奇怪吗？"

张思翰说："不奇怪，其实你并不是一个瘾君子，你很会养生之道，吸食的也不是什么毒品，而是'白摩豪'，但是，你的配方不完整，你要不停地吸食，所以，你必须要伪装成一个瘾君子的模样，以免受人怀疑。"

小三说："一切好说，我们得先合作，把不净人解决掉。"

张思翰说："放心好了，这个问题我已经解决掉了，一切表演接近尾声。"他忽然从沙丘后站起身来，拍了拍手，另一个沙丘后蹿出狙击手的身影，他穿着沙漠迷彩服，手持步枪，迈动着猫步走下沙丘。

众人惊异地看着这个杀手，他将步枪在沙漠上一戳，解开迷彩服，露出里面的木乃伊装束，但是随着她洁白的小手在身体上一撕，那些布条立刻纷纷坠落，好似飞天乱舞，首先露出的是她的脸孔，众人不禁惊呼："阿梅雷特！"

阿梅雷特说："久违了，各位，这场戏，我的表演还不错吧？"

小三万分吃惊地说："阿梅雷特，你不是葬身火海了？"

"那不过是一个替身。"阿梅雷特说，"你计划用大火来掩盖罪行，找一具尸体当成雪儿，我也可以这样做，找了一具尸体来代替我，反正第二天的报纸上会有报道，说有两具被烧焦的尸体，这样你们就不会怀疑，我跟在雪儿的后面，这叫螳螂捕蝉，黄雀在后。"

小三张大嘴巴说："原来你们早有预谋。"

"没错。"阿梅雷特说，"你以为史蒂夫的幕后老板是谁。"

"难道是你。"

阿梅雷特说："没错，老娘才是那些家伙的老板。"

小三问："雪儿呢？刚才和我说话的，明明是她的声音。"

阿梅雷特说："你真是不见棺材不掉泪，跟我来。"

众人跟随阿梅雷特走向沙丘，沙丘后面挖了一个大坑，坑里埋着一个人，只有脑袋留在沙地上，脑袋上缠满布条，露出一双凶狠的目光。

阿梅雷特说："雪儿姑娘，被埋的滋味不怎么样吧？"她把枪口顶在杀手的脑袋上："这样一来,你叫她说什么,她得乖乖地说。"

小三无可奈何地说："看来,你们赢了。"

"未必!"

这个声音仿佛雷声炸响,张思翰一回头,只见何徽阳拿着一把手枪,枪口已对准米莉的眉心,用冷森森的口吻说："放下你们的枪!"

米莉说："徽阳,你——?"

小三伸手夺下鬼眼七的枪,反手给了他一下,鬼眼七倒在沙地上,他的嘴唇破裂,流血不止。

麻六九循着声音,慢慢地走了过来,紧张地问:"怎么了,发生了什么事?"他什么都看不见,只好用双手摸索着,像一个可怜的瞎子。

张思翰恍然大悟地说:"何徽阳,原来你和小三是同党!"

米莉说:"根本不可能。"

张思翰说:"没有不可能,因为她在很早以前就接近你,所以你才没有怀疑过她,这也是小三的阴谋,只是你不知道罢了,想一想,有谁经常出入你们家,而你从没怀疑过这个人?"

米莉的神色变了,因为的确如张思翰所说的样子,她的脸色苍白,转眼看着何徽阳,一字一字地说:"如果真有那个人的存在,那个人就是你。"

何徽阳带着一脸的无辜:"玉米,你是我最好的朋友,对不起。"

"怎么了,究竟发生了什么?"麻六九痛苦地说,挥舞着双手,仿佛十分无助。

张思翰一字一字地说:"就因为你是米莉最好的朋友,所以神刀米才没有防备,你才能突然从背后下手,你才是杀害神刀米的凶手!"

何徽阳说:"你怎么会知道?"

张思翰说:"一开始,你表演得很像,完全像一个意外搅进来的局外人,但是从我押车运送尸骸开始,到被文震邦劫持,我一直想不通是谁走漏了消息,现在我明白了,是你,当然,你当时还不能在文震邦面前暴露自己,所以,你把消息传给了小三,不,应该说是幕后的大人物,小三把消息传递给文震邦,于是,由你们精心策划的阴谋,就这样开始了。"

何徽阳说:"你在诬陷我。"

"我没有胡说，我有证据。"张思翰说。

"证据在哪儿？"

"这！"麻六九突然出手，快如闪电，劈手夺下何徽阳的手枪，并且用极为镇定的口吻说，"你和小三在密室里用手语相互交谈我都看见了。"说完，麻六九倏地睁开眼睛，一对眸子放射出咄咄逼人的光芒！

见势不妙，小三抬枪对着麻六九扣动扳机，咔，子弹仿佛卡壳，鬼眼七从沙地上爬了起来，平淡地说："枪里根本没有子弹，你最大的失败，就是在下我枪的时候，太得意忘形。"

"你的眼睛？"何徽阳大吃一惊。

小三恨恨地说："傻瓜，你被他骗了，他一直在装瞎。"

何徽阳有些惊讶地说："你怎么——？"

麻六九摸着下巴，哈哈一笑："你以为，我真会喜欢上你，何大教授，其实我一开始已经怀疑你了，你学习的专业，你精通的祆教的那些古老文化，应该是有准备而学的吧？不装成瞎子，怎么能看见你的破绽，我在坠入寂静之井的瞬间，闻出生石灰的味道，这多亏了张思翰，他提醒过我，寂静之井的下面可能铺满了生石灰，所以我的眼睛是闭着的。"

小三说："可是，我当时看见你的眼睛又红又肿？"

麻六九说："我自己用手指戳的，眼皮下面还抹了点生石灰，没办法，不动点真格的，怎么能骗得了你这只老狐狸。"

张思翰说："没错，谁能想到一个吸毒的小三，居然是这场惊天阴谋的策划者，他收买娜娜的替身，盗走我的刻刀，然后将杀师的罪名嫁祸给我，因此穆歌和曹水烟完全不知情，而娜娜和穆歌也隐约感到这里面有一些奇怪的因素，所以穆歌将我吸引到自己的住所，这正合你意，你趁机挑拨文震邦、曹水烟、伊儿汗，让其自相残杀，每一个接触或了解阿胡拉神冠的人，都逃脱不了死亡的命运，包括这一趟毫无意义的沙漠探险，我用了很长时间在想，每次遇到重大的事件转折点，都会有你的出现，虽然大家都知道你是个微不足道的小人物，好像你总是在更换不同的主人，不停地出卖别人，但是你却平安无事，即使在沙漠里，和我们分手以后，文震邦和伊儿汗被干掉之后，你还是平安无事，这可不是运气，更不是巧合，在经历这么多风雨之后，你还活着，说明你不简单，所以我很好奇。你是不是真的吸毒，结果我发现，你吸的根本不是毒品，而是一种奇怪的粉末，所以，我才明白，原来你才是幕后的大人物。"

小三一笑："张思翰，你很有头脑，而且有学识，我欣赏你，这也是你能一直活着的原因。"

张思翰说："还有更重要的原因，是能帮你解开阿胡拉神冠的秘密。"

小三说："长生不老的秘密，你不想吗？"

张思翰说："所有的事情，我们都已经清楚，唯一没有揭晓的谜底是你们的关系，小三和何徽阳，你们究竟是什么关系，夫妻，情人？"

小三嘿嘿一笑："张思翰，你太没有想象力，小三只是我的绰号，我真正的姓名，叫何文沛，生于大清乾隆二十年。"

鬼眼七说："你真是个老妖怪，活了这么多年还不死。"

张思翰说："我知道了，粟特九姓里，有这一脉，你应该是粟特人的后裔，怪不得你对袄教里的事，这样了如指掌，我也早该想到，你们其实是父女。"

小三，何徽阳居然是父女？麻六九无论如何也不能相信。

鬼眼七诚恳地说："恭喜你，喜欢上一个老太婆，她没有二百岁也差不多了，我真是羡慕你了，她至少结过四次婚，每一任老头死了之后，她可以换个身份再嫁，但是这里有个问题，她不会老，她那些丈夫难道从没怀疑过她吗，她掩饰得真是天衣无缝呢！"

张思翰说："我猜她肯定暴露过，不过她可以选择灭口，但是她如何从年轻变老，又从老变得年轻，这是怎么弄的？"

诗卿说："依靠那个配方，停止服用配方以后，人会慢慢变老，重新服用则变得年轻，不过，对配方的依赖也会越来越强。"

"住嘴！"何徽阳说，"我难道不年轻漂亮吗，如果我再成熟一点，很多男人都会为我着迷。"

米莉只说了两个字："恶心。"

张思翰说："不过，恶心，并不是这对父女的专利，他们还有更加不为人知的一面，阴险，为了阻止其他人寻找阿胡拉神冠，他们故意弄出个神冠的诅咒，那个其实是为谋杀所制造的烟幕，他们还化身各种形象，比如，二十年前的那场血案。"

麻六九说："你指的是文、米、曹三家探险的故事。"

张思翰说："什么不可思议的诅咒，简直是一场精心布局的谋杀，我在神殿里只发现一具尸骨，那个骨头是文震邦儿子的，但是他明明对我说过，山羊胡也留在里面，却没有发现山羊胡的尸体，倒是发现另一条暗道，这说明，山羊胡还没有死，是不是山羊胡小三！"

小三笑了一下："真有你的张思翰，连我是山羊胡，你都能猜出来。"

米莉、鬼眼七、麻六九吃惊地说："怎么可能，如果他是山羊胡，文震邦看见他的时候，怎么会没认出来？"

张思翰说："这个因素我也考虑过，但是这并不难解释，有些人的相貌变化很大，恐怕小三就是这样的人，而且他还蓄了胡须，甚至是易容，所以文震邦在二十几年以后，再次见到小三的时候，无论如何都没法将他与当年的山羊胡联系在一起，这也是小三成功欺骗文震邦的原因，但是，有一个人他根本无法欺骗。"

麻六九说："神刀米。"

鬼眼七说："没错，神刀米的功力非比寻常，眼力，手力，洞察力，他可能一眼认出当年的山羊胡，居然还没有死。"

张思翰说："所以，他才会被害。"

米莉浑身一颤："你的意思？"

张思翰说："这是师傅突然被害的一个极重要的原因，小三不想暴露身份，所以指示其女儿下手。"

小三说："没错。"

鬼眼七说："不是因为那些石头吗？"

张思翰说："不是，那些石头是小三故意放出去的诱饵，他有两个目的：一是将对神冠有兴趣的势力全部消灭，先让彼此火拼，然后最后出手，让我们葬身大漠，就和二十年前的探险一模一样；第二个目的就是想寻找到完整的配方，成为不死之身。"

小三说："没错，我得将完整的配方找到，当年在神殿里，我并没有找到配方，那是多年以前的事了，我将神冠毁掉，为了配方不再向外泄露，但是我得到的配方并不完整，我想一定有所疏漏，有人知道我需要的那一部分，而这个人一定也在寻找神冠，所以我慢慢接触神冠的寻找者，用了两百年的时间，终于锁定了目标。"

张思翰说："你以为，米、文、曹三家是安史之乱的祆教后裔，所以你需要的那些配方，就会在米、文、曹三家手上，或者，至少他们可以带你找到失去的配方，对不对？"

小三说："没错，我用恐怖的手法迷惑了他们，然后把他们一个个置于死地，我故意留下活口，是为了寻找配方，如果都死了，配方的线索也会因此中断。"

鬼眼七问："那么二十年前的大漠，都是你搞的鬼吗？"

张思翰说："最先发现你不对劲的，应该是文震邦的儿子，对吗？"

小三说："没错，所以他得死，我一直在大漠边缘明察暗访，凡是探听神冠的人，我都有兴趣，米、曹、文三家找到我的时候，一个绝妙计划在我脑海里形成了，你应该猜到，伊儿汗的父亲曾在两年前来大漠探险，他们找的也是我这个向导，不过他们全死在沙漠里了，这一次，米、曹、文三家也是同样下场，但是文震邦的儿子起了疑心，所以我在神殿里故意碰触了机关，等他们跑出去的时候，我把他杀了，事先我已经在曹北山的食物里下药，让他莫名地发烧，为的是迷惑他们，故意用神冠的诅咒来恐吓他们，接着，我潜出密道，正遇见曹北山的两个儿子，他们快要渴死了，我正好送他们两个上路，做成被吸干血液的模样，制造恐怖气氛，再下去更好动手了，嘿嘿。"

米莉说："后来呢？我父亲也是死在你的手上吗？"

小三说："我没有杀他，他是渴死的，我找到他的时候，他已经死了，我也把他弄成恐怖的模样，但是我没有赶尽杀绝，我留下了几个活口，我要在他们的身上追踪另一半配方的秘密。"

张思翰说："事情的真相恐怕就是如此，再没有什么疑问了。"

麻六九说："沙漠里那些怪异的事，什么人狼吸血之类的假象，也是你们故意弄出来的吧，当我要去追踪的时候，你故意在后面叫喊，然后由小三把那些假象留下的痕迹抹掉，干得真不赖啊。"

小三说："既然你们知道了真相，你们想怎么样？把我的秘密公开，把我杀掉,还是怎么,快点吧,不要浪费时间。"

张思翰说:"我们当然不用动手,但是你害死的人太多,我们又不能代表法律给你治罪,所以,我们决定把你交给一个人。"

"谁?"

"你回头看看,就知道了。"

小三蓦地一回头,身后站着一个人,这个人像一条鱼,一条闻见血腥气息就要杀戮的鲨鱼。

鱼皮人!

鱼皮人的手里还提着一只鸟笼,笼子没有鸟,只有满满的杀气!

尾声

印度，孟买。重新修建的一座古宅里，张思翰、鬼眼七、麻六九正在前厅喝茶。

麻六九有点疑问："鱼皮人会杀了他们？"

鬼眼七说："估计不会。"

"软禁？"

"差不多，但是他没有多长时间了，他一停止服用那种配方，就会迅速衰老，老得不成样子。"

麻六九说："遗憾的是，始终没有把配方合二为一，如果配方到我们手里，我们就发了。"

鬼眼七说："全世界都是不死人，还有意思吗，生命需要循环，这是天数。"

张思翰说："别做梦了，生命自有其运行的法则，试想想，如果满世界全是永生不死的老头和老太太，那有多么郁闷。"

麻六九轻轻拍了拍张思翰的肩膀："最后问你一个问题，你知不知道诗卿有多大岁数？"

张思翰说："你问这个干什么？"

麻六九说："透露一下嘛，又没什么。"

张思翰说："无可奉告。"

鬼眼七说："麻队，你还是省省吧。"

麻六九说："我在担心何徽阳，还有米莉，米莉能原谅她吗？"

张思翰说："她很好，一个不能忘记忧伤的人，心里还能放得下快乐吗？"

门前，两位佳人正向张思翰招手，一个是米莉，一个是诗卿，她们两个都向张思翰露出绵绵爱意。

麻六九好不妒忌。鬼眼七问他:"你心里是不是还想着那位何大博士?"

"没有。"

"你在说谎。"鬼眼七说,"她很漂亮,不过你现在绝对不想见她,她的相貌有了很大变化,不客气地说,跟棺材里爬出来的干尸没什么两样。"

忽然,门前停下一辆奔驰,车上走下一男一女,麻六九揉了揉眼睛:"不会吧,这样也成一对。"走下来的是阿梅雷特和史蒂夫,阿梅雷特挽着史蒂夫的手臂,洋溢着幸福的笑容。

鬼眼七说:"他们正在筹备婚礼。"

"上帝,都有了归宿啊。"麻六九郁闷地说,"我现在也有了新目标,张思翰不可能鱼和熊掌兼得。"

鬼眼七说:"喂,喂,你不会看中我的意中人吧?"

麻六九说:"为了配方,值了。"说完,快步向诗卿走去。但是鬼眼七比他的速度快,而且还有所准备,他的衣裳下面还藏着一束鲜花,麻六九大怒,这小子要诈。

张思翰不免提醒一下:"诗卿,后面有人追你。"诗卿吓得花容失色一路狂奔,只留下一个美丽的倩影。